Miklós Hernádi

WEININGERS ENDE

DIE ANDERE BIBLIOTHEK

Herausgegeben
von Hans Magnus Enzensberger

Miklós Hernádi

Weiningers Ende

Ein Kriminalroman

Aus dem Ungarischen
von Erika Bollweg

Eichborn Verlag
Frankfurt am Main 1993

Erster Teil

I

DER DIENST des Oberinspektors Maximilian Barner im
Rang eines Leutnants bei der XVI. Sektion der Staatspolizei (Nationalitätenangelegenheiten) erforderte weit-
aus mehr Vertiefung als wache Bereitschaft, doch dagegen hatte er nichts einzuwenden. In seinen Adern
floß ein nicht geringer Anteil mährischen Blutes; ihm
war es gegeben, warten zu können. Er schätzte das
langsame, das unanfechtbare Vorgehen mehr als den
großartigen, raschen, später nur Kopfschmerzen be-
reitenden Erfolg. Mitunter stellte er sich vor, er wäre
Arzt. Er bewunderte die vollkommenen, unbestreit-
baren Diagnosen, die die Realität so hervorragend
darstellen, daß diese ihre Perfektion übelnimmt und
aus freien Stücken, sogar ohne jedweden Krafteingriff
zur Heilung schreiten kann. Schnelle Resultate zu
erwarten, das wäre im Dienst der Monarchie, einer
achthundertjährigen Institution, die ihren Fortbestand
gerade der Besonnenheit zu danken hat, töricht gewesen. Zumeist nahm er gar nicht wahr — so viele
Zwischenstationen durchliefen die Akten für Innere
Angelegenheiten auf dem Weg nach oben, ganz zu
schweigen von den Irrgärten bei Hof —, welches Auf-
begehren seine über lange Wochen hin gereiften, ver-
vollständigten, gesäuberten Berichte in der Innenpoli-
tik Österreichs anstifteten. (Wenn sie es nicht taten,

um so schmeichelhafter für seine Diagnosen.) Jeder
Bericht barg seinen Lohn in einer ihm eigenen inneren
Logik. Die Unergründlichkeit seines käsigen Antlitzes,
die selbstlose Unpersönlichkeit seines Habitus hätten
ihn zu einem idealen Ermittlungsoffizier befördern
können, wäre die zu dieser Arbeit notwendige, zweifellos in ihm vorhandene Ausdauer und Gründlichkeit
nicht vermengt gewesen mit beträchtlichem hypotheti-
schem Gespür und einer Art wissenschaftlicher For-
schermanie, die ihn gelegentlich die übermäßige Nähe
der störenden Lebensrealität spüren ließen. Nein, er
war in seinem Büro, in dem er gegen elf Uhr, ein Bündel
deutschsprachiger Zeitungen unter dem Arm, erschien,
aus denen er pflichtgemäß die kaleidoskopartige Wirklichkeit im Vielvölkerstaat in Form von monatlichen
Pressezusammenfassungen herausfilterte, in seinem
Element. Obwohl es nicht seine Art war, durch häufi-
ges Abwischen der Schweißperlen von der Stirn oder
durch nervöses Hin- und Herlaufen — gleich einem
Huhn, das sich unter heftigem Flügelschlagen im
Staub ein Nest bereitet — seinen Vorgesetzten Dienst-
eifer zu demonstrieren, erkannten alle, daß er zu den
tauglichsten Offizieren zählte. Nicht wenige seiner
Berichte gaben sie als Beweis ihres eigenen Judiciums
und ihrer sachkundigen Amtsführung aus, während er
sich nach Art eines guten Beamten schon nicht mehr
darum kümmerte, welchen späteren Verlauf die seiner
Feder entsprungenen Akten nahmen. Mit irgend etwas
mußten sie ihren Hofratstitel rechtfertigen, den sie aufgrund ihres wohlklingenden Namens erlangt hatten,
während er sich seinen Leutnantsrang erst durch fünfzehn Jahre harter Arbeit, durch Ehelosigkeit, durch
Verzicht auf Zerstreuung hatte erdienen müssen. So
verschaffte ihm zum Beispiel sein letzter Bericht eine
gewisse Notorietät in der Abteilung, der — von rein
theoretischer Grundlage ausgehend — in der Beste-

chung Rußlands, diesem großen slawischen Provoka-
teur, die beste Methode zur Entwaffnung der unruhigen
Mazedonier sah. Eben in diesen Tagen umarmten sich
Kaiser Franz Joseph und der von weit angereiste Zar
Nikolaus II. in den steirischen Bergen, in Mürzsteg,
worauf sich bereits im Vorfeld die aufrührerischen Mazedonier zu beruhigen begannen. (Man würde ja sehen,
wie lange das anhielt.) In ähnlicher Weise hatte sich in
den letzten Wochen seine Behauptung bewahrheitet,
daß man den auf Symbole empfindlich reagierenden
Ungarn in Fragen der Kommandosprache mehr ent-
gegenkommen sollte als anderen Nationalitäten, die
sich weniger auf eine Staatsgründervergangenheit berufen konnten. Nun, einige Wochen zuvor hatte Kaiser
Franz Joseph in Chlopy einen Truppenbefehl herausgegeben, der die in der Regierung als Partner zu be-
trachtenden Magyaren mit anderen, hergelaufenen
Nationalitäten in einen Topf warf, was in Budapest
eine solche Demonstration entfachte, daß nicht viel
gefehlt hätte, und die Donau wäre rückwärts geflossen.
Nur ein ungarischer Ministerpräsident hatte diesen
faux pas des Kaisers mit harter Hand ausgleichen können. (Bei den Beamten des Innenministeriums fehlte
es nicht an entschlossener, ausgiebiger Kritik am Handeln des Monarchen.) Doch nun würde auch in den
ungarischen Regionen für eine Weile Windstille herr-
schen, was sich der Kaiser allerdings kaum als Verdienst
anrechnen konnte, eher sein Premier- und Innenminister Koerber, der schon seit langem die Ernennung von
István Graf Tisza zum ungarischen Ministerpräsidenten
unterstützt hatte.

Die Ruhe der Monarchie lag auch über dem hohen,
mit einer Ledergarnitur eingerichteten Büroraum.
Oberinspektor Barner beschloß, heute, am ersten Tag
der Woche, die weit entfernten Regionen ihrem Schicksal zu überlassen und sich über näherliegende Dinge zu

9

informieren. Das tat er um so lieber, als er den gestrigen Abend im Wiener Zentrum der Großdeutschen Nationalisten, im *Leseverein*, verbracht hatte, selbstverständlich in Zivil, zusammen mit einhundertfünfzig dort versammelten Zuhörern, Ohrenzeugen einer aufschlußreichen Diskussion. (Er hatte sich die Fähigkeit, eine Anzahl von Menschen abzuschätzen, noch auf der Polizeiakademie angeeignet und übte sich, wann immer möglich, darin.) Der Vortragende dieses Abends war der querköpfige Engländer Houston Stewart Chamberlain gewesen, dessen Namen er, die Erfahrung der Berlitzschule heraufbeschwörend, auch jetzt versuchte, korrekt auszusprechen. Über ihn hätte er, wenn es sein müßte, bändeweise Aktenmaterial studieren können, da seine Wohnung in der Blümelgasse unter ständiger Observation stand. Aber auch schon ein amtskundiger, denkwürdiger, Anfang 1902 an Kaiser Wilhelm II. gerichteter Brief Chamberlains, der auf dem Hauptpostamt geöffnet, abgeschrieben und an das Innenministerium geleitet worden war, gab ausreichende Information über dessen politische Zugehörigkeit. Chamberlains unversöhnlicher Judenhaß konnte für den inneren Zustand der Monarchie genauso gefährlich werden wie seine Sympathien für die deutschen Großmachtbestrebungen, die, sollten sie sich verstärken, das deutsch-österreichische Bündnis zur reinen Farce werden lassen konnten. Für eine österreichisch-russische Annäherung sprach die in der Tat außergewöhnlich lange Grenze zwischen Österreich und Deutschland (Barner rauchte paffend seine gerade angezündete Zigarre), eine keineswegs geringe Gefahr, da sie de facto nicht verteidigt werden konnte, denn die k. u. k. Streitmächte waren fast vollständig im Osten und zum kleineren Teil im Süden gebunden, so, wie es der kürzlich in Galizien ausgegebene Armeebefehl des Kaisers verdeutlichte.

Es störte Oberinspektor Barner nicht, daß er sich im Verlauf seiner morgendlichen Betrachtungen auf das Parkett der Außenpolitik verirrt hatte. Zwar war ihm die Analyse der Radnabe zugedacht, sie wäre jedoch ohne Kenntnis der Speichen und Felgen nicht durchführbar.

Wahrlich, es blieb dabei — soviel mußte er schon aus Gründen seiner Herkunft konzedieren —, daß das Österreichische mit dem Deutschtum enger verbunden war als mit dem rassischen Gemisch der nicht zu den Erbländern gehörenden Gebiete der Monarchie. Sollte aber der österreichische Staat mit dem Deutschen Reich verschmolzen werden (worunter zuerst sein eigener Dienst zu leiden hätte), dann würden die nicht zu den Erbländern gehörenden Gebiete rettungslos unregierbar werden; denn der rassisch weitgehend homogene deutsche Staat wäre unfähig zu einer liberalen Nationalitätenstaatenpolitik, wie sie für die Habsburger, trotz aller vergangener und augenblicklicher Verstöße, immer charakteristisch gewesen ist. Ganz abgesehen davon, daß Österreich seine derzeitige Hauptrolle mit der eines zweiten oder dritten Chargenspielers hätte vertauschen müssen; denn in großdeutschen Kreisen machte man kein Hehl daraus, daß man Wien lediglich als Ausläufer des rückständigen Balkans betrachtete.

Die Diskussion am gestrigen Abend hatte sich keineswegs in so hohe politische Sphären erhoben. Nach Chamberlains völlig abwegigem, aber — da er von großer Bildung zeugte — streckenweise wirkungsvollem Vortrag, in dem, wie zu erwarten, auch vom moderne Staaten wie Blutegel aussaugendem Judentum die Rede war, bat ein blonder, fast stattlich zu nennender, klarblickender junger Mann ums Wort. Er war derselbe, mit dem Oberinspektor Barner den Saal des *Lesevereins* betreten hatte, vorbei an stämmigen Saalwachen, die ihn mißtrauisch musterten, den jungen Mann hingegen, einem Träger des Eichenlaubes, mit geziemendem Zunicken, wie einen guten Bekannten grüßten. Barner war eine große Narbe an seiner linken Schläfe aufgefallen, die von einem Duell herrühren mußte; denn in deutschen Burschenschaften war es *en vogue,* Mensuren auszutragen. Er erinnerte sich, daß er diese Narbe eigentlich nur wegen der klaren Schönheit des jugendlichen Gesichtes bemerkt hatte. Dieser junge Mann, den der Vorsitzende des Abends als Arthur Trebitsch vorstellte, sagte nach Beendigung des Chamberlain-Vortrages, den ein Teil des Publikums mit Beifall, ein anderer hingegen mit Widerstreben aufgenommen hatte, etwa folgendes (Barner legte gedankenversunken einen Bogen Konzeptpapier vor sich auf den Schreibtisch und ließ mit der auf das Wesentliche sich beschränkenden Arbeitsmethode der Pressezusammenfassung das Gehörte wieder aufleben):

»Arthur Trebitsch machte die Zuhörer darauf aufmerksam, daß der verehrte Herr Referent trotz aller Vortrefflichkeit der Gedankenführung und Rhetorik die Möglichkeit einer Selbstliquidierung der Juden nicht wahrgenommen hat, auf die ein tragisches, am Morgen vorgefallenes Ereignis hinweise: das frühzeitige Verscheiden des außergewöhnlich begabten jungen Philosophen Otto Weininger. Aufgrund seiner persönlichen Bekanntschaft mit dem jungen Verstorbenen sei er in der glücklichen Lage, über jenes tiefgreifende seelische Ringen berichten zu können, als dessen Konsequenz Otto Weininger nicht nur sein Judentum bezwungen, sondern sich auch zu einer ethischen Höhe erhoben habe, die ihn in unmittelbare Nähe der größten deutschen Denker brächte. (Es folgte der Lebenslauf des Verstorbenen, mit besonderer Betonung des befruchtenden Einflusses auf dessen geistige Entwicklung von seiten des Vortragenden.) Man habe — fuhr Arthur Trebitsch fort — den Schwerverletzten vergebens zur Rettung ins Krankenhaus transportiert, aus jenem Haus, in dem einst auch Ludwig van Beethoven, neben Richard Wagner der größte Genius der Deutschen, für immer seine Augen schloß. Ein mahnendes Zeichen! Wie den verehrten Zuhörern nicht unbekannt sein dürfte, wolle die sogenannte Zionistische Bewegung des bekannten Feuilletonisten Dr. Theodor Herzl den israelitischen Hochmut steigern; sie strebe nach der weltweiten Herrschaft des jüdischen materialistischen Prinzips und trachte dem seine spirituellen Werte standhaft wahrenden Deutschtum nach dem Leben. Damit poche sie — wie der Herr Referent so treffend bemerkt habe — wahrhaftig an das Fenster eines jeden deutschen Bauern.

Wir dürften jedoch nicht die Augen davor verschließen, daß die spirituellen Werte — besonders durch die fortgesetzte Berührung mit dem Deutschtum — auch in die Wurzeln der jüdischen Seele dringen. Gerade die so berührten Juden könnten sich, wie es das Beispiel Otto Weininger beweise, zu den standhaftesten moralischen Erziehern der breiten, ungeschlachten Judenmasse wandeln und deren Fehler und Frevel anprangern. Alle auf das Judentum gerichtete Kritik besitze aus ihrem Mund doppelte Glaubwürdigkeit. Sie erkennten die in ihren Seelen lauernde Bosheit, ihren Materialismus, besser als jeder reinrassige Deutsche. Deshalb sollte man die notwendige, unerbittliche Kritik am Judentum den wenigen herausragenden klarblickenden Juden überlassen. In unserem Kampf gegen das Judentum könnten gerade die deutschgewordenen Juden unsere besten Stützen und Verbündeten sein.

H. S. Chamberlain erwiderte, die Argumentation des verehrten Redners weiche zwar vom platten Humanitarismus der Philosemiten ab, erinnere aber an die Ansichten des liebenswerten, aber theoretisch kaum qualifizierten Theaterrezensenten Hermann Bahr, der dem Zionismus vorwerfe, er beraube die Kulturstaaten ihres lebenswichtigen jüdischen Elements.* Er möchte seinen jungen Freund, auf dessen Rockaufschlag er das Eichenlaub erkenne, auf den Waldefeu hinweisen, der bekanntlich die hochragende Eiche fällen könne, wenn man ihm nur genügend Zeit lasse, sie zu umklammern und ihr die lebenerhaltenden Säfte zu entziehen. Genauso wolle das Judentum das Deutschtum ersticken.

Offenbar habe Trebitsch seine Arbeit *Grundlagen des XIX. Jahrhunderts* nicht gelesen, ebensowenig wie die von Wagner sehr geschätzten, einschlägigen, tiefschürfenden Schriften des Grafen Gobineau. Er möge doch verraten, was er gegen den von der modernen Biologie bestätigten Rassegedanken vorzubringen habe. Reine Gedanken könnten nur in rassisch reinen Gehirnen entstehen. Bedauerlicherweise habe man das in dieser Stadt vergessen, die sich mit der Rassenvermischung ihr eigenes Grab schaufele. Die jüngste Aufnahme der aus Rumänien eingeströmten Juden liefere einen Beweis dafür.

Was aber die Selbstkritik der Juden betreffe, so könne man ihr kaum allzusehr trauen. Es sei — fuhr Chamberlain fort — nicht nur geistige Naivität, vom Juden etwas anderes zu erwarten als Selbstzufriedenheit und zynische Verachtung anderer Rassen, sondern ein gefährliches Hineintappen in eine Falle. Er lehne es ab, die Untersuchung des Judentums und die Kritik an ihm den Juden zu überlassen; sie würden diesen Auftrag ebenso veruntreuen wie die in jüdische Hände gelangten, vom Schweiß durchtränkten deutschen Millionen.

---

* Vergl.: Hugo Bettauer, *Die Stadt ohne Juden. Ein Roman von übermorgen*. Wien 1922. Bettauer wurde 1925 in Wien ermordet.

14

Doch gelte seine ganze Anteilnahme dem ihm unbekannten Studenten, der sein eigenes Judentum, die trübe Unmoral seiner Welt, nicht länger ertragen konnte. Vielleicht würde die Judenfrage ihrer langersehnten Lösung näher kommen, wenn auch andere Juden diesen Weg beschritten. * Er kenne die Arbeiten des Verstorbenen nicht, aber er verspreche, sich in sie zu vertiefen, um herauszufinden, ob das Judentum darin tatsächlich mit deutschen Augen und im deutschen Geist betrachtet werde.

Da er nun schon einmal dabei sei, so stelle er die Frage, ob sein junger Freund mit dem gleichnamigen Besitzer der international bekannten jüdischen Seidenhandelsfirma verwandt sei.

Schon seine Großeltern hätten mit Luthers Zunge zu Luthers Gott gebetet! rief Trebitsch mit glühendem Gesicht.

Nur soviel habe er wissen wollen, entgegnete Chamberlain.

Pfuirufe des Publikums setzten ein. Der blonde junge Mann schlich sich, während mehrere die Faust gegen ihn erhoben, beschämt aus dem Saal.«

Oberinspektor Barner hatte sich von dem Wortgefecht, dessen Zeuge er am Abend zuvor gewesen war, hinreißen lassen. Er bemerkte, während er sich in seinem Armstuhl zurücklehnte, daß er sich beinahe die Finger an seinem Zigarrenstummel verbrannt hätte. Er drückte ihn in dem Porzellanaschenbecher, den eine Ansicht der Neuberger Waffenfabrik schmückte, aus

---

* »Dietrich Eckart hat mir einmal gesagt, er habe nur einen anständigen Juden kennengelernt, den Otto Weininger, der sich das Leben genommen hat, als er erkannte, daß der Jude von der Zersetzung anderen Volkstums lebt.« (Aus: Adolf Hitler, *Monologe im Führerhauptquartier 1941–1944.* Aufgezeichnet von Heinrich Heims, herausgegeben von Werner Jochmann. Hamburg 1980. S. 148.)

und erhob sich, um dieser verworrenen Geschichte eindeutige Fakten gegenüberzustellen. Er ging zum Regal
und fand nach kurzem Suchen in der frischen Morgen-
ausgabe der *Neuen Freien Presse,* was er suchte:

Unser armer Sohn Otto Weininger, Doktor
der Philosophie, hat sein Leben gestern
morgen freiwillig beendet. Seinen Freunden die Anzeige, daß die Bestattung Diens-
tag ½ 5 Uhr nachmittags auf dem Matzleinsdorfer evangelischen Friedhofe erfolgt.
Wien, 5. Oktober 1903.   Die Eltern.

Oberinspektor Barner machte einen Satz, als wäre er
von einer Tarantel gestochen. Beinahe hätte er den in
einen Schnürrock gekleideten, mit einem Bündel Zeitungen eintretenden Amtsdiener umgestoßen.

»Freiwillig! Da steht es! Freiwillig!« rief er und
stürzte zum Diensttelefon. Der Amtsdiener verfolgte
mit aufgerissenen Augen den höchst ungewohnten Eifer
des Polizeioffiziers, der die Telefonkurbel so heftig
drehte, daß er den schweren Apparat nur mit Mühe vor
dem Hinunterfallen bewahren konnte.

»Bitte die Hauptmannschaft des IX. Bezirks«, rief
er in die Muschel, denn er erinnerte sich, daß Trebitsch
als Schauplatz der Tragödie das in diesem Bezirk liegende, ihm seit seiner Schulzeit bekannte Haus Nr. 15
in der Schwarzspanierstraße, Ludwig van Beethovens
letzten Wohnsitz, erwähnt hatte. Es fiel ihm schwer,
auf die Verbindung zu warten, doch als sie endlich zustande kam, verlangte er, nachdem er entgegen seiner
Gewohnheit den Gruß des Fernsprechbeamten nicht er-
widert, sondern nur genickt hatte, in einem keinerlei
Widerspruch duldenden Ton, den Polizeihauptmann,

16

der ihm folgendes berichtete: Der vor Ort eingetroffene jüngere Bruder Weiningers war zur Ambulanz gelaufen, und der Hausmeister hatte die Polizeiwache informiert. (Zu klären wäre, wieso der Bruder dort gewesen war.) Als der am Sonntag diensthabende Stabswachtmeister eintraf, hatte man das Opfer bereits mit dem Rettungswagen abtransportiert. Da weder ein Handgemenge stattgefunden hatte noch eine Beschwerde der Hausbewohner vorlag und da nach Aussage des Hausmeisters das Opfer die Nacht in dem von ihm gemieteten Zimmer allein verbracht hatte, eilte der Stabswachtmeister zurück in die unbeaufsichtigte Wachstube, wo er folgendes ins Dienstbuch eintrug: »8 Uhr 24 vor Ort. Schwarzspanierstraße 15. Otto Weininger, 23 Jahre, wohnhaft IX. Lackierergasse 7. Augsb. Konf. Selbstmordvers. m. SchWaffe. Bewußtlos ins Allgem. Krh. eingeliefert.«

»Idioten!« brüllte Oberinspektor Barner ins Telefon, nachdem er sich den buchstabengetreuen Vortrag des Polizeihauptmannes angehört hatte. »Wo ist die Waffe? Wo die Tatortbeschreibung? Wo die Aussage eines eventuellen Zeugen? Bei der Polizei gibt es keinen Sonntag, merken Sie sich das! Sie werden sich noch zu verantworten haben!«

Er ließ sich mit dem Allgemeinen Krankenhaus verbinden. Dort teilte man ihm mit, daß am gestrigen Tag ein verblutender Mann — ja, dieses Namens und Alters — in den frühen Morgenstunden (aber wann genau?) eingeliefert, aber vormittags, 10 Uhr 30 ungeachtet aller ärztlicher Bemühungen verstorben sei. Todesursache: Schußwaffenverletzung, Kugel den linken Brustbereich durchschlagen. Eine Obduktion habe bei diesem eindeutig erwiesenen Selbstmord nicht stattgefunden. (Wenigstens die Brandspuren an der Kleidung hätte man festhalten müssen. Gab es Schmauchspuren auf dem Handrücken?) Ja, der Leichnam sei

17

vor wenigen Augenblicken abgeholt worden. Wohin? In die Leichenhalle des Matzleinsdorfer evangelischen Friedhofes.

Oberinspektor Barner war äußerst aufgebracht.

![Chapter mark II]

BARNERS OHNMÄCHTIGE WUT verflog im selben
Maß, in dem ihm die unverzichtbar erscheinenden Beweise aus den Händen glitten. Im Leichenhaus, das
unter Kirchenverwaltung stand, hätte er eine polizei-
ärztliche Untersuchung des Verstorbenen oder dessen
Kleidung nur mit Genehmigung des Innenministeriums
vornehmen lassen können; doch er wollte auf keinen Fall
blinden Alarm schlagen. Schließlich hatte ihn niemand
mit dem Fall betraut, und bisher hatte er, obwohl er
beträchtliche Freiheiten genoß, alle länger dauernden
Ermittlungen wenn nicht im Auftrag, so doch immer
mit Wissen und Einverständnis seiner Vorgesetzten
durchgeführt.

Gab es noch andere Anzeichen dafür, daß der junge
Philosophiestudiosus ermordet wurde, außer dem Bericht — war er wirklich gut fundiert? — dieses sonderbaren Arthur Trebitsch, auf den er rein zufällig gestoßen war? Es gab sie nicht.

Er wußte selbstverständlich nicht genug über die
näheren Umstände. Doch unbestreitbar lag es bei allen
Fällen von Selbstmord, auch den zweifelhaften, stets
im Interesse der Eltern und Verwandten — sei es wegen
der vermeintlichen Schande, wegen der kirchlichen
Vorschriften, oder mit Rücksicht auf die Bedingungen
der Lebensversicherung —, die Sache zu vertuschen.

Nachdem er ein zweites Mal mit dem IX. Bezirk telefoniert und angeordnet hatte, man möge die hoffentlich herausoperierte Kugel unverzüglich aus dem Allgemeinen Krankenhaus in sein Büro bringen, versuchte er zu formulieren, was er erreichen, was er in Erfahrung bringen wollte. Das ist der erste notwendige Schritt bei jeder Ermittlung.

Er hatte sich in den vergangenen Jahren (das konnte er für sich in Anspruch nehmen) niemals Gedanken über das gemacht, was sich unter Menschen zutrug, sondern immer nur über die politische Bedeutung dieser oder jener moralischen oder unmoralischen Tat oder Offenbarung. Wie eine Krankheit hielt ihn das gepackt.

Auch jetzt dachte er sofort an politische Hintergründe und Zusammenhänge mit der Nationalitätenfrage, obwohl es keine Indizien dafür gab.

Auch konnte er nicht ermessen, was er sich aufbürden würde, sollte sich nach mühsamer Arbeit zeigen, daß Otto Weininger möglicherweise doch nicht Hand an sich gelegt hatte. Ebensowenig konnte er in diesem Augenblick abschätzen, welche Folgen es haben würde, wenn Otto Weininger tatsächlich einem Mord zum Opfer gefallen sein sollte. Kurzum, das *cui prodest* eines eventuellen Mordes war völlig unklar. Wer könnte Nutzen daraus ziehen? Die großdeutsche oder die zionistische Bewegung? Oder Oberbürgermeister Lueger, gegen den Barner heute noch so großes Mißtrauen hegte wie einst Seine Majestät der Kaiser, der, bevor er die Zustimmung zu Luegers Ernennung gab, mehrmals sein Veto eingelegt hatte. Oder würde eine ausländische Großmacht davon profitieren? Wie auch immer, der Fall könnte von vorneherein Nationalitätenkolorit aufweisen, aber im Laufe der Zeit auch größere politische Ausmaße annehmen. Sein Gespür würde ihm schon die richtige Richtung weisen, ohne daß er sich unrechtmäßig in das Ressort eines Kollegen einmischen mußte.

Im Augenblick interessierte ihn die Angelegenheit nur *per se.* Die Überlegung, was sich in jenem Zimmer abgespielt haben mochte, ließ ihn nicht los. Seine einschlägigen Untersuchungen würde er so betrachten, als ginge er in Urlaub.

Zuallererst mußte er unbedingt die Veröffentlichungen von Otto Weininger, falls es solche geben sollte, lesen und beim Innenministerium alle dort liegenden Daten anfordern. Obwohl er mit der Herausgabe der Akten erst am Nachmittag rechnen konnte, erteilte er jetzt schon dem herbeigeklingelten Amtsdiener diesbezügliche Anweisungen; dann verließ er sein Büro.

Im Schaufenster der Buchhandlung am Opernring entdeckte er Otto Weiningers umfangreiches Buch *Geschlecht und Charakter,* umschlungen mit einem schwarzen Band, erhöht auf eine Stütze postiert und von dem geschäftstüchtigen Buchhändler nachdrücklich empfohlen mit einer Karte, auf der stand:»Das Werk des jungen, tragisch verstorbenen Philosophen«. Oberinspektor Barner kaufte es zu Lasten des Dienstbudgets.

Er aß zu Mittag, wechselte ein paar Worte mit Frau Elisabeth, seiner Haushälterin, und entnahm dann der Garderobenkonsole, noch bevor er sich seine Zigarre anzündete, eine kleine Schachtel mit Trauerfloren. Er versenkte sie in seine Tasche, denn, was immer sich im Verlauf des Nachmittags herausstellen sollte, in den Abendstunden würde er einen Kondolenzbesuch bei den Eltern von Otto Weininger machen.

Nachdem er einige laufende Vorgänge erledigt hatte, nahm er sich die auf seinem Schreibtisch bereitliegende Akte Otto Weininger vor. Name des Vaters. Name der Mutter. 1898 als *Musterschüler* Abitur gemacht. Dreimal das Gebiet der Monarchie verlassen: Sommer

1900 (Frankreich), Sommer 1902 (Deutschland), Sommer 1903 (Italien). Den Doktortitel im Juli 1902 an der hiesigen Philosophischen Fakultät vorfristig erworben. Im selben Monat zur Augsburger Konfession übergetreten. Nicht vorbestraft. Keine Zugehörigkeit zu einer politischen Partei. Mitglied der unbedeutenden Studentenverbindung Dionysia. Wurde nicht observiert. Keine Berufsangabe. (Wollte er sein Universitätsstudium fortsetzen?) Anschrift seit 1901 mehrfach gewechselt. Die letzte, Lackierergasse 7, IX. Bezirk, lag einen Steinwurf weit entfernt von der Schwarzspanierstraße. Wieso mietete sich einer ein Zimmer in unmittelbarer Nähe seiner Wohnung? Und nun zur Familie! Barner schickte die Akte Otto Weininger zurück und bat um die Herausgabe der Akte Leopold Weininger, der Akte des Vaters, seines Zeichens Goldschmied.

Mittlerweile war auch die Kugel in einem amtlichen Papierbeutel eingetroffen. Laut beigefügtem Krankenhausbericht hatte man sie bereits beim Entkleiden des Opfers gefunden. Der Rücken des Überziehers hatte sie aufgefangen. Warum behielt ein Mann in einem geschlossenen Raum seinen Mantel an? Warum durchschlug die Kugel nicht diesen Mantel? Barner legte sie auf die Glasplatte seines Schreibtisches. Augenscheinlich ein modernes Produkt, das er aber nicht als ein in der Monarchie gebräuchliches identifizieren konnte. Er betrachtete das Geschoß noch eine Zeitlang, dann legte er es in die Schachtel mit den Trauerfloren.

Eine Stunde später hatte Oberinspektor Barner, nach bestem Wissen und Gewissen ein makelloser Vertreter seines Berufes, die Akte Weininger senior durchstudiert und sprach bereits mit dem Hausmeister der Schwarzspanierstraße 15. Der griff zwar sofort zum Meldbuch, noch bevor Barner, der die enge Hausmeisterwohnung nicht betreten hatte, ihm einen grimmigen Blick zuwerfen konnte, doch Barner winkte ab und gab ihm zu verstehen, daß er das Zimmer, in dem die Tat geschehen war, zu besichtigen wünsche. Während sie sich im Schein einer Laterne im Rattengestank des Treppenhauses nach oben bemühten, erkundigte er sich routinemäßig nach einem zweiten Ausgang und fragte, ob das abendliche Abschließen des Haustores durch den Hausmeister strikt eingehalten würde. Mit der letzten Frage hatte er einen wunden Punkt berührt.

»Die Mieter vom ersten Stock verfügen über einen eigenen Schlüssel, und die zeitweiligen Untermieter des Zimmers im zweiten Stock erhalten ebenfalls einen, zusammen mit dem Zimmerschlüssel«, sagte der Mann in bemüht amtlichem Ton. Ihm war das unheildrohende Erscheinen des Oberinspektors unangenehm, denn in dem baufälligen Haus wurden die Verordnungen von 1891, sie betrafen das Vermieten von städtischem Wohnraum, vielfach übertreten. Nicht zuletzt, was die Substanz (§ 6), und nicht minder, was die von ihm ausgeübte Verwaltung (§ 9) anbelangte. Hatte er nicht, um in Ruhe gelassen zu werden, für den Wachraum der Bezirkspolizei ein Vogelbauer gebastelt? Dieses Haus, der erste Blick bewies es, war das verwahrlosteste in dieser relativ vornehmen Gegend, in der Ärzte, Angehörige der Universität, höhere Beamte, Rechtsanwälte und Richter wohnten. Es lag im selben Viertel wie das Anatomische Institut, das Allgemeine Krankenhaus (das nur vier bis fünf Minuten entfernt war), die würdevollen Gebäude der Universität und des Landgerichts. Neben dem Toreingang, nahe der Klingel und einem Anschlag »Zimmer zu vermieten«, kündete eine Gedenktafel von dem berühmten Musiker, einem ehemaligen Bewohner des Hauses. Die Grundstückspreise in dieser Gegend stiegen allerdings sprunghaft; keine Pietät kam dagegen an; bald würden hier die spitzhackenbewehrten Abbrucharbeiter auftauchen. Oberinspektor Barner war sich sicher, daß der Hausmeister Tobias Eschl, dessen Gesicht von Schnauz- und Backenbart überwuchert war, das oberste Stockwerk zu eigenem Nutzen vermietete.

»Befanden sich in jener Nacht noch andere Mieter im Haus?« fragte er, als sie oben angekommen waren. Eschl, der gebeugt nach dem Schlüsselloch tastete, schaute auf und gestand sofort, daß am Abend zwischen neun und zehn Uhr — es war ein Samstagabend, und wann sonst, bitte schön, sollte sich das Volk amüsieren? — ein Herr mit einer Dame oben gewesen war. Er sei nur noch nicht dazu gekommen, sie ins Meldbuch einzutragen, was er aber sofort zu erledigen gedenke, sobald er hier fertig sei, denn er kenne den Paragraphen 10 der Verordnung 463, der besagt — während er sprach, lauerte er, welchen Eindruck seine Gesetzeskenntnis auf den Polizeioffizier machte —, daß der Quartiergebende verpflichtet ist, die Personalien des jeweiligen Gastes ins amtlich beglaubigte Meldbuch einzutragen und innerhalb von zwölf Stunden nach Bezug eines Zimmers, aufgrund eines korrekt ausgefüllten Meldscheines —

»Genug!« herrschte ihn Barner ungeduldig an. »Waren die Bewohner des ersten Stockwerks zu Hause?«

»Die sind bereits am Freitag abgereist. Nach Komárom, zur Hochzeit ihrer Tochter. Ein ungarischer Husar —«

»Kurzum, niemand außer Ihnen und dem Opfer hielt sich, als der Schuß fiel, im Haus auf?«

»Ich gehöre nicht zu denen, die horchen«, sagte der Hausmeister und schloß die Tür auf. Oberinspektor Barner nahm ihm wortlos die Laterne aus der Hand, schickte ihn fort und begann mit seiner Arbeit.

Er stand dem Fenster gegenüber, an dessen Kupfergardinenstange Seidenvorhänge von zweifelhafter Sauberkeit hingen. In der Mitte des Zimmers stand ein Tisch, bedeckt mit einer Spitzendecke. Die linke Wand nahm ein Holzbett ein, mit einem Handtuch am Kopfteil. Rechts neben der Tür ein Hocker mit einer Waschschüssel, daneben, auf dem frischgewachsten Bretterboden, eine emaillierte Wasserkanne. Vor dem Tisch zwei billige Stühle aus Weichholz. Es war ein langes, schlauchartiges Zimmer, jedoch nicht größer als acht Quadratmeter. An der rechten Wand ein sich quietschend öffnender, mit reißzweckenbefestigtem Zeitungspapier ausgeschlagener kombinierter Wäsche- und Kleiderschrank, ein altdeutsches Imitat. Daneben an der Wand ein Heiligenbild und ein Wandregal mit Kerzenhalter und Kerzen. An der Innenseite der Zimmertür zwei kupferne Kleiderhaken und links, vor dem Fußende des Bettes, ein Ofen mit einem kleinen, vorbereiteten Holzstapel.

Barner hängte seinen Offiziersmantel mit leichtem Ekelgefühl an die beiden Kupferhaken und untersuchte als erstes die Tapete. Nach wenigen Augenblicken fand er, was er suchte. Am Kopfende des Bettes waren Wand und Tapete ausgebessert. Zum zweiten Mal an diesem Tag fühlte er sich wie von einer Tarantel gestochen. »Der Überzieher hat also doch die Kugel aufgefangen«, murmelte er, und wie von selbst ergab sich für ihn eine phantastische Folgerung: Es mußten mindestens zwei Schüsse gefallen sein, wenn nicht mehr. Eine weitere Spur entdeckte er erst nach vierzigminütigem Suchen — er hatte unterdessen viel Petroleumqualm eingeatmet — an der Innenseite der Tür, unter seinem Mantel. Eine trichterförmige Ausschabung mit schwarzem Stoffabschliff. Die Spur in der Tür befand sich in Brusthöhe; der Schuß mußte Weininger also im Stehen getroffen haben. Ein Schußwechsel war somit nicht auszuschließen, bei dem sich die Kontrahenten gegenüberstanden, vorausgesetzt, es war tatsächlich noch eine zweite Person im Raum gewesen. Barner inspizierte noch kurz den Abtritt, dann ging er hinunter.

»War die Tür abgeschlossen, als man den Verstorbenen fand?« fragte er zielstrebig den Hausmeister, der ihn am Fuß der Treppe dienstbeflissen, oder auch besorgt, erwartet hatte. »Mußte man die Tür aufbrechen, um ins Zimmer zu gelangen?«

»Jawohl, Herr Leutnant. Aber es war nicht nötig, einen Schlosser zu holen, denn ich bin selbst Schlosser. Ich habe auch den neuen Schlüssel gemacht«, sagte der Mann selbstbewußt lächelnd.

»Und den alten? Hat man ihn im Zimmer gefunden?« wollte Oberinspektor Barner wissen, überflüssigerweise, denn wäre er gefunden worden, so hätte Eschl keinen neuen anzufertigen brauchen.

»Nein, man hat ihn nicht gefunden, wird ihn aber, bitte schön, noch finden. Der steckt bestimmt in der Manteltasche. Die Leute vom Rettungswagen haben den Mann nämlich nicht durchsucht, und von einem Bruder kann man so etwas, bitte schön, doch nicht erwarten. Sehen Sie in der Manteltasche nach, da wird er sein.«

Die geflickte Wand beschäftigte Barner nicht sonderlich, denn das hatte Eschl ganz offensichtlich im Interesse eines reibungslosen weiteren Geschäftsganges erledigt, wie auch die gründliche Reinigung des Raumes. Er ließ den bärtigen Gauner mit seinen gemischten Gefühlen von Furcht und Erleichterung stehen und machte sich auf den Weg — er nahm die Straßenbahn — zur Familie Weininger, bei der er noch vor acht Uhr eintreffen wollte.

In der Toreinfahrt des Hauses Breitegasse 6* zog er den vorschriftsmäßigen, acht Zentimeter breiten

* Heute Karl-Schweighofergasse 6.

Trauerflor bis zur Mitte des Oberarms über seinen Mantelärmel, umwand auch den Griff seines Offizierssäbels mit einem ebenfalls vorschriftsgemäßen, zweieinhalb Zentimeter breiten Trauerflor. Obwohl es die Polizei bei der Erledigung gewisser Angelegenheiten nie mit glücklichen Menschen zu tun hat, auf einen derartigen Kummer, wie er ihn in diesem Haus antraf, war er nicht gefaßt. Selbst das Dienstmädchen hatte rotgeweinte Augen, und die in tiefe Trauer gekleideten Familienmitglieder im Salon glichen, als sie sich erhoben, taumelnden Schattenwesen.

»Gnädige Frau, verehrter Herr Weininger, ich bitte Sie, meine Uniform übersehen zu wollen«, begann Oberinspektor Barner, als alle im Salon Platz genommen hatten, in dem ein Flügel stand und neben ihm eine große Frauenstatue, das abgeschlagene Haupt eines Mannes in Händen haltend.

»Unser Otto hatte viele Freunde«, sagte Frau Weininger, mit den Tränen kämpfend, in der Annahme, Barner gehöre zu dem Freundeskreis ihres Sohnes.

»Ich kannte Ihren Sohn nicht, verehre ihn aber aufgrund seines Buches.«

»Auch mit seinem Buch hatte er viel Kummer . . .«

»Diese Einzelheiten, meine Liebe, interessieren den Herrn wohl kaum«, unterbrach Herr Weininger seine zarte Frau; ihr Haar silberte schon ein wenig. Er blickte den Offizier abwartend an.

»Mich hat dieses furchtbare Ereignis«, begann Barner, »ich kann es nicht leugnen, tief erschüttert; doch muß ich gestehen, daß mein Kommen ein über den Kondolenzbesuch hinausgehendes Ziel verfolgt. Deshalb wählte ich auch nicht den vormittäglichen, der Etikette entsprechenden Zeitpunkt.«

»Herr Leutnant, Sie verstehen sicherlich, daß wir Ihnen am heutigen Tag nicht lange zur Verfügung stehen können. Die Kinder . . .«, Herr Weininger zeigte auf seine jüngsten Töchter, die auf dem Kanapee saßen, ».. . und die morgige Zeremonie . . .«

»Ich möchte nur einige Fragen stellen.«

»Bitte fragen Sie«, forderte Herr Weininger. Sein Gesicht war blaß, Trauer hatte seinen Blick getrübt.

»Es sind genau drei Fragen«, fuhr Barner fort; er hatte sich in Gedanken gut vorbereitet. »Zum einen: Können Sie mir sagen, was Ihren Sohn veranlaßt hat, das Zimmer in der Schwarzspanierstraße zu mieten?« Die Eheleute sahen sich an, doch bevor sich Herr Weininger entschließen konnte zu antworten, erklärte Barner: »Selbstverständlich frage ich nicht in dienstlicher Eigenschaft, das liegt mir fern, sondern als Verehrer der Familie, der sich mit diesem entsetzlichen Ereignis befaßt.«

»Mein Sohn hat sich seit dem Herbst 1901 in verschiedenen Gegenden der Stadt und im Interesse seiner Studien eigene Zimmer gemietet. Wir konnten ihm die notwendige Ruhe hier in unserer Wohnung nicht bieten.«

»Aber er wohnte zuletzt doch nur einige Straßen von hier entfernt.«

»Wahrscheinlich wollte er dorthin umziehen. Vor zehn Tagen war er aus Italien nach Hause zurückgekehrt, ist aber bei uns und nicht in seiner Wohnung geblieben, was den Schluß zuläßt, daß er unzufrieden mit ihr gewesen ist.« Herr Weininger sah seine Frau Zustimmung heischend an. »Vielleicht mietete er das Zimmer auf Probe; vielleicht hat es ihn auch nur nach der geistigen Nähe des großen Tondichters verlangt.«

Barner war der Erklärung aufmerksam gefolgt und ging, da ihn die Antwort anscheinend zufriedenstellte, zur nächsten Frage über: »Erlauben Sie, daß ich mir die Tatwaffe ansehe?«

»Selbstverständlich. Richard«, forderte Herr Weininger seinen jüngsten Sohn auf, »hol den Revolver.«

»Es war Richard, der seinen schwerverletzten Bruder fand? Ich wurde doch richtig informiert?«

»Das stimmt, Herr Leutnant. Sowohl Richard als auch ich erhielten am Samstag abend einen Brief von Otto, in dem er sich von uns verabschiedete und für den kommenden Morgen seinen Reisepaß erbat.« (Oberinspektor Barner konnte sein aufflammendes Interesse nicht verbergen, als er das Wort *Reisepaß* vernahm.) »Otto genoß völlige Unabhängigkeit von uns«, erklärte Herr Weininger weiter. »Er entschied über alle ihn betreffenden Dinge, auch über seine Reisen, selber.«

»Seine wichtigen Dokumente nahm er nie mit in seine Wohnungen, die ließ er bei uns«, sagte Frau Weininger und drückte ihr Taschentuch an die Augen.

»Die Briefe«, fuhr Oberinspektor Barner fort, »sind offenbar, da sie Samstag abend zugestellt wurden, von einem Boten gebracht worden. Dürfte ich einen Blick hineinwerfen? Doch nein«, rief er sich sofort zur Ordnung, als er bemerkte, daß er zu weit gegangen war, »das ist nicht nötig, Sie haben mich ja bereits über den Inhalt informiert. Aber darf ich Sie fragen, ob der Verstorbene ein Testament hinterlassen hat? Und wenn ja, was ist sein Inhalt?«

»Wenn Sie nicht in amtlicher Eigenschaft hier sind, ersparen Sie uns bitte die Offenlegung von Dingen, die für uns schmerzlich sind. Begnügen Sie sich damit, daß unser armer Sohn mehrere Testamente abgefaßt hat, aus denen sich aber keinerlei Tatmotiv folgern läßt. Die Testamente sind nur der Familie und den nächsten Freunden zugedacht.« Da ihm die unverhohlene Neugier Barners nicht entgangen war, fügte er noch hinzu: »Er bestimmt darin den Verbleib seiner irdischen Güter und regelt seine geringen Schulden.«

Richard kam mit einem in Zeitungspapier gewickelten Gegenstand ins Zimmer. Oberinspektor Barner erhob sich abrupt.

»Ich werde mir den Revolver in der Diele ansehen, er dürfte für die Damen kein erbaulicher Anblick sein.« Er nahm den eingeschlagenen Revolver an sich und ergriff seinen Tschako, den er auf der Samttischdecke abgelegt hatte.

»Gnädige Frau, Herr Weininger«, wandte er sich noch einmal an das Ehepaar, »scheint es Ihnen nicht auch, als widersprächen die Reisepläne des Verstorbenen dem tragischen Ausgang der Ereignisse?«

»Herr Leutnant«, antwortete Herr Weininger, seine Frau wäre dazu nicht mehr in der Lage gewesen, »auch uns bricht es das Herz, auch wir fühlen den Schmerz darüber, wie unversehens ein solches Unglück kommen kann.«

Oberinspektor Barner senkte verständnisvoll den Kopf. In der Diele untersuchte er kurz die Waffe. Es war ein 7,5-mm-Revolver. Er brachte es aber nicht fertig, auch noch zu überprüfen, ob die Kugel in dem Trauerflorkästchen dazu paßte. Selbstverständlich erwähnte er nicht, daß die Waffe abzuliefern sei, beziehungsweise einen amtlich genehmigten Waffenschein erfordere, wie es das Kaiserliche Manifest vom Oktober 1852 vorschreibt. Er prüfte noch die Trommel. Es fehlte genau eine Patrone. Am Revolvergriff entdeckte er eine kyrillische Inschrift, was ihn, den Nationalitätenspezialisten, nicht in Verlegenheit bringen konnte. Zu seinem Erstaunen entzifferte er: PUTILOV. Im Hinausgehen erkundigte er sich noch nach dem Zimmerschlüssel. Nein, man hatte in den bereits nach Hause geschickten Kleidern keinen Schlüssel gefunden, auch nicht in der Reisetasche. Barner verabschiedete sich höflich mit einer tiefen, sein Mitgefühl ausdrückenden Verbeugung.

Noch im Treppenhaus beschloß er, innerhalb kürzester Zeit Arthur Trebitsch in sein Büro vorzuladen.

OBERINSPEKTOR BARNER war nicht zur Beerdigung gegangen; er hatte darauf vertraut, daß Arthur Trebitsch dort sein würde, den er auf Donnerstag vormittag zehn Uhr in sein Büro vorlud.

Er löste die Zunge des stattlichen, von der dynastischen Umgebung und dem Portrait Metternichs ergriffenen jungen Mannes, indem er ihm gleich zu Beginn ihrer Unterhaltung ohne Umschweife eröffnete, er habe sein Streitgespräch mit Houston Stewart Chamberlain am Sonntag abend bis zu Ende angehört und finde dessen Diskussionsmethode *ad hominem* unredlich. Seine Sympathie gehöre, das verheimliche er nicht, seinem verehrten Gast, den er sich erlaubt habe, aus Ermangelung einer besseren Eingebung, auf dem Weg einer amtlichen Vorladung zu invitieren. Seine Sympathie bedeute jedoch keine politische Stellungnahme; er könne nicht politisieren, ohne gegen seine Amtspflichten bei der Staatsbehörde zu verstoßen.

Zur Beerdigung war außer den Familienangehörigen und einigen Freunden nur eine Persönlichkeit des öffentlichen Lebens erschienen, nämlich Karl Kraus, der bekannte Publizist, der seit einem Jahrzehnt einen unersprießlichen und vergeblichen Kampf zur moralischen und geistigen Säuberung Wiens führte. Außerdem hatte Arthur Trebitsch Stefan Zweig bemerkt, den immer erfolgreicher werdenden Novellisten, und einen jungen Burschen, in dem er Ludwig, den Sohn des Eisenbahnmagnaten Karl Wittgenstein, zu erkennen glaubte. Ihm konnte man neuerdings, ungeachtet seiner jungen Jahre, in Wiener Philosophenkreisen begegnen. Was die Freunde betrifft, so waren Gerber, Lucka, Rappaport und Friedländer (der letztere hatte das Pseudonym Ewald angenommen) anwesend, kaum bekannte Kaffeehausliteraten und Intellektuelle, Menschen, in denen die Cafétiers mehr Nutzen sahen als das nach einem ernsten Wort verlangende, arbeitsame Publikum. Nicht anwesend war der Privatdozent Hermann Swoboda, der seit Jahren unzertrennliche Freund des Verstorbenen, da sich ihrer beiden Beziehung in letzter Zeit gelockert hatte.

Die Wiener Universität, die fünf Jahre lang die Basis für Otto Weiningers geistige Abenteuer gewesen war, schien schon so weit verknöchert, daß sie sich durch keinen ihrer ordentlichen Professores auf der Beerdigung vertreten ließ. (Fürwahr: Ist ein Adeliger, ein Freund der Künste und der Wissenschaften oder ein jüdischer Großbürger der zu Verabschiedende, dann wimmelt es nur so von »uneigennützigen Herren Professoren« mit ihrem Gehabe. Doch die Mondfinsternis würde — wenn nichts anderes — die Ferngebliebenen auf die Bedeutung des Dahingeschiedenen hinweisen! Und wahrhaftig: So wie bei der Grablegung Kants eine weiße Wolke, so symbolisierte eine nur in Wien sichtbare partielle Mondfinsternis, die genau in dem Moment endigte, als sein Leib in die Erde gesenkt wurde, den Hingang eines Genies.)

Während Oberinspektor Barner von anderen Obliegenheiten in Anspruch genommen wurde (die Aufteilung der Prager Universität in einen deutsch- und einen tschechischsprachigen Zweig setzte erneut Emo-

tionen frei), nahmen seltsamerweise die Pressemeldungen über den Fall zu, je länger der Tod Otto Weiningers zurücklag. So hatte zum Beispiel am 17. Oktober, Barner erfuhr es aus den Blättern des folgenden Tages, Karl Kraus einen Kranz auf Otto Weiningers Grabhügel gelegt, der wunschgemäß auf Kosten des großen schwedischen Schriftstellers August Strindberg zur letzten Ruhestätte des unglücklichen Philosophen gebracht worden war.

Oberinspektor Barners Bekanntschaft mit *Geschlecht und Charakter,* aber auch andere Anzeichen überzeug-

ten ihn davon, daß sich Otto Weininger hauptsächlich
mit Frauenfragen befaßt hatte. Das bedeutete, daß
sein Tod ziemlich wenig mit dem Nationalitätenressort
zu tun hatte und eher in die XIV. Sektion (öffentliche
Angelegenheiten) gehörte. Sollte er Hermann Swobodas habhaft werden, so müßte er sicherlich seine Ermittlungen für einige Zeit einstellen. Keinesfalls für
immer. Er gehörte nicht zu denen, die eine Sache un-
erledigt liegen lassen, auch dann nicht, wenn — wie
in diesem Fall — von ihm kein täglicher Abschluß-
bericht verlangt würde.

Jede Ermittlung erreicht ein Stadium, in dem der
Fahnder von dem Gefühl gepackt wird, die Welt ver-
schlösse sich seinem aufklärenden Bemühen, zöge die
Tür hinter sich zu oder vernichte, so, wie der aufge-
wühlte Wasserspiegel sich wieder glättet, alle Spuren.
Man sollte das der Welt nicht verargen; man kann
auch vom Wasserspiegel nicht erwarten, daß er auf
Wunsch zu seinem alten Zustand zurückkehrt.

Er konnte den Fall allein schon deswegen nicht beiseite legen, weil er zum ersten Mal in seinem Leben
über einen Menschen zu ermitteln hatte, dessen Ge-
dankenwelt er ergründen mußte, um voranzukommen.
Hier ging es nicht um die Funktion des Opfers, obwohl er auch sie nicht ausklammern durfte. Die Aufgabe schien nicht unlösbar und lockte schon wegen
ihrer Neuheit.

Er genoß in seiner Dienststelle den Ruf, ein Bücher-
wurm zu sein, denn seine Ausbildung zum Polizisten
hatte ihn von diesem stillen, mit Grübeln einhergehen-
den Genuß nicht abbringen können, der ihm noch
während seines Jurastudiums im Altstädter Gebäude
der Wiener Universität, das der häufige Glockenklang
der Jesuitenkirche in einen trauten Schutzmantel
hüllte, zuteil geworden war. Schon immer hatte ihn
diese Welt des Geistes angezogen, und da er wegen

Maximilian Barner (1903)

seiner bescheidenen Herkunft im Polizei- oder Richter-
verband auf kein rasches Vorwärtskommen hoffen
konnte (ein Umstand, auf den ihn seine alljährlich

zweimal zu Besuch weilende Mutter, sie war Witwe, bereits während seiner Studienzeit hingewiesen hatte), hatte er sich bisher mit der Interpretation komplizierter richterlicher Urteile oder mit der reinen Rechtswissenschaft begnügen müssen.

Seine verborgenen Fähigkeiten kamen ihm zugute, als Hermann Swoboda an den reservierten Tisch im Café Apollo trat, auf dessen Marmorplatte Barner als Erkennungszeichen — er war in Zivil gekommen — das umfangreiche Buch von Otto Weininger gelegt hatte.

Er bestellte sich einen Kapuziner, Hermann Swoboda, der hochaufgeschossene, glattrasierte, zwickeltragende Psychologe hingegen einen Absinth. Innerhalb einer Stunde, so lange waren sie beisammen, wurden daraus drei.

Am nächsten Morgen fixierte Barner gemäß seiner Arbeitsmethode das Gespräch:

»SWOBODA: Sechseinhalb Jahre älter als Weininger, jedoch gleichzeitig mit ihm das Studium der Philosophie begonnen, da er zuvor in Rechtswissenschaft promoviert und seine Dienstzeit als einjähriger Freiwilliger abgeleistet hatte.

Weiningers Debüt an der Universität bezeugte seine große Frühreife. Die Freundschaft datierte seit einer abendlichen Lesung, an deren Ende Weininger zu Swoboda ging und sich in eine Debatte über das Referat — das hier darzulegen, würde zu weit führen — einließ.

Es erwies sich, daß der junge Student mit dem die Philosophie streng der Physik unterordnenden, total theoriefeindlichen, alle Erfahrungen aus der Empirie ableitenden Standpunkt des seit kurzem gelähmten Professors Ernst Mach vertraut war.«

(Übrigens war Barner, ebenso wie Professor Mach, aus Turas bei Brünn gebürtig.)

»Swoboda und Weininger verließen gemeinsam den Vorlesungssaal und tauschten, einen Halbkreis um die sich in der Dunkelheit aufragende Votivkirche beschreibend, damit Swoboda, der Katholik, nicht andauernd vor dem Portal ein Kreuz schlagen mußte, ihre Gedanken zu fast allen Hauptfragen der Philosophie aus.

Von da an trafen sie sich häufig, auch außerhalb der Vorlesungen. Darüber hinaus bemühten sie sich, ihre Theater- und Opernbesuche aufeinander abzustimmen, wobei der Kartenkauf Weiningers Sache war. Ihre gemeinsam verbrachten Stunden endeten meist in der Pilsenetzer Bierstube, wo Weininger immer Swobodas — nach eigener Meinung maßvollen — Alkoholkonsum mißbilligte.

War Swoboda nicht in Wien, was seit Herbst 1902 öfter vorgekommen war, so korrespondierten sie regelmäßig miteinander. Trotzdem lockerte sich, sehr zu Swobodas Bedauern, mit der Zeit ihr Verhältnis. Neue Freunde umgaben Weininger.

BARNER: Frage, wie er das Verhältnis Otto Weiningers zu Arthur Trebitsch charakterisiere.

SWOBODA: Die Frage nach Trebitsch, den niemand zu Weiningers besten Freunden rechnen würde, verwunderte ihn. Er hält den Sohn des schwerreichen Seidenfabrikanten für einen verantwortungslosen, streitsüchtigen Maulhelden, der seine spärliche Popularität nur dem Umstand verdankte, daß sein Vater ein Stipendium gestiftet hat, von dem sowohl Swoboda als auch Weininger auf Arthur Trebitschs Empfehlung hin (der alte Trebitsch berücksichtigte nämlich bei der Vergabe die Meinung seines Sohnes) für jeweils ein Jahr profitieren konnten. Trebitsch und Weininger hatten dasselbe Gymnasium besucht und auch bei ihren poetischen Versuchen oft dieselben Themen gewählt.

BARNER: Frage, ob Otto Weiningers Gedichte zugänglich seien.

SWOBODA: Er bewahre zwei von ihnen auf, die er bereitwillig zur Verfügung stellen werde. Er möchte jedoch wissen, worauf Barner es abgesehen habe.

BARNER: Seine Arbeit verlange erhebliche Kenntnisse in Charakterologie.

SWOBODA: Otto Weiningers Charakter habe sich während der drei Jahre, die sein Buch von den Vorstudien bis zum Erscheinen beanspruchte, stark verändert. Er wolle damit nicht sagen, auf die spätere Askese und die Keime der Verzweiflung habe ursprünglich nichts hingewiesen; diese Züge hätten sich vermutlich durch die Veränderung seiner Umgebung verstärkt, auf die er, Swoboda, keinen Einfluß hatte, weil er zu dieser Zeit in Paris, später in Leipzig, Psychologie studiert habe. Als sie beide im August 1900 am IV. Internationalen Psychologiekongreß in Paris teilnahmen und in ihrem gemeinsamen Logis vertrauliche Gespräche führten, hätte man Otto Weininger noch als einen im Grunde lebensfrohen, sich allerdings endgültig der Philosophie verpflichtenden jungen Mann halten können.

BARNER: Hat sich Otto Weininger in Frankreich auffällig verhalten?

SWOBODA: Er erfand zum Beispiel ständig Wortspiele auf das Motiv der bekannten Machschen These, das Ich sei nicht wahrnehmbar. Ganz zu schweigen von den Scherzen, die er sich leistete, sobald Swoboda sich in den Straßen von Paris — Gott behüte! — nach der einen oder anderen hübschen Frau umschaute.

Otto offenbarte damals schon seine Leidenschaft für die Metaphysik, worüber Professor Mach, wenn er bei ihm das Kolloquium abgelegt hätte, sicherlich wütend gewesen wäre. Auf dem Kongreß trug Otto vor, daß die Introspektion der wissenschaftlichen Psychologie

Dimensionen öffnen könnte, die mit herkömmlichen experimentellen psychologischen Methoden unerreichbar blieben. Er, Swoboda, stimmte dem zu; allerdings ging er von der Traumdeutung aus; er habe damals gerade das Werk von Professor Sigmund Freud zum zweiten Mal gelesen und hielt schon damals wenig von der spontanen nabelschauenden Introspektion, die hinter der Interpretation des Fachmannes zurückbleibe. Aber diese Differenz besagte wenig im Vergleich zu jener radikalen Wendung, mit der sich Weininger plötzlich und sehr heftig von der psychologischen Auffassung der Seele abwandte, um sich in ätherische Kantsche Regionen zu erheben, der reinen Ethik zu, die die Gebote der Moral außerhalb der individuellen Psyche ansiedelt. Von diesem Lebensabschnitt Weiningers wisse er indessen zu wenig, um sich darüber mit Gewißheit auslassen zu können.

BARNER: Ob sich nicht im Hintergrund dieser Wandlung eine enttäuschte Liebe verberge?

SWOBODA: Dies anzunehmen sei nicht unberechtigt, aber gleichwohl irreführend. Otto Weiningers Verhalten gegenüber dem weiblichen Geschlecht, genauer gesagt: gegenüber der Frau, wie er sie sich idealtypisch vorstellte, äußerte sich anfangs in konventioneller Form, als weinseliges Jammern. (Ein Gedicht, das er schicken werde, könne das belegen.) Zuletzt jedoch war er zum erbitterten Frauenfeind geworden, ein Standpunkt, der in *Geschlecht und Charakter* auffallend, um nicht zu sagen verletzend, hervortritt und der sogar die Misogynie der Kirchenväter noch überbot. Welche Erfahrungen, welche unglückliche Liebe, welches Kindheitstrauma sich hinter dieser Denkart verberge, das könnte nur eine langwierige Analyse klären, wozu aber die Mitwirkung Otto Weiningers Voraussetzung wäre, die nun nicht mehr möglich sei.

Ohne zu unbegründeten Konsequenzen zu ermutigen, erwähnte Swoboda, daß Weininger jahrelang unter Abszessen an verschiedenen Körperteilen gelitten habe. Dank seiner Beziehungen zu Ärzten konnte er seinen leidenden Freund kostenlos mit Jodoformpflastern versorgen, deren unangenehmer Geruch durch Hinzufügen von Eumarin gemildert wurde.

BARNER: Welche Frauen haben in Otto Weiningers Leben während seiner Studentenzeit eine Rolle gespielt?

SWOBODA: Abgesehen von der Mutter und der jüngeren Schwester im heiratsfähigen Alter, die beide sehr großen Einfluß auf ihn ausübten, und soweit er sich erinnere, könne er nur sagen, daß Otto Weininger Ende 1901 seine Unschuld verloren habe; dies hatte er ihm in einem Brief, zwar beiläufig, aber mit vielen Ausrufungszeichen versehen, mitgeteilt. Später befragt, wer die Glückliche gewesen sei, habe Weininger lediglich eingestanden, daß die betreffende Person gleich zweifach dem gegnerischen Lager angehöre, womit er sagen wollte, daß sie Feministin war. Aber nicht ihretwegen habe er sich mit Arthur Trebitsch duelliert.

BARNER: Bittet Swoboda, möglichst alles darüber zu berichten und sich nicht davon beirren zu lassen, daß das Duellieren unter Strafe steht.

SWOBODA: Er war Otto Weiningers Sekundant. Gemeinsam kauften sie die Säbel. Im Herbst 1901, ungefähr um die gleiche Zeit wie jetzt, hatte Weininger, um die monatliche Unterhaltssumme, die er von seinem Vater erhielt, aufzubessern, als Hauslehrer einem jüdischen aus Rumänien stammenden Mädchen Unterricht in der deutschen Sprache erteilt.

Im Sommer 1900, Swoboda und Weininger hielten sich damals in Paris auf, waren in Österreich an die zehntausend zerlumpte Juden auf Lastkähnen angekommen, die man durch eine rumänische Verordnung gezwungen hatte auszureisen. Nach einigem Hin und Her hatte man sie auf Dr. Theodor Herzls Intervention bei Innenminister Koerber hin einreisen lassen, wogegen die in Wien ansässigen, assimilierten Juden sich aufs heftigste verwahrten. Sie verweigerten sogar die Bezahlung der Kohle für den Schraubendampfer. Kurzum, Arthur Trebitsch, der wie Otto Weininger einer Turnerschaft angehörte, verdächtigte ihn im Beisein anderer einer Liebesbeziehung zu diesem Mädchen — ihr Name war Ioanna — und behauptete, Weininger habe deshalb für die Deutschstunden seit nunmehr anderthalb Jahren kein Geld genommen. Weininger, getroffen bis ins Mark, schrie Trebitsch an: »Wir sind erhaben über die Liebe!« Er forderte seinen großmäuligen Freund nach studentischem Brauch sogleich zum Duell heraus.

Ioanna wurde seinerzeit von Wilhelm Stekel, der, in der Bukovina geboren, weitläufig mit ihr verwandt ist, unterstützt. Stekel, ein Kollege Swobodas, bat ausgerechnet diesen — er war gerade aus Paris zurückgekehrt —, ihm einen Studenten zu empfehlen, der die ratlose Ioanna in die Geheimnisse der deutschen Grammatik einweisen könnte. Ohne die notwendigen Sprachkenntnisse böte sich ihr, die überdies ihre Eltern habe zurücklassen müssen, nicht in Rumänien, sondern in Kischinew in Bessarabien, nur die niedrigste Arbeit an. Swoboda schlug Otto Weininger vor.

BARNER: Bemerkt, daß Hermann Swoboda aufbrechen will, und fragt ihn noch einmal, ob er etwas über das Duell erfahren dürfe.

SWOBODA: Die beiden trugen ihr Duell an einem schneereichen Morgen im verlassenen Bootshaus einer deutschen Burschenschaft an der Alten Donau aus. Arthur Trebitschs Sekundant war der Erste Chargierte der Verbindung. Obwohl Otto Weininger nie in seinem

Leben Fechtunterricht genommen hatte, gelang es ihm mit einem beherzten Ausfall, Arthur Trebitsch an der Schläfe zu verletzen und so Satisfaktion zu erlangen. Es sei bezeichnend für Arthur Trebitsch, daß er bereits drei Tage nach dem Duell seinen Kontrahenten aufsuchte, und — wie Otto Weininger spöttisch bemerkte — in der männlichen Art, wie dieser seine Ehre verteidigt habe, eine Stärkung ihrer Freundschaft begrüßte. Was dieser Wirrkopf, dieses Herrensöhnchen auch immer kolportieren mochte, mit ihrer ohnehin nicht sehr tiefen Freundschaft, sei es damit ein für allemal aus gewesen. Arthur Trebitsch forderte jeden zum Duell heraus. Einmal habe er auch ihn, Swoboda, gefordert, weil dieser sich über Trebitschs bekannte Prahlerei, nach gründlichen phrenologischen schädelkundlichen Messungen der arischen Rasse anzugehören, lustig gemacht hatte. Swoboda war auf die Herausforderung nicht eingegangen, obwohl er zu den besten Fechtern seines Regiments gehöre.

BARNER: Fragt, ob Swoboda diese Ioanna, deren Familienname auch ihm allem Anschein nach nicht bekannt sei, auffinden könne.

SWOBODA: Wie er von Stekel beiläufig erfahren habe, sei sie seit einiger Zeit in der Redaktion von Theodor Herzls Zeitung *Welt* nicht mehr aufgetaucht. Dort hatte sie nämlich dank ihrer jiddischen Sprachkenntnisse eine Anstellung erhalten und Artikel aus den in Jiddisch erscheinenden Zeitungen der russisch-jüdischen Organisationen exzerpiert. Auch in ihrem Logis habe man sie vergebens gesucht. Sie sei, so hieß es, ohne eine neue Adresse zu hinterlassen, abgereist.«

Barner ordnete auch dieses Gedächtnisprotokoll in das mit O.W. gekennzeichnete Dossier ein und beschloß, ein amtliches Schreiben an Dr. Theodor Herzl zu richten und um Aufklärung über eine Dame namens Ioanna zu bitten, die sich vor nicht allzu langer Zeit in der Redaktion der *Welt* betätigt haben solle. Allein aufgrund des Vornamens — vielleicht war das auch ein Kosename — konnte er sie in der Registratur des Innenministeriums nicht finden; dazu mußte er sich erst Klarheit über den Familiennamen verschaffen. Doch sollte sie sich, was zu vermuten war, im Ausland aufhalten, würde ihm auch die aufgefundene Karteikarte nicht weiterhelfen.

Oberinspektor Barner trat wieder einmal auf der Stelle; doch es erfüllte ihn mit nicht geringer Genugtuung, daß ihn sein Spürsinn auch dieses Mal nicht getrogen hatte. Hier waren zweifellos Nationalitätenfragen im Spiel. Für das amtliche Schreiben mußte er seinen Vorgesetzten um Unterstützung bitten, die dieser ihm erstaunlicherweise verweigerte.

Oberstleutnant von Huber-Heißmödl, Wirklicher Geheimrat, Leiter der XVI. Sektion der Staatspolizei (Nationalitätenfragen), empfing Barner stehend und ließ ihn dann genau unter dem mit einem Blondel-Rahmen geschmückten Portrait des Kaisers Platz nehmen, während er selbst sich unter das Portrait Metternichs setzte.

Ob er von seinem Subalternbeamten Grund und Ziel der geplanten Anfrage bei Theodor Herzl erfahren könne?

Nach dieser Frage wußte Barner sofort, es würden Wochen bis zum Absenden seines Briefes vergehen. Den Grund dafür konnte er jedoch nicht erkennen. Wie Oberstleutnant von Huber-Heißmödl ihm erklärte, hatte Seine Exzellenz, der Herr Minister, bei einer unlängst abgehaltenen Tagung der Führungsoffiziere zu größerer Besonnenheit in den Nationalitätenangelegenheiten der Juden gemahnt. Eine Entscheidung auf Regierungsebene zur Frage der jüdischen Einwanderer, die derzeit weitgehend von außenpolitischen Rücksichten abhänge, sei in Vorbereitung, wie

der Herr Außenminister Goluchowski dem Herrn
Ministerpräsidenten und Innenminister Koerber signa-
lisiert hatte, als sie das letzte Mal bei Seiner Majestät in Audienz empfangen worden waren. Nun, in
seinem Besitz sei ein vom 13. September, also nach
dem Zionistenkongreß in Basel, datierter Brief des
Dr. Herzl, gerichtet an Seine Exzellenz, den Herrn
Innenminister, der eine gute Zusammenfassung über
alle möglicherweise notwendig werdenden Maßnahmen
gebe, wie sie nach dem augenblicklichen Stand der
Zionistischen Bewegung im Hinblick auf die außen-
und innenpolitischen Organe der Monarchie erforderlich sein könnten, mit besonderer Rücksicht auf die
österreichisch-russische Annäherung. Die Abschrift
dieses Briefes — so schlage er vor — möge Herr Oberinspektor Barner gütigst studieren, selbstverständlich
unter Wahrung der Geheimhaltung, und das Schriftstück innerhalb einiger Tage retournieren. Bis dahin
möge er seine Argumente detailliert ausarbeiten, um
einen Schritt von noch nicht abzuschätzender Wirkung
in dieser empfindlichen, explosiven Situation ausreichend zu begründen.

»Dr. Ernst von Koerber
Seine Exzellenz Minister   13. September 1903
und Innenminister   Alt-Aussee
Hofburg

Ew. Exzellenz
beehre ich mich, in der Beilage den Abdruck eines
Briefes zu übersenden, den der russische Minister von
Plehwe an mich gerichtet hat.
    Dieses interessante Schriftstück ist vielleicht der
Aufmerksamkeit Ew. Exzellenz entgangen, weil die
Wiener Zeitungen aus zum Teil komischen Gründen
den Baseler Zionistenkongreß und dessen Begleitum-
stände verschwiegen haben. Mehrere Blätter wollen

44

nämlich nicht zugeben, daß es eine Judenfrage gibt. Ich hatte ja schon vor Jahren Gelegenheit, Ew. Exzellenz über die zionistische Bewegung zu berichten, der Sie auch daraufhin eine freundliche Beurteilung angedeihen ließen. Tatsächlich existiert die Judenfrage auch in Österreich empfindlich und verbitternd genug, wenn es auch nach den antisemitischen Wahlsiegen zunächst zu einer teilweise äußerlichen Ruhe gekommen ist. So hat denn unsere auf dauernde Abhilfe gerichtete Bewegung in Österreich allmählich zugenommen — mehr in der Provinz als in der Hauptstadt, und in Wien mehr in den Bezirken als in der inneren Stadt. Dank einer höchst unwahren Vertretung in den Kultusgemeinden kommt dieser Tatbestand allerdings nicht recht zum Vorschein. (Ich behalte mir vor, bei einer anderen Gelegenheit Ew. Exzellenz über die unglaublichen, ärgerniserregenden Zustände dieser Gemeinden und über die mögliche Abhilfe durch ein ehrlicheres Wahlsystem meine Ansicht zu unterbreiten.)

An der östlichen Judennot ist Österreich jedenfalls ernstlich mitbeteiligt, nicht nur im fürchterlichen enorm großen galizischen Reservoir, sondern auch als nächster Zufluchtsort der verfolgten russischen und rumänischen Juden.

Dies alles darf ich wohl als zugegeben ansehen, und darauf möchte ich das Folgende gründen.

Aus dem Schreiben des Herrn von Plehwe, welches mir als amtliche Regierungserklärung, mit Zustimmung und im Auftrag S. M. des Kaisers von Rußland, zur Publikation nach meinem Ermessen übergeben wurde, geht hervor, daß die russische Regierung dem zionistischen Plane ihre Unterstützung zugesichert hat. Es dürfte also demnächst die Frage auf diplomatischem Wege auch der österreichisch-ungarischen Regierung nähergebracht werden.

Darum bitte ich Ew. Exzellenz, gütigst S. E. den Grafen Goluchowski davon zu verständigen, was ich glaubte zunächst Ihnen hiermit unterbreiten zu sollen.

Diese Lösung der Judenfrage geht ja die innere wie die auswärtige Politik an, und während im Innern dadurch eine latente, aber immer wieder ausbrechende Schwierigkeit beseitigt wird, ist kein auswärtiges Interesse der Monarchie dadurch irgendwie beeinträchtigt.

Eine Ansiedlung jüdischer Massen in Palästina kann den dort jetzt nicht nennenswert entwickelten Handelsbeziehungen der Monarchie nur eine Anregung und Vermehrung bedeuten.

Die immaterielle einzige Frage, die für eine christliche Macht in Betracht kommen kann, ist die der heiligen Stätten. Die Lösung dieser Frage ist in der Exterritorialisierung aller heiligen Stätten der Christenheit gegeben: Sie sollen *res sacra extra commercium gentium* sein.

Es ist mir in den Jahren, in welchen meine Bestrebungen überall mehr Beachtung fanden als in Österreich, gelungen, zuerst das wohlwollende Interesse der deutschen Reichsregierung und endlich — fast gleichzeitig mit der russischen Unterstützung — ein großartiges Hilfsanbieten Englands für das notleidende jüdische Volk hervorzurufen. *

Unter diesen Umständen darf ich hoffen, auch von der Regierung meines Vaterlandes in einem Unternehmen unterstützt zu werden, das, von jüdischen Interessen ausgehend, aber darin nicht befangen, den allgemein menschlichen Zweck einer großen Hilfe für eine große Not anstrebt.

Genehmigen Ew. Exzellenz den Ausdruck der ausgezeichneten Hochachtung

Ihres ganz ergebenen Theodor Herzl.«

---

* Gemeint ist das denkwürdige Uganda-Angebot des englischen Kolonialministers Joseph Chamberlain.

IV

BARNER SPÜRTE voll Freude, aber auch mit Unruhe, daß sich vor ihm mit einem Schlag mehrere Pfade erschlossen. Die zweifach dem feindlichen Lager angehörende unbekannte Frau, die nicht minder rätselhafte rumänisch-jüdische Ioanna und Dr. Wilhelm Stekel versprachen neue Einsichten. Vielleicht wußten sie nichts voneinander, ahnten aber mit Sicherheit sein Kommen. Der »Trebitschspur« vertraute er bereits weniger als dem Gespräch mit Dr. Hermann Swoboda im Café Apollo.

Der Brief des Dr. Herzl zerstreute seine letzten Kompetenzbedenken. Hatte er bisher angenommen, die Judenfrage gehöre in das hoch angesehene, Herrn von Hartel unterstehende Ministerium für Religion und Unterrichtswesen, so brachte jener Teil in Herzls Brief, der auf den tiefen Widerspruch zwischen der zionistischen Bewegung und den Organisationen der Kultusgemeinden hinweist, endgültig Ordnung in diese Frage — zumindest in seinem Kopf.

Die Judenfrage war kein religiöses, sondern ein politisches Problem; die Leiter der Kultusgemeinden betonten vergebens das Gegenteil. Im Vielvölkerstaat Österreich war jede antisemitische Bewegung, die als Argument die Verschiedenheit der sich neu ansiedelnden Juden von den alteingesessenen benutzte, zum

Scheitern verurteilt. Auch die Antisemiten rekrutierten sich aus verschiedenen Nationalitäten, nicht selten aus der Judenschaft.

Die Antisemiten konnten sich höchstens darauf berufen, daß die Einschmelzung der Juden in die herrschende Nationalität — sei es die deutsche, die ungarische oder die polnische — glatter als erwartet vor sich ging, doch nur, um früher oder später dann über das Ziel hinauszuschießen.

Es war nicht schwer, festzustellen, daß in den rückständigen östlichen Gebieten Scham und Neid den Antisemitismus anheizten. Der verschwenderische Adel und die parasitäre Staatsbeamtenschaft der verschlafenen Agrargebiete erkannten plötzlich erschrocken, daß sich eine bienenfleißige, kapitalkräftige Judenschaft entfaltet hatte, die ohne Blick auf Tradition und gefühlsmäßige Rücksichten alles übernommen hatte, was sicheren Profit versprach. Auch der Adel hätte nun gerne Sägebetriebe, Bergwerke, Banken eröffnet, Kläranlagen, Gasfabriken und Schlachthöfe gebaut; aber dafür war es nun zu spät, denn während sie im Tarock versunken waren, hatten jene gegründet und erbaut. Weitere Einrichtungen waren nicht mehr notwendig. Das Vorhandene war ein unerschöpfliches Füllhorn für die Juden, die nicht im geringsten wählerisch vorgingen. Versäumnisse, Ratlosigkeit, Geldmangel, das war der Nährboden des provinziellen Antisemitismus, der sich mit der Verklärung der ehemaligen ungestörten Superiorität, des »alten Ruhmes« mischte.

Es war dabei ganz nebensächlich, daß die modernen Industriegebiete oder die Hotels die gesamte Gegend bereicherten. Als Hauptübel galt nicht so sehr die Andersartigkeit der Juden, sondern, daß sie sich erfrechten, ungarischer, kroatischer, polnischer zu sein als die seit Jahrhunderten dort lebenden »historischen Nationalitäten«, und daß sie, obwohl sie keine »Herrschaftlichen« waren, redlich ihre Steuern zahlten.

Anders verhielt es sich mit dem Antisemitismus in den westlichen Kronländern. Hier hatten die alteingesessenen Nationalitäten, auch das österreichische und tschechische Deutschtum, rechtzeitig die Rentabilität der Industrieansiedlungen, des Ex- und Importes, des Eisenbahnbaus, des Geldumlaufes und anderer moderner Einrichtungen erkannt. Doch konnten sie den Segen der modernen Entwicklung nicht ohne Konkurrenz genießen. Die inzwischen gleichberechtigten Juden — das administrative Amen hatten sie sich mit ihrem Geld, *ex nexu,* verschafft — waren in alle Geschäftszweige eingedrungen und stellten den Monopolstatus der erworbenen bürgerlichen Positionen in Frage. Die neuen Wiener und Brünner Großhandelsunternehmungen, sogar die Kaufhäuser bewiesen das. Die Warenhausbesitzer nahmen plötzlich den Konkurrenzkampf mit dem soliden, alteingesessenen Wiener oder Brünner Kleinhandel auf. (Einer von Barners Verwandten hatte in Prag gerade bankrott gemacht, weil er der Konkurrenz des Kafkaschen Modehandels in großem Stil nicht mehr gewachsen war.)

Oberinspektor Barner bejahte die Gerechtigkeit und folglich den freien Wettbewerb; er beobachtete als aufgestiegener Staatsbeamter, wenn nicht mit Sympathie, so doch mit Anerkennung, die schwindelerregende Karriere der Trebitschs, die sich innerhalb weniger Jahrzehnte von jüdischen Handlungsreisenden zu Besitzern internationaler Handelsimperien emporgearbeitet hatten.

Die Bewegung der Deutschnationalen unter Georg Schönerer hätte an sich kaum das Vertrauen der Wiener Kleinbürger, Kleinhändler und Kleingewerbetreibenden gewinnen können, denen in der Tiefe ihres

Herzens schon immer die »wohlwollende« Annäherung des großen deutschen Bruders verdächtig war. Schönerer vermochte jedoch mit seinen judenfeindlichen Parolen die Massen hinter sich zu bringen, da ihm Abertausende glaubten, die Ursache allen Übels sei darin zu suchen, daß die Juden die alte, als ewig gedachte Ordnung gesprengt und damit vor allem das Überleben der ehrenhaften, deutschsprachigen Fabrikanten und Händler gefährdet hätten.

Andererseits mußte Schönerers Demagogie früher oder später mit höheren, gesamtstaatlichen, sogar dynastischen Interessen kollidieren, denen zufolge jeder Staatsbürger der österreichischen Monarchie ein Staatsbürger blieb, gleichgültig, welcher Nationalität er angehörte. Nicht auf die Rasse oder die Religion kam es an, sondern auf die Achtung vor dem Gesetz, die Treue zum Herrscherhaus, den militärischen und administrativen Sacheifer und auf die pünktlich bezahlten Steuern. Würde der Staat die jüdischen Großhandelsunternehmungen, die Industrieanlagen, die Geldinstitute schließen, wie es Schönerer und Genossen forderten, um damit den ehrenwerten deutschen Bürgern »mehr Luft zu verschaffen«, anstatt die jüdische Prominenz mit Orden und Adelstitel zu honorieren, dann wäre es nicht nur um den Grundgedanken der Monarchie geschehen, um die von Gott geheiligte Gerechtigkeit des Herrschens, und um die staatsbürgerliche Gleichberechtigung (hatte man nicht soeben in Graz ein slowenisches und in Innsbruck ein italienisches Gymnasium eröffnet, allen Protesten der Deutschnationalen zum Trotz?), sondern auch Österreichs Industrie, Handel und militärische Rüstung würden hinter die übrigen europäischen Länder zurückfallen.

An der Schwelle zum XX. Jahrhundert konnte die Bindung des Wahlrechtes an das Vermögen nicht mehr durch eine Bindung an Rasse oder Religion ersetzt werden. Schönerer war zum Scheitern verurteilt, zu dem seine eigene Torheit noch beitrug. Denn in seinem blinden Judenhaß war er mit einer kleinen Gruppe handfester Getreuer ins Verlagsbüro des *Neuen Wiener Tageblatts* eingedrungen — wann? am 8. März 1888 —, um die »Macher dieses jüdischen Schmutzblattes« zur Rede zu stellen. Großherzog Rudolph zögerte nicht, sich zum Beschützer des Redakteurs Moritz Szeps, seines Freundes, zu machen. Er sprach Schönerer nicht nur den Adelstitel ab und enthob ihn seines Abgeordnetenamtes, sondern er untersagte ihm für fünf Jahre jedwede Öffentlichkeitsarbeit. Schönerers Partei zerfiel.

Karl Lueger übernahm nach der Gründung einer neuen Partei den Stab von Georg Schönerer. Er erwies sich als der bessere Taktierer. Bei seiner turnusgemäßen Wahl zum Oberbürgermeister von Wien hatte Kaiser Franz Joseph zwar mehrmals sein Veto eingelegt, schließlich aber doch seine Zustimmung gegeben. Lueger belohnte das Vertrauen seiner deutschgesinnten, antisemitischen Wähler und seiner zehntausend Parteigenossen, indem er einen großen Teil der Hauptstadtmodernisierung arischen Unternehmen zukommen ließ (während seiner Amtszeit wurde zum Beispiel die Pferdestraßenbahn von der elektrisch betriebenen Tram abgelöst), jedoch machte er seine Drohung, eine Verordnung zur administrativen Beschränkung risikofreudiger jüdischer Unternehmungen zu erlassen, nicht wahr. Wenigstens nicht bisher.

Barner durchdachte alle diese offenkundigen Tatsachen, um das von Oberstleutnant von Huber-Heißmödl geforderte Memorandum zur internen Begründung der Anfrage an Dr. Theodor Herzl abfertigen zu können. Die Bewegung Herzls fand in Österreich wenig Resonanz. In Ungarn wurden seine Bestrebungen noch gleichgültiger, ja sogar feindselig aufgenommen. Selbst in Wien kursierten Schmähschriften gegen Herzl, verfaßt von konvertierten Juden; Barner selbst hatte zum Beispiel die boshafte Broschüre *Eine Krone für Zion* von Karl Kraus gelesen. Kurzum, die hiesige Rolle dieses imposanten, immer einwandfrei gekleideten, alttestamentarische Autorität verbreitenden Mannes war kaum zu verstehen, wenn man außer acht ließ, daß die Wiener Juden bedingungslos an der Idee einer ewigen Balance festhielten. Sie beachteten die anrollenden antisemitischen Wellen genausowenig wie die Massenauswanderungen der östlichen Judenschaft. Die über ihren Köpfen schwebende, einander ausgleichende Herrschaft Karl Luegers und Seiner kaiserlich und königlichen Majestät erschien ihnen von ewiger Gültigkeit, und damit schien ihnen auch die Balance zwischen Juden und Nichtjuden in der Industrie, im Handel, in den Künsten, in der Politik und Bildung von ewiger Dauer. Dieser *modus vivendi* schien zwar immer durch irgend etwas bedroht, war aber bis jetzt nie ernsthaft erschüttert worden.

Bei näherer Betrachtung stellten nicht die Zionisten, diese wenigen Hitzköpfe, eine Gefahr für die errungene und so standhaft verteidigte jüdische Lebenshaltung dar, sondern die aus den ärmeren Provinzen und aus Rußland hereinflutenden Massen. In den Köpfen der Assimilierten spukte noch die Erinnerung an das Jahr 1900, als sich, zumeist nur vorübergehend, zweihundertsiebzigtausend eingewanderte, bettelarme Juden in Wien aufhielten.

Letzten Endes brachte Herzl nur den Wunsch der eingesessenen Wiener, Preßburger und Budapester Juden zum Ausdruck — er war schließlich einer von ihnen —: den Zustrom der ostjüdischen Massen, wenn irgend möglich, aufzuhalten. Überallhin, nur nicht zu ihnen, und wenn schon überallhin, warum dann nicht nach Palästina? Darin steckte etwas Wahres,

52

und im Prinzip konnte man dem auch zustimmen. Doch die wohlhabenden, arrivierten, äußerlich wie innerlich bereits völlig germanisierten Wiener Juden, wie auch die magyarisierten Preßburger und Budapester Juden, fürchteten die Zukunft.

Sollte Dr. Herzl Erfolg haben, sollte es wirklich zur Auswanderung nach Palästina kommen, noch dazu in riesigem Ausmaß (der türkische Sultan wollte sich auf Druck der Großmächte mit mehreren hunderttausend Juden an der Besiedelung beteiligen), dann würde die arrivierten Wiener, Preßburger, Budapester Juden nichts mehr davor bewahren, daß man auch ihnen, ungeachtet ihrer Auszeichnungen, ihrer Titel, ihrer dem Staat gebrachten Opfer, den Weg wiese, und das vielleicht in nicht allzu ferner Zukunft, denn nun wüßten sie ja, wohin, nun hätten sie eine Heimat. Deshalb wünschten sie nicht nur ihre galizischen, litauischen oder bessarabischen Glaubensgenossen zum Teufel, sondern auch deren selbsternannten Messias, den Herrn Dr. Theodor Herzl.

Wozu sollen sie ihre gutgehenden Unternehmungen verlassen? Hatten sie die Waisenhäuser, Armenküchen, Krankenanstalten, auf die sie so stolz waren, errichtet und von einem dadurch entlasteten Staat viel Lob geerntet, um in der unerträglichen Hitze Palästinas von vorne zu beginnen? Nein, Hand aufs Herz, da blieben sie lieber hier und musterten sonntags auf der Praterpromenade die eleganten Herren und Damen. Sie hatten es nicht nötig, sich mit irgendwelchen verlausten Polacken gemein zu machen.

Anfangs hatte Theodor Herzl eher dem Deutschtum als dem Judentum gehuldigt. Mit einiger Gehässigkeit redeten die Wiener Juden darüber, daß sich der Medizinstudent Herzl aus der deutschnationalen Burschenschaft Albia ausgeschlossen hatte, in ähnlicher Weise, wenn auch unter anderen Umständen, wie sich Arthur

Trebitsch später genötigt sah, den *Leseverein* zu verlassen.

Was war geschehen? Ein anderer Burschenschaftler, der zukünftige Theaterkritiker Hermann Bahr, ebenfalls Jude, war mit der Polizei in Konflikt geraten, als er sich anläßlich des Todes von Richard Wagner — 1883 — an die Spitze einer antisemitischen Demonstration gestellt hatte. Nachdem die Albia sich durch korporativen Beschluß hinter Bahr stellte, bot Herzl, der nicht mit ihm sympathisierte, sein Ausscheiden aus dem Vorstand, ja sogar aus der Burschenschaft an, als er einsehen mußte, daß der Beschluß selbst durch kein rhetorisches Argument mehr rückgängig zu machen war. Zu seinem größten Erstaunen wurde sein Angebot angenommen. Damit endete Herzls vielversprechende Karriere in der großdeutschen Bewegung.

»Nun fischt er in neuen Gewässern«, lästerten die raffiniert politisierenden, sich erbarmungslos erinnernden jüdischen Leser der *Neuen Freien Presse,* sobald Herzls Name im Feuilleton erschien. Sie behaupteten auch, die Konzentration der Judenschaft in Palästina sei nichts anderes als die Verwirklichung eines großen, auf staatliche Ebene erhobenen Ghettos. Nein, sagten sie, dem Judentum sollte doch Genugtuung und Anerkennung zuteil werden, verbunden mit sämtlichen Menschenrechten, wo ihm seit Jahrhunderten schreckliches Unrecht widerfahren war. Die Judenschaft biete der deutschen, der ungarischen, der tschechischen, der polnischen Bevölkerung selbstlos die Hand, sie sei bereit, deren Gewohnheiten, deren Sprache, sogar, wenn es sein müsse, deren Religion anzunehmen, rechne aber — was angemessen sei — mit einer ausgestreckten Hand als Erwiderung.

Während sie so argumentierten, breiteten sie den Schleier des Vergessens über die Tatsache, daß auch ihre Vorfahren einige Menschenalter zuvor aus Litauen, Galizien, aus der Bukowina gekommen waren, ebenso bereit, sich zu regen wie ihre heute dort lebenden, in Not und Unwissenheit versackten Glaubensgenossen, zu denen sie alle verwandtschaftliche Bande zerrissen hatten und zu denen sie nicht einmal auf Besuch fuhren. Wenn sich diese Glaubensgenossen aus dem Osten zu ihnen nach Wien durchschlugen, blickten die Arrivierten mit Ekel auf sie herab, weil sie die Spuren des Stetels auf der Stirn trugen und der deutschen Sprache nicht mächtig waren.

Oberinspektor Barner wußte, als er mit seinen Überlegungen so weit gekommen war, daß sein Theodor Herzl zugedachter Brief niemals das Gebäude des Innenministeriums verlassen würde. Der politische Grundsatz der Monarchie konnte, was die Bewegung Herzls betraf, kein anderer sein, als außenpolitische Unterstützung zu gewähren, in Abstimmung mit der deutschen und der russischen Außenpolitik, ohne jedoch die hiesige, über ein großes politisches Potential verfügende Judenschaft zu verprellen.

Man respektierte Dr. Theodor Herzl nur an den Grenzstationen als politischen Faktor, wenn er im Begriff war, die Monarchie zu verlassen. Als Einwohner Wiens (Haizingerstraße) war er für die maßgebenden Stellen nicht existent. Logischerweise konnte er auch nicht von einem aktiven Leutnant und Oberinspektor einen Brief erhalten.

Der Amtsdiener brachte einen verschlossenen Briefumschlag, dem Barner, nachdem er ihn mit dem Federmesser aufgeschlitzt hatte, die beiden Gedichte von Otto Weininger entnahm. Sie bestätigten ihm, daß die junge Generation der Judenschaft, auf die er in seinem Memorandum hinweisen wollte, eine anders geartete Beurteilung erforderte als die Generation ihrer Vorväter, die Gründergeneration, für deren innenpolitische Rolle er sich zunächst interessiert hatte, obwohl alle, die ihm bei seinen Nachforschungen Material geliefert hatten, junge Menschen waren.

Diese junge Generation erhob sich nicht nur gegen das ihnen verbliebene Judentum, sondern auch dagegen, daß ihre Väter ihnen von diesem Judentum nur einen kümmerlichen Rest belassen hatten. Doch im Grunde war es ihnen gleichgültig, wogegen sie opponierten, nur opponieren wollten sie um jeden Preis. Sie ärgerten sich über die Arriviertheit der Vätergeneration, über ihr Vermögen, über ihre »typisch jüdisch-kapitalistische« Lebensauffassung, die alles in die platten Begriffe der Finanzsprache zu fassen suchte.

Aus dieser jüdischen Jugend rekrutierten sich auch die entschlossensten russischen Revolutionäre und Anarchisten, die allerdings, sobald schlechte Zeiten für sie anbrachen, vor der Ochrana flohen, um die Kaffeehäuser von Wien bis Fiume heimzusuchen und dort, teetrinkend und kettenrauchend, ihre bevorstehende, triumphale Volksführerrolle zu planen.

Aber auch jenseits der Politik rekrutierten sich in Wien, Berlin, München, Budapest und Prag die Anhänger der neuesten geistigen oder künstlerischen Strömungen fast ausschließlich aus den Söhnen und Töchtern jüdischer Händler, Finanzgrößen und Industriebarone. Diese Kinder probten den Aufstand gegen ihre Väter (was der vaterlos aufgewachsene Barner für reichlich geschmacklos hielt) und stellten dabei die ganze bisherige Weltordnung in Frage.

In Wien überschwemmte die vom väterlichen Vermögen reichlich unterstützte jüdische Jugend förmlich die freien Wissenschaften, in erster Linie die Philosophische Fakultät, von der aus sich der Weg zur Literatur, zum Theater oder zum Journalismus öffnete, und in zweiter Linie die Medizinische Fakultät, das Konservatorium und die Akademie. Mit der Zeit aber würde auch in der Jurisprudenz ihr Anteil beträchtlich zu-

nehmen. Die Väter aber mußten ihre Unternehmen
— und auch das ging nur, wenn sie Töchter hatten,
auf dem Weg der Vermählung — dem einen oder
anderen ärmeren jüdischen Angestellten oder Ge-
schäftspartner vererben.

Barner wandte sich nun Weiningers Gedichten zu,
von denen das erste keine Überschrift trug.

>Sieh mich gebeugt mit lockerm Schritte
In Mauernähe ängstlich gehn,
Verhöhnend dein Gebot der Sitte
Nach Füßchen und nach Busen spähn.

Das ist der Weg, der längst bekannte,
Zu ihr, der Göttin ohne Scham,
Den ich so oft zu gehen brannte
und reuig weinend wiederkam.

O Gott, in alle Spiegel schlage
Vernichtend deine Faust hinein,
Das klare Licht entzieh dem Tage,
Dem Bache nimm den Widerschein!

— Und höhnisch schleicht das alte Bangen
Der heißbegehrten Lust voran. —
Oh!!! Gib dem Laster rote Wangen,
Daß ich ihm angstlos frönen kann!«

>Schauder
Allmählich kehr ich heim an diese Stätte
Mit müden Sinnen, schlaff und ohne Kraft;
Wie jeder andere ist der Tag verronnen
Der Mond ist da, soll trösten für die Sonnen.

Des Winters schweigend' mitleidslose Kälte,
Der Himmel starr in seinem Leichentuch:
Es schneit in meinem Herzen, seine Sehnsucht
Erfriert langsam vor des Lebens Zucht.«

Oberinspektor Barner fühlte sich Dr. Swoboda aus zwei Gründen verpflichtet. Erstens konnte er ihm einen Dankesbrief schreiben, in dem er ihn um ein erneutes Treffen bat, da Swoboda vorläufig der einzige war, der ihn zu Ioanna bringen konnte. Und zweitens hatte er ihm durch die Sendung der Gedichte einen Vorwand verschafft, um sich an Rosa, Weiningers Schwester, zu wenden.

Noch vor dem Mittagessen verließen zwei Briefe sein Büro.

»Z. Hdn. Fräulein
Rosa Weininger   27. Oktober 1903
VI. Breitegasse 6   IV. Gußhausstraße 6

Sehr verehrtes Fräulein Weininger!
Bitte gestatten Sie mir, Ihnen mein aufrichtiges Beileid auszusprechen zu dem tragischen Ereignis, das Ihnen und den Ihren widerfahren ist.

Als ich seinerzeit bei Ihrer Familie einen Besuch abstattete, konnte ich Ihnen zu meinem größten Bedauern meine tiefe Anteilnahme nicht ausdrücken, da Sie nicht zu Hause weilten. Ich hoffe aufrichtig, daß sich mir dazu noch eine Gelegenheit bieten wird, allein schon deshalb, weil ich, ein Verehrer Ihres Bruders, im Besitz von zwei Gedichten von seiner Hand bin. Es wäre nicht geziemend, deren Kenntnis gerade den ihm am nächsten Stehenden, seiner Familie, vorzuenthalten. Natürlich ist es durchaus möglich, daß besagte Gedichte Ihnen und den Ihren bereits bekannt sind.

Ich wende mich an Sie und nicht zum zweiten Mal an Ihren sehr verehrten Herrn Vater — bitte richten Sie ihm meine ehrerbietigen Grüße aus —, da mich einige, Ihren Bruder Otto betreffende, Fragen beunruhigen, bei deren möglicher Beantwortung, falls Sie dazu bereit wären, Sie mir behilflich sein könnten.

58

Gerade Sie standen, soviel ich weiß, von allen Geschwistern, dem Alter entsprechend, Ihrem Bruder Otto am nächsten und hatten sicherlich Einblick in die verschiedenen Tätigkeiten dieses hochbegabten Philosophen, auch in jene, die möglicherweise den besorgten Augen der Eltern verborgen blieben.

Natürlich würde ich auch ein Treffen im Beisein einer dritten Person hoch zu schätzen wissen, doch wäre für mich natürlich unter den gegebenen Umständen ein Gedankenaustausch unter vier Augen am wertvollsten.

Bitte verzeihen Sie diesen egoistischen Standpunkt, sowie auch meine Offenheit, und nennen Sie mir in Ihrem Antwortschreiben gütigst Ort und Zeit, die Ihnen am geeignetsten erscheinen für ein sei es auch noch so kurzes Treffen.

Da wir uns persönlich noch nicht kennen, schlage ich vor, sofern Sie, wie ich zu hoffen wage, auf meinen Vorschlag eingehen, daß wir beide einen Regenschirm bei uns führen, den wir etwa in der Mitte umfassen.

Mit vorzüglicher Hochachtung und der erneuten Bitte, meine Beileidsbezeugung entgegenzunehmen,
Maximilian Barner
Leutnant.«

»Z. Hdn. Herrn   27. Oktober 1903
Dr. Hermann Swoboda   Staatspolizei
VIII. Lederergasse 26   XVI. Sektion
                                (Nationalitätenfragen)

Sehr geehrter Herr Doktor!
Allem voran gestatten Sie mir, meinem aufrichtigen Dank Ausdruck zu verleihen dafür, daß Sie Ihr entgegenkommendes Versprechen ohne Verzögerung und noch dazu in Form der originalen Handschrift eingelöst haben. Ich betrachte die Sendung natürlich als

Leihgabe und werde sie Ihnen bei unserer nächsten, hoffentlich baldigen Begegnung wieder übergeben oder, falls das nicht möglich sein sollte, innerhalb der gesetzten Frist per Einschreiben retournieren.

Über die Gedichte kann ich als Laie nur so viel sagen, daß sich durch sie meine Kenntnisse über den Verstorbenen in erstaunlichem Maße erweitert haben. Auf jeden Fall möchte ich während einer von mir erhofften neuerlichen Begegnung, abgesehen von der Rückgabe der Gedichte, mit Ihnen gerade über Fragen diskutieren, die von den Themen dieser Gedichte nicht allzuweit entfernt sind.

Als Ort des Treffens sei mir gestattet, den Schwarzenbergplatz zu benennen, und zwar den vor dem Café Europa sich erstreckenden Bürgersteig, und als Zeitpunkt den auf Allerheiligen folgenden Montag, also den 2. November, nachmittags vier Uhr.

Ich würde mit dem Fiaker dorthin kommen und Sie, sofern Sie nichts dagegen haben, mitnehmen, vorbei am Rennweg, zu den monatlichen Schießübungen der Beamten meiner Sektion auf dem außerordentlich angenehmen Simmeringer Schießplatz, natürlich auf Ihre Beteiligung mit den Ihnen dort zur freien Verfügung stehenden Waffen zählend.

Ich bitte Sie, sehr verehrter Herr Dr., mir postwendend mitzuteilen, ob Sie an diesem Nachmittag frei sind oder, falls nicht, zu welchem anderen, möglichst baldigen Zeitpunkt Sie mir Gelegenheit zu einem erneuten Treffen mit Ihnen geben können.

Ihr sehr ergebener
Maximilian Barner
Leutnant.«

Am Nachmittag desselben Tages schickte er die beiden Gedichte mit der Rohrpost des Innenministeriums an die Schriftsachverständigenabteilung zur Begutachtung; dann erbat er mit einem Blitztelegramm an das Königlich Ungarische Innenministerium die Daten zur Person des Kaufmannes Károly Boschán, des Verlobten der Rosa Weininger.

Mit der Nachmittagspost erreichte ihn eine Karte von Arthur Trebitsch, deren Beantwortung er jedoch auf die Zeit nach dem nahenden Festtag verschob, denn am nächsten Tag wollte er zu seiner Mutter nach Brünn — er hatte sich einen freien Tag genommen —, um am Sonntag seinen Vater, an den er nur einige schwache Erinnerungen bewahrte, wie gewohnt mit einem Kranz an Allerheiligen zu ehren.

V

DAS HEISST, so wußte es sein Vorgesetzter, und so wußte es auch Frau Elisabeth, die ebenfalls zu verreisen gedachte, um ihre Toten in Leoben zu ehren, den Oberinspektor aber bereits am Sonntag abend mit einem warmen Essen erwarten wollte. Doch sollte es Barner in diesem Jahr nicht beschieden sein, seinem Vater wie gewohnt den Kranz aufs Grab zu legen, auch nicht, wie geplant, eine Rohfassung des Memorandums für Oberstleutnant von Huber-Heißmödl im Eisenbahnabteil zu konzipieren; denn er erblickte, als er am Reisetag die Tram in der Mariahilferstraße verließ — er hatte einen Umweg auf sich genommen, weil er sich in dem Zigarrenladen nahe der Haltestelle mit einigen, nur dort erhältlichen »Hochfeinen« (Havanadecken und Einlagen), die er sich von Zeit zu Zeit gönnte, erfreuen wollte —, Herrn Leopold Weininger im Morgennebel, gekleidet in einen Mantel mit Pelzkragen, auf dem Kopf eine Melone und in der Hand einen Regenschirm, in Begleitung einer jungen Dame. Diese junge Dame konnte kaum eine andere sein als Rosa Weininger. Sie war in einen Reisemantel gehüllt; in der rechten Hand trug sie eine Reisetasche.

Der sonst so bedächtige Oberinspektor Barner ging kurz entschlossen auf die beiden zu, und nachdem sie sich gegenseitig ihrer den Umständen entsprechenden

Gesundheit versichert hatten, erfuhr er Rosas Reiseziel. Sie wollte nach Budapest. Er war verblüfft, als er sich sagen hörte, auch er reise dorthin. Er stieg mit Vater und Tochter in die ankommende Tram und fuhr zum Westbahnhof statt wie geplant zum Nordbahnhof.

Nachdem sein Angebot, Rosas Beschützer auf der Reise zu sein, Herrn Weiningers Einverständnis gefunden hatte, löste er eine Fahrkarte erster Klasse, schickte ein Telegramm, man möge erst am kommenden Wochenende mit seiner Ankunft rechnen, nach Brünn und saß auch schon, mit dem Rücken zur Fahrtrichtung, Rosa gegenüber im Abteil. Herr Weininger ließ noch eine Banknote in die Tasche seiner Tochter gleiten, bevor er den sich allmählich füllenden Zug verließ.

Der dunkle Teint des Mädchens hätte Oberinspektor Barner im Leutnantsrang sicherlich fasziniert — er selber war blond und schätzte besonders dunkelhaarige Frauen —, hätten ihn seine Nachforschungen nicht abgelenkt. Die wichtigste Frage konnte er jedoch erst stellen, nachdem der Zug hinter Schwechat, der Nebel hatte sich inzwischen gelichtet, in voller Fahrt war. Es hatte sich herausgestellt, daß Rosa die Familie ihres Bräutigams Károly Boschán zu einer ersten Kontaktaufnahme besuchen wollte, Barner hingegen von Dienstobliegenheiten in die ungarische Hauptstadt gerufen worden war. Ihre einzige Reisegefährtin, eine korpulente ungarische Dame, war auf das erste Läuten des durch den Zug gehenden Kellners hin in den Speisewagen gegangen.

»Hatte Ihr Bruder einen Bekannten, von dem der Revolver, ein russisches Fabrikat, stammen konnte?«

Rosa vermochte darauf nicht zu antworten, da ihr der gesamte Bekannten- und Freundeskreis ihres Bruders nicht geläufig war.

»Gnädiges Fräulein, gestern habe ich der Post einen Brief an Sie übergeben, in dem ich Sie um eine Begegnung bat, bei der wir uns über die Todesumstände Ihres Bruders unterhalten könnten. Dieser Brief hat Sie noch nicht erreicht, aber der Zufall wollte es, daß wir uns heute schon zu meiner nicht geringen Freude getroffen haben. Ich bitte Sie, mit tapferem Herzen das aufzunehmen, was ich Ihnen nun sagen werde. Ich halte es für möglich, daß Ihr Bruder ermordet wurde.«

»Das würde alles ändern«, stammelte Rosa. Sie war sehr blaß geworden.

»Wie meinen Sie das?« fragte Oberinspektor Barner hastig. Er war sehr daran interessiert, herauszufinden, ob er mit Rosa als Verbündeter rechnen konnte.

»Ich meine«, sagte Rosa, »daß wir in diesem Fall nicht weiter im Schatten einer verhängnisvollen Verfehlung leben müßten. Wir alle. Alle seine Angehörigen. Wir hätten in Otto gerne einen Helden gesehen. Helden jedoch richten nicht die Waffe gegen sich selbst.«

»Fräulein Rosa, ich werde nichts unversucht lassen, um Sie und Ihre Familie von solchen dunklen Gedanken zu befreien. Die Widersacher Ihres Bruders aufzufinden, das ist nunmehr unsere Pflicht. Die Mörder —«

»Mein Bruder hatte keine Feinde. Er konnte keine haben.«

»Aber vielleicht war er in eine politische Intrige verwickelt, ohne es zu wissen.«

»Er verachtete alles Politisieren. Er bewegte sich in höheren Regionen.«

»Man sagt Ihrem Bruder in gewissen Wiener Kreisen nach, daß er unfähig gewesen sei zu lieben und deshalb seinem Leben ein Ende gesetzt hätte.«

Rosas Augen verrieten Oberinspektor Barner, daß er erraten hatte, was aus Otto Weiningers immer berühmter werdendem Buch herausklang.

»Sie, Fräulein Rosa, das weiß ich, sind vom Gegenteil überzeugt. Ihr Bruder hätte niemals aus solchen Gründen Selbstmord begehen können; denn er liebte das Leben und die Menschen, die ihn umgaben.«

»So ist es, Herr Leutnant. Sie hätten nur einmal erleben müssen, mit welch dankerfüllter Liebe er mich ansah, wenn ich ihm spät abends ein Glas Milch in sein Zimmer brachte, während er noch bei Kerzenlicht, die Manschetten hatte er abgestreift, arbeitete. Es war auch die Liebe, die ihn bewog, zu konvertieren, und nicht materielle Interessen.«

»Wäre es für die Familie nicht von größter Bedeutung, zu beweisen, daß er sein Leben nicht weggeworfen hat, sondern daß es ihm durch ein Verbrechen genommen wurde?«

»Aber was würde das noch ändern?« fragte Rosa, mit den Tränen kämpfend.

»Haben Sie vorhin nicht selber gesagt, das würde ein anderes Licht auf seinen Tod werfen?«

Ein Schaffner mit schlechter deutscher Aussprache, der nach Knoblauch roch, betrat salutierend das Abteil. Als er Rosa Weiningers Tränen sah, lochte er die Fahrkarten in dem Glauben, durch sein Erscheinen einen Ehestreit unterbrochen zu haben.

»Sehen Sie, Herr Leutnant, ich habe die letzten Wochen damit verbracht, mich mit dem furchtbaren Gedanken, mein Bruder sei ein Selbstmörder, vertraut zu machen. Ich weiß mehr über ihn als die anderen Familienmitglieder.«

Damit hatte Oberinspektor Barner gerechnet, und sein Lächeln hätte Rosa Weininger seine Zufriedenheit verraten können, wäre sie nicht damit beschäftigt gewesen, ihren Hut abzunehmen und sorgfältig, den Spiegel in einer Hand, ihren schweren Haarknoten zu betasten.

»Überlegen Sie bitte, ob es in dem Bekanntenkreis Ihres Bruders nicht doch einen Russen gegeben hat«, sagte Barner, der die Gunst der Stunde nutzen wollte. Rosa jedoch führte ihren Gedankengang fort: »Alles, was ich über seine Vergangenheit weiß, hat sich in den letzten Wochen dahingehend zusammengefügt, daß sich in meiner Erinnerung die auf Selbstmord hinweisenden Anzeichen gefestigt haben und alles überschatten, was dagegen sprechen könnte. Auch beim Schachspiel wirken sich gute und schlechte Züge erst am Ende der Partie aus.«

»Sie verstehen etwas von Schach?« fragte Oberinspektor Barner in anerkennendem Ton.

»Ich lernte die Spielregeln von Otto, und er hat, solange er bei uns wohnte, jeden Sonntag eine Partie mit mir ausgetragen.«

»Ich habe Ihren Gedankengang unterbrochen«, entschuldigte sich der Oberinspektor. »Bitte fahren Sie fort.«

»Im letzten Frühjahr, es war an seinem zweiundzwanzigsten Geburtstag, sandte er mir einen erschütternden Brief. Er wohnte zu dieser Zeit schon ein halbes Jahr in der Nußdorferstraße. Ich habe ihm diese Wohnung verschafft, ihm auch ein Klavier besorgt, denn er hatte beschlossen, Klavier spielen zu lernen. Kurzum, dieser Brief könnte, wie auch immer man ihn auffassen mag, der Abschiedsbrief eines potentiellen Selbstmörders sein, was mir damals allerdings nicht bewußt war.«

»Was stand in dem Brief?«

»Er schrieb, seine Seele könnte sich nicht erschließen, nicht verströmen, sie gliche einem Haus mit verschlossenen Fensterläden. Nur Kälte und Dunkelheit wohnten darin.«

»Das ist ein melancholisches Gleichnis. Aber waren es nicht eher äußere Gründe, die ihm diesen finsteren

Gedanken eingaben? Freunde oder Freundinnen vielleicht, von denen er sich hintergangen glaubte?«

»Sie sind auf der richtigen Fährte, Herr Leutnant. Otto stand in Verbindung mit meiner Freundin Grete Meisel-Heß. Sie war gleichaltrig mit meinem Bruder. Anfangs äußerte sie sich mit der größten Anerkennung über ihn, später jedoch nannte sie ihn den »Unausstehlichen«. Ich habe deshalb meine Freundschaft zu ihr abgebrochen. Ich habe sie auf einer Veranstaltung des Frauenvereins kennengelernt, bei einem Vortrag, ich glaube, Bertha von Suttner hielt ihn ... oder war es Rosa Mayredner? Nach Beendigung der Handelsschule, neben meinem Musikstudium und meinen häuslichen Obliegenheiten, habe ich viel Zeit dem feministischen Gedankengut gewidmet. Meine Schneiderin nahm mich das erste Mal mit in den Frauenverein. Um es kurz zu machen, Grete studierte Philosophie, wie Otto, den sie übrigens kannte; denn als sie meinen Namen hörte, gestand sie, daß sie meinen Bruder schon seit langem gerne näher kennengelernt hätte, doch der behandle sie wie Luft. Ich vermittelte zwischen ihnen. Dabei fühlte ich mich selbst ein wenig von einem Passus in *Geschlecht und Charakter* getroffen, der besagt, daß alle Frauen Kupplerinnen seien. Doch ich will nicht abschweifen. Nach ihrer ersten Begegnung mit Otto äußerte Grete mir gegenüber, das Schicksal habe sie mit Jesus Christus zusammengeführt. Meinen Bruder hat der Abbruch dieser Beziehung sicherlich tief erschüttert. Heute weiß ich, nachdem ich Grete als Kämpferin für den Feminismus näher kennengelernt habe, daß dieser Bruch unumgänglich war. Finden Sie es nicht auch merkwürdig, daß Frauen immer bekehren wollen? Von meiner Schneiderin erfuhr ich — ich gehe nicht mehr in den Frauenverein, seit ich mich mit Grete entzweit habe —, daß Grete dort einen Vortrag gehalten hat, in dem

68

sie haßerfüllte Bemerkungen über meinen Bruder machte.* Ich will damit andeuten, daß sie, auf ihre merkwürdige Art, die Ansicht meines Bruders über das mangelnde weibliche Urteilsvermögen nur bestätigt. Selbst ein Blinder würde sehen, daß ihre Stellungnahme auf persönlicher Befangenheit beruhte. Dieses Kleid übrigens«, sie zeigte auf ihr gut sitzendes Reisekleid, das ein Stück von ihren schwarzen Strümpfen freigab, da sie ihre Beine übereinandergeschlagen hielt, »wurde zu eben dem Zeitpunkt fertig, als ich das alles erfuhr.«

Oberinspektor Barner befürchtete, daß ihre korpulente Reisegefährtin bald zurückkäme. In ihrem Beisein würde ihnen noch genügend Zeit bleiben, über solche Bagatellen zu plaudern. Bis dahin aber mußte er noch einige offene Fragen klären. Sicherlich böte sich ihm so bald nicht wieder die Möglichkeit zu einem ungestörten Gedankenaustausch mit Otto Weiningers Schwester.

»Was denken Sie, Fräulein Rosa, könnte die Trennung von Frau Meisel-Heß noch nach anderthalb Jahren ein Motiv für die verhängnisvolle Tat Ihres Bruders gewesen sein?«

»Nicht im geringsten«, sagte Rosa entschieden.

»Stand Ihr Bruder noch mit einer anderen Frau in Beziehung? Sie verzeihen mir doch diese intime Frage?«

»Wenn ja, dann fragen Sie bestimmt, ob die Betreffende Russin ist. Streiten Sie es nicht ab, Herr Leutnant, ich weiß, worauf Sie hinauswollen.«

Oberinspektor Barner lächelte. Rosas gewitzte Naivität gefiel ihm.

---

* Vergl.: Grete Meisel-Heß, *Weiberhaß und Weiberverachtung*. Wien 1904. Hier ist von seiten einer Frau die schärfste Kritik an Otto Weiningers Theorie zu finden.

»Er unterrichtete ein Mädchen«, fuhr Rosa fort, »dessen Eltern in Rußland leben. Er war verliebt in sie, was er vor jedermann, auch vor sich selber verbarg. Einmal erzählte er mir, daß er in Ottakring, dort wohnte das Mädchen, auch dessen Bruder Chaim kennengelernt hatte, der mit einer Nachricht von den Eltern gekommen war. Bald danach, es war schon in diesem Jahr, irgendwann im Frühjahr, unternahm sie eine riskante Reise. Sie fuhr in ihre Heimat. Otto hat seit dieser Zeit nicht mehr von ihr gesprochen. Soviel ich weiß, haben sie auch nicht miteinander korrespondiert.«

»Wie ernst war diese Verbindung?«

»Ich glaube, er hat sein Buch nur geschrieben, um diesem Mädchen zu imponieren. Er wollte ihr beweisen, daß er über der Liebe steht. Ich vermute übrigens, daß sie nie die Seine geworden ist. Obwohl, wenn er schon in Ottakring war ... Wie soll ich es sagen? ... Da draußen kostet die Liebe nicht viel. Und dieses Mädchen, ich könnte darauf schwören, ging mit Hinz und Kunz ins Bett, spielte aber vor Otto die Unschuld. Aber gerade im Theaterspielen sind wir Frauen groß. Meinen Sie nicht auch, Herr Barner?«

Doch da wurde die Abteiltür geöffnet — es war wirklich der ungünstigste Augenblick —, und ihre Reisegefährtin zwängte sich schwer atmend hindurch.

»Gnädiges Fräulein, ich bin ganz Ihrer Meinung, daß man über Klimts Bilder noch jahrelang diskutieren wird«, sagte Barner geistesgegenwärtig, als hätte das Erscheinen der wohlgesättigten Dame — sie überprüfte sogleich ihre Taschen, ob nicht etwas während ihrer Abwesenheit verschwunden sei — ihr Gespräch nicht unterbrochen.

Rosa nahm den Faden sofort auf: »Mein Bruder hat mich schon 1900 mit Klimts Bild *Die Philosophie* bekannt gemacht, das seinerzeit in der Sezession ausgestellt war.* Er sagte, eine solche Art, die Philosophie darzustellen, könnten auch Frauen verstehen. Otto«, erzählte Rosa weiter, »war vom Apparat des Dr. Röntgen fasziniert. Schon im ersten Universitätsjahr erzählte er mir begeistert davon. Er behauptete, diese Erfindung könne der Kultur unserer Zeit eine völlig neue Dimension geben. Der Künstler müsse sich nicht mehr mit der Anatomie herumplagen, die dieser Apparat viel genauer zeige. Das Sezieren im zweiten Studienjahr hat ihn abgeschreckt, was er allerdings zu verheimlichen versuchte. Wochenlang rührte er keine Fleischspeisen an. Er hatte genug von der Anatomie, brachte auch keine psychologischen und zytologischen Bücher mehr mit nach Hause, sondern vertiefte sich statt dessen in die Werke von Schopenhauer und Kant.«

In Raab stieg ein neuer Reisegefährte zu, ein Ungar, vermutlich ein Beamter, der sich nach guter ungarischer Sitte sogleich mit der korpulenten Dame in die Aufzählung ihrer gemeinsamen Komáromer Bekannten vertiefte. Die Frau entnahm ihrer Tasche eine Flasche mit Obstschnaps, und die beiden Ungarn leerten das erste Gläschen auf die Gesundheit des soeben ernannten Ministerpräsidenten István Graf Tisza.

»In Klimts Bild *Die Philosophie*«, fuhr Rosa fort, »sah mein Bruder mehr als ein Gemälde. Als wir beide an einem Sonntagvormittag, es war im Frühjahr, die verschlungenen Aktdarstellungen betrachteten, glaubte er plötzlich einen Leichengeruch zu verspüren. Er sprach von penetranter, unangenehmer Weiblichkeit. Beides wurde für ihn zum Charakteristikum der neuesten Wiener Kunst.«

* Das Bild ist im Zweiten Weltkrieg im oberösterreichischen Schloß Immendorf verbrannt. (Anmerkung der Übersetzerin)

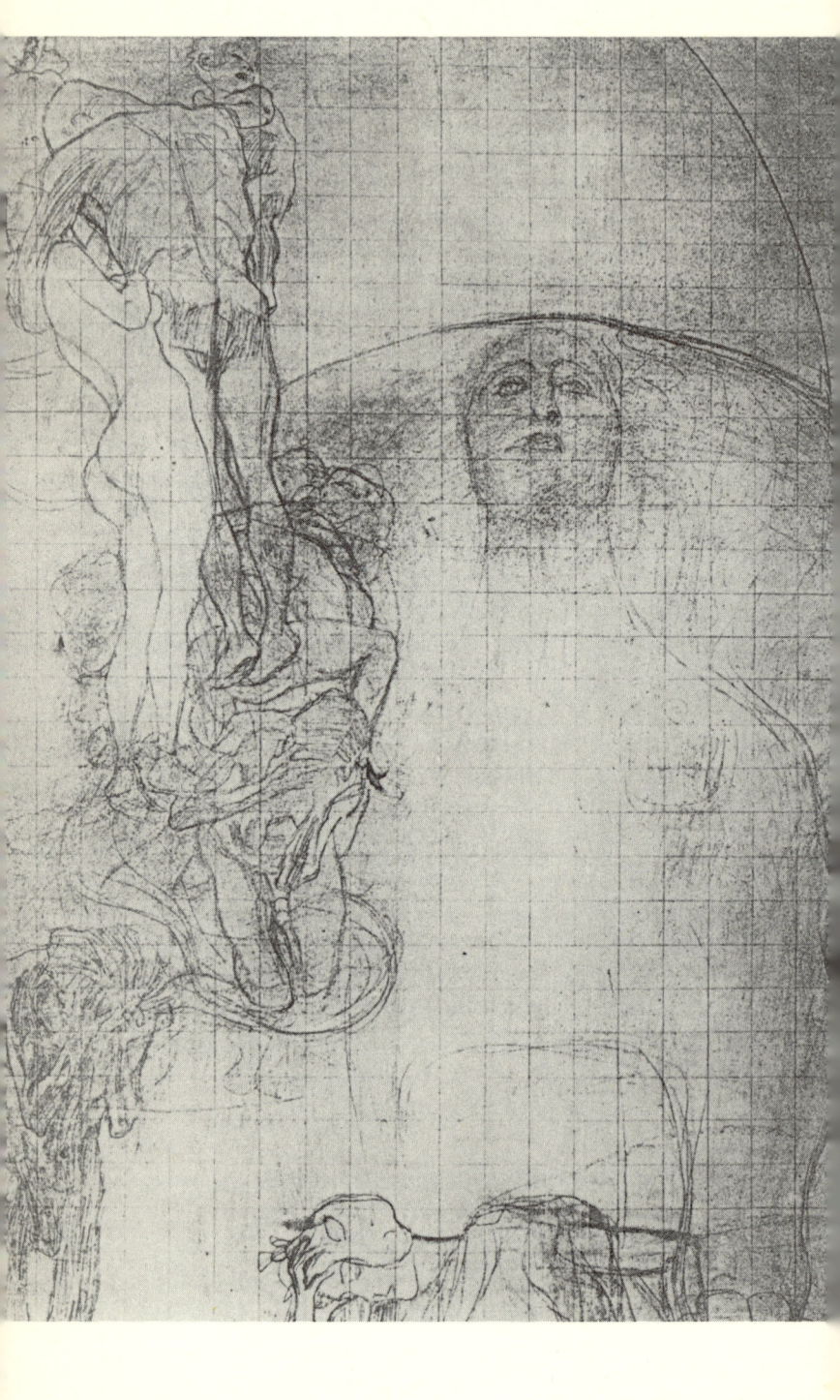

»Brachte ihn die mächtige Sphinx, die die Mitte des Gemäldes einnimmt, auf diesen Gedanken?«

»So ist es«, sagte Rosa. Barners genaue Kenntnis des Gemäldes imponierte ihr. »Otto fragte sich, mit welchem Recht Klimt die Gesamtheit menschlicher Erkenntnis ausgerechnet einer weiblichen Gestalt zuschrieb, für die ihm irgendeine feiste Blumenfrau vom Naschmarkt Modell gestanden haben mag, die gerade ihren Mittagsschlaf hält, da sie schon alle ihre Blumen losgeworden ist.«

Beide erheiterte diese Charakterisierung der zentralen Figur des berühmten Gemäldes. Mittlerweile war auch die Sonne herausgekommen, so daß sie den langsam dahinfließenden, breiter werdenden, Baumstämme mit sich treibenden Strom betrachten konnten.

»Sie erinnern sich sicher, Herr Leutnant, daß sich ausgerechnet Professor Jodl, der Lehrer meines Bruders, an die Spitze jenes Feldzuges gestellt hat, der mit Hilfe des Ministers verhinderte, daß dieses Gemälde den ursprünglich vorgesehenen Platz in der Aula der Philosophischen Fakultät erhielt.

Mein Vater hat uns damals triumphierend den Protest Professor Jodls vorgelesen. Wenn ich mich richtig erinnere, schrieb die *Neue Freie Presse:* ›Wir kämpfen nicht gegen Nacktheit, auch nicht gegen künstlerische Freiheit, sondern gegen den Unflat.‹ Karl Kraus argumentierte ähnlich in der *Fackel.*«

Barner war erstaunt über das Wissen der zwanzigjährigen Rosa Weininger, hinter dem er nicht zurückzubleiben gedachte.

»Auch das *Deutsche Volksblatt,* die Zeitung Oberbürgermeister Luegers, hat Klimt als Juden ver-

◄   ‚

Gustav Klimt, Bleistiftskizze zu Die Philosophie (1898)

schrien, schon weil die Wiener Philosophische Gesellschaft für ihn Partei ergriffen hat. Ich kann Ihnen versichern, mein Fräulein, wer in unserer Stadt Gerechtigkeit üben will, der hat es nicht leicht. Ja, das *Deutsche Volksblatt* hat sogar noch Witze darüber gerissen, daß die Philosophische Gesellschaft ausgerechnet gelbe Beitrittsformulare benutzt. Aber auch das hielt das Blatt des liberalen Herrn Benedikt nicht davon ab, sich hinter die großdeutschen Flagellanten zu stellen.«

Nach Komárom blieben sie endlich alleine im Abteil.

»Wann geben Sie offiziell Ihre Verlobung bekannt, Fräulein Rosa?« erkundigte sich Oberinspektor Barner, wieder einen intimeren Ton anschlagend.

»Ich muß gestehen, mit diesem Problem kann ich noch nicht zurechtkommen. Mich irritiert geradezu die Freiheit, die mir mein Vater in diesen Dingen läßt. Vielleicht hätte sich meine Beziehung zu Károly Boschán nicht so weit entwickelt, wäre Otto nicht von uns gegangen. Er hätte mich am liebsten für sich behalten. Deshalb war er gegen Károly. Doch auch sein Beruf gefiel ihm nicht. Mehr als einmal hat er behauptet, wer etwas für mehr Geld weiterverkaufe, als er selber bezahlt habe, sei kein ehrenwerter Mann. Allmählich aber muß ich auch an mich denken; es ist an der Zeit. Károly ist ein anständiger Mann. Er blickt zu mir auf, wie auch zu meiner Familie, sogar zu Richard. Sein Vater ist früh verstorben, und er ist der einzige Sohn. Sein ganzer Wunsch ist, einmal eine große Familie zu haben. Zuerst suchte er meinen Vater geschäftlich auf, und der lud ihn zum Abendessen zu uns ein. Mein Vater stammt aus dem Komitat Nyitra, er spricht gern mit Károly Ungarisch. Bei uns zu Hause sind alle auf Sprachen versessen. Langweile ich Sie auch nicht?«

»Ganz im Gegenteil.«

»Otto sprach und schrieb so fließend Sanskrit wie wir beide Deutsch. Norwegisch hat er noch während seiner Gymnasialzeit gelernt, um Hamsun und Ibsen im Original lesen zu können. Er beherrscht — doch was sage ich —, er beherrschte die italienische, lateinische, griechische, französische und englische Sprache. In Paris hielt er auf einem Kongreß seinen Vortrag in französischer Sprache.«

»An diesem Kongreß nahm er mit Herrn Swoboda teil?«

»Sie kennen Hermann? Mein Bruder und er waren sehr befreundet, doch dann entfremdeten sie sich. Ihm verdankte Otto, daß er Professor Freud sein Buch vorlegen konnte. Doch davon hatte er nur Ärger. Es kann sogar sein, daß er aus diesem Grund sein Klavierspiel aufgab.«

»Wie hat Professor Freud auf das Buch reagiert?«

»Otto kam wutschnaubend mit dem Manuskript nach Hause, in die Nußdorferstraße, wo ich gerade seine Wohnung in Ordnung brachte. Er sagte, Freud verstünde nichts von seinen, Ottos, Gedankengängen. Nur der könne in diesem Maße taub bleiben, der nicht verstehen wolle. Ich konnte meinen Bruder erst beruhigen, als ich ihm die Ansicht unseres Hausarztes Dr. Breuer über Professor Freud mitteilte, der einmal geäußert hat, Freud nehme einen Patienten erst dann an, wenn ihm ein gepfeffertes Honorar sicher sei. Das erklärte Otto manches, denn er hatte Professor Freud um eine kostenlose Gefälligkeit gebeten. Als er sich beruhigt hatte, setzte er mir auseinander, daß jedes Lebewesen aus zwei Arten Plasma bestehe, aus einem weiblichen und einem männlichen Teil. Es gebe keinen Mann, der nicht ein wenig, oder gegebenenfalls auch viel von einer Frau in sich trüge, und auch keine Frau, in der nicht mehr oder weniger männliches Plasma stecke. Fragen Sie mich aber bitte nicht nach der wissenschaftlichen Definition des Plasmas.«

»Wie aus seinem Buch hervorgeht, dachte Ihr Bruder an Zellplasma.«

»Zelle oder nicht Zelle, das Wesentliche ist, daß sich ein Mann, der viel weibliches Plasma hat, eine Frau sucht, die sich durch Männlichkeit auszeichnet. Nach Ottos Meinung sind die Feministinnen wegen ihres Übergewichts an männlichem Plasma nicht imstande, Frauen zu sein. Ich glaube, das gerade wollte er Grete um jeden Preis nachweisen. Doch wenn Grete tatsächlich eine männliche Frau sein sollte, mußte er selber als weiblicher Mann gelten, denn er fühlte sich zu ihr hingezogen ... Doch wir werden gleich in Budapest sein. Ich danke Ihnen für Ihre Begleitung. Wer weiß, ohne Sie wäre ich vielleicht sogar versehentlich in Komárom ausgestiegen.«

Oberinspektor Barner sprang, obwohl in Zivil, mit militärisch trainierter Zuvorkommenheit auf, um ihr beim Aussteigen behilflich zu sein.

»Sehen Sie nur, was ich Károlys Mutter mitbringe.« Rosa öffnete ihre Handtasche und entnahm der Seidenpapierumhüllung eine silberne Schwanenstatuette. »Mein Vater hat sie entworfen und selber gegossen. Niemand soll mir nachsagen, ich wäre mit leeren Händen zu einem einwöchigen Budapester Besuch gereist.«

Der Zug rollte in den Bahnhof ein, und die beiden jungen Leute entdeckten einander schon durch das Fenster. Barner bemühte sich um Rosas Reisetasche, doch sie nahm sie ihm aus der Hand. »Lassen Sie nur. In unserer Familie trägt auch das kleinste Kind sein Gepäck selber. Unser Vater hat uns so erzogen.«

Auf dem Bahnsteig wehrte Oberinspektor Barner, nachdem sie sich bekannt gemacht hatten, das Angebot des etwa dreißigjährigen, ein wenig linkischen jungen Mannes — er hatte eine auffallend hohe Stirn —

höflich ab, ihn in einer gemeinsamen Droschke mitzunehmen, und fuhr zum Hotel Bristol, wo er immer abstieg, wenn er in Budapest war. Er bekam noch ein Zimmer, was am nächsten Tag wegen des Feiertages kaum möglich gewesen wäre.

Auf seine Pantoffel und seinen Morgenrock allerdings mußte er verzichten, von denen in Brünn eine ganze Kollektion auf ihn wartete. Seine Mutter gab sich nach wie vor der Hoffnung hin, daß er sich nur vorübergehend in Wien aufhalte, und hielt deshalb zwei Zimmer für ihn bereit.

Er spazierte in Strümpfen eine Weile in seinem Hotelzimmer mit Blick auf das Budapester Burgviertel auf und ab. Dann beschloß er, noch am selben Tag, gleich nach dem Mittagessen, die Akten über die im Sommer 1900 beim Eisernen Tor ins Land gekommenen rumänisch-jüdischen Flüchtlinge aus dem Archiv des Innenministeriums ausgraben zu lassen.

Während er im Restaurant auf den ersten Gang wartete, entnahm er seiner Brieftasche eine aus dem *Neuen Wiener Journal* vom 25. Oktober mit dem Tiroler Federmesser herausgetrennte Seite mit einer Rezension des ordentlichen Professors Jodl:

»Eine außerordentliche Leistung schon vom Standpunkte gelehrten Wissens war die Dissertation, mit welcher Weininger als vierundzwanzigjähriger Mann das philosophische Doctorat an der Wiener Universität erwarb und die er, nachdem er dem Stoffe ein neues Jahr angestrengter Arbeit gewidmet hatte, im vergangenen Sommer als Buch herausgab. In diesem Jahre ist der größte Teil des zweiten, deductiven Abschnittes entstanden, welcher vorzugsweise Anstoß gegeben hat und auf dessen Ausarbeitung den Lehrern Weiningers keinerlei directer Einfluß zustand.« (Aha, dachte Barner, eine kleine Abgrenzung!) »Ich weiß wohl, daß es in manchen Kreisen ein gewisses Befremden erregt hat, in der Vorrede eines Buches, welches vielleicht die schärfste, abschätzigste Beurtheilung des weiblichen Geschlechts enthält, die theoretisch überhaupt jemals formuliert worden ist, meinen Namen und den eines verehrten Kollegen als Förderer des Verfassers erwähnt zu finden.« (Barner bestellte als zweiten Gang Kalbsschnitzel und einen Krug Pilsener Helles; dann vertiefte er sich weiter in Jodls »Klarstellung«.) »Es stünde, glaub' ich, schlimm um die berufsmäßigen Vertreter der Philosophie an unserer Universität, wenn ein Buch von solcher Bedeutung von einem Schüler der Wiener Universität in die Welt geschickt werden könnte, ohne daß der Verfasser der fördernden Theilnahme seiner Lehrer zu gedenken brauchte. Daß diese bei einem jungen Mann von so früh entwickelter geistiger Selbständigkeit nur eine indirecte sein konnte und am allerwenigsten Ansichten, die mit solchem Aufwande eigener Kraft erarbeitet worden sind, einfach umzumodeln imstande sind, wird niemand verwundern, der eine Ahnung vom Wesen akademischen Unterrichtes und akademischer Freiheit hat. Ich gestehe gern, daß mich das fertige Buch in vielen seiner Behauptungen erschreckt, ja abgestoßen hat, daß es mich aber auch in Gedanken viel beschäftigt hat und noch oft beschäftigen wird. Aber weil ich voraussehe, daß dies Buch aus der Discussion über die Psychologie der Geschlechter und damit zusammenhängenden Fragen nicht wieder verschwinden wird; weil ich ferner voraussehe, daß es zu der Rolle des Prügelknaben bestimmt ist, auf den man öffentlich losschlägt, während man ihn heimlich für sich arbeiten läßt, so habe ich die Einladung der geehrten Redaction gerne benützt, um einem Todten Gerechtigkeit widerfahren zu lassen und sein Werk wenigstens vor den schlimmsten Mißdeutungen zu schützen.« (Barner war, wohl infolge des guten Essens, nicht mehr in der Lage, sich voll zu konzentrieren, deshalb sprang er ans Ende der langen Veröffentlichung.)

»Was bei einem poetisch veranlagten Menschen ein Drama oder eine Novelle geworden wäre, wird hier zu einer psychologischen Construction, welche das Leben der Gattung im Lichte der inneren Erlebnisse des Autors erblickt. Auch wenn sie, wie ich überzeugt bin, von der Wissenschaft wird revidirt werden müssen, bleibt ihr Werth bestehen: die lebenweckende, lichtbringende Kraft großer, aber energisch durchdachter Paradoxien lehrt die Geschichte der menschlichen Erkenntnis auf jedem Blatte.«

Barner rauchte hastig seine Zigarre zu Ende und machte sich, ohne noch einmal sein Zimmer aufzusuchen, auf den Weg zum Archiv des Innenministeriums.

Als er am Abend ins Hotel zurückkam — er hatte noch einen Spaziergang über den Donaukorso gemacht und den Maroniduft ebenso wie die von den schwarz schimmernden Zweigen der kahlen Bäume herabfallenden Regentropfen genossen —, überreichte ihm der Portier eine Visitenkarte. Familie Boschán bat, ihr die Ehre erweisen zu wollen, am nächsten Tag, halb zwei Uhr, ins Hotel Royal zum Mittagessen zu kommen. Er beschloß, die Einladung abzusagen, da er um diese Zeit nach Wien zurückfahren wollte. Er hatte nämlich endlich den Namen Lubanska, Ioanna Lubanska, gefunden, der es ihm erleichtern würde, sie, und sei es steckbrieflich, zu finden. Er hatte ihn nicht im Archiv des Innenministeriums entdeckt, sondern beim nahegelegenen Sitz der Königlichen Ungarischen Dampfschiffahrtsgesellschaft. Sein guter Freund Hauptmann József Dobrovolna hatte ihm geraten, dorthin zu gehen, da man dort nach wie vor die mehrere tausend Namen umfassenden Passagierlisten der Lastkähne, auf denen die Flüchtlinge gekommen waren, aufbewahrte.

VI

»Sagt Ihnen der Name Ioanna Lubanska etwas?«
fragte Oberinspektor Barner ohne Umschweife Wilhelm Stekel, Doktor der Psychologie, nachdem sie im
Lichtkreis der elektrischen Schreibtischlampe Platz
genommen hatten.

»Gestatten Sie, Herr Oberinspektor, daß ich es bin,
der hier in diesem Raum als erster Fragen stellt«,
erwiderte Dr. Stekel, der sich als schwieriger Diskus-
sionspartner anließ. Er war etwa vierzig Jahre alt,
hatte eine Hakennase und trug einen Ziegenbart. Sein
Blick war unruhig. »Sie kommen zwar außerhalb
der Sprechstunde zu mir, aber ich sitze hier hinter
meinem Schreibtisch auf dem Fragestuhl. Noch weiß
ich nicht, welcher Wind Sie in mein Sprechzimmer
wehte.«

»Genügt es Ihnen, wenn ich sage, mich interessieren
die Umstände von Otto Weiningers Tod?«

»Welche Institution steht hinter Ihrem Interesse?«

Oberinspektor Barner wurde sich bewußt, daß er in
Uniform auf weniger Widerstand gestoßen wäre.

»Ich bin Oberinspektor der Staatspolizei im Range
eines Leutnants.«

»Was soll das, zum Teufel? Sie sind sich doch hoffentlich darüber im klaren, daß ich nicht verpflichtet
bin, Sie zu empfangen, solange Sie mir nicht einen Be-

schluß des Innenministeriums vorlegen, der meine Vernehmung bei Ihren Ermittlungen im Todesfall Otto Weininger anordnet.«

»Darüber bin ich mir völlig im klaren. Ich kann von Ihnen nicht verlangen, aus freien Stücken mit mir zusammenzuarbeiten. Sollte es sich jedoch herausstellen, daß Ioanna, wie ich vermute, mit dem Tod von Otto Weininger in Verbindung zu bringen ist und daß Sie, Herr Dr. Stekel, Auskünfte, die dieses Fräulein betreffen, verweigert haben, obwohl Ihnen Gelegenheit dazu gegeben wurde, sähe ich mich zu der Annahme gezwungen, daß Sie sich von der Absicht der Begünstigung leiten ließen.«

»Wie können Sie das, was mich zögern läßt, Begünstigung nennen? Noch ist ein Fremdverschulden nicht erwiesen.«

»Aus diesem Grund habe ich auch keinen Beschluß bei mir. Doch die Wahrheitsfindung ist sowohl in Ihrem als auch in meinem Beruf von entscheidender Bedeutung.«

»Gut, unterhalten wir uns. Doch zuvor möchte ich noch wissen, wer Sie zu mir geschickt hat.«

»Dr. Hermann Swoboda, Ihr Kollege, war so freundlich, mich über Ihre verwandtschaftlichen Beziehungen zu Ioanna Lubanska aufzuklären.«

Dr. Stekel zögerte ein wenig, sprach dann aber fließend, als diktierte er eine Diagnose: »Ioanna ist in der Tat mit mir verwandt. Ich stamme aus der Bukowina. Mein Vater, der in Tschernowitsch lebt, war ursprünglich Bürger von Kischinjew. Sein älterer Bruder sah sich durch sein Amt als Rabbi gezwungen, dort zu bleiben. Seine Tochter heiratete einen Pfandleiher mit Namen Lubanska. Eine ihrer Töchter ist Ioanna, ein mit außergewöhnlichen Gaben gesegnetes Mädchen, das die Spiritualität ihres Großvaters geerbt hat. Als sie heranwuchs, lehnte sie sich gegen ihren engstirnigen

Vater auf, und mit achtzehn Jahren beschloß sie, ganz allein nach Rumänien zu fliehen. Kaum aber hatte sie in Jasch mit Unterstützung der Kultusgemeinde Fuß gefaßt — sie wusch und putzte bei relativ reichen Juden —, ordnete die rumänische Regierung die Zwangsausweisung der Juden an, die ihren Wohnort aus eigenen Mitteln nicht wechseln konnten.« (Barner stenografierte mit, sonst hätte er sich später kaum in diesem Gewirr zurechtgefunden.) »Ioanna und mit ihr Tausende in Jasch lebende Juden wurden mit Polizeigewalt auf Schiffe gebracht und in unerträglicher Sommerhitze über Prud und Donau in Richtung Monarchie verfrachtet. Ioanna kam in unglaublich zerlumptem Zustand, ohne jegliche deutsche Sprachkenntnisse, im August 1900 in Wien an. Ihre einzige Hoffnung war ich, der einzige hier lebende Angehörige der Stekel-Familie, der ein wenig Karriere gemacht hat. Ich durfte ihr meine Unterstützung nicht versagen, denn ihr Großvater — er starb im Frühjahr — trug denselben Namen wie ich. Zwar konnte ich sie wegen meiner Familienverhältnisse nur für ein paar Wochen aufnehmen, doch ermöglichte ich ihr unter erheblichen materiellen Opfern, innerhalb eines Jahres die deutsche Sprache zu erlernen. Otto Weininger war uns dabei eine große Hilfe; er gab Ioanna, die mittlerweile in Ottakring in einer notdürftigen Unterkunft lebte, fast umsonst Deutschunterricht.«

Barner dachte, daß dieser Unterricht wohl kaum erhebliche materielle Opfer gefordert hatte.

»Wie lange hat er sie unterrichtet?«

»Länger, als es im Grunde nötig gewesen wäre, doch auch wiederum nicht, wenn man bedenkt, daß Ioanna eine Anstellung fand — selbstverständlich durch meine Vermittlung —, die makellose deutsche Sprachkenntnisse erforderte, über die sie noch nicht verfügte. Deshalb fuhr Weininger mit dem Unterricht bis zum

Schluß fort, das heißt, solange Ioanna sich in Wien aufhielt.«

»Wann war das?«

»Das weiß ich nicht genau. Ich kann überhaupt nicht allzu viel über sie berichten, da ich sie nach einiger Zeit aus meiner Obhut entließ. Doch weiß ich, daß sie sich in diesem Frühjahr, als das furchtbare Pogrom in Kischinjew tobte, sofort auf den Weg dorthin machte. Auch an der Beerdigung ihres Großvaters hat sie teilgenommen. Sie blieb mehrere Monate lang fort. Das weiß ich, weil sie in der Redaktion der *Welt* — dort nämlich hatte sie Arbeit bekommen, und auch ich habe dort zeitweilig zu tun — monatelang nicht erschienen ist. Doch machte sie ihr Fernbleiben mit sensibel abgefaßten Berichten über die furchtbare Situation der südrussischen Juden wett, wie mir der Redakteur versicherte, der mir vielleicht sonst Vorwürfe gemacht hätte, denn schließlich war sie, wie gesagt, auf meine Empfehlung hin dort eingestellt worden. Ich habe sie im Frühjahr, genau gesagt: im April, zum letzten Mal gesehen.«

»Halten Sie es für unmöglich, daß sich Ioanna am vierten, an Otto Weiningers Todestag, in Wien aufgehalten hat?«

Dr. Stekel sah Oberinspektor Barner an. Es war ihm bewußt, daß seine Antwort von großem Gewicht sein konnte.

»Wie gesagt, ich habe sie seit April nicht mehr gesehen. Doch erhielt ich irgendwann im Mai einen Brief von ihr, in dem sie mich um Geld bat für die Instandsetzung der zerstörten Kischinjewer Synagoge. Leider erlaubte es mir meine finanzielle Lage nicht, die erbetene Summe flüssigzumachen. Allerdings hätte ich ihr sowieso kein Geld geschickt, weil bei den russischen Postverhältnissen eine ordnungsgemäße Ankunft nicht gewährleistet ist.«

»Um welche Summe handelte es sich?«

»Um zweihundert Gulden, also keine übertrieben hohe Spende. Doch hatte ich, wie gesagt, keine Gewißheit, daß Ioanna das Geld erhalten würde. Ob nun aus diesem oder aus einem anderen Grund, Ioanna hat seitdem weder persönlich noch auf eine andere Art meine Gesellschaft gesucht, obwohl sie, wie ich erfuhr, im September in der Redaktion gewesen ist, aber ihren Arbeitsplatz nach einigen Wochen erneut verlassen hat. Mich nähme nicht wunder, hätte man ihr mittlerweile gekündigt.«

»Besitzen Sie eine Photographie von ihr? Und wenn ja, könnte ich sie sehen?«

»Es gibt zwei Bilder von ihr. Ich will sehen, ob ich sie finde. Warten Sie bitte hier.«

Er erhob sich und ließ Oberinspektor Barner allein, der sich inzwischen im Sprechzimmer umsah, wo statt der kargen Untersuchungsliege ein schwerer Lederdiwan mit bequemem Kopfkissen stand.

Dr. Stekel kam zurück. »Endlich habe ich sie gefunden«, sagte er und setzte sich wieder an seinen Schreibtisch.

Die erste Photographie zeigte das an einen nassen Spatz erinnernde Mädchen im Kreise der Stekel-Familie. Auffallend an ihr war das kräftige Kinn. Wie Dr. Stekel sagte, war das Bild Ende 1900 gemacht worden. Die zweite Photographie erwies sich für Oberinspektor Barner als von größerem Nutzen; es gab das markante, willensstarke Gesicht Ioannas *en face* und aus der Nähe wieder.

»Ist Ioanna Lubanska noch immer russische Staatsbürgerin?«

»Herr Oberinspektor, als ob Sie nicht wüßten, daß knappe drei Jahre Aufenthalt zur Erlangung der österreichischen Staatsbürgerschaft nicht ausreichen! Rumänien hat sie 1900 als Staatenlose ausgewiesen, und hier in Wien lebte sie mit einer befristeten Aufenthaltsgenehmigung, die alle sechs Monate auf dem zuständigen Polizeipräsidium erneuert werden mußte.«

Oberinspektor Barner gab Dr. Stekel die Bilder zurück. Er hoffte, in wenigen Tagen über die Ottakringer Polizeistation eine Photographie von Ioanna zu erhalten.

Ioanna auf einem Feld in der Gegend von Kischinjew (1897)

»Herr Dr. Stekel, ich bin Ihnen für Ihre Informationen dankbar. Erlauben Sie mir noch eine Frage, die Sie vielleicht irritieren wird, beziehungsweise, die Sie möglicherweise als nicht zum Thema gehörig empfinden werden. Was wissen Sie von Ioannas Verbindung zur Zionistischen Bewegung?«

Dr. Stekel zog die Augenbrauen zusammen. »Über dieses Thema kann ich nicht ohne Emotionen reden. Meine Meinung über die Zionistische Bewegung deckt sich nicht mit der meiner hiesigen Glaubensbrüder und meiner Kollegen, zu denen auch Professor Freud zählt, denn ich bin im Osten geboren. Ich bin davon überzeugt, daß nichts anderes hilft als das Verlassen des feindlichen Territoriums. Ginge das besser organisiert als bisher vonstatten, so wäre das nur von Vorteil für alle Beteiligten. Andererseits glaube ich nicht, daß Dr. Herzl, Max Simon Nordau und all die übrigen die Situation richtig einschätzen, wenn sie der Judenschaft der Monarchie oder Westeuropas den Gedanken suggerieren wollen, sie wären in ähnlicher Weise bedroht. Solche Panikstimmungen können sich zu einer großen Gefahr auswachsen. Was im Frühjahr in Kischinjew, begünstigt durch die verbrecherische Tatenlosigkeit der zaristischen Polizei, geschah — es gab mehrere Dutzend Tote, Hunderte von Verletzten, Tausende von verwüsteten Wohnungen —, kann sich bei uns nicht wiederholen. Doch um auf Ihre Frage zurückzukommen: Soweit ich es beurteilen kann, fühlt sich Ioanna ihren zurückgelassenen Glaubensgenossen verbunden und tut alles für sie, was in ihren schwachen Kräften steht.«

»Sie haben mir noch nichts über Ioannas Bruder Chaim erzählt.«

»Soll das ein Scherz sein? Ioanna hat keinen Bruder.«

»Dann wissen Sie wohl nicht, daß ein gewisser Chaim Ioanna im Frühjahr eine Nachricht von ihren Eltern brachte, woraufhin sie abreiste?«

»Nein, davon weiß ich nichts.«

Oberinspektor Barner versenkte seinen Notizblock in die Tasche, um nun, etwas weniger im Verhörston, einiges über Otto Weininger zu erfragen.

»Otto Weininger war trotz seines jugendlichen Alters eine durchaus bekannte Persönlichkeit«, erläuterte Dr. Stekel. Er hatte sich aus seinem Schreibtischsessel erhoben und ging im Zimmer auf und ab. »Obwohl er kaum etwas publiziert hat, stand er in dem Ruf, nicht nur unerhört begabt zu sein, sondern auch schockierende Anschauungen zu vertreten. Seine Arbeitsmethode, die man jetzt, nachdem sein umfangreiches Werk erschienen ist, beurteilen kann, weicht wesentlich von der in der Psychologie herkömmlichen ab. Er stellt die philosophische Hypothese auf, die Welt ließe sich in zwei Seiten, in eine wertvollere und eine mindere aufteilen. Er bedachte in diesem Sinn bei seinen Untersuchungen alle Lebenserscheinungen, auch die Phänomenologie der beiden Geschlechter. Meine Kritik des Buches — Sie haben es sicherlich gelesen — ist in Vorbereitung.* Wir Psychologen gehen nicht nach der deduktiven, sondern nach der induktiven Methode vor. Wir führen uns die Lebenserscheinungen vor Augen, ordnen sie einander zu, legen Übereinstimmungen und Abweichungen fest und ziehen erst dann unsere Schlußfolgerungen.«

Dr. Stekel bot mit einer plötzlichen, unerwarteten Bewegung dem Oberinspektor eine Kiste Zigarren an, der dankend annahm.

»Sie können nicht ermessen«, fuhr Dr. Stekel fort, »wie eng sich unsere Arbeitsmethode an die Talmudstunden anschließt, die wir als Kinder fast alle besucht haben. Der Talmud stellt einen Fall zur Diskussion. Aufgabe des Fants, des unerfahrenen Knaben, ist es,

---

* Vergl.: *Die Waage* vom 29.8. und vom 5.11.1904.

aus diesem Fall die Lehre, die Moral herauszufiltern. Das ist die Elementarschule der Induktion. Die Fälle sind im allgemeinen ziemlich verzwickt. Der Fant muß all sein Denkvermögen zusammennehmen, um den roten Faden zu erkennen. Vergessen Sie nicht, daß in der Sprache des Talmuds selbst entgegengesetzte Worte gleich lauten können, da die alten Schriftgelehrten keine Vokale angaben. Deshalb lieben die erwachsenen Juden die Wortspiele. Ich kann Ihnen verraten, daß Professor Freuds Analyse der Fehlleistungen auf seinen Erlebnissen in der Cheder, der Kinderschule, beruht. Nun, Otto Weininger hat diese Tradition beiseite geschoben und eine Hypothese aufgestellt, die das Abstrakte und das Deutsche in einer Denkweise offenbart, die an Kant erinnert.«

»Verfährt nicht auch der Richter, wie Sie es formulieren, auf deutsche Weise, wenn er aus einer abstrakten Verfügung die Beurteilung eines konkreten Falles ableitet?«

»Nein, denn das positive Recht baute sich ursprünglich aus konkreten Entscheidungen, also induktiv, auf. Zuerst war der Diebstahl, dann erst folgte das Gesetz. Zwischen der induktiven Methode des positiven Rechts und dem Talmud gibt es allerdings einen tiefgreifenden Unterschied. Man kann keineswegs aus den einzelnen Fällen des Talmuds auf generelle Regeln schließen. Um Ihnen ein Beispiel zu geben: Wer Kümmel ißt, bekommt keine Herzbeschwerden. Aus dieser Regel läßt sich aber nicht folgern, daß auch der Verzehr eines anderen Gewürzes die Gefahr von Herzbeschwerden mindern könnte. Wenn aber das positive Recht bestimmt, daß zum Beispiel Ladendiebstahl unter Strafe steht, dann gilt das analog dazu für jeden Diebstahl, auf dem Markt oder anderswo. Ich langweile Sie hoffentlich nicht?« Er wartete Oberinspektor Barners Antwort erst gar nicht ab, sondern fuhr fort:

»Otto Weininger hat sich nicht darum bemüht, jede Frau für sich zu verstehen, so wie wir das in unseren Sprechzimmern tun. Für ihn waren sie allesamt Frauen, denen er nur soviel zugestand, daß sie in zwei Typen vorkämen, in Gestalt der Mutter und der Dirne, was — Weininger zufolge — letztlich auf dasselbe hinausliefe; denn die Frau besäße kein moralisches Vermögen, keine Persönlichkeit, sie habe keine Möglichkeit, sich zu entwickeln, außer durch den Mann; sie sei das Symbol des Nichts.«

»Er duldete keine Ausnahmen?«

»Nein, obwohl sich schon bei flüchtiger Betrachtung zeigt, daß es auch Frauen ohne Männer gibt. Sie existieren, sie leben. Nur nicht in dem Sinn, in dem Weininger sie abhandelt. Für ihn wäre es unerträglich gewesen, hätte er auch nur eine Frau gefunden, in der er ein selbständiges, geistig-moralisches Geschöpf erblicken mußte. Natürlich sorgte er dafür, daß ihm keine solche Frau begegnete; denn bei ihr hätte er männliche Züge entdeckt, genauer gesagt, er hätte sie ihr einfach unterstellt. Was nur eine andere Formulierung der vorhin erwähnten These ist, daß die Frau durch den Mann, nämlich durch ihre eigene Männlichkeit, ihr Sein gewinnt. Das Absurde seines Systems ist, daß man zum wahren Menschentum, ob bei Männern oder bei Frauen, erst durch den Koitusverzicht gelangt. Die Verwirklichung des Menschen käme also der menschlichen Selbstliquidierung gleich.«

»Mit Verlaub, schlägt er nicht etwas Ähnliches für das Judentum vor?«

»Ja. Der Jude ist, nach Weininger, das Weib der Menschheit, ein empfindsames, feminines, passives Geschöpf, das nur um den Preis der bewußten inneren Veränderung Einlaß in die Familie der Menschheit, der arischen Menschheit, finden kann. Das widerspricht natürlich ganz und gar der Lehre des Zionismus, der die Selbstverwirklichung der Juden von äußeren Maßnahmen, vom Landkauf, vom Plantagenbau, von was auch immer erwartet.«

»Doktor Stekel, halten Sie es für möglich, daß Otto Weininger mit seiner Lehre — wie soll ich es sagen? — der Zionistischen Bewegung in die Quere kam?«

»Unbedingt. Theodor Herzl hat schon immer die härtesten Kämpfe mit Juden ausgetragen. Auf der einen Seite mit den Rothschilds, auf der anderen Seite mit den sozialistischen Juden Rußlands. Weiningers Fixierung bewahrheitet sich scheinbar darin, daß jeder Emanzipation die innere oder auch rasseninterne Umwertung vorangehen muß. Ohne sie bleibt das Judentum immer ein Fremdkörper im Organismus arischer Völker. Ihnen ist sicherlich bekannt, welch erbitterten Kampf Theodor Herzl die Einheit seiner Bewegung gekostet hat, die er — wer weiß, für wie lange — auf dem letzten Baseler Zionistenkongreß wiederherstellen konnte.«

»Ich habe davon gelesen. Doch was wirft man Dr. Herzl eigentlich vor?«

»Allem Anschein nach, daß er das von der englischen Regierung angebotene Ugandagebiet akzeptieren wollte, was mit der tausendjährigen Sehnsucht der Juden, nach Palästina zurückzukehren, im Widerspruch steht. Er hatte die Stirn, sich mit dem russischen Innenminister an einen Tisch zu setzen, wohl wissend, daß mit dessen Duldung die Hölle von Kischinjew losgebrochen war.

In Wirklichkeit haben wir es mit tiefen Meinungsverschiedenheiten zu tun. Dr. Theodor Herzl hat nämlich vor, die russisch-jüdische Masse nach Sklavenart auf seinen Pflanzungen arbeiten zu lassen. Er kann sich kein anderes System vorstellen als das System einer von der Obrigkeit gelenkten, gehorsamen Masse — so lautet die Argumentation der russischen

Zionisten. Sie hingegen wünschen, in ihrem Zion die Utopie einer völligen kanaanitischen Gleichheit verwirklicht zu sehen. Das könnte auch in Uganda geschehen, wenn dort die Unterdrückung der betrogenen Massen abgeschafft würde. Aber ist das überhaupt irgendwo auf der Welt möglich?«

Oberinspektor Barner sah sich gezwungen, Doktor Stekels Skepsis zu teilen. Daß er seine Zigarre noch nicht zu Ende geraucht hatte, ermutigte ihn zu einer weiteren, nicht eben unwichtigen Frage:

»Doktor Stekel, was sagen Sie dazu, daß sich auch in der Zionistischen Bewegung die Differenzierung der jüdischen Gesellschaft, die Absonderung der vornehmen Juden — der Wertheimers, der Oppenheimers — von den besitzlosen, unbeholfenen kleinen Juden, wiederholt?«

»Sie wollen darauf hinaus, daß viele zionistische Führer Wasser predigen und Wein trinken. Sie denken durchaus nicht daran, selber in Palästina zu siedeln. Das empfehlen sie lediglich den anderen, so, wie auch viele Ärzte leichten Herzens Bitterwasser anraten, es selber aber nicht trinken würden. Dr. Herzl sah diesen Widerspruch und erklärte, daß die Heimat der Juden eine Zuflucht und kein Zwangswohnsitz, kein Gefängnis sein solle. Wer keine Zuflucht suche, der möge in Europa bleiben, doch könne sich — so fügte er hinzu — ein solches Sicherheitsgefühl als durchaus trügerisch erweisen. Kurzum, Dr. Herzl glaubt nicht an den Erfolg der Assimilierung; er tritt, im Gegensatz zu Otto Weininger, für die Wahrung jüdischer Wesenseigenschaften ein.«

»Was meinen Sie, ist das Kapitel über das Judentum in Otto Weiningers Buch nicht im Grunde eine Anklageschrift gegen den Zionismus? Er deutet darin an, daß derjenige, der die Juden retten möchte, sich Unwürdiger annähme. Niemand könne etwas gegen die Not des Judentums tun außer der Judenschaft selber. Demzufolge ergriffe der Zionismus für eine schlechte Sache Partei.«

»Ich kann mir nicht vorstellen, daß sich Otto Weininger mit seiner Philosophie in die gewaltigen Bruchlinien des Zionismus hat hineinziehen lassen. Ihre Fragen verraten, daß Sie in einer Mordsache ermitteln. Ich aber rate Ihnen, lassen Sie ab von den Untersuchungen um Otto Weiningers Tod und wenden Sie Ihre Aufmerksamkeit der inneren Spaltung der Zionistischen Bewegung zu. Ich sage Ihnen aufrichtig, es würde mich nicht überraschen, wenn es in Kürze zu einer Schießerei käme. Die Bewegung steht vor einem Scheideweg. Entweder sie verwirklicht endlich, was sie sich als Ziel gesetzt hat, oder sie muß Bankrott anmelden. Das allerdings den hoffenden östlichen Massen zu eröffnen wäre mehr als schmerzlich. Doch gerade die bevorstehende Verwirklichung ihrer Pläne hat die Spannung zwischen den beiden zionistischen Flügeln verschärft. Denn sobald Grundstück und Ziegel vorhanden sind, gilt es zu entscheiden, welches Haus auf diesem Grund, mit diesen Ziegeln entstehen soll. Doch eben darüber herrscht im Café Louvre keine Einigkeit.«

VII

Nach dem Gespräch mit Dr. Wilhelm Stekel, zu dem er gleich nach seiner Ankunft in Wien gefahren war — die Adresse hatte er dem schmalen Telefonverzeichnis auf dem Postamt des Westbahnhofes entnommen —, begab sich Barner in seiner ausgekühlten Wohnung — er verzichtete auf das Abendessen und auch auf seine Turnübungen — sogleich völlig übermüdet zu Bett.

Am nächsten Morgen war man über sein Erscheinen im Amt, da man ihn in Brünn vermutete, einigermaßen konsterniert. Er trug eilig ins Register ein, daß er statt der drei freien Tage nur zwei in Anspruch genommen hatte, und gab seine Reiseabrechnung im Verwaltungsbüro ab. Als er sein Büro betrat, lagen zwei junge Männer, ein Referendar und ein Volontär, in die druckfrischen Zeitungen vertieft, in seinen Sesseln. Er warf sie unter Ankündigung eines Disziplinarverfahrens hinaus. Als erstes las er die bereits am Freitag eingetroffene Karte von Dr. Hermann Swoboda mit der Mitteilung, daß er zwar aufgrund fehlender Übung kein würdiger Rivale bei der vorgeschlagenen Simmeringer Schießübung sein könne, ihn aber dennoch zur angegebenen Zeit auf dem Bürgersteig vor dem Kaffeehaus Europa erwarte.

Dieses Treffen würde am Montag stattfinden. Bis dahin wartete noch viel Arbeit auf Oberinspektor

Barner. Als nächstes telefonierte er mit der Ottakringer Polizeistation und erhielt die Zusicherung, daß die Personalakte der Ioanna Lubanska mit angehefteter Photographie sofort herausgesucht und ihm zugeschickt werde.

Ohne von dem hohen Zeitungsstapel Notiz zu nehmen, machte er sich auf den Weg in die Nationalbibliothek. Nach verhältnismäßig kurzem Suchen fand er zwei Texte, den einen in einem sehr alten, den anderen in einem sehr neuen Buch, von denen er sich in seinem Büro, noch im Bann des gestrigen Gespräches, Auszüge machte.

Aus *Berachot*. Neunter Abschnitt. Haroëh 56:

»Der Sohn Hejas war ein Ausleger der Träume; demjenigen, der ihm gab einen Lohn, legte er aus zum Guten, aber demjenigen, der ihm nicht gab einen Lohn, legte er aus zum Bösen. Abaja gab ihm eine Susa [einen Denar], aber Raba gab ihm nichts. Sie sagten zu ihm: Wir sahen Lattich auf der Öffnung des Kruges. Zu Abaja sagte er: Es wird sich verdoppeln dein Geschäft wie Lattich. Zu Raba sagte er: Es wird bitter sein dein Geschäft wie Lattich. Sie sagten zu ihm: Wir sahen Fleisch auf der Öffnung des Kruges. Zu Abaja sagte er: Es wird süß sein dein Wein, und es wird kommen die ganze Welt zu kaufen Fleisch und Wein von dir. Zu Raba sagte er: Es wird sauer sein dein Wein, und es wird kommen die ganze Welt zu kaufen Fleisch, um es zu essen. Sie sagten zu ihm: Wir sahen, daß Schläuche hingen am Palmbaume. Zu Abaja sagte er: Es wird sich heben dein Geschäft wie ein Palmbaum. Zu Raba sagte er: Es wird süß sein dein Geschäft wie Datteln (für andere, da du deine Ware wirst billig verkaufen müssen). Sie sagten zu ihm: Wir sahen, daß ein Faß fiel in den Brunnen. Zu Abaja sagte er: Es wird gesucht werden dein Geschäft. Zu Raba sagte er: Es wird zugrunde gehen dein Geschäft. Sie sagten zu ihm: Wir sahen das Junge eines Esels, welches stand über unserem Kopflager und schrie. Zu Abaja sagte er: Ein König wirst du sein [Oberhaupt der Lehrschule], und es wird stehen ein Amora [der die Verträge des Oberhauptes dem Volk laut, wie ein schreiender Esel mittheilt] bei dir. Zu Raba sagte er [2. Mos. 13, 13]: Das Erstgeborene des Esels [welches in den Tephillin oder Denkriemen stehen muß] ist ausgelöscht aus deinen Tephillin. Am Ende ging Raba allein zu ihm. Er sagte zu ihm: Ich sah, daß die äußere Hausthüre einfiel. Er [der Sohn des Hedja] sagte zu ihm: Deine Frau wird sterben [die Hüterin des Hauses]. Er sagte zu ihm: Ich sah zwei Rübenköpfe. Er sagte zu ihm: Zwei Ohrfeigen [oder Stockschläge, da der Kopf des Stockes den Rübenköpfen gleicht] wirst du verschlucken. Es ging Raba diesen Tag und saß im Lehrhaus den ganzen Tag; da fand er zwei Blinde, die sich stritten miteinander, so ging Raba, um sie auseinander zu bringen, und sie schlugen den Raba zweimal, sie hoben auf [ihre Hände oder den Stock] zu schlagen noch einmal, da sagte er: Hört auf, nur zwei habe ich gesehen. Endlich kam Raba und gab ihm einen Lohn. Er sagte zu ihm: Ich sah, daß die Wand einstürzte. Er sagte zu ihm: Güter ohne Grenzen wirst du erwerben. Er sagte zu ihm: Ich las Hallel Mizraah im Traume. Er sagte zu ihm: Wunder werden dir erzeugt werden. Er ging mit ihm [der Sohn des Hedja mit Raba] zu Schiff, da sagte er: Mit einem Manne, dem man erzeugen wird ein Wunder, wozu soll mir dies. Als er [der Sohn des Hedja] hinaufstieg [aus dem Schiff, um nicht mitzufahren], entfiel ihm ein Buch. Dies fand Raba, und er sah, dass geschrieben war darin: Alle Träume richten sich nach dem Munde. Er sagte: Bösewicht! Von dir hing es ab [meine Träume gut oder böse zu deuten, du hast sie zum Bösen umgewandelt] und du hast mich sehr betrübet.«

Auszug aus Sigmund Freud, *Die Traumdeutung*.

»Stiegen, Leitern, Treppen, respektive das Steigen auf ihnen, und zwar sowohl aufwärts als abwärts, sind symbolische Darstellungen des Geschlechtsaktes. Glatte Wände, über die man klettert, Fassaden von Häusern, an denen man sich — häufig unter starker Angst — herabläßt, entsprechen aufrechten menschlichen Körpern, wiederholen im Traum wahrscheinlich die Erinnerung an das Emporklettern des kleinen Kindes an Eltern und Pflegepersonen. Die ›glatten‹ Mauern sind Männer; an den ›Mauervorsprüngen‹ der Häuser hält man sich nicht selten in der Traumangst fest. — Tische, gedeckte Tische und Bretter sind gleichfalls Frauen, wohl des Gegensatzes wegen, der hier die Körperwölbung aufhebt. ›Holz‹ scheint überhaupt nach seinen sprachlichen Beziehungen ein Vertreter des weiblichen Stoffes (Material) zu sein. Der Name Madeira bedeutet im Portugiesischen: Holz. Da ›Tisch und Bett‹ die Ehe ausmachen, wird im Traum häufig der erstere für das letztere gesetzt und, soweit es angeht, der sexuelle Vorstellungskomplex auf den Eßkomplex transponiert. — Von Kleidungsstücken ist der Hut einer Frau sehr häufig mit Sicherheit als Genitale, und zwar des Mannes, zu deuten. Ebenso der Mantel, wobei es dahingestellt bleibt, welcher Anteil aus dieser Symbolverwendung dem Wortanklang zukommt. In Träumen der Männer findet man häufig die Krawatte als Symbol des Penis, wohl nicht nur darum, weil sie so lange herabhängt und für den Mann charakteristisch ist, sondern auch, weil man sie nach seinem Wohlgefallen auswählen kann, eine Freiheit, die beim Eigentlichen dieses Symbols von der Natur verwehrt ist. Personen, die dies Symbol im Traum verwenden, treiben im Leben oft großen Luxus mit Krawatten und besitzen förmliche Sammlungen von ihnen ... Von den Tieren, die in Mythologien und Folklore als Genitalsymbole verwendet werden, spielen mehrere auch im Traum diese Rolle: der Fisch, die Schnecke, die Katze, die Maus (der Genitalbehaarung wegen), vor allem aber das bedeutsamste Symbol des männlichen Gliedes, die Schlange. Kleine Tiere, Ungeziefer sind die Vertreter von kleinen Kindern, z. B. der unerwünschten Geschwister; mit Ungeziefer behaftet sein ist oft gleichzusetzen mit Gravidität. — Als ein rezensentes Traumsymbol des männlichen Genitales ist das Luftschiff zu erwähnen, welches sowohl durch seine Beziehung zum Fliegen wie gelegentlich durch seine Form solche Verwendung rechtfertigt.«

Beide Auszüge legte Oberinspektor Barner in das mit O. W. gekennzeichnete Dossier. Während er es zuband, fiel ihm Arthur Trebitsch ein. Er füllte eines der vorgedruckten Vorladungsformulare aus, schickte damit den Amtsdiener fort und machte sich auf den Weg ins Café Louvre in der Wipplingerstraße, wo er seinen Hunger zu stillen gedachte. Erst jedoch wollte er noch einen kleinen Umweg machen, um sich im Zigarrenladen in der Mariahilferstraße endlich die »Hochfeinen« zu kaufen. In der Herrengasse Ecke Strauchgasse traf er aber auf Dr. Stekel.

»Hallo, Herr Barner, wohin so eilig?«

Sie musterten einander eine Weile im fahlen herbstlichen Sonnenlicht, bevor sie sich ihre Überraschung darüber beteuerten, daß der Zufall sie so bald wieder zusammengeführt hatte.

»Ich bin auf dem Weg ins Café Louvre. Ich möchte dort ein paar Bissen zu mir nehmen.«

»Ich glaube kaum, daß sich dort aus dem samstäglichen Angebot ein Ihnen genehmes Menu zusammenstellen läßt.« Dr. Stekel konnte ein spöttisches Lächeln nicht unterdrücken.

»Um die Wahrheit zu sagen«, bekannte Oberinspektor Barner, »ich hoffe, daß mich dort jemand auf die Spur dieses geheimnisvollen Chaim bringen kann.«

»In Uniform?« Dr. Stekel brach in schallendes Gelächter aus. »Entschuldigen Sie, aber Sie kennen die Siebensterneordnung des Café Louvre nicht.* Dort ist es schon von politischer Bedeutung, in welchem Raum man sich an den Tisch setzt, ob in dem der Herzl-Anhänger, der Russen oder in den sogenannten Inneren Abgrund. Und heute ist, wie gesagt, Samstag. Da ist zu beachten, ob Sie sich selber Ihre Zigarre anzünden oder sich vom Oberkellner Feuer geben lassen. Wissen Sie das? Bevor Sie mit Ihrer Uniform die Stammgäste des Louvre verscheuchen — es würde sich dort sowieso niemand in ein Gespräch mit Ihnen einlassen —, setzen Sie sich ins Kaffeehaus Havelka. Ich verspreche Ihnen, in der Zwischenzeit soviel wie möglich über diesen Chaim in Erfahrung zu bringen. Warten Sie also im Havelka auf mich.«

So geschah es. Oberinspektor Barner hatte gerade sein Rindfleisch mit Meerrettich verzehrt und sich, da er sich ein wenig marode fühlte, statt des gewohnten Pilseners einen Kapuziner mit Schlagobers bestellt,

---

* Die ursprüngliche Fahne der Zionisten trug sieben Goldsterne auf weißem Grund, was darauf hinweisen sollte, daß die tägliche Arbeitszeit in Palästina nur sieben Stunden betragen würde. Herzl hat immer viel auf Symbole gegeben. »Glauben Sie mir, die Politik eines ganzen Volkes — besonders, wenn es so in alle Welt zerstreut ist — macht man nur mit Imponderabilien, die hoch in der Luft schweben. Wissen Sie, woraus das Deutsche Reich entstanden ist? Aus Träumereien, Liedern, Phantasien und schwarzrotgoldenen Bändern — und in kurzer Zeit. Bismarck hat nur den Baum geschüttelt, den die Phantasten pflanzten.« Theodor Herzl, *Tagebücher*. Berlin 1923. I. Band. S. 33.

als Dr. Stekel durch die Drehtür stürmte, geradewegs auf seinen Tisch zu, gefolgt von der aufmerksamen Garderobenfrau, die ihm mit einer energischen Bewegung Hut und Mantel abnahm. Oberinspektor Barner erhob sich und bot ihm Platz an.

»Viel habe ich nicht herausbekommen«, kam Dr. Stekel gleich zur Sache, »aber es reicht, daß Sie mir eines Tages vielleicht zugute halten werden, was ich heute für Sie getan habe. Man kennt im Café Louvre einen etwa fünfundzwanzigjährigen, in Berdischew geborenen Russen, der in Bern Chemie studiert.«

»Wie lautet sein Familienname?« fragte Barner mit dem Reflex des Polizisten. Sein Ziel war die genaue Identifizierung, ohne die Fakultätszugehörigkeit (Sprengladung) außer acht zu lassen.

»Er nennt sich, meinem Informanten zufolge, und das bringt mich ein wenig in Verlegenheit, Lubanski, beziehungsweise Luban.«

Barner pfiff kurz, drückte aber sofort seine gut maniküre Hand an die Lippen.

Zweiter Teil

Meine Gedanken 1900–1903,
geschrieben von Otto Weininger

1900

Noch zwei Wochen bis zu meinem zwanzigsten Geburtstag. Mein Vater läßt mir einen Gehrock, einen Anzug und einen Überzieher nähen. Die Anfertigung eines Fracks und eines Zylinders hält er zur Promotion bereit. Rosa bekommt ein prächtig gearbeitetes Goldgeschmeide, denn die Geschwister sollen gerecht an dem Honorar beteiligt werden, das er vom rumänischen Handelsrat für die Statue der rumänischen Königin erhielt. Richard, der Schlingel — er will sich einfach nicht bessern —, muß sich mit meinen ausgewachsenen Hosen begnügen. Ihm hingen die abgelegten Kleider seines älteren Bruders zum Halse hinaus, meinte er maulend, daraufhin donnerte ihn Vater an, und wir machten uns auf den Weg durch den matschigen Märzschnee zum Modesalon Goldmann.

Im Modesalon atembeklemmende Hitze. Widerlich dieses Betasten beim Maßnehmen. Auf den Seidentapeten englische Lords in schottisch karierten Reisemänteln und samtenen Jagdröcken. (Die Wienerin orientiert sich indessen an der französischen Damenmode.) Warum müssen wir andere Nationen nachahmen? Können wir nicht wenigstens in unserer äußeren Erscheinung wahrhaftig sein?

Zu Klimts Bild *Die Philosophie:* Wäre die Angelegenheit doch nur schmetterlingsleicht . . .

Mit der Mathematik kann ich mich nicht aussöhnen. Ich mutmaße eine furchtbare Divergenz zwischen ihr und der Welt. Wer weiß, wie weit die Mathematik sich heute schon von der Natur der Dinge entfernt hat? Kümmert sie sich im geringsten darum, auf welche Art die Dinge existieren? Bewirke ich etwas in der Natur, indem ich a und b addiere? Existiert in der Natur eine Kugel in ihrer idealen mathematischen

Leopold Weininger (1900)

Reinheit? Gibt es einen Regentropfen, der nicht durch die Gravitation eingedrückt oder gestreckt wird? Die Kugel ist, gleich der reinen Moral, eine Fiktion. Selbstverständlich kann das Volumen eines Regentropfens mit Hilfe der für die Kugel erdachten Formel angegeben werden. Aber es fehlt der genaue, der fundierte Übergang von der Kugel zum Regentropfen. In ähnlicher Weise versagt die Logik. Ich kann über den Wahrheitsgehalt einzelner Behauptungen entscheiden, aber ich trage dadurch keineswegs zu der Erkenntnis der Welt an sich bei. Ich bilde eine Mutmaßung der Mutmaßung.

Emil Lucka erzählte mir, daß in Halle der aus Mähren stammende Edmund Husserl Vorlesungen darüber hält, daß das Gesetz des logischen Widerspruchs auch dann gilt, wenn niemand daran glaubt oder, was fast dasselbe ist, wenn es niemand bestreitet. Idealkonstruktionen ohne Bezug zur Realität, das ist Logik! Wenn ich einen Vorschlag machen darf: Zurück zur Realität! Ich hasse, ich liebe, das kann ich zur gleichen Zeit sagen, ich verstoße dabei gegen keinerlei logische Regeln.

Kann man einem in der Liebe Enttäuschung erlittenen Mädchen besseren Trost geben als den, daß der nächste, ebenso wie sein Vorgänger, der sie enttäuscht hat, in ihre Arme taumeln wird?

Für Rosa:

> Mädel, Mädel, sei gescheit,
> laß den Falter fliegen!
> Schau, die Welt ist groß und weit,
> Wirst noch andre kriegen.
>
> Andre Falter sind auch schön,
> Licht und Farben Wonnen.

Mag die Welt sich weiterdrehn,
Falter flieg zur Sonnen.

Mädel, sei doch wieder froh,
lache hell aus Freude!
Falter sind nun einmal so,
flattern fort ins Weite.

Im Vöslauer Speiselokal, wo ich mein Mittagessen
verzehre, ahnt keiner, daß vielleicht in diesen Tagen
einer das letzte Wort über die Grundlagen menschlichen Seins erdenkt. Die urlaubmachenden Krämerin-
nen schwatzen ununterbrochen, während ihnen das
Fett aus den Mündern läuft und die Schweißdrüsen
unter ihren Korsetts arbeiten, vom neuen Jahrhundert, obwohl es in Wirklichkeit nur dann ein neues
sein würde und nicht die Verlängerung seines ekeler-
regenden Vorgängers, wenn die Menschheit zur Selbst-
reflexion bereit wäre. Man kann im bisherigen blinden
und tauben Unverständnis nicht weiterleben.

Dieses viele Geschwätz von Evolution und Klassen-
kampf! Nein und nochmals nein! Der Mensch hat
nur einen Feind, sich selber, der so lange im Bann des
Satans, des Nichts, des Chaos bleibt, bis er ausgelitten
hat. Der Leichnam gehört Gott, der lebende Körper
aber dem Satan. Das ist das anschaulichste Beispiel
der Gottesferne, so anschaulich, daß sogar der Mensch
es begreifen kann. Wer mit sich selber soweit im
reinen ist, der kann sich nicht wundern, daß Gott
wählerisch ist. Gott wird sich nicht in alle menschlichen Bagatellen verwickeln. Er überläßt das seit der
Schöpfung dem Satan, der sich wiederum dadurch
entlastet, daß er sie an die Frauen weitergibt.

Nur das gehört Gott, was im Menschen zeitlos, was
keinem pausenlosen Wechsel ausgesetzt ist. Der Körper ist ein heterogenes, kunterbuntes Konglomerat von

Entstehendem und Vergehendem — das kann nicht Sache Gottes sein. Kühlt jedoch der Körper aus und geht hinüber in das Reich der Zeitlosigkeit, so füllt er sich mit Würde. Dann kann er mit dem in Berührung kommen, was Gottes ist. Das Geworfensein des Menschen in die Zeit steht also im Gegensatz zur Zeitlosigkeit Gottes. Es ist nicht sicher, daß die im Gebet eingeschlossenen Seufzer und Botschaften über die Grenze der beiden Sphären hinausgelangen. Sicher hingegen ist, daß Gott seinen Gesandten, den Satan, ungestört in unserer Sphäre walten läßt. Gott ist der Baumeister, der seinen Arbeiter schickt und sich selber die Hände nicht mit Mörtel beschmutzt.

Das Weib für eine Sphinx halten — welche Torheit! Das sich hinter dem Weib verbergende Nichts könnte einem Geheimnis gleichen, doch das Geheimnis bei all dem ist, daß es keines gibt. Das Innenleben des Weibes dauert von Fall zu Fall genau neun Monate und keinen Tag länger.

Hermann und Paris. Die Moral dieser beiden ist bis ins Mark katholisch. Die Möglichkeit der Beichte schafft die Moral in ihrem ursprünglichen, allgemein auf Sündlosigkeit ausgerichteten Wesen ab. So kann auch der Schurke moralisch sein, wenn er die Rechnung mit seinem Gott begleicht, obwohl er mit den bestohlenen oder zu Tode geprügelten Opfern noch keineswegs seine Rechnung beglichen hat. Naiv, zu glauben, man könne aus dem moralischen Leben schlüpfen — wie der Priester im Anschluß an die heilige Messe aus seinem prächtigen Gewand —, und daraufhin wäre die Bahn frei, und man könne sich nach Gutdünken benehmen, ohne Rücksicht auf irgendwelche Gebote. Als wäre es möglich, in das moralische Leben durch einfaches Einkleiden wieder zurückzuschlüpfen. Wer das ernsthaft vertritt, reicht einer Komödie die helfende Hand.

Ich unterrichte Ioanna anhand der deutschen Übersetzung des *Peer Gynt*. Wie ist doch dieses unwissende, ungekünstelte Mädchen von Sinnen! Frage ich sie, ob sie diese oder jene Verszeile versteht, so blickt sie mich an, und in Wirklichkeit ist sie es, die fragt, denn was immer sie auch antwortet, ihre Blicke verfolgen mich mit der Frage: »Gefalle ich dir, mein Lehrer?« Ich wette, sie bereitet sich auf die Unterrichtsstunden nicht mit dem Vokabelheft, sondern mit dem Kamm in der Hand vor.

Das eigentliche Wesen Peer Gynts ist, daß er nie so nahe bei sich, so sehr eins mit sich ist wie dann, wenn er liebt. Der Mann findet sich selber in der Erschließung, der Ausströmung. Das Weib hingegen in den Wogen, die der Mann aufwühlt. Frauen unter sich: Reitpferde, die auf den Reiter warten; miteinander können sie durchaus nichts anfangen. Die Frau ist bis ins Mark selbstsüchtig. Sollte auch sie etwas geben können? Sollte sie die Erlöserin des Mannes sein? Möglich. Aber nur dann, wenn der Mann unfähig ist, sich selber zu erlösen. Die kämpferischen Feministinnen verlangen dasselbe Recht, wobei sie übersehen, wie es sich mit denselben Pflichten verhält. Doch wenn man anerkennt, daß das Weib den Mann tatsächlich erlösen kann, ist es dann nicht der Mann, der ihm die Rolle der Erlöserin zuteilt? Durch sein Interesse? Durch seine Begeisterung, die er dem Weibe entgegenbringt? Dadurch, daß er es erwählte?

Genau das ist auch die Erklärung für die angebliche Schönheit des Weibes. Es ist möglich, daß das unbekleidete Weib als Kunstgegenstand, in der Reproduktion als Statue oder in einem Bild, schön ist. Aber nur, weil sie irgend jemand als Statue oder als Bild will. Man kann nicht wissen, ob die Frau, die man nicht begehrt, schön sein kann, obwohl sie nur dann ein ästhetischer Gegenstand wäre. Doch abgesehen davon macht das völlig nackte lebendige Weib den Eindruck von etwas Unfertigem, nach etwas außer sich Strebendem, und dieser Eindruck ist mit der Schönheit unverträglich.

Das nackte Weib ist im einzelnen schöner denn als Ganzes; als solches erweckt es unvermeidlich das Gefühl, daß es etwas sucht, und bereitet deshalb dem Beschauer eher Unlust als Lust.

Aber das Weib ist auch im einzelnen nicht schön, selbst dann nicht, wenn es möglichst vollkommen und ganz untadelig den körperlichen Typus seines Geschlechtes repräsentiert. Schopenhauer schreibt, und das nicht nur, weil ein venezianisches Mädchen, mit dem er ging, sich in den vorübergaloppierenden, körperlich schöneren Byron vergaffte: »Das niedrig gewachsene, schmalschultrige, breithüftige und kurzbeinige Geschlecht schön nennen, das konnte nur der vom Geschlechtstrieb umnebelte männliche Intellekt, in diesem Triebe nämlich steckt seine ganze Schönheit.«

Es gibt keinen Mann, der das weibliche Genital schön fände, vielmehr findet jeder es häßlich, denn es verletzt sein Schamgefühl. Schon damit wird begreiflich, daß der Anstifter zum Koitus nur die Frau sein kann: Ihre Schamlosigkeit greift auf den Mann über, und unterdessen fällt ein verhüllender Schleier auf die Tatsache, daß hier etwas Schamhaftes, etwas Häßliches zum Objekt einer vernebelten Götzenanbetung wird.

Das Weib will keine Erlösung, es wehrt sich dagegen. So hat für Richard Wagner das Weib keinen Platz im Reich Gottes. Kundry stirbt an der Schwelle zu diesem Reich. Das Weib kann nicht länger Weib sein, nachdem es den Gral erschaut, darin das Blut Christi. Richard Wagner verleugnet das Weib, indem er Parsifals vollkommene Reinheit darstellt. Das Weib verliert so seine Determination, wird ziellos in der Welt, muß sterben, da sein Leben, das der Anstiftung gilt, kraftlos wird, sobald ein Mann auftaucht, der nicht mit ihm sündigt. Ein Mann kann niemals mehr gegen sich sündigen, als wenn er seinem Geschlechtstrieb nachgibt. Das Ziel des Mannes ist die Welt, in ihr die Frau, das Ziel der Frau ist nur der Mann und was von ihm, auch auf die Welt bezogen, für sie abfällt.

Der erste Schnee ist gefallen. Hermanns Geburtstag im Café Richter gefeiert. Endlich ist unser siebenundzwanzigjähriger Eremit, der vor noch nicht allzu langer Zeit in Cattaro das Schwert schwang, in die Großstadt eingezogen.

Dort saß ich nun im Kreise seiner Freunde und fühlte, daß er mir unentbehrlich war. Das Wesen der Freundschaft beruht auf vollkommener Wechselseitigkeit. Ich kann mich zu keinem hingezogen fühlen, der sich von mir abgestoßen fühlt. Es gibt zwischen Männern keine Freundschaft, die gewisse geschlechtliche Elemente völlig entbehren könnte, wie wenig bestimmend das auch für ihr Verhältnis sein mag. Schon allein daß Freundschaft unter Männern nicht zustande kommt, wenn ihr Äußeres keinerlei gegenseitige Sympathie weckt, beweist die Richtigkeit dieser Annahme. Freundschaft ist auf etwas Inneres gerichtet. Nur beim Mann kann man den Schritt vom Äußeren zum Inneren tun. Auch das Äußere des Weibes verspricht solche Schritte, aber es verleugnet sie fortwährend.

Auf dem Höhepunkt, dem Anstoßen mit Sekt, kam Hermann in seiner bärentatzigen Gangart zu mir,

112

drückte mir die Hand und sah mir wortlos in die Augen. Mit diesem Blick sagte er alles, sowohl über mich als auch über seine Freunde. Ich blieb dann nicht mehr länger in dieser lärmenden Gesellschaft.

1901

Ioanna zeigte mir schmollend die *Nuova Revista Romana* vom Oktober letzten Jahres — ich habe keine Ahnung, wie sie dazu gekommen ist —, in der Houston Stewart Chamberlains deutschsprachiger Artikel über die rumänische Judenfrage erschienen ist. Auf eine Umfrage der Redaktion haben in- und ausländische Prominente geantwortet. Jetzt analysieren wir gemeinsam Chamberlains Text, von dem sie zahlreiche Wendungen noch nicht versteht.

Zu Neujahr hat sie mir übrigens Strümpfe gestrickt. Sie scherzte, sie hätte auch ein Haar von sich mit hineingestrickte (anstatt: hineingestrickt), damit ich immer ihr Lehrer bleiben möge.

Chamberlain geht unerbittlich — mit dem Lebensinstinkt eines wilden Tieres — gegen die »Judenseuche« vor. In England, so schreibt er, wo jahrhundertelang kein Jude geduldet wurde, gibt es heute mit den Rothschilds Ärger genug. Er sagt voraus, daß in einem so jungen Reich wie dem Königreich Rumänien — gäbe man den Juden, die jetzt sechzehn Prozent der Bevölkerung ausmachten, öffentliche Ämter, Landbesitz usw. — innerhalb von fünfzig Jahren alle Rumänen Sklaven der Juden sein würden. Damit rennt er offene Türen ein, denn Rumänien hat sich im letzten Sommer beinahe ebenso vieler »nutzloser« Juden entledigt.

Ioanna hält auch mich für einen Juden. Sie ahnt nicht, mit wie geringem Recht. Ich habe mich schon sehr weit vom semitischen Hochmut entfernt, freilich noch nicht weit genug. Chamberlain hat dieser Tage in einem Vortrag, gehalten in der Philosophischen Gesellschaft, gesagt, es sei eine semitische Eigenschaft, seinen Triumph in die Welt zu posaunen (siehe die Heldentaten des Hammurabi); die Germanen hingegen gingen in ihren Siegesberichten auch auf die Persönlichkeit ihrer Gegner ein. Ich ziehe tief den Hut vor meinem Gegner, vor Seiner Exzellenz, dem Satan!

Ioanna hat meine Hand genommen und an ihre Brust gedrückt; ich sollte spüren, wie heftig ihr Herz schlägt. In unserer letzten Stunde wollte sie mir unbedingt aus der Hand lesen. Durchschaubare, billige Tricks! Glaubt sie, ich werde sie auf ein Piedestal stellen, nur weil sie mich mit ihren Berührungen zum Wechseln meiner Unterwäsche zwingt?

Trebitsch verfolgt mich schon seit Wochen mit seinem Galilei-Drama. Davon war vorher keine Rede gewesen, nur von ein wenig gemeinsamem Rudern. Ich habe ihm nicht verheimlicht, daß ich die Handlung seines Dramas für zu konstruiert halte. Den Dialog zwischen Galilei und dem Kardinal, er macht kaum ein Zwanzigstel des Gesamttextes aus, habe ich hingegen gelobt. Auf dieses Lob reagierte er mit so heftiger Dankbarkeit, daß ich mich gezwungen sah, ihn aus meinem Zimmer hinauszukomplimentieren.

Allmählich wird es mir lästig, daß ich zu Hause nicht ganz frei bin. Abgesehen vom Kindergeschrei und den Klageliedern meiner Mutter stört die Familienatmosphäre als solche meine Gedanken, deren baldige Formulierung mein Ziel ist. Ich darf keine Rücksicht nehmen, auch nicht auf meine Familie!

Ich hatte Rosa untersagt, in mein Zimmer zu kommen, solange Trebitsch bei mir war. Je später sie mit dieser moralischen Laxheit in Berührung kommt, desto besser für sie. Nur verbotene Früchte sind süß.

Mit meinem Vater und Richard zum Flugversuch von Kreß, der ein klägliches Fiasko erlitt. »Was will uns dieser Mensch in seiner Ledermütze lehren?« fragte mein Vater spöttisch, während das Publikum enttäuscht auseinanderging und die in der Erde steckengebliebene Maschine von zwei Pferden fortgezogen wurde. »Graf Zeppelin kann man nicht mit einer ratternden, stinkenden Konstruktion aus dem Felde schlagen. Was schwerer als Luft ist, soll nicht fliegen wollen«, faßte er die Lehre des Vormittags zusammen. Am folgenden Tag zeigte er uns entrüstet einen Zeitungsartikel, demzufolge der Flug nur deshalb mißlungen war, weil die Anlaufbahn zu kurz gewesen sei und der Antriebsmotor zu schwer. »Aber um Himmels willen! Die Aufgabe der Ingenieure war es doch gerade, mit gegebener Anlaufbahn und gegebenem Motor in die Lüfte zu steigen! Immer diese durchsichtigen Ausreden!« Mein Vater ist unerbittlich, wenn es um Moral, Pflichten, Aufgaben geht. »Man muß nicht von einem jeden betonen, er sei ein tüchtiger, ehrenwerter Mensch, denn das ist selbstverständlich, das bedarf keiner Bestätigung oder Anerkennung. Man soll von ihm sagen können: Er ist ein Mensch.«

Ich komme kaum noch zum Radfahren, höchstens dann, wenn mich Hermann am Gartentor herausklingelt, so sehr reißt mich die Arbeit an *Eros und Psyche* mit sich fort. Dieser Punkersdorfer Sommer wirkt sich gut auf mich aus, er läßt meine Gedanken schäumen. Hundertmal besser als die Vöslauer Erholung im vergangenen Jahr. Warum? Vielleicht, weil ich seitdem reifer geworden bin. Die anatomischen und die histologischen Bezüge kann ich heute schon aus einer gewissen Distanz betrachten, das hilft mir bedeutend dabei, meine Gedanken zu Papier zu bringen.

Ioanna kam mit dem Fahrrad aus Ottakring. Vergeblich habe ich es ihr auf das entschiedenste untersagt. Sie bot mir an, mein Werk, wenn es fertig ist, abzuschreiben, für sie als Sprachübung und damit auch die Verlage ein Manuskript erhalten könnten. Davon sind wir noch weit entfernt. Vorerst will ich mit meinen Fähigkeiten ins reine kommen. Sie machte bei mir sauber, und währenddessen stand ihr Mund nicht still. Wie eine glückliche Schwalbe zwitscherte sie. Wie alle Frauen ist auch sie genial im Vergessen. Sie hat nicht nur ihre Familie zurückgelassen, sondern dazu noch alle vergangenen Schicksalsprüfungen abgeschüttelt. Sie blickt auch nicht in die düstere Zukunft; sie ist glücklich, daß sie dort sein kann, wo sie sein will. Für sie existiert nichts anderes als das warme, staubige Nest der Gegenwart, in dem sie sich — hat sie es sich einmal gleich einer Henne zurechtgescharrt — so wohl fühlt, daß sie nichts wahrnimmt, was ihre Lage ins Relief, in die Perspektive rücken könnte. Sie kann sich nicht von sich selber entfernen. Sie findet die Verhältnisse um sich herum fertig vor und läßt sie fertig zurück, wenn sie zu etwas Neuem Lust verspürt, das sie wiederum ohne moralische Bedenken, mit natürlicher Bewegung an sich reißt. Beneidenswert, dieses Unvermittelte ihrer Wahl.

Ich muß dringend meine Prüfung als Mann bestehen, selbstverständlich nicht mit Ioanna. Nicht, daß ich, alle Vernunftsargumente verhöhnend, den Verstand verliere — gemäß dem Gesetz der Gegensätzlichkeit!

Ich hatte gerade den charakterologischen Teil beendet, da kam Hermann und forderte mich zu einer Radpartie in die umliegenden Dörfer auf. Nachdem wir uns erhitzt neben einem Heuschober niedergelassen hatten, meinte er, daß mein jetziges, mein einundzwanzigstes Lebensjahr für mich schicksalentscheidend sein könnte, denn alle sieben Jahre wende sich das Schicksal des Menschen. Er kam auch auf die These von Dr. Freud zu sprechen, daß in dem einen das Plasma des anderen Geschlechts eine Rolle spiele. In der Sommerhitze entledigten wir uns der Oberbekleidung. Wir waren nackt bis zu den Hüften und trockneten uns gegenseitig mit Schwamm und Handtuch den Rücken. Das Summen der Bienen wurde lauter, keiner von uns sprach. Die Unermeßlichkeit und die endgültige Wahrheit der Natur berührten uns. Wir dachten nicht an die im Gras liegenden toten Insekten, an die in der Erde zu Staub werdenden Gebeine. Wir, die Lebenden, stampfen über Millionen verendeter Menschen, doch auch über uns ergeht kein anderer Schicksalsspruch, schon deshalb nicht, weil wir unsere aufrechte Körperhaltung nur vorübergehend einnehmen. Das lateinische Wort *altus* bedeutet gleichermaßen hoch und tief. Wie vielsagend das doch ist! In diesem allgemeinen Vergessen spürten wir — wir sprachen es auch aus —, daß wir glücklich waren. Auch die Zukunft vergaßen wir in diesem schönen und leichten Augenblick. Man kann sogar das Leid der Zukunft vergessen. Richtungslose Reflexion, zeitweiliges Schweben, vorübergehendes Zurückweichen, die Welt vorübergleitend zur Kenntnis nehmen, wie ein Säugling — das wäre die wissenschaftliche Definition von Glück.

Seltsam, daß ich erst jetzt, nach Fertigstellung meines Werkes, beschlossen habe, meinen langgehegten Wunsch, zu Hause auszuziehen, endlich zu verwirklichen. Hat mir mein Werk die Großjährigkeit gebracht? Oder umgekehrt? Adieu, mein dunkles, kleines Hofzimmer, du Schauplatz meiner Sünden, meiner

Hoffnungen, meiner fieberhaften Phantastereien! Die Kettenglieder der Familie sind gesprengt. Das törichte Weinen meiner Mutter beschäftigt mich weniger als eine mir gemäße Einrichtung meiner Behausung in der Nußdorferstraße. Gut, daß ich jetzt in der Nähe der Universität wohne. Rosa hat mir ein Klavier bringen lassen. Sie kommt wöchentlich, um die Kissen auszuklopfen, mir saubere Wäsche zu bringen und meine getragene mitzunehmen. Sie will mich auch verkuppeln, natürlich mit dem unschuldigsten Gesicht. Mit Händen und Füßen beschreibt sie mir ihre neue Freundin Grete. Wenn diese Mannbarkeitsprüfung sein muß, meinetwegen!

Mich beunruhigt Rosas Wandlung. Ich ertappte sie beim Erröten, und dann gestand sie mir — ich kann nicht sagen, ob stolz oder verschämt —, daß sie einen Verehrer habe, einen Kaufmann aus Budapest. Unser Vater hat ihn in ihr Leben gebracht, gleich nach meinem Auszug. Darüber muß ich mit dem alten Herrn noch ein Wörtchen reden. Dieser Károly Boschán kommt öfter nach Wien, als es seine Geschäfte erfordern. Die Sonntage verbringen sie regelmäßig gemeinsam. Sie haben sich ein Abonnement für den Eislaufverein gekauft. Wird auch Rosa endgültig zur Frau? Ist sie nicht bei mir, so beweine ich sie im stillen. Es gab Hoffnung für sie, doch die scheint sich jetzt zu zerschlagen.

Endlich hat Freud mein *Eros und Psyche* gelesen. Er rieb sich ständig die Augen und strich sich über den Bart. Abwechselnd demonstrierte er, wie enorm ihn seine Arbeit anstrenge und wie enorm gebildet er sei. Sein einziges großes Werk, *Die Traumdeutung,* ist kaum mehr als ein weissagendes Herantasten. Im tiefen Wasser, in das er sich hineinwagte, sind seine

Schwimmbewegungen unsicher. Nur deshalb hat er die Ernennung zum Professor selbstbewußt angenommen, die er bösen Zungen zufolge einem Bild verdankt, das er einer seiner Verehrerinnen schenkte, denn der Sektionschef im Ministerium für Kultus und Unterricht, Wilhelm August Ritter von Hartel, hat vor, eine Galerie moderner Gemälde zu eröffnen.

Wir saßen auf Biedermeierstühlen. Er hielt mir einen Vortrag über das Tarock und über die Vielfalt der Pilze. Weibliche Stimmen, Gewisper draußen, man führte jemanden ins Wartezimmer, in dem auch ich gewartet habe. Ich räusperte mich ein wenig ungeduldig. Würde uns noch Zeit bleiben, über meine Arbeit zu sprechen? Noch eine Abschweifung über seine Romreise im September, sozusagen eine Pilgerfahrt zu den Urprinzipien, die er jahrzehntelang zu verdrängen versucht hat; erst dann stürzte er sich auf mich wie ein Geier.

Was ich eigentlich bezweckt hätte mit diesem zu Papier gebrachten kleinen Traktat? (Als würde er Miltiades fragen, was er mit der Rettung Athens bezweckt habe.) Denn — so fuhr er fort, ohne meine Antwort abzuwarten — er müsse mir als größten Mangel vor Augen führen, daß der weltanschauliche Standpunkt meiner Arbeit nicht klar sei, und er frage sich, an welche Gedankentradition ich mich anschließen wollte, als ich dieses uralte Thema auf die Tagesordnung setzte.

»Ich habe mir gedacht«, antwortete ich ihm, »daß es ein ausreichender, für sich selbst sprechender Ausgangspunkt ist, dieses Thema vollständig unabhängig vom gewohnten philologischen Trott anzupacken. Obwohl die Arbeit als wissenschaftlicher Traktat gedacht ist, lag es nicht in meiner Absicht, durch die Berufung auf obskure Quellen zu glänzen. Wenn wir unser Augenmerk stets auf die Größen der Vergangenheit richten, wird uns die Zukunft aus den Händen gleiten.«

Aufgrund seiner histologischen Studien — die sollte auch sein junger Freund (das war ich) nicht bezweifeln, gerade weil diese Wissenschaft in den meisten Fragen erst ihre Anfangsschritte gemacht habe — fände er es ein wenig merkwürdig, daß ich von einer so unzureichenden Grundlage aus zu so weitreichenden Folgerungen gelangt wäre. (Ihnen, Professor, fehlt es dazu am nötigen Mut! Sein Zimmer ist vollgepackt mit Weiberkram, mit Statuetten und Häkeldeckchen. Wo soll da der Mut herkommen?) »Die wissenschaftliche Arbeit«, sagte er weiter, »erfordert, daß wir die nächstliegenden *Pendants* zu unseren eigenen Gedanken erwähnen.«

Meine Theorie stünde den Vorstellungen anderer ziemlich nahe. So schlage sein Freund Wilhelm Fließ ähnliche Saiten an; allerdings sei dessen Hypothese in zusammenfassender Form noch nicht veröffentlicht.

»Die Jagd ist etwas Schönes, doch für das Erlegen des Wildes gebührt auch dem letzten Treiber Dank. Jeden jungen Forscher leitet die Hoffnung«, fuhr er unter pausenlosem Bartstreichen fort, »er könnte für die gemischte Realität des Lebens eine allgemeine Formel finden.«

Diese Art Hoffnung möge sein junger Freund um alles in der Welt nicht fahren lassen, doch müsse er sie in Grenzen halten. Er selber würde zögern, die Allmacht der geschlechtlichen Determination so universell zu postulieren. Auf jedem noch so engen Gebiet, das gelte auch für die von ihm untersuchte Hysterie, stoße man auf erhebliche Schwierigkeiten, wenn es um die geschlechtliche Typologie gehe. Mit einem Wort: »Mehr Umsicht, mehr Nuancierung bei Ihrer zukünftigen Arbeit, mein junger Freund!«

Damit erhob er sich, das Verhör war beendet, und ich fühlte mich abgeschoben wie ein hoffnungsloser, unbegabter, Fehler auf Fehler häufender Neuling.

Nicht seine Ablehnung hat mich gewurmt; sie sagt mehr über ihn als über meine Arbeit. Was mir mißfiel, war seine gönnerhafte Art, sein Widerstreben, sich auf eine andersartige Methode einzulassen. Ich bin unendlich enttäuscht von ihm, doch stachelt mich unsere Begegnung nur an. Ich werde den mir beschiedenen Weg konsequent zu Ende gehen.

Ich fühle mich in vieler Hinsicht schlechter als zu der Zeit, da mein Werk noch nicht geschrieben war. Warum ist es so schwer, die Menschen von der gefundenen Wahrheit zu überzeugen, während die Unwahrheit ohne jegliches Zureden Glauben findet? Mir fällt dazu das Gespräch Jesu mit dem Großinquisitor in den *Brüdern Karamasow* ein. Die Wahrheit ist gefährlich! Man sollte sie unter Quarantäne stellen, denn wenn sie offenbar wird, kann sie die gegebene Weltordnung umstürzen! Und ich habe niemanden, mit dem ich meine Gedanken erörtern könnte. Hermann ist nach Leipzig abgereist, und der mit seinem Bizeps prahlende Trebitsch würde von meinen Problemen kein Wort verstehen.

Grete fiel in meine Arme wie der Nachtfalter ins Lampenlicht. Ich bin ihr dankbar, sie hat mich von meinen sexuellen Spannungen befreit, aber gleichzeitig verachte ich sie auch, weil sie glaubt, ich würde mich nun mit meinem ganzen Wesen ihr zuwenden. Auch mich selber verachte ich ein wenig, weil ich mich immerhin halb einer einfältigen Philosophiestudentin zugewandt habe. Was aber auf der Gewinnseite zu Buche schlägt: Ich brauche die verfluchten Jodoformpflaster nicht mehr — Grete, so scheint es, akzeptiert auch meine Geschwüre. Sie streichelt sie auf meinem Rücken.

Mich erstaunt, da ich es jetzt aus der Nähe erfahren habe, mit wieviel ästhetischer Gleichgültigkeit sich die ethische Gleichgültigkeit der Frau paart. Das Häßliche zählt nicht, nur in ihre Arme soll es taumeln, das befruchtende Männchen. Nur ein Ziel schwebt der Frau vor: Koitus um jeden Preis. Ihre Bestimmung ist es, *diese schmutzige Gravitation* in jedem Augenblick ihres Lebens, selbst aus dem Schlaf hochgeschreckt, beharrlich in Gang zu setzen.

Zu ihrer vielgepriesenen Barmherzigkeit nur so viel: Es ist kurzsichtig, wenn man die Krankenpflege der Frauen für einen Beweis ihres Mitleids hält. Daraus läßt sich vielmehr das Gegenteil schließen. Denn ein Mann könnte die Schmerzen des Kranken nie mit ansehen, er müßte unter ihnen so leiden, daß er völlig aufgerieben würde. Wer Krankenschwestern beobachtet, nimmt mit Erstaunen wahr, daß sie gleichmütig und »sanft« bleiben, selbst angesichts der furchtbarsten Krämpfe eines Sterbenden. Bei wem liegt nun die Anteilnahme?

Nur ein Mann kann die Emotion der Frau wachrütteln, aber nicht der apollinische, auch nicht der dionysische, sondern nur der faunische, *le mâle,* das zeugende Tier im Mann. Die Frau will den Mann als Sexualobjekt, denn nicht sein Geist und seine Moral, sondern nur seine Sexualität verleiht der weiblichen Existenz Grund und Ziel.

Bin ich auf eine Frau angewiesen? Ob sie nun Grete, Gisi oder Miezi heißen mag? Lachhaft! Der Mann ist verloren, engt er sein Wesen auf seine Sexualität ein. Er kann auch ohne Frau sein Ich bestimmen, ja sogar ohne sie am besten, während die Frau ohne den Mann, ein wenig sogar noch in seiner Umarmung, ein Nichts ist. Die Frau muß von sich selbst, von ihrer nur sexuellen Natur befreit werden, damit sie sich emanzipieren, damit sie ihren Platz neben dem Mann in der Welt einnehmen kann. Wie oft habe ich das Grete auseinandergesetzt. Sie aber erwiderte mir mit hängender Kinnlade: »Ich gefalle dir wohl nicht mehr?« Es ist besser, wenn ich zu diesem in Wolken schwebenden Superlativ des Unverstandes keinen Kommentar abgebe.

Ähnlich verhält es sich mit der Stellung des Judentums in der Welt. Der Zionismus ist ein charakteristisch modernes, eklektisches Gemengsel, eine Art Schiffrettungsdienst, bei dem man zwar zu dem Leck hinrennt, wo das Wasser eindringt, aber keinerlei Ahnung, weder vom Schiff noch vom Wasser, hat.

Chamberlain hat gezeigt, daß die Juden schon lange vor der Zerstörung des Jerusalemer Tempels freiwillig, wenn es ihren finanziellen Bestrebungen diente, die Diaspora wählten.

Wenn der Zionismus alle Juden an einen Ort bringen will, so betreibt er in Wirklichkeit eine unjüdische Sache. Zuerst müssen die Juden ihr herumirrendes, haltloses Naturell besiegen, bevor sie reif sind für die im Zionismus aufgestellte Befreiungsthese.

Es ist bezeichnend, was mein Vater 1898, in meinem ersten Studienjahr, mir gegenüber behauptet hat, nämlich, daß Dr. Theodor Herzl keineswegs der Juden wegen nach Palästina gereist sei, sondern um vor dem dort anwesenden deutschen Kaiser einen Kniefall zu machen. Die Neugeburt des Judentums anstreben und dann mit dem Herrscher einer arischen Nation liebäugeln? Wie paßt das zusammen? Fand er etwa Gefallen daran? Eine bittere Komödie, dieses Streben nach Selbstbestimmung!

Wäre die Christianisierung eine Lösung? Nicht um alles in der Welt! Gerade der Arier wünscht am allerwenigsten, daß der Jude durch die Taufe dem Antisemitismus recht gibt. (Hinter einem solchen Antisemitismus verbirgt sich Arthur Trebitschs verdecktes, aber um so schlimmeres Judentum.) Unbewußt schätzt jeder Jude den Arier höher als sich selbst. Nur der starke und unumstößliche Entschluß, sein Leben im Zeichen der Selbstachtung zu leben, kann den Juden befreien. Das indessen ist ein weitreichender ethischer Schritt, zu dem sich eine Gemeinschaft oder eine Masse keineswegs entschließen kann, am allerwenigsten auf den Aufruf einer Organisation hin. Es gibt keine Kollektiv-Ethik, da nur das Individuum ethisch sein kann. Das Judentum wird in der Welt sein, solange auch nur ein einziger Jude sein eigenes Naturell ethisch verleugnet.

Mein Vater ist schon lange kein Jude mehr, meine Mutter dagegen wird immer Jüdin bleiben.

Heute habe ich Jodl *Eros und Psyche* zur Begutachtung übergeben, verbunden mit der Bitte um Unterstützung meiner Bewerbung für das Trebitsch-Stipendium.

Endlich für Ioanna ein geeignetes Zimmer gefunden, noch dazu näher gelegen. Ich muß nun nicht jedesmal mit der Tram nach Ottakring fahren; ich werde viel Zeit sparen, und sie auch. Eigentlich könnte sie sich schon jetzt um Aufnahme an der Universität bemühen. Sie ist von gutem Verstand, beherrscht die deutsche Sprache fast fehlerlos und zeigt für Geschichte ein beinahe männliches Interesse. Vielleicht kann sie ein Stipendium bekommen. Bis dahin könnte auch ich sie unterstützen, vorausgesetzt, ich bekomme die vierteljährlichen tausend Kronen vom alten Trebitsch.

Als ich Ioanna in ihr neues Zimmer brachte — in der Schwarzspanierstraße 15, im ersten Stock —, fiel sie

Dr. Otto Weininger.

mir um den Hals: »Kein Frieren mehr! Ist das nicht wunderbar!« begeisterte sie sich, denn durch ihr Ottakringer Zimmerchen lief nur ein Ofenrohr.

Die außerordentliche Verwahrlosung des Hauses erklärt den günstigen Zimmerpreis, aber das Ottakringer Haus war auch nicht gerade ein Luxuspalast, und sollte Jodl für mich einen Verlag finden, werde ich ein Krösus sein. Am nächsten Tag ist Ioanna eingezogen.

Jodl bat um eine Zusammenfassung meiner Arbeit. Ich übergab ihm folgende Schrift:

»Bedeutend geklärt, glaube ich sagen zu können, haben sich aber meine Anschauungen besonders in dem über ethische Dinge Bemerkten. Heute glaube ich — wenn ich, ohne unbescheiden zu sein, mir diese Ausführungen erlauben darf —, man müsse in der ethischen Phänomenologie (die ich mir als eine Art Biologie der Ideale denke) zweierlei solche Ideale unterscheiden, die eine Gruppe vom Manne (M) kommend: die Ideale der Wahrheit, Ethik als Hygiene, Pflichten gegen sich selbst (hierher gehört dann auch die Gerechtigkeit, auch der kategorische Imperativ), und die andere vom Verhalten von W hergeleitet: Ideale des Mitgefühls, der Nächstenliebe, der Geselligkeit. Beide kreuzen sich, werden kombiniert oder (häufiger) gegeneinander ausgespielt, treten im selben Menschen in Widerstreit. Mit anderen Worten: Es gibt eine spezifisch männliche und eine spezifisch weibliche Sittlichkeit, ethischer Dualismus und nicht Monismus. Die Unterscheidung verliert dadurch nicht an ihrem Werte, daß wir tatsächlich an jedes menschliche Individuum — ein rein eingeschlechtliches gibt es ja glücklicherweise nicht — beiderlei Anforderungen stellen.«

Jodl gab mir recht, nicht Freud! Er unterstützte nicht nur mein Stipendium, sondern er versprach mir auch, für *Eros und Psyche* einen Verlag zu suchen.

Hermann kam zu den Weihnachtstagen nach Wien. Gemeinsam haben wir die Freudenbotschaft gefeiert. Er hat mich ein wenig getadelt, weil ich in meinem Werk, wie ich ihm berichtet habe, meiner früheren Absicht, die Charakterologie der Geschlechter mit einer zoologischen Versuchsreihe im Laboratorium zu begründen, untreu geworden bin. »Du hast das erste ernstzunehmende Hindernis umgangen und dir statt dessen ganz andere Hindernisse errichtet.« Was hätte er auch sagen können, er, der aus Leipzig angereist ist, wo man die Psychologie mit der Physiologie verwechselt? Dort studiert man Augenflattern, Kniereflexe, Transpiration, anstatt einfach nur in die menschliche Seele zu schauen, die so groß ist, daß sie nicht nur eine bestimmte Wissenschaft, die Psychologie, ausfüllt, sondern auch alle anderen.

1902

Das Jahr endete mit einer unangenehmen Affaire. Ich mußte mir mit Hermann Säbel kaufen, und erst da erkannte ich, wie nützlich es mir war, daß ich im Herbst in die Burschenschaft Dionysia eingetreten und dadurch satisfaktionsfähig bin.

Ich habe diesen Trebitsch beim ersten Ausfall erwischt, und damit war das Duell zu Ende. Ich hatte keine Todesangst, denn wir trugen wattierte Westen. Die Angelegenheit hat nur meine Seele aufgewühlt; sie hat mich von meiner Arbeit abgelenkt, ganz zu schweigen von den gemischten Gefühlen, die sie hervorruft: Ich beziehe vom alten Trebitsch ein Stipendium und schlage mich mit seinem Sohn. Doch ich bin unschuldig, wahrhaftig unschuldig.

Grete hat mich nach längerer Zeit wieder besucht, doch ich brauche sie jetzt nicht mehr.

Auf Jodls Rat hin werde ich *Eros und Psyche* auf philosophische Grundlagen stellen, vielleicht auch mit einem neuen Titel versehen. Weiterhin werde ich mein letztes Rigorosum auf dieses Semester vorziehen, denn bis zum Sommer kann ich getrost meine Arbeit als Dissertation einreichen. Indessen wartet enorm viel Arbeit auf mich. Bis dahin muß ich meine Argumentation vertieft haben. Was ich sonnenklar erkenne, muß auch für andere klar zu sehen sein. Ich darf nicht nur aus den Philosophen schöpfen, sondern muß mich den größten Denkern zuwenden, Goethe, Ibsen und Richard Wagner, den herrlichsten Menschen seit Jesus Christus, und natürlich auch Kant, dem protestantischen Genius. Die Herren Psychologen ahnen vielleicht nicht einmal, daß die letzten Antworten bei den Dichtern liegen. Ich werde es ihnen beweisen.

Jede Nacht durchlebe ich ein Inferno. Wie leicht hatte es Dante! Er konnte aus Vergil schöpfen. Ich bin völlig allein mit der dunklen Wildnis meiner Gedanken, wo nur die glosende Laterne meines Geistes einen Lichtschein auf die bedrohenden Gestalten wirft. Am Ende eines jeden Pfades gähnender Abgrund. Der Pfad ist immer ein anderer, der Abgrund immer derselbe. Ich drehe mich fortwährend im Kreise, und werde ich an den Rand des Abgrundes getrieben, zwinge ich mich hinunterzublicken. Was ich in der Tiefe sehe, ist schwindelerregend, entsetzlich, aber wahr. Hinabgestoßene, verleugnete Wahrheiten ballen sich in der Tiefe. An welcher Verschwörung haben die Menschen sich schuldig gemacht, daß das Wesen der Dinge ihnen auch nach so langer Zeit verschlossen bleibt?

Es gibt keinen Pol ohne Gegenpol. Mann — Frau. Arier — Jude. Ihr Verhältnis ist kein wechselseitiges Ergänzen, sondern ein ewiger Kampf. Um das zu erkennen, muß man ein Bündnis mit der Finsternis schließen, beziehungsweise ihre Angriffe zurückschlagen.

Ich treffe Ioanna in ihrem Zimmer in der Schwarzspanierstraße mit einem Mann an. Sie stellt ihn mir als ihren Bruder Chaim vor, der aus Bern zu Besuch gekommen ist. Ein junger Mann mit kastanienbraunem Haar und einem Vollbart. Sein Händedruck ist hart. Zu dritt trinken wir Tee, zubereitet im Samowar, seinem Geschenk. Eine seltsame Eifersucht ergreift mich. Jetzt, da wir zu zweit in Ioannas Nähe sind, beginne ich sie als Frau zu sehen. Chaim legt ständig seine Hand auf die ihre, sie lächeln sich an. Ioanna nimmt meine Hand und legt sie auf seine. »Meine beiden Wohltuer«, sagt sie ein wenig rührselig und meint *Wohltäter*. Ich schlage ihr vor, den Unterricht zu beenden, da sie bald besser Deutsch spricht als viele geborene Wiener. Ioanna blickt Chaim entsetzt an, fällt theatralisch vor mir auf die Knie und bittet mich, sie nicht im Stich zu lassen. Chaim nimmt seinen Hut und geht, er will, wie er sagt, den Unterricht nicht stören.

Als er wiederkehrt, ist mir leichter zumute. Er erzählt, daß er in der Schweiz für die Zionistische Bewegung tätig ist. Unsere kurze Diskussion endet mit der Einsicht, daß wir an unseren Meinungen festhalten. Er schwört auf die Praxis, da die Probleme der Judenschaft nicht in erster Linie theoretischer Natur seien. Theodor Herzl hält er für eine Art *mixed blessing*. Vom Standpunkt der jüdischen Masse aus betrachtet sei er ein Außenstehender, ein verwestlichter Großbürger, gefühllos gegenüber dem Schicksal des jüdischen Proletariats, dessen Erlöser er deshalb auch nicht sein könne. Er erkenne nicht die Ähnlichkeit zwischen dem jüdischen und dem proletarischen Schicksal und die darin liegende Sprengkraft. Er zeigt auf Ioanna: »Sie ist eine Paria, sie ist Jüdin, Proletarierin und Frau in einer Person.«

Auf dem Fußboden ein Strohsack mit Decke. Chaim verbringt also auch seine Nächte bei Ioanna. Mit zürnendem Herzen kehre ich in mein Heim zurück. Ich beschließe, dieses dumme Klavier loszuwerden. Nichts, aber auch rein gar nichts soll mich von meiner Arbeit ablenken!

Unmöglich, daß ich nicht genial sein soll. Kant, Schopenhauer, Wagner leben hier in meinem Zimmer. Es ist mir gelungen, mich von der Außenwelt abzukapseln. Ich habe es nicht nötig, mir mit geschwollenem Kamm zu beweisen: Ich bin ein Mann.

Das Kapitel Charakterologie in meinem Buch erweitere ich um einen Abschnitt über Begabung. Der geniale Mensch läßt sich definieren als einer, der alles weiß, ohne es gelernt zu haben. Das geniale Selbstbewußtsein ist von größter und schärfster Klarheit und Helle. Genialität offenbart sich als eine Art höherer Männlichkeit. Beethoven war ein Mann. Johann Strauß würde ich nicht wagen so zu bezeichnen; seine angenehmen Arabesken sind im ganzen betrachtet weiblich.

Das Weib ist von der Genialität, die trotz tiefgreifender individueller Unterschiede ein und derselben Wurzel entstammt, ausgeschlossen. Dieser Mangel folgt notwendig aus der Tatsache, daß sie immer nur ein Teil ist. Sie kann nicht Spiegel des ganzen Universums sein. Das Weib hat kein Ich, höchstens ein Wollen. Dieses Wollen verschließt ihr die Augen, verstopft ihr die Ohren. Sie sieht und hört nicht, sie berauscht sich oder sucht den Traum, um zu vergessen.

Ohne die männliche Begriffsbildung ist die Welt eine verworrene Anhäufung unverständlicher Eindrücke, die beim ersten suchenden Blick zu Staub werden. Genialität ist die Richtschnur im Chaos, der Ariadnefaden im Nichts. Die Masse braucht keine Genialität, denn sie ist nur befähigt, im Unmittelbaren zu leben. Sie schneidet sich ein Stück vom Faden ab, um sich damit die Schuhe zu schnüren.

Ich halte die Erlaubnis des Ministeriums in Händen, vorzeitig, bereits im achten Semester, das Rigorosum abzulegen. Jetzt, so kurz vor dem Ziel, muß ich die Zerstörung erkennen, die meine Forscherarbeit in mir angerichtet hat. Ich bin zweiundzwanzig Jahre und fühle mich wie ein Greis. Ich habe alles durchlebt, um mich zum Geiste wandeln zu können. Täglich habe ich mit dem Satan gerungen. Ich habe das Terrain des gemeinen Lebens verlassen, habe Federn gelassen, wurde bettelarm, damit aus mir ein neutrales Gefäß werde. Ich existiere kaum mehr; nur die Wahrheit der Welt existiert, pulsiert in mir. Vom Standpunkt des gemeinen Lebens aus betrachtet habe ich alles verloren. Der Philosoph haßt sich selber. Die Welt ist nicht fähig, ihn zu lieben. Es schmerzt zu wissen, daß ich auch dann nicht lieben könnte, würde mir Liebe entgegengebracht. Qual! Leere! Aus dem Spalt des härtesten Granitfelsens sprießt der Ölzweig meiner Seele. Er muß verdorren. Meine Seele kann sich nicht befreien und nicht in eine andere, die mich liebt, eindringen.

Dem Künstler wünscht man zum Geburtstag Glück, der Philosoph kann höchstens eine Beileidsbezeugung erwarten. Kann der glücklich aus seinem Leben schöpfen, der schon beim Hören seines Namens zusammenzuckt? Wenn einer zu mir sagen würde: »Ich liebe dich«, könnte ich nur erwidern: »Wie wenig kennst du mich.«

Der Philosoph gleicht einem Hause mit ewig verschlossenen Fensterläden: Das Licht der Sonne würde wohl auch dieses Haus erwärmen und bescheinen mögen; aber das Haus tut sich nicht auf: Scheinbar mürrisch, hart, abweisend, bitter verbittet es sich das

Licht; erschrickt es vor dem Glücke. Wie es im Hause ausschaut? Eine wild verzweifelte Geschäftigkeit, ein langsam-furchtsam Erkennen in der Finsternis, ein ewiges Zurechtstellen der Dinge — da drinnen. Man frage sich nicht, wie es im Hause ausschaut.

Heute ging ich zum Büro der Kultusgemeinde und kündete meinen Austritt aus der israelitischen Glaubensgemeinschaft an. Der krummrückig sitzende Schreiber fragte mich, welcher Konfession ich mich nun verbunden fühle. Es fehlte nicht viel, und ich hätte ihm geantwortet, daß auf meinem Wege keine Bande zu knüpfen seien. Als ich meinen Vater meinen Entschluß wissen ließ, unterstellte er mir Gewinnsucht, da ich nach meiner Promotion als Konvertit leichter ein staatliches Amt erlangen könnte. Wie wenig weiß er doch von mir!

Gerber steht mir jetzt am nächsten, dieser zwanzigjährige Dichter, das leuchtendste Mitglied der Dionysia Burschenschaft. Wegen der Rezension seiner Erzählung *Gregors Geheimnis* habe ich meine dringendsten Aufgaben zurückgestellt:

»Der Kern der Geschichte ist das Schicksal eines jeden Künstlers. Das Verlangen nach der Schönheit verbindet sich mit dem Leiden um der Schönheit willen und stürzt den Künstler in sein tragisches Ende, in den Liebesmord. Das aber ist nicht der Lustmord der *bête humaine,* nicht die animalische Grausamkeit im Sinne Zolas. Sobald ihn die berührende Nähe der Schönheit bedroht — die Sehnsucht nach ihr hat sein ganzes Leben durchdrungen —, muß der Künstler sie töten. Die Schönheit muß vernichtet werden. Aber auf ihre liebliche, ihre eigene Art. Darin offenbart sich der Sadismus eines jeden Künstlers.

Ibsens Hedda Gabler, der Frau, die Khnopff immer wieder malt, wird ein ähnliches Schicksal zuteil, doch sind ihre Sehnsüchte weiblich, physiologisch, instinktiv. Bei Gerber werden sie zu künstlerischen Motiven. Auch das Schicksal von König Midas kann als Mahnung dienen. Die Schönheit wird zum toten Gegenstand, zu Gold, sobald sie Ziel des erotischen Verlangens ist. Die Kunst Gerbers greift dem vor, er löscht den Gegenstand aus, noch bevor das todbringende Verlangen in Erscheinung treten kann.«

Am Donnerstag, dem 10. Juli, lege ich das Rigorosum im Hauptfach und am Samstag im Nebenfach ab. Dank der Güte meines Vaters habe ich nun auch Frack und Zylinder. Von zwei meiner Professoren besitze ich ein schriftliches Gutachten. Ich notiere hier ihre hauptsächlichen Bemerkungen:

»Es verdient aber auch anerkannt zu werden, daß der Verfasser mit großem Geschick und Spürsinn ein reiches Material von biologischen, psychologischen und pathologischen Thatsachen, mannigfaltige eigene Beobachtungen auf den verschiedensten Lebensgebieten und eine ausgebreitete Belesenheit in den Dienst seiner Hypothese zu stellen vermocht hat. [...] Der erste Abschnitt, die Theorie der Begabung, enthält neben manchem wirklich Zutreffenden, fein Beobachteten, auch Anderes, wie z. B. die Theorie der Heniden, die metaphysische Bedeutung des Ich und des Ich-Bewußtseins, die Leugnung der Seele im transcendenten Sinne beim Typus Weib; die Ausdehnung des Begriffs der Genialität, was Ref. nicht anders als phantastisch bezeichnen kann. [...] Auch sonst trägt die Schrift manche Spuren jugendlicher Unfertigkeit. [...] Man wird es seiner Eigenart und der von ihm bevorzugten subjektiven und comparativen Methoden gerne zugute halten, daß er der experimentellen Psychologie nicht günstig gesinnt. Aber seine eigene Methode muß doch erst bewähren, ob sie an Feststellung gesicherter

Ergebnisse mit der experimentellen erfolgreich concurriren kann und ob sie sich von der Gefahr allzu willkürlicher Annahmen und jener phantastischen Spekulation freizuhalten vermag, welche das Ansehen der deutschen Psychologie im Zeitalter des speculativen Idealismus so tief geschädigt hat. [...] Den gesetzlichen Anforderungen entspricht die Arbeit durchaus; auch gegen die Drucklegung besteht, vorbehaltlich gewisser stilistischer Änderungen, kein Bedenken.«

Hat der gute alte Jodl also endlich klein beigegeben, wenn auch mit einem bitteren Geschmack im Mund! Doch seinem Urteilsvermögen konnte er keinen Zwang antun. Das gereicht ihm zur Ehre.

Müllner, der dickwanstige Jesuit, tut sich in seinem Gutachten durch eine unerwartete Parteinahme für die Frau hervor:

»... Die Abhandlung macht mehr den Eindruck einer durch starke Persönlichkeitsakzente wirksamen Rhapsodie als den einer wissenschaftlichen Gedankenentwicklung. [...] Ebenso bedeutet die Grundtendenz der Schrift eine fortlaufende Insulta des Frauengeschlechtes, die in einzelnen Wendungen geradezu als roh bezeichnet werden muß. [...] Die unleugbare besondere Befähigung des Candidaten, die in seiner Dissertation niedergelegten Ergebnisse ausgebreiteter Studien in verschiedenen Wissensgebieten, die interessante Eigenständigkeit seines philosophischen Konzepts machen die Schrift Weiningers ohne Frage druckwürdig, doch sollte m. E. als *conditio sine qua non* ausgesprochen werden, daß die Invektiven seiner Polemik und Argumentation vorher ausgeschieden oder von der Erwähnung Abstand genommen werde, daß die Abhandlung als Inaugural-Dissertation vorgelegt wurde.«

Ich habe heute die Hauptprüfung richtig bestanden, und sie haben mir in großem Wohlwollen sogar die nichtverdiente Auszeichnung gegeben. Gestern fand auch im engsten Kreis mein Übertritt zur evangelischen Konfession statt, in die Kirche Kants und Wagners. Muß ich von nun an Luther anbeten? Unsinn! Ich halte mich an Jesum Christum, denn er gibt ein Beispiel für die Ablösung vom Judentum. Das Judentum kann ganz sicher überwunden werden.

Ich bedränge Jodl vergebens. Mit einem Verlag tut sich gar nichts. Ich muß dieses Buch so bald wie möglich hinter mich bringen.

Ich bin unruhig und niedergeschlagen. Ich habe meine Wohnung in der Nußdorferstraße aufgegeben. Ende einer Jugend. Wie es scheint, ist es auch mit den morgens um sieben Uhr und die um Viertel nach sechs beginnenden Vorlesungen vorbei, und das heißt, auch mit den brennenden Augen, dem dösigen Kopf, dem sich umkehrenden Magen. In den folgenden Semestern versuche ich klüger, müßiger zu leben. Morgen trete ich dank der Güte meines Vaters die langgeplante Reise in den Norden an. Es fragt sich nur, kann ich mit meinem unerbittlichen Reisegefährten, mit mir selber, auskommen? Ioanna ist nach Bern gefahren. Wenn ich es mir recht überlege, wäre es vielleicht besser, nicht geboren zu sein. Es lastet viel auf mir. Oder bin ich für meine Bürde nicht stark genug?

In Bayreuth. Nach der Vorstellung des *Parsifal* angespannt und zugleich verzweifelt. Schreibt der Meister nicht (ich weiß nicht mehr, an welcher Stelle), daß der Kuß der Liebe die erste Todesahnung ist, die Vernichtung der Persönlichkeit? Schlägt deswegen das Herz des Menschen davon so heftig? Ich bin erschüt-

135

tert über den hinter dem Kuß lauernden Tod — über den Tod der Persönlichkeit. Und siehe: Als Kundry in Klingsors Zaubergarten erwachend ihre Lippen auf Parsifals Lippen drückt, springt dieser mit dem größten Entsetzen auf. Das ist nicht Askese, das ist Treue zur Sendung. Er greift sich ans Herz, denn sein Herz weist ihn darauf hin, was er mit seinem Verstand nicht fassen kann, daß sich hier nämlich etwas Tödliches vorbereitet. Kundry würde um der sofortigen Erfüllung willen ihre Erlösung aufs Spiel setzen. Spricht das nicht dafür, daß Kundry nur von einem Manne von ihrem Fluch erlöst werden kann, unter dem sie leidet, der ihre Preisgabe zurückweist?

Ob es mir gelungen ist, Ioanna zu erlösen? Ist sie nicht Kundry? Bin ich nicht Parsifal? »Laß mich dich Göttlichen lieben, nur eine Stunde sei mein.« Parsifal aber weist sie zurück: »Erlösung, Frevlerin, bring ich auch dir.«

Noch jetzt quält mich die Nacht, die ich im Münchner Löwenbräu zubrachte. Ich konnte nicht schlafen. Ich hörte Hundegeheul. Nie hörte ich so furchtbare Töne. Ich war mir sicher, daß es ein schwarzer Hund war, der sie ausstieß. Das konnte nur der Satan sein. Er rief mich. Die ganze Nacht rang ich mit ihm um meine geplagte, geschundene Seele. In meiner Angst, zu unterliegen, zerbiß ich meinen Kissenbezug. Seitdem weiß ich: Eines Tages werde ich eine furchtbare Schuld auf mich laden. Ich werde einen Mord begehen, wenn ich meinem Leben nicht vorher ein Ende mache.

Am Morgen erkundigte sich der Wirt, wie ich die Nacht verbracht hätte. Als er hörte, daß ich kein Auge zugetan hatte, meinte er, ich hätte mich wohl noch nicht von den Prüfungen an der Universität erholt. Diese gemütvollen Bayern kennen nichts, was ihre Laune trüben könnte, wenn sie erst einmal ihren

Bierkrug zur Hand haben. Warum mußte ich von Wien wegfahren?

Einhundert Mark von meinem Vater angekommen. Ich schickte sie postwendend zurück.

Das Meer!

Schwache Freude und leichter Stolz darüber, daß ich nicht seekrank geworden bin, obwohl das Meer hinter Rügen bewegt war.

In Kopenhagen fand ich keinen Antwortbrief von Jodl vor. Ich werde mich nicht mit weiteren drängenden Briefen vor dem verehrten Herrn Professor erniedrigen. Sollte ich mich auch in ihm getäuscht haben? Selbst wenn er mich bei einem Verlag empfiehlt, kann er es so anstellen, daß er die gegenteilige Wirkung erzielt. Es ist besser, ich verlasse mich auf meine eigene Kraft, wenn ich wieder zu Hause bin. Einem Winkelverlag allerdings überlasse ich mein Werk nicht.

Der Gedanke, daß ich vielleicht doch kein Philosoph bin, peinigt mich, obwohl mich Gerber in jedem seiner Briefe als solchen ehrt.

Die einhundert Mark von meinem Vater haben mich hier eingeholt. Dann also trotz allem: Auf nach Kristiania zu Ibsen.

Einen miserablen *Peer Gynt* im Norwegischen Nationaltheater gesehen. Schlechter als in Wien. Furchtbar muß Ibsen unter seiner Umgebung gelitten haben! Dickwanstige Bürger, schmuckbehängte, schwitzende, gierig dreinblickende Weiber!

Vergebens anderthalb Stunden in Ibsens Wartezimmer zugebracht. Zusammen mit einem jungen Budapester kam ich an, einem gewissen Georg Lukács. Er wurde gerade noch von Ibsen empfangen. Mir teilte der bärtige Sekretär nach einer Stunde, Ausflüchte suchend, mit, daß der Meister heute keine Besucher mehr empfange und ab morgen für längere Zeit in England weile. Im Wartezimmer setzte mir Lukács in überraschend gutem Deutsch auseinander, was er unter künstlerischer Bereitschaft versteht: völliges Leerwerden, asketisches Warten auf die Welt. Nichts darf vorweggenommen werden. In diesem Sinn wollen er und seine Freunde in der ungarischen Hauptstadt ein neues Theater ins Leben rufen, für das er Ibsen um geistige Unterstützung bitten werde. (Um ein neues Stück — dachte ich —, wenn möglich, ohne Tantiemen.) Vielleicht hätte ich eine bessere Meinung von ihm gewonnen, hätte er mir nicht Ibsens wertvolle Empfangszeit weggenommen.

»Der Mensch ist nur Gefäß für die Kunst, die er erschafft. Meinen Sie nicht auch?« fragte er mich und fuhr dann fort: »Das ist aber kein Zustandebringen; das Kunstwerk ist nur zufällig unser. Es ist eher, als finge man mit bloßen Händen einen Wasserfall auf.« Bündig und schön ausgedrückt. Dann ging er hinein zum Meister.

Auf dem Sofa lag die letzte Ausgabe der *Neuen Rundschau*. Lukács hatte sie dort liegen gelassen. Ich entdeckte darin eine Novelle von Thomas Mann. Vielleicht war es meine gesteigerte Nervenanspannung, jedenfalls warf die Bewunderung Tonios für den blonden, blauäugigen Hans Hansen ein Licht auf meine eigene Jugend. Ich sah mich wieder auf dem Gang des SCHOTTENGYMNASIUMS, wo ich mich nach dem stattlichen, lächelnden Arthur Trebitsch um-drehte. Auch ich bin irreparabel abgeschnitten von der praktischen, der aktiven Welt. Ist das ein Opfer, das ich bringe? Oder treibe ich nur in einer unbekannten Strömung ab? Ich erinnere mich noch genau an die Zeilen: »Und wenn ich, ich ganz allein die neun Sym-

Thomas Mann als Gymnasiast   *»Hans Hansen«*

phonien, *Die Welt als Wille und Vorstellung, Das jüngste Gericht* vollbracht hätte — du würdest ewig recht haben zu lachen«, die Tonio in Gedanken zu seiner einstigen Gespielin sagt, der blonden, bedeutungslosen Inge Holm, die gerade mit Hans Hansen an ihm vorbeitanzt.

Mittelmäßige Menschen strahlen tatsächlich einen ungetrübten Frohmut aus, die Sicherheit der Navigation. Das ist auch die Bestimmung der Frauen. Sollten sie tatsächlich recht haben? Sollte man die Welt so sehen? Sie so in die Hand nehmen? Dem Zweifel keinen Raum lassen, auch nicht dem kompakten, Tatsachen unterpflügenden, unerschütterlichen Gedanken? Nein und nochmals nein! Dann hat eher Lukács recht, dieser junge Budapester, der meinte: »Die sogenannte Menschlichkeit ist nichts anderes als das beständige Wegschwemmen von Grenzen, als Opportunismus und Anpassung. Die wahre, reine Ethik ist in dieser Hinsicht immer menschenfeindlich.

Sie konfrontiert den Denker ein für allemal mit dem Chaos des Lebens.«

Könnte Ethik das Leben formen? Nein! Zu den Qualen des Denkens gehört es auch, daß man fern vom Leben meditiert, ohne die geringste Hoffnung, daß Gott unsere Partei ergreife, daß er vollende, was wir für vollziehbar halten. Nein, wir bewirken nichts — außer mit unserem Leben. Gott will keine Ordnung in der Welt. Er wünscht Ordnung in unseren Köpfen und Herzen. Wohin kämen wir, würde der Ordnung auch in Taten Triumph gezollt? Könnte ein Mensch den anderen Menschen erlösen? Brauchten wir dann noch einen Gott?

Ich habe mir ein Fahrrad gemietet und bin von Kristiania nach Bergen geradelt. Die Bergeshöhen, die Heuschober, in denen ich die Nächte verbrachte, die Milchkannen in der Morgenfrühe warfen mich vorübergehend zurück in die Welt. Doch jetzt, auf dem Schiff, stürze ich erneut in Abgründe. Ich habe die uralten germanischen Gebiete bereist, aber bin ich meinem Ziel auch nur einen Schritt näher gekommen? Mein Gott, bewahre mich vor mir selber, oder bewahre mich, wenn ich noch handlungsfähig bin, vor der Welt, denn ich bin unfähig ...

In Leipzig, der Hochburg der experimentellen Psychologie, wandelte ich ständig auf Hermann Swobodas Spuren, doch traf ich wegen der Ferienzeit niemanden von Interesse an. Mit einer Ausnahme: In einem Kaffeehaus stieß ich auf einen Wiener namens Martin Buber. Es tat gut, wenige Tage vor meiner Heimreise, wieder Wiener Laute zu hören. Ich hasse und liebe diese Stadt, gleich einem Gefangenen, der sich nach seinem gewohnten, harten Schlafplatz sehnt. Auch Buber, der sich gerade einen Bart stehen läßt, hat bei

140

Jodl promoviert, doch zu einer Zeit, als ich noch Studienanfänger war.

Er erzählte mir von den Gedanken, die ihn im Augenblick beschäftigten. »Die Menschen sind deshalb aufeinander angewiesen, weil sie immer rettungsloser vereinsamen. Aus oberflächlichen Vereinigungen können keine tiefen Verbindungen erwachsen; wir können jedoch, wenn wir uns einsam fühlen, einer durch den anderen Gott anrufen. Gott ist in der Welt nicht gegenwärtig, doch jeder erreicht ihn, der mit einem anderen Geschöpf in einem wahren Dialog steht.«

»Dazu mußtest du ausgerechnet in Leipzig Psychologie studieren?« fragte ich ihn.

»Ja, denn ich mußte begreifen, daß die individuelle Psyche ein Nichts ist.«

»Wie könnte dann dieses Nichts zum Spiegel aller Dinge werden?«

»Vom theologischen Standpunkt aus hast du unrecht, denn jedes Geschöpf trägt etwas vom Schöpfer in sich. Vom Standpunkt der Psychologie allerdings ist es richtig, was du sagst.«

Buber verdammt die Zionisten, da sie der Pflege der jüdischen Gelehrsamkeit keine Beachtung schenken. Ihm als russischem Juden ist Theodor Herzls Bewegung nicht fromm genug. Wenn er trotzdem mit den Zionisten sympathisiert, so tut er das aufgrund seiner bukowinischen Kinderjahre, als er Gelegenheit hatte, den Chassidismus des europäischen Judentums aus erster Hand kennenzulernen. Er glaubt, daß die künftige jüdische Nation ohne diese Lehren nicht lebensfähig ist. Er war nicht überrascht, als ich ihm offenbarte, daß ich zum Christentum übergetreten sei. Auch er nimmt Parallelen zwischen der jüdischen Heilslehre und dem Gott des Evangeliums wahr. Doch sieht er seine gegenwärtige Aufgabe darin, den jüdischen Geist, soweit er erforschbar ist, zu verewigen.

Viel Erfolg, Martin Buber, dachte ich und war erstaunt über die Mannigfaltigkeit unserer jungen Generation. Wie können nur auf dem Boden der Wiener Kultur so viele unterschiedliche Pilze gedeihen?

Meine Reise geht langsam zu Ende. Es war mir nicht gelungen, Hamsun und Ibsen zu treffen. Doch eines habe ich meiner Reise zu danken: Sie hat mich meiner Umgebung, meinen gewohnten Kämpfen für eine Weile entrissen. Doch ich gestehe auch, daß ich gespannt war, als ich mich, mein Stenogrammheft mit dem karierten Einband auf den Knien, St. Pölten näherte. Gerber wird, wie brieflich vereinbart, in Purkersdorf zusteigen und mich in die Stadt begleiten. Ich freue mich darauf, seinen in die Augen hängenden Haarschopf, seine melancholischen Augen wiederzusehen. Mich freut sogar, daß er mir immer Zigarren anbietet, obwohl ich nur Zigaretten rauche.

Mein Leben in Wien ist noch wirrer, noch bröckelnder geworden als vor meiner Reise. Mit der Veröffentlichung meines Buches hat sich nichts bewegt. Mit Gerbers Hilfe bin ich nach Gersthof umgezogen, in die Schindlergasse 44, einen Steinwurf entfernt vom stillen Friedhof und den Wiesen.

Ioanna habe ich vergebens in der Schwarzspanierstraße gesucht. Der Hausmeister, ein gewisser Ertl, teilte mir mit, daß sie Anfang August wieder nach Ottakring gezogen sei. Er hat sie nicht davon abgehalten, da es für ihn, wie er frei heraus sagte, einträglicher wäre, die Zimmer auf kürzere Zeit zu vermieten. Am Sonntag werde ich mit der Tram zu ihr hinausfahren.

Ich bin an einem toten Punkt angelangt. Ich habe keine Ahnung, was ich mit mir anfangen soll.

Meine Mutter liegt immer häufiger krank zu Bett. Auch ihr geistiger Zustand gibt Grund zur Besorgnis.

142

Mit versagender Stimme beklagt sie sich über meinen Vater, diesen großartigen Menschen. Er indessen trägt sein Schicksal mit edlem Herzen. Er ist nach wie vor unerbittlich, wenn es um die Zahnpflege der Kleinen geht oder den Spaziergang nach dem Essen. Meine Eltern haben ein Dienstmädchen eingestellt, und Rosa opfert sich für den Haushalt. Ich komme kaum noch zu einem Gespräch mit ihr; all ihre Gedanken kreisen um Károly Boschán. Richard fehlt jegliches geistige Interesse, er bastelt den ganzen Tag an seinem Fahrrad herum. Ein Auto wäre das *non plus ultra* für ihn. Und die Kleinen haben mich kaum wiedererkannt.

Ioanna, ich kann gar nicht sagen, wie sehr sie sich verändert hat, lebt wieder in der Ottakringer Wohnung. Ein wahrer Durchgangsverkehr hat sich bei ihr entfaltet, die bettelarmen Juden des Bezirks geben einander die Klinke in die Hand. Sie hat ein Hilfsbüro eröffnet, verteilt Zeitungen in russischer und in jiddischer Sprache und fertigt Listen von bedürftigen und auswanderungsbereiten Juden an. Sie empfing mich mit aufrichtiger Freude, hatte aber keine Minute für mich übrig. Sie konnte mir lediglich berichten, daß sie eine Anstellung bei der *Welt* gefunden hatte. Sie macht dort Presseauszüge. Sieh einer an, sie kann ihre Deutschkenntnisse aktiv nutzen! Sie könnte auch in einer »besseren Gegend« wohnen, wie sie mit Nachdruck beteuerte, aber ihre Aufgabe verpflichte sie nach Ottakring. Sie wirbt für eine Organisation, die sich *Bund* nennt, Anhänger, aus denen sich ihrer Meinung nach einst die Vollender des proletarischen Zionismus rekrutieren werden. Diese Tätigkeit muß sie allerdings vor ihrem Arbeitgeber geheimhalten. Verständnislos betrachte ich diese plötzliche Bekehrung. Ich frage sie, ob sie mich ins Theater begleiten wolle, zur

Aufbesserung ihrer Sprachkenntnisse. Sie stimmt sofort zu.

Allmählich wird es Herbst. Ich unternehme lange Spaziergänge in den nahegelegenen Auen, aber ich bin unfähig, zu mir selbst zu finden. Meinem Leben fehlt jedes Ziel. Ich habe einige Kurse im neuen Semester belegt, denn ich muß meine Dissertation weiterentwickeln. Noch habe ich mich allerdings nicht entschieden, ob ich meine Arbeit in der augenblicklichen Form veröffentlichen soll — die Verlage reißen sich nicht darum — oder ob es richtiger wäre, sie zu vervollständigen und überzeugender zu machen.

Samstag abend werde ich mit Ioanna Oscar Wildes *Salome* im Theater an der Wien ansehen.

Ioanna kam nicht wie verabredet ins Theater. Eine undankbare, rücksichtslose Schülerin.

Mir schlug das Herz bis zum Hals bei Salomes Tanz mit den sieben Schleiern und als diese Hure dann von Herodes den Kopf des Jochanaan forderte und dieser sie anflehte: »Hör nicht auf die Stimme deiner Mutter, sie gibt dir immer schlechten Rat.« Doch aus Salome sprach die Stimme des Bösen: »Zu meiner eigenen Lust begehre ich den Kopf des Jochanaan in einer Silberschüssel.«

Der weiblichen Bosheit, so scheint es, kann nur durch prophylaktische Tötung begegnet werden. Herodes läßt Salome zwar töten, aber zu spät, erst nachdem er, ihrem Wunsch entsprechend, seine Schuld durch die Enthauptung des heiligen Mannes um eine besonders schwere Sünde vermehrt hatte.

Ich darf Ioannas Gesellschaft nicht mehr suchen. Sie gehört nicht mehr mir. Sie hat sich endgültig von mir abgewendet.

Die Stille der Gersthofer Gegend, vor allem aber die wie harrende Geier auf den kahlen Ästen hockenden Raben treiben mich langsam in den Wahnsinn. Es fehlte nicht viel, und ich würfe mich ihnen zum Fraß vor. Furchtbar ist auch das Grabesgeheul des schwarzen Köters, das ich jede Nacht wieder zu hören meine.

Gerber holte mich ab, nachdem ich mit unglaublichem Kraftaufwand meine Heiligenstädter Unterrichtsstunden absolviert hatte. Vergebens fragte er nach dem Grund meiner Niedergeschlagenheit. Ich kann mich von meiner Verzweiflung nicht befreien, indem ich sie mit jemandem teile. Er begleitete mich nach Hause, nach Gersthof, als stünde zu befürchten, daß ich, mir selber überlassen, irgendeine »Dummheit« anstellen würde.

Sogar noch in meinem Wintermantel zittere ich in meinem Zimmer vor Kälte. Gerber bat mich immer wieder, ihm meine Waffen auszuhändigen. »Gibst du sie mir nicht freiwillig, so nehme ich sie mir mit Gewalt.« Wir rangen miteinander, bis ich ihm gestand, daß ich keine Waffe besitze. Dann gingen wir zurück in die Stadt, in seine Wohnung. Mittlerweile war es Abend geworden. Ich heizte den Ofen und drückte mich fest an die heißen Kacheln, doch auch davon wurde mir nicht warm.

Gerber quälte mich ununterbrochen mit der Frage, was ich mit mir anzufangen gedächte. Er preßte aus mir heraus, daß mir der Gedanke an Selbstmord nicht fern liege. Um jeden Preis wollte er den Grund wissen. Was konnte ich ihm antworten? Ich begnügte mich damit, ihm zu sagen, daß ich die Sünden aller Sünden, einen furchtbaren Mord, begehen würde, bereitete ich nicht rechtzeitig meinem Leben ein Ende.

Die Morgendämmerung zog schon auf, als er, müde der Fragerei, laut zu schluchzen begann. Und was mir seine Worte nicht hatten glauben machen, ließen mich seine Tränen wissen: daß ihm das Herz bräche, verlöre er mich. Das gab mir Kraft, ich kam wieder zu mir. Ich erkannte, daß ich zwar über mich verfügen darf, daß es mir aber nicht erlaubt ist, andere in meine Tragödie hineinzuziehen.

Mein Entschluß steht fest: Ich erweitere mein Buch, mache seine Argumente unanfechtbar. Das ist meine Bestimmung in diesem Jammertal. Ich habe mir ein Zimmer nahe der Universitätsbibliothek, in der Lakkierergasse 7, genommen.

Die von Jodl zurückerhaltenen Manuskriptseiten habe ich zerschnitten, um sie später mit Ergänzungen versehen wieder zusammenzukleben. Bis Neujahr werde ich mit dem erweiterten Manuskript fertig sein, und danach gieße ich meine neuesten Ideen in ihre endgültige Form.

1903

Die Frage lautet: Wie soll der Mann mit der Frau umgehen? Wie sie es will, daß man mit ihr umgehe, oder wie es die moralische Idee erfordert? Ich sage es noch einmal: Die Frau muß selber für ihre Emanzipation eintreten. Der Koitus ist amoralisch, denn es gibt keinen Mann, der die Frau in jenem Augenblick nicht als Werkzeug zu seinen Zwecken benutzen würde. Doch es darf niemand unterdrückt werden, auch dann nicht, wenn er sich nur in der Unterdrückung wohl fühlt. Man muß die Frau, der Idee der Freiheit entsprechend, als individuelles Wesen beurteilen, auch dann, wenn sie einen so hohen Standpunkt nicht einnehmen will und sich seiner niemals als würdig erweisen wird. Die Frau muß sich innerlich und freiwillig, nur aus eigenem Antrieb, dem Koitus versagen, was natürlich bedeutet, daß sie als Frau zugrunde gehen muß. Solange das nicht geschehen kann, gibt es keine Möglichkeit, das Reich Gottes auf Erden zu erschaffen.

Der Koitus widerspricht in jeglicher Hinsicht der Idee der Menschlichkeit. Nicht nur, weil die Askese Pflicht ist, sondern vor allem deshalb, weil die Frau im Koitus Gegenstand, Sache sein will und der Mann ihr die Freundlichkeit erweist, sie dazu zu machen. Deshalb verachtet sie ihn auch, sobald sie ihn besessen hat, und deshalb spürt sie, daß auch der Mann sie verachtet, selbst wenn er sie zwei Minuten zuvor noch vergöttert hat.

Wird die Frau die Freiheit wollen? Kann der kategorische Imperativ in ihr auferstehen? Wird sie sich dem moralischen Ideal, der Idee der Menschlichkeit, unterordnen?

Es ist keine moralische Pflicht, sich um die Erhaltung der Art zu sorgen. Dieser Vorwand ist schamlos erlogen, denn gab es jemals einen Menschen, der den Koitus mit dem Gedanken vollzogen hat, er müsse damit der Bedrohung des Aussterbens begegnen? Jede Fertilität ist ekelerregend. Keiner, der sich ehrlich fragt, empfindet es als Pflicht, für die immerwährende Existenz der menschlichen Spezies Sorge zu tragen. Was der Mensch aber nicht als Pflicht empfindet, ist auch keine Pflicht.

Das Ziel ist die Gottheit, das Erlöschen der Menschheit in der Gottheit. Das Ziel ist die klare Trennung des Guten vom Bösen, des Etwas vom Nichts. Jedes andere »Ziel« ist in Wahrheit nur ein Zweck.

Das Problem der Frau und das Problem der Juden sind völlig identisch mit dem Problem der Sklaverei und ebenso wie dieses zu lösen.

Im aggressiven Antisemitismus muß man die jüdischen, im aggressiven Antifeminismus die weiblichen Züge wahrnehmen, was auch in ihrer Psychologie zum Ausdruck kommt. Das kann auch gar nicht anders sein. So wie wir im anderen Menschen das lieben, was wir selber sein möchten, aber nicht sind, so hassen wir, was wir nicht sein wollen, was wir aber trotzdem — wenigstens teilweise — sind. So macht uns immer erst der andere darauf aufmerksam, welch schändliche und niederträchtige Züge in uns stecken. Wer das Judentum haßt, ist selbst am stärksten von ihm geprägt. Er strebt danach, sich von dem, was an ihm jüdisch ist, zu befreien, indem er alles Jüdische dem anderen zuschreibt und ihn als Objekt seines Hasses benutzt.

Wirklich reine Arier (Männer) erreichen nie jenen Grad von Antisemitismus (Antifeminismus), der in Menschen erwacht, die gezwungen sind, einzelne der verhaßten Züge auch in ihrem eigenen, gemischten Charakter zu erkennen.

Mein Werk hat einen neuen Titel: *Geschlecht und Charakter*. Ich dringe in nie geahnte Tiefen vor. Ich atme kaum frische Luft, ich nehme kaum Nahrung zu mir, ich arbeite in Ekstase, ich bin erleuchtet. Mit niemandem komme ich in Berührung. Auch nicht mit Gerber. Ich nehme nicht einmal den Straßenverkehr auf dem Weg von meiner Wohnung in die Bibliothek wahr. Ich schreibe, ich schreibe, und kann ich nicht mehr weiterschreiben, so sinkt mein Kopf auf den Tisch neben die Petroleumlampe. Plötzlich schrecke ich dann hoch und greife sogleich wieder nach der Feder. Für mich gibt es weder Tag noch Nacht. Selbst der schwarze Köter achtet meinen fieberhaften Schaffensdrang und bedrängt meine Seele nicht mehr mit seinem Geheul.

Mein Vater hat mich dieser Tage besucht. Ich bat ihn, mir die Statuette der Salome zu gießen. Ich möchte diese ewige, schändliche Frauengestalt stets vor Augen haben. Am andern Tag schickte er durch Richard einen Korb Apfelsinen, damit ich während meines zermürbenden Arbeitens frisches Obst habe.

Die Frau gibt ihren Namen kampflos auf. Sogar von ihrem Liebhaber läßt sie sich so titulieren, wie es ihm gefällt. Károly Boschán nennt Rosa »meine Kleine«, und auch Ioanna hat es wortlos geduldet, daß ich sie »kleiner Flüchtling« nannte. Es ist der Frau gleichgültig, welchen Namen der Mann benutzt, nur kosend soll er über seine Lippen kommen. Jede Frau legt bei der Heirat ihren Namen ab und bekundet damit, daß sie keinerlei Ehrfurcht vor ihrem alten hat. Selbst wenn sie einem ungeliebten Mann in die Ehe folgt, wird sie sich darüber nicht beschweren, daß sie sich von ihrem Namen verabschieden muß. Der Name aber ist das Symbol der Individualität, die bei der Frau — wie man sehen kann — kein wahres Zentrum hat. Hierher gehört auch die leichtgenommene Namensänderung der Juden.

Das große Talent der Juden für den Journalismus, die »Beweglichkeit« des jüdischen Geistes, der Mangel an ursprünglicher Gesinnung, weisen sie nicht darauf hin, daß die Juden — und das gilt auch für die Frauen — ein Nichts sind und eben darum alles werden können?

Die Verteidiger der Juden heben mit Recht hervor, daß ihre Schützlinge, prozentual gesehen, seltener schwere Verbrechen begehen als Arier. Sie sind tatsächlich keine Gegner der Moral. Sie können weder sehr böse noch sehr gut sein. Man trifft kaum Mörder unter ihnen an, aber auch keine Heiligen.

Wer sich vor dem Teuflischen fürchtet, ist kein Jude mehr.

So wie die Frau notwendigerweise auf Gewinn bedacht ist, so neigen zumeist auch die Juden zur materialistischen Anschauung der Welt. Niemand hat eifriger als sie den Darwinismus und die lächerliche Theorie von der Abstammung des Menschen vom Affen aufgegriffen. Beinahe schöpferisch wurden sie als Begründer der marxistischen Auffassung von der menschlichen Geschichte, die den Geist aus der Entwicklung des Menschengeschlechts vollständig streichen möchte.

Es ist auch kein Zufall, daß sich die heutige Chemie weitgehend in den Händen der Juden befindet, wie einst in den Händen der stammesverwandten Araber. Das Bedürfnis, alles in der Materie aufgehen zu lassen, setzt den Mangel eines intelligiblen Ich voraus, ist also wesentlich jüdisch.

Auch Ioannas Bruder Chaim studiert in Bern Chemie.

Der Sozialismus ist eine arische Zielsetzung, der Kommunismus eine jüdische. Die marxistische Arbeiterbewegung steht in keiner Relation zur Staatsidee; die Abstraktion, von der die Staatsidee durchdrungen ist, liegt viel zu weit entfernt von jeglichem konkreten Ziel, als daß der Jude sich mit ihr anfreunden könnte. Der Staat ist die Gesamtheit aller Ziele, aller Ideen. Diese kantische Idee scheint den Juden als auch den Frauen zu fehlen. Deshalb ist der Zionismus aussichtslos; er leugnet das Wesen der Juden, was nichts anderes bedeutet als ihre staatenlose Ausbreitung über die ganze Welt.

Wie kann man nur glauben, daß die Historie die Juden zu dem gemacht hat, was sie sind — wie ihre Verteidiger unermüdlich behaupten —, wo doch schon das Alte Testament beifällig erzählt, wie Jakob seinen sterbenden Vater belügt, seinen Bruder Esau irreführt, seinen Schwiegervater Laban betrügt?

Das Gerüst meines vollständigen Werkes steht; ich muß nur noch zwei Fragen zu Ende führen.

Die erste Frage: Kann die Menschheit wirklich nur durch die Rücknahme ihrer Fortpflanzung moralisch werden?

Anscheinend gibt es keinen schrecklicheren Gedanken als den an das Aussterben der Art. Wer so denkt, der kann sich die Erde nicht ohne das Gewimmel der Menschen vorstellen. Der fürchtet nicht den Tod, sondern ein Leben außerhalb der Herde.

Dieses an das Weiterleben der Art gefesselte Gefühl kann lediglich ein jämmerlicher Ersatz für den Glauben an ein ewiges Leben sein. Das Leugnen der Sexualität tötet den physischen Menschen — dem die Sense sowieso ein Ende bereitet —, gibt aber dem Geist vollkommenes Leben. Der Mensch kann keine andere Verpflichtung haben, als Träger des Geistes zu sein. Ist das nicht möglich, so wäre es besser, nicht zu leben und kein neues Leben zu verursachen.

Die zweite Frage: Wie ist unsere Zeit zu bewerten? Ihre Beantwortung sehe ich folgendermaßen:

Unsere Zeit, die nicht nur die jüdischste, sondern auch die weibischste aller Zeiten ist; eine Zeit, für welche die Kunst nur ein Schweißtuch ihrer Stimmung abgibt und die den künstlerischen Drang aus den Spielen der Tiere ableiten will; eine Zeit des leichtgläubigen Anarchismus, eine Zeit ohne Sinn für Staat und Recht; eine Zeit der Gattungs-Ethik, der seichtesten unter allen denkbaren Geschichtsauffassungen (des historischen Materialismus); eine Zeit des Kapitalismus, die nur noch Ökonomie und Technik kennt; eine Zeit, die das Genie zu einer Form des Irrsinns erklärt hat, die aber auch keinen einzigen großen Künstler, keinen einzigen großen Philosophen mehr besitzt; eine Zeit der geringsten Originalität und der größten Originalitätshascherei; eine Zeit, die an die Stelle des Ideals der Jungfräulichkeit den Kultus der Demi-Vierge gesetzt hat: eine solche Zeit kann auch den Ruhm für sich in Anspruch nehmen, die erste zu sein, welche den Koitus bejaht und angebetet hat.

Aber dem neuen Judentum entgegen drängt ein neues Christentum zum Licht; die Menschheit harrt des neuen Religionsstifters, und der Kampf drängt zur Entscheidung, wie im Jahre eins. Zwischen Judentum und Christentum, zwischen Geschäft und Kultur, zwischen Weib und Mann, zwischen Gattung und Persönlichkeit, zwischen Unwert und Wert, zwischen irdischem und höherem Leben, zwischen dem Nichts und der Gottheit hat abermals die Menschheit die Wahl. Das sind die beiden Pole: Es gibt kein drittes Reich.

Dazu noch einige Bestätigungen durch verstorbene Größen:

»Das schwindelnde Entzücken, welches den Mann beim Anblick eines Weibes von angemessener Schönheit ergreift und ihm die Vereinigung mit ihr als höchstes Gut vorspiegelt, ist eben der Sinn der Gattung.«

Das Folgende zur freundlichen Kenntnisnahme von Dr. Wilhelm Fließ, mit der Anmerkung, daß er mit seiner »neuen« Theorie offene Türen einrennt:

»Alle Geschlechtlichkeit ist Einseitigkeit. Die Einseitigkeit ist in *einem* Individuo entschiedener ausgesprochen und in höherem Grad vorhanden als im anderen: Daher kann sie in jedem Individuo besser durch eines als das andere vom anderen Geschlecht ergänzt und neutralisiert werden, indem es einer der seinigen individuell entgegengesetzten Einseitigkeit bedarf zur Ergänzung des Typus der Menschheit im neu zu erzeugenden Individuo, als auf dessen Beschaffenheit immer alles hinausläuft . . . Zur in Rede stehenden Neutralisation zweier Individualitäten durch einander ist demzufolge erfordert, daß der bestimmte Grad *seiner* Mannheit dem bestimmten Grad *ihrer* Weiblichkeit genau entspreche, damit beide Einseitigkeiten einander gerade aufheben. Demnach wird der männlichste Mann das weiblichste Weib suchen und vice versa und ebenso jedes Individuum das ihm im Grade der Geschlechtlichkeit entsprechende.« (Schopenhauer, *Die Welt als Wille und Vorstellung.* II, viertes Buch, Kapitel 44)

Gobineau, *Versuche über die Ungleichheit der Menschenracen.* IV. 67–68.

»So ist der Arier immer, wenn auch nicht der beste der Menschen unter dem Gesichtspunkte der praktischen Moral, doch wenigstens der den innern Werth der Handlungen, die er begeht, am besten aufgeklärte. Seine Glaubensbegriffe sind auf diesem Gebiete immer die ausgebildetsten und vollkommensten, wiewohl sie eng von dem Zustande seines Geschickes abhängig sind. So lange er der Spielball einer zu unsicheren Lebenslage ist, bleibt sein Leib gepanzert, und sein Herz desgleichen; hart gegen seine eigene Person, ist er auch erbarmungslos gegen Andere, und über Nichts darf man sich weniger wundern: aus dieser unbeugsamen Grundauffassung heraus übt er jene Gerechtigkeit, deren Unbestechlichkeit Herodot bei den kriegerischen Skyten rühmte. Hier besteht das Verdienst in der Redlichkeit, mit welcher ein im Uebrigen vielleicht so grausames Gesetz angenommen wird, ein Gesetz, das nur in dem Verhältnisse milder wird, als es der Atmosphäre der umgebenden Gesellschaft selbst gelingt, einen gemäßigteren Charakter anzunehmen.«

Kant, *Anthropologie.* 1. Teil, Anthropologische Didaktik. Fußnote zu § 46.

». . . so daß ihre Zerstreuung in alle Welt mit ihrer Vereinigung in Religion und Sprache gar nicht auf Rechnung eines über dieses Volk ergangenen Fluches gebracht, sondern vielmehr als Segnung angesehen werden muß: zumal der Reichthum derselben, als Individuum geschätzt, wahrscheinlich den eines jeden anderen Volkes von gleicher Personenzahl jetzt übersteigt.«

Mit jedem meiner Sätze schließe ich mich aus der Gemeinschaft aus, obwohl ich nicht als ein Verwünschungen ausstoßender Jeremias gelten möchte. Das reine Denken ist schonungslos, in erster Linie gegenüber dem Denkenden. Ich halte Weltgericht über meine Arbeit, sobald ich einen Punkt gemacht habe. Es gibt keinen Weg zurück. Man kann nur vorwärts schreiten. *Fiat justitia, pereat mundus.*

Ich habe mein Werk beendet und bade im kalten Schweiß des Glaubensstifters. Die ganze Welt steht klar, durchschaubar vor mir. Meine Rolle ist nicht die des Erfinders, sondern die des Verewigers. Die Menschheit soll nicht aussterben, ohne daß sich einer gefunden hätte, der ihr Sein bestimmt hätte. Das ist nun vollbracht. Mag die Menschheit nur weiterschreiten auf dem von ihr gewählten Weg, mich kümmert das nicht. Der Verewiger hat seine Schreibfeder abgewischt. Die Welt mag sich von ihrem Ebenbild abwenden, aber es wird ewig leben und sie daran erinnern: So bist du, und wärest du nicht auf Irrwege geraten, könntest du wahrlich anders sein! *Dixi et salvavi animam meam!*

Heute, 13. Februar 1903, habe ich mein Testament gemacht. Meine Bibliothek sollen sich meine Freunde Gerber, Swoboda, Friedländer (Ewald) teilen. Die persönlichen Dinge soll mein Bruder Richard bekommen. Das gerade entstandene Buch gehört der Menschheit. Gebe Gott, daß sie mit ihm leben kann.

154

Nun kann ich mich wieder in der Welt umsehen. Im *Neuen Wiener Tageblatt* schrieb Stekel über die regelmäßigen Mittwochtreffen von Freud und seinem Kreis. Zuletzt kam der Kastrationskomplex zur Sprache. Dahin kann es mit der Psychologie kommen, tilgt man aus ihr jegliche moralische Überlegung. Auch diese letzte, eigenartige jüdische Lehre trachtet danach, die im Menschen lebende Spiritualität auf ein materielles Motiv zurückzuführen. Materialistische Psychologie? Es gibt keinen gnadenloseren, dümmeren Widerspruch.

Die gesamte niedrige Sexualität ist eine Onanievorrichtung oder eine Gebärmaschine. Auch das ist Materialismus. Man kann einer Frau gegenüber nicht schändlicher handeln, als wenn man ihr Unfruchtbarkeit vorwirft. (Auch die Henne schlachtet man, wenn sie keine Eier mehr legt.) Das Gesetzbuch kann sich kein elenderes Armutszeugnis ausstellen als mit der Anerkennung der weiblichen Unfruchtbarkeit als Scheidungsgrund. Die höhere Erotik dagegen verlangt von der Frau vor allem, daß der Geliebte seine Ideale in ihr verwirklicht sehen kann, unabhängig von der körperlichen Berührung und ihren Schwangerschaftsfolgen.

Die psychischen Leiden der Frau daraus abzuleiten, daß ihr der Phallus fehlt, ist nicht weniger töricht als die Behauptung, ein Huhn sei darüber verstimmt, daß es kein Hahn ist.

Sich in ein anderes Geschlecht wünschen ... nun ja! Es gibt Menschen, die wünschen sich in verrückten Augenblicken, ein Vogel zu sein, aber wie kann man auf diesen Traum mit ernstem Gesicht eine wissenschaftlich anspruchsvolle Psychologie gründen!

Mein Vater hat durch zwei seiner Arbeiter die meisterlich gefertigte Bronze der Salome in meine Wohnung bringen lassen. Die Gestalt ist majestätisch. Erschütternd der bei den Haaren gepackte blutverschmierte Kopf. Je länger ich mir diese Quintessenz des weiblichen Prinzips betrachte, um so sicherer bin ich mir, daß Braumüller mein Buch annimmt.

Braumüller hat einen Vertrag mit mir gemacht! Mein Buch wird schon gesetzt. Ich bin auf dem Weg zu meinem Golgatha — Ostern ist nah.

Ich hatte mich innerlich mit Ioanna ausgesöhnt, doch als ich sie aufsuchen wollte, war von ihr keine Spur zu sehen. Ihr Vermieter sagte, sie sei für mehrere Monate ins Ausland gereist. Habe ich in der Zeit meines fiebrigen Arbeitens daran gedacht, unsere Beziehungen wiederaufzunehmen? Habe ich an sie gedacht, als meine Gedanken endgültige Gestalt annahmen? Ich weiß es nicht. Doch jetzt durchtrenne ich die letzten Fäden. Frauen gehen mich nichts mehr an.

Auf den Gesichtern meiner Familie sah ich schlecht verhohlenes Bedauern, als ich ihnen die Neuigkeit mitteilte, daß mein Buch bereits gesetzt wird. Hat mich mein Schicksal bereits gezeichnet?

Ich verbrachte eine Viertelstunde am Bett meiner Mutter. Es geht ihr durchaus nicht gut, sie atmet schwer, ihre Arme sind ganz kraftlos. Spucknapf, Kehlkopfspritzen, Inhalatoren. Sie hat sieben Kinder geboren, ihre Mission erfüllt. Sie spricht über unseren letzten Familienausflug, 1896, als wir im Sommer mit dem Donaudampfer zur Millenniumsfeier nach Budapest reisten. Sie hat damals einen Fingerzeig Gottes darin gesehen, daß der Wirbelsturm Anfang August, der sogar einen Fesselballon zerfetzte, innehielt, bis wir wieder in Wien angekommen waren. Sie nannte mich ihr liebstes Kind. Nichts, aber auch nichts weiß sie von

156

mir! Sie weiß nicht, wer ich bin, sie weiß nur, daß ich aus ihr hervorgekommen bin, und das ist ihr genug, um mich zu lieben. Mutterliebe ist unethisch, denn sie besteht, gleichgültig, ob das Kind ein Heiliger oder ein Verbrecher, König oder Bettelmann ist, ob es ein Engel bleibt oder sich in ein Ungeheuer verwandelt.

Ich warte auf meine Korrekturfahnen.

Ich habe über meine Mutter nachgedacht. Sie neigt dazu, sich nur an das Glück, an das Gute zu erinnern. Aus dieser Einstellung heraus erinnern sich die Frauen genau an Komplimente, die ihnen in frühester Jugend gemacht worden sind. Aus demselben Grund erwarten sie auch von den Männern, daß sie »galant« zu ihnen sind und nur über Gutes und Schönes sprechen. Galanterie ist die billigste Art, den Frauen Wert zu verleihen. So wenig das den Mann kostet, so sehr ist es für die Frau von Gewicht, die solche Zuwendungen nie vergißt und bis ins höchste Greisenalter die geschmacklosesten Schmeicheleien erwartet.

Doch gerade wenn der Mann galant ist, unterstellt er der Frau am wenigsten Seele und Selbstwert. Nie verachtet er sie mehr, als wenn sie sich, das Kompliment empfangend, auf dem höchsten Podest wähnt.

Eben deshalb ist mein Buch die höchste Ehrung, die je ein Mann einer Frau bekundet hat.

Die Korrekturbögen meines Buches stürzen wie ein Wasserfall auf mich ein. Ich verbringe den ganzen Tag in der Bibliothek und korrigiere.

Gestern blätterte Stefan Zweig neben mir einige sehr umfangreiche Bände durch und schielte mit nicht geringer Neugier auf meinen Arbeitsplatz.* Ich jedoch

---

* Vergl.: Stefan Zweig, *Vorbeigehen an einem unauffälligen Menschen* 1926. *Europäisches Erbe,* Frankfurt 1960.

weihte ihn nicht in mein Tun ein. Sein Lesen gleicht dem Schleichen von Dieben, die irgendwo hineinhuschen und mit schnellen, zielbewußten Blicken ausbaldowern, ob es sich lohnt, etwas zu stibitzen. Wo nichts zu holen ist, sind sie bald wieder fort.

Der Gedanke, Ioanna könnte zu ihrer Familie nach Kischinjew gereist sein, wo zu Ostern blutige Pogrome getobt haben, bestürzt mich.

Das Kischinjewer Pogrom (1903)

Ich habe den Reklametext zu meinem Buch geschrieben und korrigiere nun bereits die Anmerkungen. Ich habe nicht schlecht mit meinen Quellen gewuchert. Sollen Freud und Jodl in der Reihe der zitierten Autoren bleiben; auch sie haben meine Gedanken seinerzeit gelenkt. Von größtem Einfluß auf die heutige Form meines Werkes jedoch waren Platon und Kant, was nicht unbedingt aus den Anmerkungen hervorgeht. Doch: *Sapienti sat!* Es ist mir eine besondere Freude, daß ich von Oskar Ewald und Artur Gerber einige Zeitschriftenveröffentlichungen an passender Stelle zitieren konnte, ebenso wie die antipsychologische Erkenntnistheorie von Emil Lucka, die dieser Tage in der *Gnosis* zu lesen war. Ganz ausgezeichnet ist der folgende Satz von Oskar Ewald: »In Kreisen emanzipierter Frauen verleihen die Hochschulstudien keinen höheren Rang als das Radfahren oder das Tennisspielen.« (Dieser Satz erblickte im vergangenen Jahr in der *Gesellschaft* das Licht der Welt.)

Gestern erst schrieb mir Oskar eine Karte, mit der er mich auf zwei wichtige Werke aufmerksam machte: *Die Philosophie des Geldes* von Simmel und *The Theory of the Leisure Class* des Amerikaners Velden, angeblich eine schneidende Kulturkritik. Wenn man Oskar glauben kann, dann kündigen diese beiden Werke zusammen mit Freuds *Traumdeutung* und Husserls *Logischen Untersuchungen* einen fruchtbaren Jahrhundertbeginn an.

Jetzt, da ich die Anmerkungen gedruckt sehe, glaube ich, mich der Mannigfaltigkeit der zitierten Werke nicht schämen zu müssen. Dante und Lombroso ließen sich im Original zitieren, auch Rousseau und Janet, Darwin und Mill, der Heilige Augustinus und Platon. Ich hätte auch Ibsen auf norwegisch zitieren können, doch könnte mir das als Hochmut ausgelegt werden, genauso, als hätte ich die Zitate aus den Upanishaden in Sanskrit gebracht. Schließlich habe ich auch Tolstoi nicht aus dem Original zitiert, sondern nach der Leipziger Ausgabe.

Meine Augen sind vom Korrekturlesen entzündet, aber es hat sich gelohnt.

Aus dem von mir verfaßten Werbetext zu meinem Buch: »Ich glaube in diesem Buch das psychologische Problem des Geschlechtsgegensatzes gelöst und eine abschließende Antwort auf die sogenannte Frauenfrage gegeben zu haben, freilich nur, sofern sie eine Frage des verschiedenen seelischen Lebens und nicht eine Frage der sozialen und wirtschaftlichen Gestaltung ist. Es handelt sich also darin nicht um eins unter den gesellschaftlichen Massenphänomenen, sondern um das Einzelindividuum und die möglichen Formen und Zwecke seines Daseins. Zu diesem Ziel ist der Weg steiler als zu dem anderen, niedriger gelegenen, historisch-politischen; er führt durch beinahe alle psychologischen und philosophischen Probleme der Welt und des Menschen. (...) Unter die Antifeministen eingereiht zu werden, scheue ich nicht; denn ich habe dem weiblichen Einfluß im heutigen Kultur- und Geistesleben überall nachzuforschen und ihn zu bekämpfen gesucht. Aber mir liegt daran, hier ausdrücklich zu betonen, daß ich trotz der Statuierung der größtmöglichen Ungleichheit, die im Bereich des Denkbaren überhaupt zu erreichen ist, dennoch vom ethischen Standpunkt nur die völlige Gleichstellung für gerechtfertigt halte.«

Heute ist mein Buch erschienen! Doch man sollte sich keine Illusionen machen. *Die Welt als Wille und Vorstellung* fand in drei langen Jahren nur zweihundert Käufer, die restlichen fünfhundertfünfzig Exemplare wurden kiloweise als Makulatur angeboten.

160

Am 29. Mai zu erscheinen bedeutet, daß man mit Sicherheit unbemerkt bleibt. Die Sonne scheint schon warm, niemand liest, jeder geht lieber zum Donaustrand und denkt an die Sommerferien. Wie ich. Übermorgen fährt die ganze Familie mit der Kutsche nach Brunn bei Mödling in das gemietete Häuschen. Ich begleite sie. Hier in Wien habe ich nichts mehr zu tun.

Die ersten Freiexemplare unterm Arm, stieß ich mit dem jungen Wittgenstein zusammen. Wir unterhielten uns an der Ecke Porzellan- und Berggasse. Ich erkenne meine weltweisen Knabenjahre in diesem hochaufgeschossenen, blauäugigen, stachelhaarigen, außergewöhnlich bewanderten Jungen wieder. Eigentlich gehört er noch in kurze Hosen. Sein Wissen ist noch ein wenig steril, da er Trauer, Enttäuschung und Niedergeschlagenheit bisher nicht durchleben mußte. Ich weiß nicht, der wievielte er ist, der die *Logischen Untersuchungen* von Husserl für das bedeutendste Werk der letzten Jahre hält. Ich werde es noch gründlicher lesen müssen. Beinahe hätte ich Wittgenstein eins meiner Freiexemplare in die Hand gedrückt, doch dann setzte ich mich lieber aufs hohe Roß. Soll er sich das Buch kaufen! Auch ich hatte es nicht leicht in seinem Alter, ganz abgesehen davon, daß ich nicht darauf angewiesen bin, für mein eigenes Buch Reklame zu machen.

Im Dekanat hinterlegte ich die Jodl und Müllner zugedachten Exemplare; dann eilte ich in die Werkstatt meines Vaters, denn ich hielt es für geziemend, daß er unter den ersten ist, die an der Arbeit seines Sohnes — man wird sehen, welch süße Früchte sie getragen hat — teilhaben. Er schloß mich in seine Arme und führte mich in das enge Büro, in dem er seine Buchhaltung erledigt. In diesem Augenblick der Freude sagte er — obwohl das vielleicht unangebracht sei, aber er müsse es dennoch aussprechen —, daß er sich um meine Zukunft sorge. Er wollte wissen, auf welche Grundlage ich meine Existenz zu stellen gedenke.

Mit einer Antwort in seinem Sinn konnte ich ihm nicht dienen. »Ich kann nur eins tun«, sagte ich ihm, »so lange warten, bis sich herausstellt, welches Echo mein Buch findet. Auch ist es möglich, daß ich die Wissenschaft aufgebe. Mir fehlt die Ausdauer und die Lammsgeduld eines Volkszählungsbeamten. Und selbst wenn ich sie hätte, könnte ich nach der Galeerensklaverei, die mein Buch mir abverlangt hat, so bald keinen vernünftigen Gedanken mehr fassen.«

Es geht mir wie Darwin nach seiner fünfzigjährigen Forscherarbeit. Ich bin für die schönste Musik, das bezauberndste Landschaftsbild unempfindlich geworden. Die Gedanken, die hundertfach durch mein Gehirn jagten, haben mir die Fähigkeit zur naiven Bewunderung, zum Jubel — ich könnte noch hinzufügen, auch zur wachen Lebensführung — geraubt.

Am Vormittag habe ich mich als Laufbursche betätigt. Ich schleppte die Freiexemplare meines Buches zu verschiedenen Wiener Zeitungsredaktionen. Meinen Weg begann ich in der Schwindgasse, im Verlagsbüro von Karl Kraus. Ich leugne nicht, daß ich auf eine Rezension in der *Fackel* gespannt bin. Zum Schluß schickte ich von der Hauptpost ein Exemplar in Begleitung einiger aufrichtiger, ehrender Zeilen an August Strindberg.

Jeden Nachmittag spaziere ich mit meiner Mutter bei scheppernder Militärmusik zwischen Wallfahrtsort und Garnison hin und her, während sich Rosa und das Dienstmädchen um das Essen kümmern. Nur betagte Damen und Herren lustwandeln auf der Promenade.

162

Sie sehnen sich nach der Seligkeit vergangener Jahrhunderte zurück. Die Luft in Brunn und die Trinkkuren haben meiner Mutter einen Teil ihrer Kraft zurückgegeben, doch sie hört nicht auf zu jammern, und ich bin kaum in der Verfassung, sie aufzumuntern.

Ist es möglich, daß mein Buch doch nicht so grundlegend ist, wie ich geglaubt habe? Allmählich zermürbt mich das Schweigen um mein Werk. Habe ich auf fünfhundert Seiten etwas anderes ausgedrückt als Hebbel, wenn er Judith im zweiten Akt sagen läßt: »Ein Weib ist ein Nichts; nur durch den Mann kann sie etwas werden; sie kann Mutter durch ihn werden. Das Kind, das sie gebiert, ist der einzige Dank, den sie der Natur für ihr Dasein darbringen kann.«

Am Sonntag wird mein Vater uns besuchen. Sobald er das Sommerhäuschen betritt, streift er — wie gewohnt — die Schuhe ab und läuft in Strümpfen herum, kontrolliert Zähneputzen und Körperhygiene der Kleinen, die vom Dienstmädchen aufgestellte wöchentliche Lebensmittelrechnung, mißt, die Taschenuhr in der Hand, den Puls meiner Mutter und fragt Richard — auch das wie gewohnt —, wo er gewesen ist und was er Schlimmes angestellt hat, denn er glaubt unerschütterlich daran, daß sein zweiter Sohn straff an die Kandare genommen werden muß. Rosa aber, die unsere Rückkehr in die Breitegasse kaum erwarten kann, wird er von Károly Boschán berichten.

Heute hat sich mein Vater kurz mit mir unterhalten. Er findet das 13. Kapitel im 2. Teil von *Geschlecht und Charakter,* wie er sich ausdrückte, ein wenig seltsam. Absichtlich erwähnte er die Überschrift »Das Judentum« nicht. Da er guter Laune war, veranschaulichte er seine Meinung mit einem Witz: Der Blau und der Grün gehen an einer Kirche vorbei. Sie beschließen, daß sich einer von ihnen taufen lassen soll; das dafür erhaltene Geld wollen sie teilen. Als der Blau getauft die Kirche verläßt, fordert der Grün seinen Anteil. »Kusch, Saujud, materialistischer!« herrscht ihn der Blau an und geht seines Weges.

Ich kann aus diesem Witz folgern, daß ich mir in den Augen des Vaters ein ungerechtes Urteil über das Judentum angemaßt habe, von dem ich mich erst vor knapp einem Jahr lossagte.

Mein alter Herr hat die Religion und ihre Ausübung zeit seines Lebens für reine Zeitverschwendung gehalten, und doch scheut er keine Mühe, seine Kinder und seine Frau mit langen ethischen Erörterungen zu traktieren. Gibt es eine weltliche Ethik? Ist so etwas möglich? Doch mit dieser Frage wollte ich ihn nicht kränken.

Ein einsamer Spaziergang im nahen Wäldchen weckte in mir, als es dunkelte, die Welt stiller wurde, beklemmende Gedanken auf. Ich erkannte, daß ich noch genauso unsicher bin, wie ich es vor Jahren als Gymnasiast war. Sicher, ich pflege klugen Gedankenaustausch mit meinen Freunden im Kaffeehaus; ich habe mein soeben erschienenes Buch verschiedenen angesehenen Menschen dediziert; mein Barbier nennt mich »Herr Doktor« und bürstet dreimal meinen Rockkragen ab; ich trage Schnurrbart, Zwicker und Spazierstock, als bekleidete ich die Stelle eines Staatsbeamten, den zu Hause voll Ehrfurcht die Familie erwartet und vor dem die Nachbarn den Hut ziehen, begegnen sie ihm im Treppenhaus. Ich komme mir wie ein kostümierter Affe vor, den man im Zirkus zur Schau stellt. Bin ich wirklich ein solcher Durchschnittsbürger geworden? Und dennoch gehöre ich nicht in meine Zeit. Ich kann mich ihr nicht anpassen, und was noch schlimmer ist, ich will es nicht.

In der Breitegasse warteten zwei lebenswichtige Briefe auf mich. Den ersten hat ein Heiliger, hat Strindberg geschrieben. Ich muß ihn wörtlich zitieren:

»Herr Doktor, Schließlich — das Frauenproblem gelöst zu sehen ist mir eine Erlösung und so — nehmen Sie meine Verehrung und meinen Dank!«

Die andere Nachricht kam noch unerwarteter, wenn so etwas überhaupt möglich ist. Ioanna schrieb mir in einem durch die Zensur gegangenen Brief, daß sie wegen der »dortigen Ereignisse« länger in Kischinjew bleiben müßte als geplant. (Sie hat das Pogrom also doch miterlebt.) Jetzt aber würde sie schon in Bälde (ich bin sicher, ohne die Deutschstunden hätte sie dieses Wort niemals benutzt) zurückkommen.

Sie trifft voraussichtlich mit einem Dampffrachtschiff aus Odessa kommend um den 10. August in Reggio di Calabria ein. Das genaue Datum kann sie wegen der Unberechenbarkeit des langen Schiffsweges nicht sagen, doch sie hat mir etwas äußerst Wichtiges mitzuteilen, und ich möge sie, wenn es mir möglich sei, im Hafen erwarten.

Ich war so überrascht, daß ich mich an eine Stuhllehne klammern mußte, um mein Gleichgewicht zu wahren.

Was sucht eine schwarzgekleidete, kakerlakenähnliche Person im Getümmel weißer Kleider und Sonnenschirme während der Hundstage vor den Thermen Roms? Gibt es auch nur einen Passanten auf den uralten, sonnendurchglühten Steinen der Ewigen Stadt, ob Bürger oder Tourist, der sich so fremd in dieser umarmenden, blühenden Umgebung bewegt?

Eine zwanzigstündige Reise liegt hinter mir, und zwölf Stunden bis Kalabrien stehen mir noch bevor. Die kleine Pension, in der ich diese Zeilen schreibe, wird für eine Woche mein Domizil sein. Ich hielt es für richtig, bereits in den letzten Julitagen auf halbem Weg zu sein, um Anfang August in Kalabrien anzukommen. Ich darf Ioanna um keinen Preis verfehlen.

In der nahegelegenen Trattoria, in der Musik spielt, vergnügt sich allabendlich das Volk. Zu meinem Entsetzen hat mich der Walzer hier eingeholt. Es gibt keinen heimtückischeren Kuppler als ihn. Die Tänzer vergessen in ihrem Taumel die Welt und achten nur noch auf sich selber — doch gerade das ist ihr Ziel. Der Walzer ist ein Sichdrehen, bei dem man nicht vom Fleck kommt. Man müßte einen Tanz erfinden, der ein Vorwärtsbewegen ermöglicht, ohne die eroberte Distanz zunichte zu machen. Das wäre des Mannes wie der Frau würdig, wenn sie sich schon amüsieren müssen.

Braumüller hat mir einige kurze Buchbesprechungen nachgeschickt. Keine davon ist erwähnenswert. Jetzt spüre ich es besonders stark: Von seiten des Mannes besteht das Amoralische an der Erotik darin, daß er sein Ideal eines absolut wertvollen Wesens auf die Frau projiziert, anstatt sich selber zu verwirklichen. Von seiten der Frau dagegen liegt die Unmoral darin, daß sie durch die Liebe Leben empfangen will, also ein Leben aus zweiter Hand lebt.

Ich habe nicht die Eisenbahn gewählt, sondern bin mit dem Schiff, das heute in Neapel ausgelaufen ist, zur Sohle des Stiefels unterwegs.

Ich bin gleich nach Sizilien weitergefahren. Auf dem Ätna hat mir die imposante Schamlosigkeit des Kraters zu denken gegeben; er erinnerte mich an den Hintern eines Mandrill.

Die Schlange ist die nach außen gerichtete Lüge (gespaltene Zunge, Häutung, *strabismus divergens*).

166

Der Teufel ist der Mensch, der alles hat und doch nicht gut ist.

Der Hund trägt alle Tierformen in sich (Schlange, Löwe etc.); er selber aber ist Sklave.

Der Sumpf ist eine falsche Verallgemeinerung des Flusses und sein Scheinsieg über sich selbst. Der Scheinsieg ist die vollkommenste Niederlage.

Ich warte schon in Syrakus auf das Schiff. Es muß hier anlegen, denn dies ist der erste Hafen nach den griechischen Inseln. Mein körperliches Unwohlsein ist ein Zeichen meiner inneren Unruhe. Ich kann nicht hinaus in die Sonne. Ich spüre Ohrensausen, meine Augen brennen. Hier ist beinahe schon Afrika; die Jahrhunderte haben die antike Kultur unter sich begraben wie der tückische Wüstensand einen Marmorpalast. Die Vegetation wuchert hier noch, doch die Kultur ist bereits zur Wüste geworden.

Nach fünftägigem vergeblichem Warten in Syrakus fuhr ich mit dem Dampfer nach Reggio di Calabria zurück.

Braumüller hat mir wieder *poste restante* Rezensionen nachgeschickt. Die von Dr. Möbius empörte mich. Er bezichtigt mich des Plagiats! Unvorstellbare Bosheit, maßlose Eifersucht ist das. Das ist der beste Beweis dafür, daß mir mit meinem Buch eine Entdeckung gelungen ist.

Hinter geschlossenen Jalousien schrieb ich ihm meine Antwort, vorerst in einem Privatbrief. Ich gab ihm eine Frist von drei Wochen, um seine Beschuldigung zurückzunehmen, andernfalls ich eine Ehrenbeleidigungsklage erheben würde.

In der anderen Rezension heißt es:

»Herr Dr. Weininger hat in seinem Werk auf sechshundert Seiten über das Weib und damit selbstverständlich über das ganze Menschengeschlecht den Stab gebrochen, und seine Begründungen sind im einzelnen durchaus nicht samt und sonders zu verwerfen. Im Gegenteil muß man ihm in vielem, sogar in sehr vielem beipflichten. Trotzdem die Rose Dornen hat, erfreuen wir uns an ihrem Anblick *(Deutsches Volksblatt)*.«

Gibt es außer dem heiligen Strindberg überhaupt noch einen, der mein Buch auch liest und es nicht nur deshalb in die Hand nimmt, um seine eigenen Zwangsvorstellungen hineinzuprojizieren und Zeitungswitze daraus zu schnippeln?

Die Anspannung des Wartens ist unerträglich. Zweimal täglich gehe ich zur Schiffsanlegestelle, doch keinerlei Anzeichen vom Frachter aus Odessa. Die Straße ist voller Kinder, die hier in Italien wie Brennesseln am Grabenrand wuchern. Die vielgepriesene mediterrane Lebensfreude ist ein Schwelgen in absoluter Verantwortungslosigkeit. Und dann die Hunde. Überall schnuppernde Bastarde, die zu den im Staub herumfaulenzenden Menschen passen.

Innerhalb weniger Stunden wird der Frachter *Jekaterina* anlegen. Wir schreiben den 20. August. Ist es möglich, daß sich mein Leben mit dem heutigen Tag wendet?

Ioanna wurde auf einer Trage vom Schiff gebracht. Als sie mich gewahrte, gab sie mir durch ein winziges Zeichen zu verstehen, daß ich ihr folgen solle. Man trug sie in einen Sanitätsraum, und erst als sie versorgt war, konnte ich mich für ein paar Minuten zu ihr hineinstehlen. Sie drückte mir die Hand, dann holte sie unter ihrer Bluse einen kleinen, aber schweren in Papier eingeschlagenen Gegenstand hervor und ließ ihn in meine Rocktasche gleiten. Hastig erklärte sie mir, daß ihr

Unwohlsein nur vorgetäuscht sei, da man ihr ansonsten nicht erlaubt hätte, an Land zu gehen. Sie bat mich, das Päckchen mit nach Wien zu nehmen; sie würde sich deswegen Anfang September bei mir melden.

Auf dem Kohle transportierenden Frachter waren noch zwanzig südrussische Juden, die zum Baseler Zionistenkongreß wollten. Erst in Genua würden sie an Land gehen und von dort aus ihre Reise mit dem Zug fortsetzen.

Ich mischte mich unter die Menschenmenge am Hafen und sah zu, wie die Krankenpfleger nach einigen Minuten in den Sanitätsraum gingen und Ioanna, dieses Mal auf eigenen Füßen, zum Schiff zurückbrachten. Ihr blasses Gesicht machte einen entschlossenen Eindruck. Ich sank auf eine der eingerammten Duckdalben und vermochte mich erst nach Stunden wieder aufzuraffen. Da schwamm der Frachter schon in weiter Ferne.

Heute habe ich ein neues, mein endgültiges Testament gemacht. In dem Päckchen, das Ioanna mir in die Tasche geschoben hat, fand ich einen Revolver. Früher oder später wird er losgehen müssen.

Ich bin in Basel angekommen und verfolge von der Galerie aus die Verhandlungen des Zionistenkongresses. Viel verstehe ich nicht von den erhitzten Debatten, ich kann mich auch kaum darauf konzentrieren. Chaim ist immer bei Ioanna. Ich darf mich mit ihnen zusammen nicht zeigen. Chaim kam heimlich zu mir und teilte mir mit — wir standen versteckt hinter einer Säule —, daß er mit Ioanna eine große Tat plane und daß sie dabei auf meine Hilfe in Wien rechneten; doch es wäre besser, wenn ich vorläufig nichts von ihrem Vorhaben wüßte, das im übrigen vom Ausgang des Kongresses abhänge. Er drückte mir die Hand und bat mich um strikte Geheimhaltung. »Es gibt«, meinte er abschließend, »im Leben Situationen, in denen man größeres Vertrauen voraussetzt, als man nach dem Grad der Bekanntschaft erwarten dürfte, aber gerade daran zeigt sich, daß aus einer Bekanntschaft brüderliche Freundschaft werden kann.«

Ich bin wegen meines Gepäcks und wegen meiner Post noch einmal nach Kalabrien gereist; ich hatte dort in meiner Eile nicht einmal meine Wiener Anschrift hinterlassen. Zum Glück reicht das Honorar meines Buches zu solchen Eisenbahnabstechern.

Zum ersten Mal in meinem Leben fühle ich Rückenwind. Meine ethischen Probleme habe ich hinter mir gelassen. Nun kann auch ich handeln. Die Worte, diese schlechten Kuppler, wispern mir nun vergebens in die Ohren. Es gibt kein Gut und Böse, nur menschliche Zuneigung und Verpflichtung. Der Zug meines Lebens ist nach vielen Weichenstellungen auf ein schnurgerades Geleise gelangt. Ich weiß nur noch nicht, wohin er mich bringen wird.

Wieder in Wien. Ende September rückt immer näher. Möbius schweigt.

Was in Basel nach meiner Abreise geschehen ist, zeichnet sich in der Presse ab. Der Gegensatz zwischen Theodor Herzl und den russischen Juden hat sich aufs äußerste verschärft.

»Nicht die zu Diplomaten und Herrschern reisenden Herzls werden das Judentum erlösen, sondern die Lehren des Propheten!« donnerte Achad Haam vom Rednerpult. Herzl hatte vergebens versucht, die russenkitteltragenden Vertreter der Judenschaft für das Uganda-Angebot der englischen Regierung zu gewinnen. Er goß damit nur Öl ins Feuer. Empörung breitete sich aus, als durchsickerte, daß er im Sommer in

170

Petersburg gewesen war und dort Verhandlungen mit dem russischen Innenminister Plehwe, dem geistigen Urheber des Kischinjewer Blutbades, geführt hatte. Herzl betonte vergebens, man müsse mit dem Feind verhandeln, »denn seht, Plehwe hat mir versprochen, daß es keine weiteren Pogrome geben wird«. Die Russenkittel jedoch glaubten an keine andere Sicherheit mehr als an die organisierte Selbstverteidigung.

Ich, der ich die geistige Lösung der Judenfrage angestrebt habe, sehe erst jetzt, bei der ersten Berührung, um welch empirisches Problem es geht.

»Wenn die Auswanderung«, hielt man Herzl entgegen, »in kleinen Gruppen, sagen wir, zu zehntausend, erfolgt, dann wird sich die Zahl der Juden in jenen Ländern, um die es geht, keinesfalls verringern, da die natürliche Vermehrung den Verlust wieder ausgleicht. Verlassen die Juden aber in Gruppen zu mehreren hunderttausend das Land, dann tauchen neue Fragen auf. Zum Beispiel: Wie kann man in einem kleinen, verödeten Land solche Menschenmassen ansiedeln? Wie können diese Menschen ernährt werden, wo es dort an allem mangelt und die wirtschaftlichen Quellen noch völlig unerschlossen sind?«

»Pogrome gibt es nicht nur in Rußland«, lautete Herzls Antwort. »Kischinjew ist überall da, wo die Judenschaft körperliche oder seelische Qualen, Ehrverletzungen, materiellen Schaden erleidet. Die zwölfte Stunde hat geschlagen. Die Situation der Judenschaft verschlechtert sich mit jedem Tag.«

»Und deshalb wollen Sie sich mit einem Plehwe an den Verhandlungstisch setzen?« unterbrach man ihn.

»Laßt uns die retten, die noch zu retten sind!«

Die Delegierten stimmten mit zweihundertfünfundneunzig Stimmen, bei einhundertsiebenundsiebzig Gegenstimmen dafür, daß die Organisation die Siedlungsmöglichkeiten in Uganda zumindest prüfen solle. Doch die in der Minderheit verbliebenen Delegierten verließen plötzlich den Saal. Die Spaltung der Organisation stand bevor.

Herzl erfuhr, daß sich seine Gegner in einem eigenen Saal versammelt hatten und dort, wie glaubenstreue Juden zum Zeichen der Trauer, auf dem Boden hockten. Er schob seine Autorität beiseite und ging seiner verlorenen Herde nach. Als er die Tür zu dem Saal, in dem die Abtrünnigen berieten, öffnete, schallte ihm das Wort *Verräter* entgegen.

Herzl setzte sich zu seinen Gefährten auf den Fußboden. Er erklärte ihnen, daß auch weiterhin alle seine Bemühungen auf Palästina zielten, daß man aber ein Angebot von solcher Tragweite wie das englische nicht ablehnen dürfe, ohne es zu prüfen, selbst dann, wenn man beabsichtige, es letztlich zu verwerfen. Wenn sich aber herausstellen sollte, daß die europäische Judenschaft nicht mehr hinter ihm stünde, so würde in Zukunft niemand mehr mit ihm verhandeln.

Die Einheit wurde wiederhergestellt, die Krise jedoch — so schloß der Pressebericht — verspreche für die Zukunft nichts Gutes.

Ich frage mich, auf welche große Tat sich Ioanna und Chaim vorbereiten.

In diesem Jahr habe ich nur einen einzigen Kurs an der Universität, über »Die Abstammung der Tiere«, belegt.

Ich wohne wieder zu Hause. Ich erwarte Ioannas Erscheinen, das hoffentlich alle Rätsel lösen wird. Ich finde keine Ruhe, auch nicht bei meinen Freunden. Vielleicht sind sie schon nicht mehr meine Freunde. Jom Kippur (1. Oktober) rückt näher. Wir aber feiern diesen Tag nicht.

Noch immer keine meritorische Rezension von *Geschlecht und Charakter*. Auch die *Fackel* schweigt. Ist das eine Verschwörung, oder hat man Mitleid mit mir und mit meinem Geistesprodukt?

Von Jodl eine Karte erhalten: »Ich habe wegen der Ferien erst jetzt Ihr gedrucktes Buch zur Hand genommen. Danke.« Kurz und bündig. Mehr nicht. Die mir noch verbliebenen Freiexemplare habe ich heute an Hamsun, Gorki und Wassermann geschickt. Trebitsch, der mir über den Weg lief, schlug mir vor, auch an den Autor von Tonio Kröger zu denken. Warum kauft man sich nicht mein Buch und schreibt mir dann?

Heute kam ein Brief von Ioanna aus Bern mit dem Poststempel vom 29. September an. Ich riß ihn dem Postboten aus der Hand.

»Lieber Herr Lehrer, Aus Anlaß des bevorstehenden Versöhnungsfestes bitte ich Sie, mir zu verzeihen, wenn ich gegen Sie gefehlt habe. Ich bewahre keinen Zorn gegen Sie in meinem Herzen. Würden Sie für mich das Zimmer im Beethovenhaus belegen, in dem ich im vergangenen Jahr für einige Wochen gewohnt habe? Ich möchte mich dort vom 3. Oktober an nach meiner anstrengenden Reise erholen und erwarte Sie am selben Nachmittag zu einem längst fälligen freundschaftlichen Gespräch. Ihre Ioanna. P. S. Bitte bringen Sie unbedingt das Ihnen in Italien überlassene Päckchen mit. Ich rechne auch weiterhin mit Ihrer Geheimhaltung. Ioanna.«

Ich habe das Zimmer gemietet. Nun warte ich glücklich auf den heutigen Abend.

Mit Verspätung haben mich die katastrophalen Nachrichten aus Rußland erreicht. Am Abend vor Jom

Kippur, also am 30. September, hat man in Mogilew dreihundert Juden massakriert, im Gomelj acht. Über zehntausend verwüstete Wohnungen, viele tausend Verletzte. Entgegen Herzls Versprechen (und dem des russischen Innenministers Plehwe) brach dort die Hölle los. Wie kann Herzl der russischen Judenschaft noch ins Auge sehen?

Mein Vater starrte erschüttert vor sich hin, meine Mutter ist wieder bettlägerig geworden. Tiefe Schatten werfen diese Berichte aus Rußland auf den von der Bürgerschaft ohnehin skeptisch aufgenommenen dreitägigen, heute zu Ende gehenden Jagdausflug des Kaisers und des russischen Zaren in den steirischen Bergen.

Das schöne Wetter ist vorüber. Gestern nachmittag brach mit dunklen Wolken und mit Sturm der Herbst an.

Rosa wollte mich in die Schwarzspanierstraße begleiten, um meine »neue Unterkunft zu verschönern«, doch ich wies sie zurück und verriet ihr nicht einmal die Adresse.

Ioanna ist noch nicht angekommen. Ich hielt es der Einfachheit halber für besser, sie hier, in dem für sie gemieteten Zimmer, zu erwarten. Eigenartig, daran zu denken, daß sie schon einmal einige Wochen lang auf das gegenüberliegende Haus geschaut, dieselbe Petroleumlampe vom grobgezimmerten Regal genommen, den Ofen versorgt hat, so, wie ich es jetzt mache.

Es ist bereits sechs Uhr. Der Grund ihrer Verspätung ist vielleicht der Sonderzug mit dem Kaiser und dem Zaren, der um diese Zeit auf dem Meidlinger Bahnhof einfahren muß. Von dort aus soll eine Kutsche den Kaiser zum nahegelegenen Schönbrunn bringen (wo er morgen seinen allerhöchsten Namenstag begehen wird), während der Sonderzug mit dem Zaren und seinem Gefolge westwärts nach Darmstadt weiterfährt. Das kann erhebliche Verspätungen verursachen.

174

Ich habe Wein und etwas zu essen mitgebracht — und mein Buch, versehen mit einer schönen Widmung, das ich in Kalabrien keine Gelegenheit hatte, Ioanna zu überreichen.

Ich halte das armselige Zimmer bei angenehmer Temperatur. Ich weiß, heute Abend wird sich alles entscheiden. Ich bin nicht mehr ungeduldig. Ich bin ruhig. Längst habe ich mein Gleichgewicht wiedergefunden. Bald lege ich meinen Bleistift beiseite, und befreit, gereinigt vom Schlamm der letzten Monate erwarte ich mein Schicksal. Vielleicht brauche ich keinen Bleistift mehr. Vielleicht bricht heute eine neue Epoche für mich an. Vielleicht werde auch ich endlich leben.

Otto Weininger auf dem Totenbett

Hier brechen die in das Stenogrammheft mit dem karierten Deckel im Gabelsbergerschen System geschriebenen Notizen ab, die Leopold Weininger zur Zeit der Drucklegung des posthum erscheinenden Buches seines Sohnes *Über die letzten Dinge* mit zürnender Seele bis zu Ende las und sie dann, nach einigen Tagen des Zögerns, um den guten Ruf seiner Familie zu wahren, am 31. Oktober, mittags 12 Uhr, ins Feuer warf.

Dritter Teil

VIII

DIE ANGENEHM WARMEN und gut durchlüfteten, von zeitungslesenden Herren besetzten Räume des *Café Havelka* verführten Oberinspektor Barner, der durchaus keine Lust auf sein ungeheiztes, unfreundliches Zimmer verspürte, zum längeren Verweilen. Der Zeitungsauslage neben dem Eingang entnahm er die *Fackel,* die neueste Ausgabe vom 28. Oktober. Er blätterte darin und fand mit der Überschrift *Suchende und Priester* einen Beitrag aus Otto Weiningers nachgelassenen Schriften, die laut Ankündigung in Kürze in einem Sammelband erscheinen würden.*

Die erste Auflage von *Geschlecht und Charakter* war bereits vergriffen und die zweite in Vorbereitung. Ein phänomenaler Erfolg! Der Oberinspektor legte die Zeitschrift zurück, denn er wollte, während er sein Bier genoß, ungestört meditieren.

Dr. Stekels Hilfsbereitschaft kam ihm ein wenig suspekt vor. Er hielt sich nicht für kompetent, wissen-

---

* Siehe: *Über die letzten Dinge.* Wien 1903. Arnold Schönberg schreibt im Vorwort zu seiner *Harmonielehre:* »Der Denker, der sucht, zeigt, daß es Probleme gibt und daß sie ungelöst sind — wie Strindberg, daß das Leben alles häßlich macht, oder Maeterlinck, daß dreiviertel unserer Brüder zum Elend verdammt sind, oder wie Weininger und alle anderen, die ernsthaft gedacht haben.« (Wien 1911)

schaftliche Leistungen zu vergleichen, doch durfte er bei dem augenblicklichen Ermittlungsstand nicht ausschließen, daß der junge Philosophiestudent Otto Weininger dem Professor Freud mit seinen Forschungen in die Quere gekommen war. Wer konnte wissen, ob sein Werk nicht die immer wieder stockenden Forschungen Freuds in den Schatten stellen könnte. Dr. Stekel war ein enger Mitarbeiter von Professor Freud. Vielleicht wollte er die Aufmerksamkeit der Behörden von dieser denkbaren Rivalität ablenken. Barner beschloß, dieser Frage in den nächsten Tagen nachzugehen. Vielleicht schon am Montag, bei der nächsten Unterredung mit Dr. Hermann Swoboda. Bis dahin würde auch die Analyse des Schriftsachverständigen an Hand der beiden Gedichte vorliegen.

Den Verdacht, Károly Boschán hätte sich des Bruders seiner Braut entledigen wollen, der ihn mit Argusaugen beobachtete und ihm keinerlei Sympathie entgegenbrachte, verwarf Oberinspektor Barner sogleich als absurd; denn erstens hatte er sich von dem jungen Budapester Kaufmann selber ein Bild machen können, und zweitens, wie hätte Károly nach einer solchen Tat jemals wieder seiner Rosa in die Augen schauen können?

Nein, man mußte von der Tatsache ausgehen, daß sich Otto Weininger am Abend vor seinem Tode in seinem Zimmer aufhielt und von dort aus in zwei durch Boten überbrachten Briefen seinen Reisepaß anforderte. Das hieß, daß er vorhatte, am folgenden Tag ins Ausland zu verreisen. Offenbar hatte ihn jemand in der Schwarzspanierstraße aufgesucht, um ihn zu dieser plötzlichen Reise zu überreden.

Doch nehmen wir einmal an, grübelte Oberinspektor Barner über seinem Pilsener weiter, dieser Jemand, wer immer es gewesen sein mag, hatte nur Interesse an dem Reisepaß, um sich mit ihm, nach einigen Manipulationen, unbemerkt aus der österreichisch-ungarischen Monarchie abzusetzen. Aber in diesem Fall hätte er sicherlich die Überbringung des Passes »am Morgen«, wie es in Otto Weiningers Anweisung hieß, abgewartet.

Viel mehr sprach für die Vermutung, daß die fragliche Person Otto Weininger als Reisegefährten gewinnen wollte. Doch dann erhob sich die Frage, ob ihm dieser Reiseplan in guter oder in böser Absicht unterbreitet wurde. Und warum wollte diese Person bereits am Sonntag morgen, ob nun mit Otto Weininger oder ohne ihn, aufbrechen? Wenn aber diese Person unter irgendeinem Vorwand noch im Laufe der Nacht die Schwarzspanierstraße verlassen hatte — dafür spricht, daß am Sonntag morgen das Zimmer völlig ausgekühlt war —, warum hatte sie dann Otto Weininger mit einer gemeinsamen Reise zum besten gehalten? Möglicherweise setzte er aus Verzweiflung darüber seinem Leben ein Ende.

Nein, das konnte nicht sein. Die beiden Geschoßspuren ließen einer solchen Vermutung keinen Raum. Zwei Schüsse waren gefallen, wie Barner seinerzeit bei der Inspektion des Zimmers festgestellt hatte. Aber aus dem Sechsermagazin von Weiningers Waffe fehlte nur eine Patrone. Es mußte zu einem Schußwechsel gekommen sein, und zwar zwischen Bett und Zimmertür. Die über dem Bett eingeschlagene Kugel stammte aus Otto Weiningers Waffe, während der Schuß eines anderen, möglicherweise aus einem gleichkalibrigen Revolver, Otto Weininger, der an der Tür stand, tötete.

»Ich brauche einen Waffenexperten«, murmelte Oberinspektor Barner vor sich hin und versuchte, die verhängnisvolle Szene, so wie sie sich abgespielt haben konnte, heraufzubeschwören.

Otto Weininger, der Protagonist — er trägt einen schwarzen Überzieher —, steht angelehnt an die ge-

181

schlossene Zimmertür, während sein Gegner im Bett sitzt, sich vielleicht gerade aufrichtet. (Warum liegt nicht der Mieter des Zimmers im Bett, und der Besucher steht an der Tür?) Otto Weininger fordert etwas von ihm, was ihm verweigert wird, worauf er seine Waffe abdrückt, sein Ziel aber verfehlt. Im selben Augenblick holt sein Widersacher unter dem Kopfkissen den Revolver hervor, richtet ihn, da er unverletzt geblieben ist, auf Otto Weininger und schießt ihm ins Herz. Der Schuß trifft das Opfer im Stehen, an der Tür, dann sackt es in sich zusammen.

Nur so konnte die Kugel im Überzieher steckenbleiben.

Sollte es sich nun erweisen, daß diese Kugel, die man erst im Krankenhaus entdeckte und die er in der abgeschlossenen Schublade seines Schreibtisches aufbewahrte, nicht von der Waffe herrührte, die im Hause Weininger lag, so hinge Barners Mordhypothese nicht mehr in der Luft.

Warum saß oder lag die besagte Person im Bett? Warum trug Otto Weininger im geheizten Zimmer einen Überzieher? Worüber waren die beiden Anwesenden in Streit geraten? Hatten sie Rechenschaft voneinander gefordert? Steckte hinter der ganzen Angelegenheit nichts anderes als ein verlustreiches Kartenspiel? Das alles waren Teilfragen, in die er sich nicht verstricken durfte. Doch war er mehr denn je entschlossen, den »Mordfall Weininger« zu klären.

Voll Verve tupfte sich Oberinspektor Barner die Bierreste mit der Serviette vom Schnurrbart und beschloß, dem Hause Weininger einen erneuten Besuch abzustatten.

Der Beginn einer neuen Ermittlungsphase stimmte ihn so feierlich, daß er dem Getränkekellner fünfundvierzig Heller Trinkgeld gab.

IX

IN DIESEN MINUTEN saß Leopold Weininger völlig verzweifelt, gestützt auf die Ellbogen, das Gesicht in die Hände vergraben, im Büro seiner Werkstatt. Er war den Tag über allein gewesen, da er wegen des morgigen Allerheiligentages seinen Gehilfen Urlaub gewährt hatte.

Obwohl er davon überzeugt war, moralisch richtig gehandelt zu haben, als er das Stenogrammheft seines Sohnes verbrannte, raubte ihm diese unwiderrufliche Handlung seine Ruhe. Hatte er sich nicht bemüht, die Erinnerung an seinen Sohn so vollständig wie nur möglich festzuhalten, hatte er nicht sogar dafür gesorgt, daß die Fragmente aus dem Nachlaß in Buchform erschienen? Und doch hatte er das wichtigste dieser Dokumente, die Aufzeichnungen seines Sohnes, den Flammen übergeben.

Eben in diesen Tagen hatte ihn der Münchner Psychologe Leopold Löwenfeld aufgesucht, dem er stundenlang von den Kinder- und Schuljahren und von der geistigen und seelischen Entwicklung seines Sohnes erzählte, ja, dem er sogar Dokumente anvertraut hatte, die ihm bei der Arbeit an seiner Otto-Weininger-Monographie von Nutzen sein konnten.* Doch er

* Leopold Löwenfeld übergab das Material seinem Münchner Kollegen Ferdinand Probst, der daraus eine Krankengeschichte

hatte ihm, wie auch allen anderen, nicht die volle Wahrheit gesagt.

Er war ratlos. Er fühlte nur, daß ihn sein Sohn im Stich gelassen hatte. Nicht durch seinen Tod, sondern dadurch, daß er ihn nie in seine Gefühle, seine Regungen und Ängste eingeweiht hatte. Was hatte er sich zuschulden kommen lassen, worin hatte er gefehlt, daß sein Sohn sich so von ihm abwenden konnte?

Die Last dieser Gedanken bedrückte ihn, als er in der einbrechenden Dämmerung seine Werkstatt in der Gumpendorferstraße verließ.

Zur selben Zeit hielt sich Oberinspektor Barner in seiner zum Hof gelegenen, eiskalten Wohnung in der Gußhausstraße auf. Er hatte vor, die Familie Weininger aufzusuchen. Dort wollte er unbedingt einen Probeschuß aus dem russischen Revolver abgeben. Er hatte zwar noch keine Vorstellung, auf welche Art er dieses Ziel erreichen könnte, aber davon, das wußte er, hingen seine weiteren Ermittlungen ab.

Gott sei Dank, morgen wird dieses Hundeleben ein Ende haben — dachte er. Frau Elisabeths Fürsorge kam ihm nun unschätzbar vor. Der Gedanke, noch eine Nacht und einen Morgen ohne Essen und Trinken in dieser eiskalten Wohnung zu verbringen, erschreckte ihn. Er beschloß, die Zeit bis zur Rückkehr von Frau Elisabeth, die ihn am Sonntag abend mit einem warmen Essen und einem geheizten Kachelofen erwarten würde, in einem Hotel zu verbringen. Er packte seine Reisetasche.

Genau vor vier Wochen und zur selben Tageszeit hatte Otto Weininger die elterliche Wohnung verlassen und war in die Schwarzspanierstraße, in sein gemietetes Zimmer gegangen.

konstruierte (*Der Fall Otto Weininger,* Wiesbaden 1904), die den erbitterten Protest Leopold Weiningers auslöste. Siehe: *Die Fackel* vom 23. Nov. 1904.

Während Barner die ausgestorbene Alleegasse ent-
langtrottete (die Kirche des Heiligen Karl Borromäus
hatte die Gläubigen, die hier zum Nachmittagsgottes-
dienst versammelt waren, noch nicht entlassen),
dachte er daran, daß er an jenem Nachmittag vor vier
Wochen mit mehreren Dutzend Beamten zum Dienst
auf dem Meidlinger Bahnhof, im Süden der Stadt,
abkommandiert worden war. Da der Personalbestand
der Polizeidistrikthauptmannschaft nicht reichte, die
Sicherheit der beiden gekrönten Häupter, des Kaisers
Franz Joseph I. und seines hohen Gastes, des Zaren
Nikolaus II., die aus Mürzsteg erwartet wurden, zu
gewährleisten, wurden alle zur Verfügung stehenden
Beamten zum Meidlinger Bahnhof beordert mit der
Anweisung, sich in Zivil unter das Volk zu mischen, um
verdächtigen Aktionen, störenden Plumpheiten, wid-
rigen politischen Meinungskundgebungen vorzubeugen.

Schon die dreitägige Jagd in den steirischen Bergen
hatte große Sicherheitsvorkehrungen nötig gemacht.
Der Distriktpolizeihauptmann von Hervay bekam zur
Aufstockung seines eigenen Personenbestandes nicht
nur Detektive zum Schutz des Mürzsteger Jagdschlosses aus Wien, sondern dazu noch zweihundert Gendar-
men aus anderen Distrikten. Die beiden Minister des
Auswärtigen, von Lambsdorff und Goluchowski, die
in der Schönauer Villa in der Nähe des kaiserlichen
Jagdschlosses untergebracht waren, benötigten ebenfalls polizeilichen Schutz. Für den Fall, daß sich unter
die dreihundert Treiber Unbefugte gemischt haben
sollten, hatte der Hofoberjägermeister Sperlbauer darauf bestanden, die hohen Herrschaften auch während
der Gams- und Hirschjagd, selbstverständlich aus ge-
bührender Entfernung, zu bewachen. Es hätte der
Außenpolitik der Monarchie unendlichen Schaden zu-
gefügt, wäre auf den Zaren — Gott behüte — ausgerechnet auf österreichischem Hoheitsgebiet ein Attentat

verübt worden. Zwar waren mit dem Sonderzug des Zaren auch einige ausgewählte Offiziere der Ochrana eingetroffen, doch in der Fremde hätte ihre weltweit bekannte Wachsamkeit kaum etwas ausrichten können.

Oberinspektor Barner erinnerte sich genau, während er die breite Straße Getreidemarkt entlangspazierte, daß der Zug an jenem Samstag pünktlich auf die Sekunde, zehn Minuten vor fünf, in den Meidlinger Bahnhof eingefahren war. Er selbst stand dort auf dem von Gaslaternen erleuchteten Bahnsteig und verfolgte die allergnädigste Ankunft der hohen Herrschaften — Kaiser Franz Joseph I. trug noch seine Jagdkleidung und Zar Nikolaus die Uniform des Armeeoberbefehlshabers — über den ausgerollten roten Läufer zur Bahnhofshalle, wo der Kaiser einen kurzen Cercle abhalten wollte. Davor zitterten die Sicherheitsbeamten am meisten, denn die Bahnhofshalle war ein für jedermann zugängliches, öffentliches Gebäude. Auch er hatte sich in die geschmückte, mit Teppichen ausgelegte Halle gedrängt, auch er geriet bei dem Gedanken, daß es kaum einen geeigneteren Ort für einen Bombenanschlag gäbe, ins Schwitzen. Da standen sie in dichten Reihen, die weltlichen und kirchlichen Würdenträger von Wien, und waren trunken von kaiserlicher Luft.

Er entdeckte das von einem schwarzen Bart umrahmte Gesicht Theodor Herzls, der aus der Volksmenge, die er um Haupteslänge überragte, das Geschehen verfolgte. Doch plötzlich drängte sich Herzl zum Oberhofmeister vor, der ihm jedoch mit einer unmißverständlichen Handbewegung signalisierte, daß ihm auch dieses Mal keine Gelegenheit zuteil werden würde, mit Zar Nikolaus II. einige Worte zu wechseln. *

* Herzl hatte bereits 1899 alle Hebel in Bewegung gesetzt, um

186

Ganz abgesehen davon, daß die wenigen ausgesuchten Privilegierten schon Wochen vorher eine namentliche Ehreneinladung zu diesem Cercle erhalten hatten, hätten die selbstbewußten, Rechenschaft fordernden Worte Theodor Herzls — die Nachricht vom besonders blutigen Massaker an den Mogilewer Juden war gerade eingetroffen — die Hochstimmung der Jagdgesellschaft nur trüben können.

Als sich die beiden Monarchen zum Abschied auf beide Wangen küßten, honorierte das die Menge mit donnerndem Beifall. Die Sicherheitskräfte allerdings waren erst erleichtert, als der Sonderzug mit dem Zaren aus dem Bahnhof rollte und der zum Abschied winkende Kaiser sich in seinem Sechsspänner auf dem Weg in die Schönbrunner Residenz befand.

Da war es aber schon reichlich nach sechs Uhr. Barner hatte sich, die ungewohnte Müdigkeit des Außendienstes in den Knochen, mit mehreren hundert Wiener Bürgern in den verspäteten Zug gedrängt, der ihn nach Hause brachte.

Oberinspektor Barner machte sich auf dem Weg zu den Weiningers seine eigenen Gedanken. Er hatte Nikolaus II. im Verdacht, daß der Zar sich im Fernen Osten auf eine großangelegte Aktion, möglicherweise auf einen Krieg vorbereitete und deshalb Ruhe auf dem Balkan, der gärenden Peripherie seiner Interessenssphäre suchte. Nur aus diesem Grund nahm er wohl den wachsenden Einfluß der k.u.k. Monarchie auf Mazedonien hin, ein Gebiet, das er sich bis dahin selber vorbehalten hatte.

Der Oberinspektor beschloß, seine Gedanken über die Balkanländer in seinen nächsten Bericht einzuflechten.

von Zar Nikolaus II. in Privataudienz empfangen zu werden. Siehe: Theodor Herzl, *Tagebücher*. Band II. Berlin 1923. S. 363–373.

Als er in die Breitegasse einbog, fiel ihm ein, warum seine Mordhypothese unumstößlich war, unabhängig vom Untersuchungsergebnis des Waffensachverständigen. Der Hausmeister, der keinen Schlosser holen mußte, da er sich auf das Handwerk verstand, hatte die abgeschlossene Zimmertür nach der Mordnacht aufbrechen müssen. Daß man den Schlüssel nicht bei Otto Weininger gefunden hatte, war also ganz bedeutungslos.

X

Das unerwartete Erscheinen Oberinspektor Barners im Hause Weininger löste einiges Durcheinander aus. Der Hausherr sah sich gezwungen, erneut seine Schuhe anzuziehen und aus seinem Morgenrock in Weste und Jacke zu schlüpfen. Er glättete sogar noch einmal sein ergrauendes, kräftiges Haar mit einer Haarbürste. Seine Frau unterhielt sich unterdessen mit Barner, der in seiner Zivilkleidung äußerst korrekt wirkte.

»Gnädige Frau, ich kann Ihnen kaum sagen, welches Glück es für mich bedeutet, in Ihrer Tochter Rosa eine so hervorragende junge Dame kennengelernt zu haben«, eröffnete Oberinspektor Barner das Gespräch, quasi in die Rolle des Familienfreundes schlüpfend, in Erinnerung an die Reise nach Budapest. »Ich bedaure nur zutiefst, daß ich meinen heutigen Besuch bei Ihnen nicht telefonisch anmelden konnte; ich habe Sie vergebens im Telefonverzeichnis gesucht.«

»Mein Mann goutiert diese moderne Erfindung nicht. Er meint, auch die Augen müßten bei einem Gespräch beteiligt sein, nicht nur der Mund.«

Die Tür wurde aufgerissen, und die jüngste Tochter des Hauses stürmte ins Zimmer, gejagt von Richard, diesem Lümmel, der sie am Zopf erwischte, zur Strafe dafür, wie er behauptete, daß sie mit hinterhältiger Absicht sein Fahrrad umgestoßen hätte.

Herrn Barner gelang es, die beiden Kinder mit donnernder Stimme auseinanderzubringen.

Nach diesem unliebsamen Zwischenfall betonte Oberinspektor Barner noch einmal, wie sehr er die Tochter Rosa zu schätzen gelernt hatte und welch guten Eindruck ihr Verlobter Károly bei ihm hinterlassen hatte.

»Trinken wir auf die beiden«, meinte Herr Weininger und nahm aus der Kredenz eine Flasche Obstschnaps und die dazugehörenden Gläser.

»Das ist der Lauf der Welt«, fuhr er fort. »Wir bedauern nur, daß unserem Sohn Otto dieses Glück nicht beschieden war. Nicht wahr, Adelheid?« Er legte seiner Frau die Hand auf die Schulter. »Vielleicht hätte ihn die Hoffnung, durch eine Ehe ein neues Leben zu beginnen, davon abgehalten —«

»Bestanden da keine ernsteren Absichten mit seiner Schülerin Ioanna?« unterbrach ihn Oberinspektor Barner.

»Sie sind nicht der erste, der uns in den letzten Wochen diese oder ähnlich lautende Fragen stellt. Nun, einige von unserem Sohn hinterlassene Schriftstücke erlauben durchaus eine solche Schlußfolgerung. Ich jedoch glaube nicht, daß ihm seine anstrengende Arbeit gestattet hätte, eine Eheschließung in Erwägung zu ziehen. Ein Philosoph kann der Freiheit seiner Person nicht entsagen. Ich denke, Herr Leutnant«, er sah seinen Gast bedeutungsvoll an, »was das betrifft, sind wir letzten Endes auf Vermutungen angewiesen. Keineswegs ist es statthaft, den Verstorbenen durch indiskrete Nachforschungen in seiner Ruhe zu stören.«

Oberinspektor Barner indessen ließ sich nicht von seinem Ziel, dem er sich nahe glaubte, abbringen.

»Herr Weininger, bei meinem damaligen Besuch — er liegt nunmehr bereits drei Wochen zurück, und was ist seitdem nicht alles geschehen — waren Sie so freundlich, mir mitzuteilen, daß die beiden letzten Briefe Ihres Sohnes keineswegs auf die Absicht, seinem jungen Leben ein Ende zu bereiten, hinweisen, auch wenn man in gewissen Wiener Kreisen anderer Ansicht ist. Gnädige Frau, verehrter Herr Weininger, Hand aufs Herz, wäre es Ihnen nicht unerträglich, wenn die Welt auch fürderhin Ihren Sohn in einem fragwürdigen Licht sähe? Wäre es dem Nachruhm seines Hauptwerkes, diesem großartigen Buch, nicht abträglich, wenn der Autor durch seinen Selbstmord alles, was er darin sagt, in Zweifel gezogen hätte?«

Herr Weininger betrachtete mit forschendem Blick seinen Gast. Frau Weininger nestelte aus ihrem Kleiderärmel ihr Taschentuch und schluchzte.

»Herr Barner, was geschehen ist, können wir nicht ändern. Wir müssen auf uns nehmen, was uns das Schicksal beschert hat.« Herr Weininger füllte die Gläser.

»Wenn ich aber in der Lage wäre, zu beweisen, daß die todbringende Kugel aus dem Revolver eines anderen stammt, könnten Sie und Ihre Gattin dann der Welt nicht etwas leichteren Herzens entgegentreten?«

Herr Weininger nahm von dem Silbertablett eines der bis zum Rand gefüllten Gläser, führte es korrekt bis zur Brusthöhe und forderte seinen Gast mit einer Handbewegung auf, sich des zweiten Glases zu bedienen.

Oberinspektor Barner erhob sich, und die beiden Herren leerten ihr Glas in einem Zug.

»Sie gehen also von der Annahme aus«, wandte sich Herr Weininger mit prüfendem Blick an den Oberinspektor, nachdem sie nebeneinander am Tisch Platz genommen hatten, »daß irgend jemand in das Zimmer unseres Sohnes gelangen konnte, ihn dort niederschoß, ihm den Revolver in die Hand drückte und sich dann aus dem Staub machte? Weshalb hätte er das tun

sollen? Das klingt mir allzusehr nach einem Kriminalroman. Herr Barner, ich mische mich nicht in Ihre
Angelegenheiten, aber ich bitte Sie ehrerbietigst, mischen Sie sich auch nicht, Ihre Kompetenzen über-
schreitend, in die unsrigen. Wir tun unser möglichstes,
Ihnen auch weiterhin behilflich zu sein, aber erwarten
Sie nicht von uns, daß wir immer wieder aufs neue die
Tragödie unseres von Herzen geliebten Sohnes durchleben. Wir reißen damit nicht nur seine Wunden, sondern auch unsere auf.« Er sah seine Frau an, die, ihr
Gesicht ins Taschentuch vergraben, seine Worte mit
zustimmendem Nicken begleitet hatte. »Unsere Reden
können sowieso nichts mehr ändern«, fuhr Herr Weininger fort. »Ich bitte Sie also, uns keine weiteren
Fragen zu stellen. Wir können uns, wenn es Ihnen
genehm ist, über etwas anderes unterhalten, obwohl
in Anbetracht der fortgeschrittenen Tageszeit . . .«
Er zeigte auf das Schreibpult am Fenster mit den aus-
gebreiteten Geschäftsbüchern — auch die Statue der
Salome stand jetzt dort und nicht wie beim ersten
Besuch Barners neben dem Flügel. »Wie Sie sehen,
bin ich mit meiner monatlichen Abrechnung beschäftigt.«

»Ich danke Ihnen, verehrter Herr Weininger, und
auch Ihnen, gnädige Frau, für Ihr Verständnis«, sagte
Oberinspektor Barner mit leichter, zweifacher Verbeugung. Er verstand den Grund ihrer Zurückhaltung, erkannte aber zugleich, daß ein Selbstmord für
das Ehepaar Weininger nicht von so gravierender Bedeutung war wie für ihn, den gläubigen Katholiken.

»Ich werde Sie nicht mehr allzu lange aufhalten. Ich
bitte Sie nur noch, mir den Revolver für ein paar Tage
zu überlassen. Sie müssen wissen, eine Verordnung
aus dem Jahr 1891 schreibt für Schußwaffen allgemein,
vor allem aber für die aus dem Ausland stammenden,
eine ständige amtliche Überprüfung vor, offensichtlich

192

aus Gründen der Sicherheit. Jede Unterlassung wird mit Geldstrafe zwischen zwanzig und sechshundert Kronen geahndet.« Als er Herrn Weiningers gereizten Gesichtsausdruck sah, fügte er hinzu, um diesen Hinweis zu mildern: »Wir könnten das Verfahren dadurch vereinfachen, daß Sie mir hier an Ort und Stelle gestatten, einen Probeschuß abzugeben. Ich kann dann die Spuren, die der Lauf hinterläßt, mit denen auf dem anderen Geschoß vergleichen lassen.«

Herr Weininger erhob sich und nahm aus der Schublade seines Schreibpultes den in Zeitungspapier eingeschlagenen Revolver.

»Gnädige Frau«, wandte sich Oberinspektor Barner an Frau Weininger, »wenn Sie erlauben, möchte ich die Ecke einer Roßhaarmatratze für den Probeschuß benutzen und Sie darüber hinaus bitten, mir ein Blechtöpfchen mit Salz oder Mehl zur Verfügung zu stellen.«

Frau Weininger ging, gefolgt von Oberinspektor Barner, der den Revolver an sich nahm, in Richards Zimmer, wo sie das Bettzeug beiseite schob, das vom Dienstmädchen hereingebrachte Töpfchen Mehl auf Anweisung des Oberinspektors unter die Matratze schob und gleichzeitig die Anwesenden vor dem zu erwartenden Knall warnte. Der Oberinspektor entsicherte den Revolver und gab einen Schuß ab. Richard verfolgte das Experiment mit lebhaftem Interesse.

Das Dienstmädchen schüttete das Mehl auf dem Küchentisch aus und suchte die Kugel heraus; dann machte es sich daran, das Loch in der Matratze mit einer Sacknadel zuzustopfen.

»Wissen Sie, von wem Ihr Sohn den Revolver bekommen hat?« fragte Oberinspektor Barner, als sie wieder den Salon betraten. Die Kugel befand sich sicher verwahrt in seiner Westentasche, neben der silbernen, beruhigend tickenden Taschenuhr.

»Eine Schülerin unseres Sohnes«, antwortete Herr Weininger, sein Ton jedoch verriet, daß das die letzte Auskunft sei, die er zu geben gewillt war, »eben jene Ioanna, Sie selber erwähnten vorhin ihren Namen, hat ihm die Waffe Ende August in Italien anvertraut. Sie wollte sich Ende September deswegen bei ihm melden.«

Herr Weininger entnahm seinem Schreibpult einen Brief, allerdings nicht wegen der Fragen, die von Oberinspektor Barners Gesicht abzulesen waren, sondern weil er den Gedanken, den Barner über die möglichen Vorteile einer Umdeutung des Todesfalles geäußert hatte, nicht loswerden konnte. Auch er hatte nichts dagegen, diese geheimnisumwitterte Schülerin, die seinen Sohn, der sie sehnsüchtig erwartet hatte, offenbar an der Nase herumgeführt hatte, der Aufmerksamkeit der Polizei zu empfehlen.

»Diesen Brief haben wir in Ottos Brieftasche gefunden«, sagte er, doch seine zögernde Handbewegung verriet, daß er noch immer ein wenig unschlüssig war, ob er das Dokument dem Oberinspektor überantworten sollte. Doch zu dessen Freude legte er es nicht wieder zurück.

»Herr Leutnant Barner, wenn Sie mir versprechen, im Verlauf Ihrer Arbeit die größte Rücksicht auf den Ruf meiner Familie walten zu lassen, übergebe ich Ihnen diesen Brief. Ich selber habe mich zwar bereits in das Unabänderliche gefügt, doch möchte ich die Nachforschungen der Justiz auf keinen Fall behindern. Wir danken Ihnen für das Interesse, das Sie unserem Sohn entgegenbringen. Doch jetzt ersuche ich Sie, sich mit dieser letzten Auskunft zu begnügen. Dieser Brief ist ein Erinnerungsstück, das uns aus dem Nachlaß unseres Sohnes geblieben ist. Er wird Ihnen sicherlich von Nutzen sein.«

Es hätte nicht viel gefehlt, und Oberinspektor Barner wäre vor Herrn Weininger in die Knie gesunken, dessen Anfall von Großmut nicht so sehr von dem vertrauenerweckenden Auftreten des Oberinspektors, auch nicht durch dessen unerwarteten Besuch geweckt war, sondern vielmehr durch den dringenden Wunsch, dem wochenlangen Hin und Her ein Ende zu machen.* Er hatte das von seinem Sohn in der Lakkierergasse gemietete Zimmer gekündigt, hatte die Bücher, die beiden Säbel und weitere persönliche Dinge den im Testament Bedachten übergeben und Maßnahmen zur Aufhebung des Stipendiums getroffen. Nun wollte er zum Abschluß bringen, was er in seiner Werkstatt begonnen hatte, indem er das Heft mit dem karierten Deckel, das die stenographierten Aufzeichnungen seines Sohnes enthielt, den Flammen übergab. Er wollte endlich von seinem Sohn, still und von niemandem belästigt, Abschied nehmen.

»Zum Schluß habe ich noch eine Frage, die mit den Ermittlungen nichts zu tun hat.« Oberinspektor Barner erhob sich. »Haben Sie den Reisepaß Ihres Sohnes, den Vorschriften entsprechend, bei den Behörden abgegeben?«

Herr und Frau Weininger, die sich ebenfalls erhoben hatten, wechselten fragende Blicke.

»Ich nehme ihn gerne an mich«, fuhr Oberinspektor Barner fort, dem die Verlegenheit des Ehepaares nicht entgangen war. »Das erspart Ihnen ein langes Anstehen im Modenapalast. Ich werde den Paß am Montag dort abgeben und Ihnen die Quittung schikken.«

Herr Weininger fand an dem Angebot nichts Verwerfliches; deshalb gab er seiner Frau durch einen Wink zu verstehen, daß sie den Paß holen sollte, wäh-

---

* Vergl.: Emmerich von Hervay, *Die Rolle des Unerwarteten beim Verhören.* In: *Allgemeine Österreichische Polizeiblätter.* April 1895.

rend er in der Diele dem Oberinspektor in den Mantel
half und ihm die Reisetasche reichte.

»Bitte Fräulein Rosa von mir grüßen zu wollen und
ihr und Herrn Boschán meine besten Wünsche zu
übermitteln«, sagte Oberinspektor Barner, während
er Otto Weiningers Reisepaß in seine Manteltasche
schob.

Oberinspektor Barner verabschiedete sich mit Hand-
kuß von der Dame des Hauses.

Beschwingten Schrittes, seine Reisetasche fröhlich
schwenkend, machte er sich auf den Weg zur nahegelegenen Mariahilferstraße, wo er sich nicht nur endlich
seine Lieblingszigarren kaufte (Hochfeine, Habana-
decken und Einlagen), sondern sich auch in den *Tirolerstuben* einen Kapuziner und einen Obstschnaps bestellte
und Ioannas Ende September geschriebenen, mit
einem Berner Poststempel versehenen, in seiner Kürze
außerordentlich vielsagenden Brief mit größter Aufmerksamkeit las.

XI

Oberinspektor Barner gelangte zu der Erkenntnis, daß Otto Weiningers Besucher in der Nacht des 3. Oktobers niemand anders als Ioanna Lubanska gewesen war. Er nahm sich vor, in dem reichlich rauchigen und lärmerfüllten Kaffeehaus die Tatsachen, auf die es ankam, der Reihe nach zu analysieren.

Tatsache war, daß Ioanna auf diesem Zimmer in der Schwarzspanierstraße beharrt hatte, das sie schon früher für einige Wochen bewohnte. Aus welchem Grund mochte sie Otto Weininger gebeten haben, ausgerechnet dieses Zimmer für sie zu mieten? Und warum sagte sie Weininger nicht, für wie viele Tage sie das Zimmer in der Schwarzspanierstraße zu bewohnen gedachte? Damit brachte sie ihn in eine schwierige Lage. Hatte sie mit ihrem Brief, der jetzt auf dem zweifelhaft sauberen Marmortisch der *Tirolerstuben* lag, Otto Weininger in dem Glauben wiegen wollen, sie bliebe für längere Zeit?

Zweitens hatte sie ohne Zweifel einen geheimen Plan. Warum sonst hätte sie ihren Lehrer um Stillschweigen ersucht? Ihre Bitte, das in Italien erhaltene Päckchen, also den russischen Revolver, mitzubringen, sprach ebenfalls für einen kriminellen Plan. Sie hatte die österreichischen Grenzwachen umgangen, indem sie es einem österreichischen Staatsbürger überließ, die

Waffe ins Land zu bringen. Doch wozu brauchte sie in Wien einen Revolver?

Drittens stand fest, daß sie Otto Weininger nicht ermordet haben konnte. Denn nur sie konnte Weininger dazu bewogen haben, sich seinen Paß bringen zu lassen, um mit ihm gemeinsam weiterzureisen, nach einer zweifelsohne intim verbrachten Nacht.

Viertens war da der Berner Poststempel. Seine Erklärung bereitete Oberinspektor Barner Kopfzerbrechen. Von Dr. Stekel wußte er, daß diese abenteuerliche Person im September wieder in Wien an ihrem Arbeitsplatz in der Redaktion der *Welt* gesehen worden war, ihn aber, Stekel zufolge, nach einigen Wochen erneut verlassen hatte. Es wäre ihr in dieser Zeit durchaus möglich gewesen, für ein paar Tage nach Bern zu fahren, zu ihrem Bruder Chaim. Aber hatte Dr. Stekel ihm nicht versichert, sie hätte gar keinen Bruder? Und warum mietete sie sich während ihres Wiener Aufenthaltes nicht selber das Zimmer in der Schwarzspanierstraße, um dort nach ihrer Rückkehr am 3. Oktober zu nächtigen? Auch hätte eine Postkarte aus Bern an den Hausmeister Eschl genügt, um das Zimmer für sie zu reservieren. Es konnte nur einen Grund dafür geben, daß sie das nicht getan hatte, überlegte Oberinspektor Barner weiter und leerte sein Glas Schnaps in einem Zug. Es war zu riskant für sie, sich persönlich oder per Post um das Zimmer zu kümmern — genauso riskant wie das Einschleusen der Waffe.

Möglicherweise war der Plan, das Zimmer zu mieten, nicht in Wien, sondern in Bern entstanden, auf Betreiben von Chaim. Und da sie schon einmal in der Schwarzspanierstraße gewohnt hatte — der Oberinspektor faßte sich an den Kopf —, besaß sie unter Umständen noch einen Haustorschlüssel, den sie dem Hausmeister bei ihrem Auszug nicht zurückgegeben hatte. Wenn das zutraf, konnte sie jederzeit unbemerkt ins Haus gelangen und es genauso unbemerkt wieder verlassen. Deshalb also hatte sie Otto Weininger gebeten, dieses und kein anderes Zimmer für sie zu mieten.

Oberinspektor Barner beschloß, die kommende Nacht in dem Zimmer zu verbringen, in dem Otto Weininger vor genau vier Wochen seine letzte Nacht zugebracht hatte. Er lief zur Garderobe, schlüpfte in seinen Mantel und fuhr mit der Tram durch den frostig nebligen Abend zum Haus Schwarzspanierstraße 15.

»Ausgerechnet dieses Zimmer wollen Sie?« fragte ihn der Hausmeister Eschl, der sich sehr wohl an ihn erinnerte. Als Oberinspektor Barner nickte, bat er um dreißig Minuten Geduld, da er seine Frau hinaufschicken wollte, um das Zimmer aufzuräumen. Nein, Geld nähme er nicht für die eine Nacht. Er habe sein Leben lang mit der Polizei zusammengearbeitet, ganz abgesehen davon, daß man auch manchmal zum Wohl der Allgemeinheit sein Scherflein beibringen müsse — ansonsten wäre die Zimmermiete im voraus zu entrichten. Barner deponierte seine Reisetasche in der Hausmeisterwohnung und suchte ein Beisel an der verkehrsreichen Ecke Währingerstraße und Berggasse auf. Nachdem er am Stehtisch hastig ein Paar Würstchen mit einem Glas Federweißen hinuntergespült hatte — er wollte bei seinen nächtlichen Überlegungen weder vom Durst noch vom Hunger geplagt werden —, stieß er, als er in seiner Manteltasche nach Kleingeld suchte, auf Otto Weiningers Reisepaß. Er prüfte ihn im Schein des Gaslichtes. Zu seiner Zufriedenheit fand er darin zwei Eisenbahnfahrkarten. Die eine war für den 22. August 1903 gültig gewesen, und zwar für die Strecke Rom–Basel, die andere für den 26. August 1903 für die Strecke Basel–Rom.

Oberinspektor Barner fand es höchst interessant, daß sich Otto Weininger, der sich in seinem Buch *Geschlecht und Charakter* als Antisemit gezeigt hatte, ausgerechnet zur Zeit des Zionistenkongresses in Basel gewesen war. Gewiß — doch wer könnte das jetzt noch bezeugen — befand sich dort auch der russische Revolver in seiner Tasche. Sollte ihn Ioanna nach Basel geschickt und dazu angestiftet haben — ihr zuliebe und da auf ihn, den in Wolken schwebenden Philosophen, sicherlich nicht einmal der Schatten eines Verdachtes fiele —, einen der Kongreßteilnehmer zu erschießen? Das war zwar nur eine Spekulation, aber Barner beschloß, diese Möglichkeit im Auge zu behalten.

In seinem Zimmer in der Schwarzspanierstraße empfing ihn ein prasselnder Ofen und eine mit hoher Flamme brennende Petroleumlampe. Kaum hatte er es sich bequem gemacht, klopfte es an der Zimmertür, und Frau Eschl — sie war sehr blaß, sicherlich arbeitete sie in der Heiligenstädter Möbelfabrik — brachte ihm zur Erfrischung eine Flasche hausgemachten Schnaps, einen von der guten Sorte, ein Geschenk des Hauses, wie sie betonte. Oberinspektor Barner nutzte die Gelegenheit und stellte ihr ein paar Fragen.

»Ja, es stimmt, an jenem Abend hat der verstorbene junge Herr Damenbesuch gehabt.« Sie war sich absolut sicher, da aus dem Zimmer des jungen Herrn Doktor eine weibliche Stimme gedrungen war, als sie um neun Uhr eine nicht gerade Dame zu nennende Dame und einen Herrn zum benachbarten Zimmer brachte.

Oberinspektor Barner wunderte sich genausowenig darüber wie seinerzeit Frau Eschl, allerdings aus durchaus anderen Gründen.

»Nein, meinem Mann habe ich nichts davon gesagt, denn ich wollte nicht, daß er am nächsten Morgen von dem jungen Herrn, der mir leid getan hat, den doppelten Zimmerpreis fordert.«

Die Mieter des benachbarten Zimmers hatten, laut Aussage von Frau Eschl, den Zimmerschlüssel gegen zehn Uhr abends wieder abgegeben; sie selber hatte das Haustor hinter ihnen abgeschlossen. Sie war dann nicht mehr hinaufgegangen, um das Zimmer wieder in Ordnung zu bringen, »denn, Herr Oberinspektor, nach zehn Uhr sind noch nie Leute gekommen«.

Sie erkundigte sich, ob der gnädige Herr Oberinspektor noch Damenbesuch erwarte, und als dieser verneinte, ob er vielleicht etwas zu waschen oder zu bügeln hätte. Auf sein erneutes Kopfschütteln versprach sie, noch einmal zu kommen, um den Ofen nachzulegen und um die Schuhe des gnädigen Herrn zum Putzen abzuholen.

Oberinspektor Barner überlegte kurz, ob er noch Fragen an Frau Eschl hätte; dann blickte er auf den sauber geschichteten kleinen Holzstoß neben dem Ofen und bat, man möge das Schuhputzzeug vor die Zimmertür legen. Er wünschte bis zum Morgen nicht mehr gestört zu werden.

Warum, und vor allem wann mochte Otto die Briefe an seinen Vater und seinen Bruder geschrieben haben, überlegte Oberinspektor Barner und genehmigte sich ein Gläschen von Frau Eschls »Hausgemachtem«. Offenbar erst nach Ioanna Lubanskas Ankunft, denn wenn es von vornehrein seine Absicht gewesen wäre, am folgenden Tag zu verreisen, hätte er seinen Reisepaß bei sich gehabt.

Vom Schnaps angenehm durchwärmt, überließ sich Barner einer Reihe weiterer Überlegungen:

Nehmen wir einmal an, Ioanna Lubanska sei um acht Uhr gekommen. Sie unterhält sich noch um neun Uhr so laut mit Otto Weininger, daß Frau Eschl sie hören kann. Unterstellen wir weiterhin, daß er in eine gemeinsame Reise am nächsten Tag einwilligt und er Ioanna einen Spaziergang in die Breitegasse vorschlägt, um dort seinen Reisepaß zu holen. Ioanna aber läßt sich nicht dazu überreden. Warum nur will sie nicht fortgehen? Erwartet sie jemanden? Erwartet sie vielleicht Chaim? Wenn das zutrifft, dann wußte Chaim von Ioannas Aufenthalt in diesem Zimmer, dann könnte man von einem abgekarteten Spiel zwischen den beiden ausgehen, bei dem Otto Weininger als Marionette benutzt wurde. Er sollte für sie nicht nur den Revolver über die Grenze schmuggeln, sondern ihnen auch diesen Unterschlupf in Wien verschaffen.

Doch gewährte ein Haus, dessen Hausmeister Ioanna kannte und der sie demzufolge jederzeit identifizieren konnte, einen guten Unterschlupf? Theoretisch betrachtet kaum. In der Praxis allerdings ja, da sie Eschls wachsame Augen nicht zu fürchten brauchte. Sie konnte mit ihrem eigenen Schlüssel unbemerkt das Haus betreten und es auch wieder verlassen. Kaum anderswo in Wien bot sich ihr diese Gelegenheit.

Herr Weininger senior hatte seinerzeit erzählt, die Briefe seines Sohnes seien in der Abendstunde durch Boten gebracht worden. Das bedeutet, daß Otto Weininger vor zehn Uhr irgendwo den Boten aufgetrieben hatte. Er hat also mit Sicherheit das Zimmer verlassen. Oder war es Ioanna gewesen? Nein, Otto Weininger hatte sich selbst zwischen neun und zehn Uhr um einen Boten gekümmert. Aber vielleicht war er auch nur deshalb auf die Straße gegangen, weil der Mensch, den Ioanna erwartete — Chaim — und den er zur Hölle wünschte, inzwischen angekommen war, weshalb das vertrauliche Gespräch zwischen Ioanna und Otto nicht mehr weitergeführt werden konnte.

Auszuschließen war aber auch nicht, daß die beiden Otto Weininger gebeten haben, sie alleine zu lassen, da sie etwas zu besprechen hatten, was für die Ohren eines

Dritten nicht geeignet war. In dem Fall hatte Otto Weininger das Zimmer zornerfüllt verlassen und auf der Straße beschlossen, Ioanna am nächsten Tag ins Ausland zu folgen. Seinen Reisepaß aber holte er nicht selber in der elterlichen Wohnung ab, weil er das Haustor im Auge behalten wollte, um eine Flucht Ioannas mit diesem anderen — es konnte nur Chaim gewesen sein — zu verhindern.

In diesem Augenblick konnte sich sein Schicksal entschieden haben.

Was für ein geheimnisvoller Plan mochte es nur gewesen sein, der Ioanna Lubanska dazu bewogen hatte, sich dieses Schlupfloch zu wählen? Wozu brauchte sie den Revolver? Und wozu war sie überhaupt Mitarbeiterin bei einem politisch stark engagierten Blatt geworden? Hat sie diese Stellung etwa nur angetreten, um in den Kreis von Theodor Herzls Vertrauten einzudringen?

Angenommen, diese beiden jungen Russen hätten tatsächlich beabsichtigt, Theodor Herzl zu ermorden. Seine Wohnung in der Haizingergasse war mit der Währinger Tram von der Schwarzspanierstraße aus schnell zu erreichen. Ioanna hatte, dafür war Dr. Stekel Zeuge, den Sommer in Rußland verbracht, und es war allgemein bekannt, daß die maßgebenden Anführer der russischen Juden Theodor Herzl haßten.

Es war ein teuflischer Plan, Otto Weininger das Mieten des Zimmers zu überlassen und ihn auch noch dorthin zu locken, denn fiele der Mordverdacht auf ihn, so würde alles gegen ihn sprechen, zumal das Guillotinieren der jüdischen Bewegung keineswegs im Gegensatz zu seinen Ansichten stand. Die Polizei hätte in der Schwarzspanierstraße einen antisemitischen Juden angetroffen, der darüber hinaus noch einen Revolver bei sich trüge. Die Indizienbeweise wären erdrückend gewesen.

Oberinspektor Barner leerte erregt sein Glas und überlegte weiter.

Ioanna hatte Chaim sicherlich darüber informiert, wo sich Theodor Herzl an jenem Abend aufhielt. Sie erwartete Chaim, der ihr die Bestätigung des ausgeführten Attentats bringen sollte, in ihrem Schlupfloch. Sie selber hatte die Tat nicht übernommen, da man sie in der Redaktion kannte; sie wäre sofort identifiziert worden.

Chaim kam aber, aus welchen Gründen auch immer, unverrichteter Dinge nach neun Uhr in die Schwarzspanierstraße. Das Attentat war mißlungen. Warum? Und mit welchem Schlüssel aber mochte Chaim ins Haus gelangt sein?

Diese Fragen mußten unbedingt geklärt werden, sagte sich Oberinspektor Barner und genehmigte sich noch ein Gläschen von Frau Eschls »Hausgemachtem«.

Vielleicht hatte sich die Sache ganz anders abgespielt. Vielleicht waren Chaim und Ioanna in Panik geraten, weil Otto Weininger durch die Bitte um Zusendung seines Reisepasses ihren Schlupfwinkel verraten hatte. Das bedeutete, daß die beiden nun schnell handeln mußten. Vielleicht war es nun Ioanna, die in die Wohnung Theodor Herzls fahren und ihn dort erschießen wollte. Da sie bestimmt schon mit Korrekturfahnen oder redaktionsinternen Dingen in diese Wohnung gegangen war, kannte sie sich aus. Auch bestand durchaus die Möglichkeit, Theodor Herzl auf der Straße anzutreffen. Auch in diesem Fall wäre der Verdacht früher oder später auf Weininger gefallen. Deshalb war es wichtig für Ioanna und Chaim, daß er nichts von ihrem Plan erfuhr; er durfte nicht einmal Verdacht schöpfen.

Als Otto Weininger zurückkehrte — spann Oberinspektor Barner seine Gedankenfäden weiter, während er sich von Frau Eschls »Hausgemachtem« ein weiteres

204

Gläschen zu Gemüte führte —, muß sich Ioanna verabschiedet haben. Die beiden Männer blieben unter sich. Es war mittlerweile nach zehn Uhr; das Pärchen vom Nebenzimmer war gegangen; es war ruhig im Haus.

Die nun folgende Geschichte bedurfte noch eingehender Prüfung, dachte der Oberinspektor, öffnete das Fenster einen Spaltbreit und steckte sich eine Zigarre an.

Otto Weininger wollte natürlich wissen, warum Ioanna noch so spät das Haus verließ. Chaim speist ihn mit einer Lüge ab, indem er beispielsweise behauptet, sie sei nach Ottakring gefahren, um sich aus der dortigen Wohnung Sachen zu holen. Er schlägt vor, sich zur Ruhe zu begeben. Er will Weininger das Bett überlassen; der aber will so lange wach bleiben, bis Ioanna wieder zurück ist.

Der übermüdete Chaim macht sich zum Schlafen bereit. Es gelingt ihm unter irgendeinem Vorwand, Weiningers Haustorschlüssel an sich zu bringen, eine Vorsichtsmaßnahme, mit der er verhindern will, daß dieser das Haus verlassen kann, um die Polizei zu verständigen, falls er Verdacht geschöpft haben sollte. Doch gerade die Bitte um den Schlüssel ist es, die Otto Weininger Verdacht schöpfen läßt; es wird ihm bewußt, daß man ihm irgend etwas verheimlicht.

Als Chaim eingeschlafen ist, durchsucht er Chaims über die Stuhllehne geworfenen Mantel und entdeckt dabei, daß Chaim nicht Ioannas Bruder ist.

Hier angekommen, genehmigte sich Oberinspektor Barner noch ein Gläschen Schnaps.

Keinesfalls durfte man vergessen, daß Otto Weininger keine Ahnung von Chaims und Ioannas politischen Hintergründen hatte. Er war in die Geschichte nur hineingeraten, weil er in Ioanna verliebt war. Es mußte für ihn eine furchtbare Erkenntnis gewesen sein, daß er in all den Jahren, in denen er sich nach Ioanna gesehnt hatte, mit Ammenmärchen abgespeist worden war. Sie war nicht wegen familiärer Angelegenheiten so oft nach Bern gefahren, sondern weil sie sich mit Chaim amüsieren wollte. Er hatte Chaim nur ertragen, weil er überzeugt war, daß die beiden Geschwister waren.

Oberinspektor Barner wußte nun, warum es zwischen den beiden Männern zu einer Auseinandersetzung auf Leben und Tod gekommen war. Er war sehr müde. Erschöpft von seinen Grübeleien drückte er seine halbgerauchte Zigarre aus, öffnete das Fenster sperrangelweit, tappte ein wenig unsicher im Schein der Petroleumlampe zum Klosett, wusch sich mit dem Wasser in der Waschschüssel, versuchte einige Kniebeugen, zog das Nachthemd über und legte sich zu Bett. Doch seine Gedanken ließen ihm keine Ruhe, obwohl ihm die Auflösung der Geschichte plötzlich klar und einfach, um nicht zu sagen banal, erschien.

Er blies die Petroleumlampe nicht aus, sollte sie brennen, solange er sich die fieberhafte Stimmung jener Nacht im Oktober vergegenwärtigte:

Am Tisch der immer wieder aufspringende und sich setzende Otto Weininger, dessen Ungeduld im Morgengrauen den Höhepunkt erreicht. Er beschließt, nicht mehr länger zu warten, er wird Ioanna suchen und sie dann zur Rede stellen, eine Erklärung von ihr verlangen. Er zieht sich den Mantel an, weckt den schlafenden Chaim und verlangt mit bebender Stimme zu wissen, wo er Ioanna finden kann. Chaim verweigert ihm eine eindeutige Antwort. Darauf zieht der erbitterte Weininger den Revolver, geht rückwärts zur Tür und drückt ab. In seiner Erregung schießt er daneben. Chaim bleibt keine andere Wahl, als den betrogenen Liebhaber, der nunmehr zu einer Gefahr für den Mordplan geworden ist, mit seinem eigenen Revolver zu erledigen. Er braucht ihm nicht einmal, um Selbst-

206

mord vorzutäuschen, seine Waffe in die Hand zu drücken, da Weininger bereits einen Revolver gleichen Kalibers in der Hand hält.

Chaim zerrt den Verblutenden von der Tür fort, schließt das Zimmer von außen ab, gelangt mit Hilfe des Torschlüssels unbemerkt aus dem Haus und läuft in die Haizingerstraße, wo er der noch immer auf Theodor Herzl wartenden Ioanna erklärt, warum sie Wien sofort verlassen müssen.

Die beiden hatten richtig kalkuliert, denn es waren vier wertvolle Wochen verstrichen, bevor Oberinspektor Barners vager Verdacht zur Gewißheit werden konnte.

Wundern würde es ihn allerdings nicht, dachte er nun, schon halb vom Schlaf überwältigt, wenn in naher Zukunft das Attentat doch noch verübt würde.

Damit allerdings würden die Täter den endgültigen und glanzvollen Beweis für seine Theorie liefern.

Die Petroleumlampe verlosch, er schloß die Augen. Sein letzter Gedanke war, daß er sich so bald wie möglich eine Fahrkarte nach Bern besorgen müßte.

XII

UM SECHS UHR, zur gewohnten Zeit, wachte Oberinspektor Barner auf. Das Zimmer war noch angenehm
erwärmt. Er zog seine Taschenuhr auf, überzeugte sich,
daß die Kugel noch in der Westentasche ruhte, reinigte
mit der vor die Tür gelegten Bürste seine Allwetter-
schuhe, spülte sich den Mund aus, wusch sich, zog sich,
ein wenig über den Zustand von Manschetten und
Kragen murrend, an und packte seine Siebensachen
zusammen. Er dachte daran, daß sein Platz am heutigen Tage eigentlich am Grab seines Vaters sein sollte,
obwohl ihn seine Mutter aufgrund seines Telegrammes
erst zum kommenden Wochenende erwartete. Doch zu
diesem Zeitpunkt würde er vielleicht schon seine
Nachforschungen in Bern betreiben. Da war es schon
besser, die alljährliche Zeremonie mit dem heutigen
Tage hinter sich zu bringen.

Er bewahrte im Grunde genommen nur zwei Kind-
heitserinnerungen an seinen Vater: an die Hosenträger
und an den gezwirbelten Schnauzbart, an dem er zup-
fen durfte. Es heißt, daß vaterlos aufwachsende Jungen sich mit Vorliebe für den Polizeiberuf entscheiden,
doch die väterliche Macht des Kaisers war auch in
anderen Behörden zu spüren.

Als er das Zimmer verließ, dachte er daran, daß er
eigentlich an diesem Tag noch in der Kirche zum Hei-

ligen Karl Borromäus zur Beichte gehen müßte; er verschob diesen Gang jedoch auf die Adventswochen.

Im Treppenhaus erleichterte ihm eine vorsorglich bereitgestellte Petroleumlampe das Hinuntersteigen. Er verabschiedete sich flüchtig vom Ehepaar Eschl, das ihn bis auf die Straße begleitete. Dann fuhr er mit der Tram über den frostigen Ring und weiter durch die Praterstraße mit den entlaubten Bäumen zum Nordbahnhof. In ganz Wien riefen die Glocken die Gläubigen zur Frühmesse, als er sich eine Fahrkarte erster Klasse nach Brünn löste. Während er auf seinen Zug wartete, fuhr der aus Budweis kommende, sehr schwach besetzte Frühzug ein. In diesen Tagen war die Mehrzahl der Reisenden auf dem Weg in die Provinz, um dort die Gräber ihrer Lieben zu besuchen. Sonderwagen beförderten die voluminösen Kränze. Unter den wenigen, die den Budweiser Zug verließen, fiel ihm eine junge Dame auf, die von einem bärtigen Herrn auf dem Bahnsteig erwartet wurde.

Warum hatte Ioanna Lubanska in ihrem Brief Otto Weininger nicht ihre genaue Ankunftszeit mitgeteilt? Plötzlich fiel ihm diese Frage ein. Dafür gab es nur eine Erklärung: Sie war schon in Wien gewesen, und es war Chaim, der an jenem Tag angekommen war. Er mußte es auch gewesen sein, der einen Schlupfwinkel suchte, weil er etwas zu »erledigen« hatte, während Ioanna in den Abendstunden Otto Weininger, auf den die beiden den Verdacht lenken wollten, mit einem Gespräch hinhielt.

Vielleicht hatten die beiden schon früher, in Basel, Otto Weininger als Komplizen gewonnen, indem sie ihn von der Notwendigkeit des Attentats überzeugten.

Barner erbat sich vom Zugschaffner einen Bogen Schreibpapier und skizzierte endlich mit einem Tintenstift sein Memorandum an Herrn von Huber-Heißmödl, seinen Vorgesetzten. Er hatte gut daran getan, diese

Arbeit so lange vor sich herzuschieben. Nun konnte er einleuchtender denn je erklären, warum Dr. Theodor Herzl in die Ermittlungen einbezogen werden mußte.

S. Hochwohlgeboren
Herrn von Huber-Heißmödl
usw.

Memorandum zur Einvernahme des
Zeitungsredakteurs Dr. Theodor Herzl,
wohnhaft in Wien.

Ich erachte es als notwendig, von oben Genanntem folgende Auskünfte einzuholen:

1.) An- und Abwesenheit einer gewissen Ioanna Lubanska in den letzten Monaten. Es handelt sich bei dieser Person um eine Angestellte der von ihm herausgegebenen Zeitung *Welt*.

2.) Seinen eigenen Aufenthalt zwischen dem 3. Oktober 18 Uhr und dem 4. Oktober 6 Uhr.

3.) Gibt es Anhaltspunkte dafür, daß von russischer Seite ein Attentat auf Dr. Theodor Herzl geplant wurde?

BEGRÜNDUNG

Es erhebt sich der dringende Verdacht, daß die zum Tode des Dr. Otto Weininger, von Beruf Philosoph, wohnhaft in Wien, führenden Umstände in Verbindung zu bringen sind mit den inneren Kämpfen der Zionistischen Bewegung und einem geplanten Attentat auf Dr. Theodor Herzl, in das Weininger durch seine persönlichen Beziehungen zu der oben genannten Ioanna Lubanska verwickelt wurde. Diese Ioanna wie auch ihr Komplize, ein gewisser Chaim, Student der Berner Universität, befanden sich aller Wahrscheinlichkeit nach zwischen dem 3. Oktober 18 Uhr und dem 4. Oktober 6 Uhr an dem Ort, nämlich Schwarzspanierstraße 15, in einem pensionsartig betriebenen Zimmer der ersten Etage, an dem man den verblutenden Otto Weininger fand.

Ich lege einen Brief der Ioanna Lubanska bei, aus dem diese Tatsachen hervorgehen.

In der Nacht verließen die beiden Täter zu verschiedenen Zeiten den Tatort.

Das geplante Attentat auf Dr. Theodor Herzl wurde aller Wahrscheinlichkeit nach durch Otto Weiningers Eingreifen in den geplanten Handlungsablauf verhindert, was er mit seinem Leben bezahlte.

Im Laufe der Nacht fielen am Tatort zwei Schüsse aus zwei Revolvern, höchstwahrscheinlich gleichen Kalibers. Aus der Waffe des Otto Weininger, die nachweislich von Ioanna Lubanska stammt, fehlte, als der Sterbende aufgefunden wurde, nur ein einziger Schuß. Diese Waffe ist ein russisches Fabrikat.

Die wissenschaftliche Arbeit des Dr. Otto Weininger stand in mannigfacher Beziehung zur Tagespolitik, besonders in Hinblick auf die vieldiskutierte Frage der Zukunft der europäischen Juden. Die beiden in Frage kommenden Täter sind russische Juden, die allem Anschein nach die von Dr. Theodor Herzl propagierte Auswanderungspolitik entschieden bekämpfen. Ein unmittelbarer Anlaß zur Tat könnte in der aussichtslos scheinenden Lage der südrussischen Juden liegen (Kischinjew, Mogilow, Gomelj).

Vielleicht wäre es angebracht, wenn Dr. Theodor Herzls Angaben diese Einschätzung bestätigen, eine landesweite steckbriefliche Fahndung in die Wege zu leiten. Darüber hinaus sollte man Dr. Theodor Herzl zu seiner persönlichen Sicherheit Polizeischutz zukommen lassen.

Ich ersuche hiermit um die Genehmigung des Sektionschefs, den Dr. Theodor Herzl in dieser Sache vernehmen zu dürfen.

Datum usw. Barner usw.

In der Anlage: Brief der Ioanna Lubanska an Dr. Otto Weininger.

»Maxim, immer diese dienstlichen Obliegenheiten!« sagte Frau Barner, nachdem Mutter und Sohn einen Begrüßungskuß getauscht hatten. Oberinspektor Barner war immer wieder davon betroffen, daß er in Brünn auch einen Vornamen hatte. Dem sorgenden Blick seiner Mutter entging es nicht, daß er zerstreut war und ihren Berichten von den kleineren und größeren Querelen der Nachbarschaft nur mit halber Aufmerksamkeit zuhörte. Sie hatte das Grab ihres verstorbenen Mannes in der vergangenen Woche schon mehrfach aufgesucht, doch setzte sie sich voll Freude neben ihren Sohn in den Fiaker, um noch einmal zum Friedhof zu fahren. Nachdem sie den am Friedhofstor gekauften Kranz auf das Grab gelegt und dem Verstorbenen die Ehre erwiesen hatten, fuhren sie nach Hause, um dort den Nachtischkaffee einzunehmen.

Was für ein Glück, dachte Maxim Barner, daß Zdenka, das alte tschechische Dienstmädchen, ohne Bezahlung, nur gegen Kost und Logis ihrer geliebten Herrin diente; denn schon die Miete und die Haushaltskosten verschlangen die kleine Witwenrente, die Frau Barner nach dem Tod ihres Mannes — er war Brückenbauer gewesen — seit nunmehr dreiunddreißig Jahren bezog. Ihr Sohn wäre selbstverständlich bereit gewesen, sie, falls nötig, zu unterstützen. Doch vorerst kam sie, Gott sei Dank, allein zurecht, ohne Schulden zu machen. Sie spielte zwar jeden Mittwoch Tarock im Kasino des Innenministeriums, doch da mußte der Verlierer lediglich für die Bierrechnung geradestehen.

Solange er denken konnte, war die Tatsache, daß auch sein Vater zu den Opfern einer einstürzenden Brücke zählte, die er selber erbaut hatte, nie erwähnt worden.

Beim Abschied berichtete er seiner Mutter, wieviel er Frau Elisabeth, seiner Haushälterin, zu danken hatte. Die alte Dame gab ihm daraufhin zwei kaum benutzte Schirme für sie mit, einen Sonnen- und einen Regenschirm.

Fast die ganze Rückreise verschlief Oberinspektor Barner im Zug. Er konnte nicht wissen, daß seine

Otto Weiningers Grab
auf dem Matzleinsdorfer evangelischen Friedhof

wichtigste Zeugin zur gleichen Stunde wichtiges Beweismaterial vernichtete.

Ioanna war um die Mittagszeit am Westbahnhof angekommen und von dort aus zum Matzleinsdorfer Friedhof gefahren, wo sie einen kleinen Kranz, dessen Trauerschleife den Buchstaben »I« trug, auf Otto Weiningers Grab legte. Dann fuhr sie nach Ottakring, löste dort endgültig ihre Wohnung auf, nahm alles an sich, was Oberinspektor Barner einen Tag früher, wäre er mit einem Durchsuchungsbefehl bewaffnet gewesen, geprüft, wenn nicht gar beschlagnahmt hätte. Seinen forschenden Blicken wären weder das zionistische Propagandamaterial entgangen noch die umfangreiche Korrespondenz zwischen Bern und Rußland.

Selbst die aufgeklärtesten Frauen verfallen dem Irrglauben, mit der Heirat etwas Neues in ihrem Leben zu beginnen, so als könnten sie ihr bisheriges Dasein einfach liquidieren. So auch Ioanna, als sie in Abwesenheit ihrer Wirtin in deren gußeisernem Zimmerofen einen Großteil ihrer Papiere verbrannte und nur das, was in ihre Tasche ging, mit nach Bern nahm. Sie und Chaim hatten den kommenden Freitagnachmittag für ihre Hochzeit festgelegt, die sie in dem winzigen jüdischen Bethaus der Berner russischen Kolonie zu feiern gedachten.

Von all dem ahnte Oberinspektor Barner nichts, als er, wie gewohnt ausgeglichenen Gemütes, die Reisetasche und die beiden Schirme in den Händen, die Hinterhaustreppe zu seiner Wohnung hinaufstieg, in der ihn ein Ofen mit prasselndem Feuer und eine Schüssel mit dampfender Suppe erwarteten.

Nach dem Abendessen überreichte er Frau Elisabeth die beiden Schirme, bei deren Anblick es der Guten warm ums Herz wurde, und ging früh zu Bett.

Zu seiner großen Erleichterung warteten am Montag morgen keinerlei behördliche Pflichten auf ihn, da sein

Vorgesetzter mit seiner Eingabe zur alljährlichen Beförderung beschäftigt war. Oberinspektor Barner konnte also unbehelligt seine Nachforschungen fortsetzen.

Als erstes schickte er den Amtsdiener mit Otto Weiningers Reisepaß zur Verwaltungsbehörde. Die Bestätigung, daß das Reisedokument wegen Todesfalles des Inhabers ordnungsgemäß abgegeben worden war, schickte er per Post in die Breitegasse.

In der Morgenpost fand er auch endlich das Gutachten, das der Handschriftensachverständige aufgrund der beiden Gedichte von Otto Weininger erstellt hatte. Er legte es zu den beiden Gedichten in seine Schreibtischschublade, beschloß aber, sich sehr bald damit zu beschäftigen, da er die Gedichte Dr. Hermann Swoboda, mit dem er sich für den Nachmittag verabredet hatte, zurückgeben mußte.

Dann suchte er das Laboratorium der Waffenexperten auf, das sich in den Kellerräumen befand.

Während er im Gang seine Zigarre rauchte — das Rauchen in den Laboratoriumsräumen war streng verboten —, untersuchte Leutnant Jüngl die beiden Geschosse unter dem Mikroskop, und als der Oberinspektor nach etwa fünfzehn Minuten ungeduldig hereinkam, teilte er ihm das Ergebnis mit, wie ein Zahnarzt, der anhand des gezogenen Zahnes dem Patienten den Grund seiner Schmerzen demonstriert.

»Diese beiden Kugeln«, Leutnant Jüngl hielt jeweils eines der aus Kupferlegierung gegossenen Geschosse zwischen Daumen und Zeigefingern, »stammen aus Waffen, die in der k. u. k. Monarchie nicht hergestellt werden.« Er deutete mit dem Kinn auf die Demonstrationstafel an der Wand, die alle in der Monarchie hergestellten und gebräuchlichen Handfeuerwaffen in farbigen Abbildungen wiedergab.

216

»Die Waffen sind nicht alt. Die Spuren, die die Züge auf den Geschossen hinterlassen haben, weisen auf gezogene Läufe hin.«

»Und?« drängte der auf ein Verdikt erpichte Oberinspektor.

»Um es kurz zu machen, die beiden Geschosse stammen aus modernen Handfeuerwaffen ausländischen Fabrikats.«

Oberinspektor Barner wurde ärgerlich, denn er wußte bereits, daß die bei Otto Weininger gefundene Waffe ein russisches Fabrikat war. »Und was ist mit der Munition?«

»Ja«, fuhr Leutnant Jüngl fort, »das ist das Interessante an der Sache. Er legte die beiden konischen Langgeschosse auf die Tischplatte aus Glas, was ein leichtes Klirren verursachte.

»Die Geschosse weisen voneinander abweichende, zwar feine, aber dennoch gut zu erkennende Zugspuren auf. Bitte, überzeugen Sie sich selbst.«

Er legte zuerst das eine, dann das andere Geschoß unter das Mikroskop und wies, während sich der Oberinspektor darüber beugte, weitschweifig auf die Unterschiede hin.

»Die im Innern des Laufes mit Hilfe maschineller Schneidewerkzeuge angebrachten Rillen oder Züge, die sich in Längsrichtung spiralförmig fortbewegen — sie geben so der Kugel einen routierenden Drall, was zur Erhöhung der Treffsicherheit beiträgt —, übertragen sich auf das Geschoß. Da bei jeder Waffe die Züge und die dazwischenliegenden Felder unterschiedlich ausfallen — das ist trotz aller Präzision unvermeidlich —, unterscheiden sich auch die Spuren, die die Züge auf den Kugeln hinterlassen. Die des zweiten Geschosses sind tiefer als die des ersten. Da aber die Anzahl der Züge übereinstimmt, kann man davon ausgehen, daß die Geschosse aus zwei Waffen gleichen Kalibers und gleichen Fabrikats stammen.«

Oberinspektor Barner richtete sich auf. Er war zufrieden.

»Um das exakt beweisen zu können«, fuhr Leutnant Jüngl fort, müßte man natürlich beide Waffen kennen. Meiner Meinung nach handelt es sich um russische Trommelrevolver, bei denen die abzufeuernden Patronen mit ihren Zündhütchen genau vor den Stift des Hahnes gedreht werden . . .«

Oberinspektor Barner wartete das Ende der Erklärung nicht ab. Er unterbrach Leutnant Jüngl, bat ihn um ein schriftliches Gutachten und verabschiedete sich von ihm mit einem höchst zivilen Händedruck.

Als er wieder in seinem Arbeitszimmer saß, faßte er sich an den Kopf. Er hatte einen unverzeihlichen Fehler begangen. Da er die beiden Geschosse nicht in gesonderte Behälter verstaut und auch nicht ordnungsgemäß beschriftet hatte, konnte er nicht mehr unterscheiden, welches Geschoß aus dem Krankenhaus und welches aus dem Mehltöpfchen in der Breitegasse stammte, es sei denn, er würde Herrn Weininger noch einmal wegen eines Probeschusses behelligen. Doch sein Ärger darüber verrauchte schnell, denn im Moment genügte es ihm, zu wissen, daß die todbringende Kugel, die von Otto Weiningers Wintermantel aufgefangen worden war, nicht aus der Waffe in seiner Hand, sondern aus der Waffe eines anderen stammte. Dagegen wären alle seine bisherigen Hypothesen zusammengebrochen, wäre Leutnant Jüngl zu einem anderen Ergebnis gekommen.

Barner fragte sich, wie er an Stelle des Mörders gehandelt hätte. Wäre er auf die Idee verfallen, seine Waffe gegen die des anderen auszutauschen? Nein; in der Aufregung hätte er unter Umständen vergessen, alle Fingerspuren zu entfernen. Diese Spur wäre gefährlicher gewesen als die Kugel über dem Bett. Das Loch in der Wand hatte der Hausmeister Eschl mit einem Löffel voll Mörtel gefüllt. Der Mörder war geistesgegenwärtig genug gewesen, das Geschoß mitzunehmen, während eine Armlänge von ihm entfernt das Opfer stöhnte. So kaltblütig hätte Ioanna kaum gehandelt. Also mußte Chaim die Tat begangen haben.

Aber wo war Ioanna Lubanskas Personalakte geblieben? Die schwerfälligen Ottakringer Kollegen hatten die übliche Vierundzwanzigstundenfrist erheblich überschritten. Am Samstag war er um die Akte nachgekommen, und nun war es bereits Montag, fast schon Mittagszeit. Er rief den Ottakringer Polizeihauptmann an, um ihm Beine zu machen. Dann setzte er sich an den Schreibtisch, holte das Gutachten des Handschriftensachverständigen hervor und las es durch, während das Angelusläuten der Michaelerkirche und der Maria Schneekirche zu ihm herüberdrang.

Zum Dienstgebrauch!
Herrn Oberinspektor im Rang eines Leutnants
Maximilian Barner
XVI. Sektion (Nationalitätenfragen)

Aus den beiden Handschriften lassen sich Größenphantasie und starke Spannungen herauslesen, ebenso wie enorme Hemmungen, Neugierde und große Intelligenz. Familienstand und Familiensituation begründen die Hemmungen dieses Mannes. Der Proband ist geistig weiter entwickelt, als seine Lebensjahre es erwarten lassen. Er ist frühreif. Einengungen erträgt er schlecht; er ist schwer zu beeinflussen.

Er hat sehr viel Schönheitssinn, doch entwickelt er sich nicht in künstlerischer, sondern in intellektueller Richtung. Er erkennt durch seine Logik und sein Temperament die Mißstände der Außenwelt.

Er geht unbeirrt seinen Weg. Das Sendungsbewußtsein, das ihn erfüllt, macht ihn mutig, soweit er seine
Hemmungen niederkämpfen kann. Doch ist der Proband psychisch stark gefährdet. Seine mächtigen
erotischen Gefühle stehen im Widerspruch zu seinem Sendungsbewußtsein. Mit materiellen Dingen
beschäftigt er sich ungern. Er gesteht sich weder
Krankheit noch Müdigkeit ein.

Das Böse beschäftigt ihn ständig. Er ist empfindlich in moralischen Dingen. Er hält sich für ein ein-
sames Genie, doch wird er zeitweise von Zweifeln geplagt, ob ihn seine Mission in die richtigen Bahnen
lenkt. Auch zweifelt er daran, ob er der Frau, die er
liebt, würdig ist. Er versucht einen Schutzwall um
sich zu errichten, schämt sich aber seiner defensiven
Haltung. Bald hält er sich für ein Genie, bald unter-
schätzt er sich. Es schmerzt ihn, daß er sich mit seinen
Erkenntnissen isoliert. Der Proband neigt dazu, Hindernisse mit kühner Hand wegzufegen, doch vor dem
letzten Schritt hält ihn seine überdurchschnittliche
Intelligenz zurück.

Wien, 31. Oktober 1903   Vorliegendes Dokument
beglaubigt
Ignaz Gräfl
Dipl. Sachverst. Uoffz.
XVII. Sektion (Ermittlungsangelegenheiten)

Oberinspektor Barner erkannte den Scharfblick des
Unteroffiziers Ignaz Gräfl an; allerdings erschütterte
das seine Überzeugung nicht, daß die Graphologie
ebensoweit von der exakten Wissenschaft entfernt war
wie die Liebeslyrik von der Anatomie.

Für den heutigen Mittag wählte er die hauseigene
Offizierskantine, wo ihn weder das gebackene Hühn-
chen noch der Apfelkuchen enttäuschten. Nach dieser

Mahlzeit verabschiedete er sich von seinen Tischgenossen, die, wie alle Beamten der Staatspolizei, mit den in diesen Tagen zu erwartenden Beförderungen beschäftigt waren, und ging zum Kopistenbüro des Stadtbezirks Neubau (VII. Bezirk), wo er mit Zustimmung des Bürovorstehers Einblick in die Nachlaßakte Otto Weiningers nehmen durfte. Dort fand er, ganz zuoberst, das gültige Testament, mit Reggio di Calabria als Ortsangabe und dem 21. August 1903 als Datum. Dieser letzte Wille hatte tatsächlich nichts anderes zum Inhalt als die Verteilung der irdischen Güter an seine Freunde, mit besonderem Hinweis auf seine Bücher, die den einzelnen jeweils ihren Fachgebieten entsprechend zugedacht waren. Das bestätigte die Angaben von Herrn Leopold Weininger.

Das Testament war am selben Tag geschrieben, an dem Weininger die ominöse Waffe in Empfang genommen hatte. Am Tag darauf war er nach Basel gefahren, vermutlich mit einem undurchsichtigen, aber sicherlich riskanten Auftrag.

Die Dinge können sich nicht vielversprechender entwickeln, dachte Oberinspektor Barner und ließ in bester Laune seine Fingergelenke knacken.

Er kehrte nicht in sein Büro zurück, sondern fuhr mit der Tram zu seiner Wohnung, um sich zu seinem Treffen mit Dr. Hermann Swoboda ein frisches Hemd und Zivilkleidung anzuziehen. (Hatte er die beiden Gedichte? Ja, sie steckten in der rechten Innentasche seiner Uniformjacke.) Ihm blieb sogar noch Zeit, sich im Friseursalon Müller und Co. die Haare schneiden und den Schnurrbart stutzen zu lassen.

XIII

»KOMMEN SIE, HERR Leutnant, ich stelle Ihnen einen nahen Bekannten von Otto Weininger vor«, sagte der zwickertragende Dr. Swoboda, nahm Oberinspektor Barner beim Arm und schob ihn durch die Drehtür ins Innere des vom Stimmenbrodeln erfüllten *Café Europa*. Der mehrfach unterteilte, riesige Raum hätte einer Bahnhofsgaststätte geglichen — ihm wäre es nie in den Sinn gekommen, dieses Kaffeehaus zu frequentieren —, hätte sich das Publikum nicht schon auf den ersten Blick von der zusammengewürfelten, mit Körben und Koffern beladenen Menge am Bahnhof unterschieden.

»Die Wiener Künstlerwelt«, sagte Dr. Swoboda, »hat aus ihrer Bigotterie zurückgefunden zu den Genüssen des Lebens. Wenn Sie Gustav Mahler sehen wollen, dort rechts sitzt er und links von ihm Hugo von Hofmannsthal. Da drüben finden Sie Adolf Loos und Otto Wagner. Hermann Bahr kommt für gewöhnlich erst gegen Mitternacht.« Erst jetzt erkannte Oberinspektor Barner, daß er zufälligerweise in seinem Brief das Stammcafé des gutgelaunten Psychologen als Treffpunkt vorgeschlagen hatte.

»Dem Herrn Oberinspektor lassen die Umstände bei Otto Weiningers Tod keine Ruhe«, erklärte Dr. Swoboda Artur Gerber, an dessen Tisch sie Platz nah-

men, und schlug damit sofort das Gesprächsthema
an.

Der mittelgroße, etwas glotzäugige Artur Gerber,
der Oberinspektor Barner mit leicht qualligem Händedruck begrüßt hatte, hob sich durch seine rotblonde
Stirnlocke und durch seinen leger um den Hals ge-
schlungenen türkisfarbenen Seidenschal von der versammelten Gesellschaft ab. Ein weiteres Zeichen seiner Extravaganz zeigte sich darin, daß er seinen Kaffee
nicht mit Sahne, sondern mit Absinth vermischt
schlürfte.

Es folgt das Gespräch, das Oberinspektor Barner am
nächsten Morgen für das Dossier O.W. zu Protokoll
brachte.

GERBER: Ich habe Otto Weininger im Herbst 1901
in der Dionysia-Burschenschaft kennengelernt. Er
pflegte die jüngeren Kommilitonen herablassend zu
behandeln. Er kam immer mit eiligen Schritten daher,
das Kinn nach unten gepreßt, den Blick auf das Stra-
ßenpflaster gerichtet, und betrachtete alle äußeren
Ereignisse, wie z.B. einen Verkehrsunfall, als *distrac-
tion*. Nur bei den Diskussionen der Philosophischen
Gesellschaft sprach er laut und vernehmlich, wo er mit
seinen extremen, nicht selten provozierenden Ansichten jedesmal Aufsehen erregte. Es war allgemein bekannt, daß er an einem ernsten Thema arbeitete. Mit
mir besprach er seine philosophischen Probleme, offenbar, um auszuprobieren, welche Wirkung seine Gedanken auf mich, den Dichterfreund, ausübten. Auch
über die Frage, ob sich die Frauen in Mütter und Pro-
stituierte einteilen ließen, hat er mit mir diskutiert.
Im Zusammenhang damit empfahl ich ihm, nachzu-
lesen, was August Strindberg zu diesem Thema geschrieben hat.

SWOBODA: Die Anregung dazu geht auf mein
Konto.

BARNER: Meine Herren, ich bitte Sie, von einer Diskussion über diesen Punkt Abstand zu nehmen. Kommen wir lieber zur Sache.

GERBER: In diese Zeit fällt auch das Duell mit Arthur Trebitsch, dem athletischen Sohn des Seidenhändlers. Ausgerechnet ich habe die Säbel geerbt. Das schmerzt mich. Ich wünschte, er hätte mich damit verschont. Ende Mai wurde mir die Ehre zuteil, der erste zu sein, dem Otto ein Exemplar von *Geschlecht und Charakter* überreichte, das noch nach Druckerschwärze roch. Ein großartiges Werk! Ich bin stolz darauf, daß ich mich zu Ottos engstem Freundeskreis zählen durfte. Aus Siracusa hat er mir in einem Brief zwei Blüten von einer Papyrusstaude und ein Stück Bast aus dem Stamm derselben geschickt, doch im selben Brief teilte er mir mit, sein Werk sei abgeschlossen; er habe nichts mehr zu sagen. Einige Tage später hat dann der Postbote sein Testament gebracht.

BARNER: Haben Sie eine Ahnung, was ihn bewogen hat, gerade in jenen Tagen sein Testament zu schreiben?

GERBER: In ihm brannte eine unglückliche Leidenschaft für ein Mädchen. Dichter und Philosophen haben eines gemein: Sie müssen so leben, wie es ihnen ihr Werk auferlegt.

BARNER: Konkretere Informationen, wenn ich bitten darf.

GERBER: Das Schicksal führte ihn mit einer Revolutionärin zusammen, die auch ich — warum sollte ich es leugnen? — näher kannte. Eine moderne Inkarnation der Jungfrau von Orleans, aber mit einigen, nicht unwesentlichen Unterschieden. [Anmerkung: Vergebens auf die Aufzählung der Differenz gewartet.] Im vergangenen Herbst ließ Otto sich ihretwegen bis zu Selbstmordgedanken hinreißen. Ich habe ihn damals von diesem Vorhaben abbringen können, auf das mich

Herr Weininger senior anläßlich eines Besuches aufmerksam machte. Deswegen bin ich an einem Nachmittag nach Heiligenstadt gefahren. Ich bin bis zum folgenden Morgen mit Otto zusammengeblieben. Auf mein Zureden, man könnte schon sagen, auf mein Flehen hin, hat er mir verraten, daß er auch mit dem Gedanken spiele, einen Mann, den er in Ioannas Wohnung angetroffen hat, zu ermorden. Er wußte von diesem Mann nur, daß er mit Vornamen Chaim heißt.

SWOBODA: Es ist nicht nötig, die junge Dame vorzustellen, der Herr Oberinspektor ist informiert. [Er setzte sich an einen anderen Tisch zu zwei jungen Damen.]

BARNER: Ich freue mich, daß Sie die junge Russin erwähnt haben; ihr gilt mein besonderes Interesse.

GERBER: Nun, da Dr. Swoboda die Gesellschaft der beiden jungen Damen der unsrigen vorzieht, kann ich getrost sagen, daß besagte junge Dame auch mein Interesse geweckt hat. Ganz wohl war mir nicht dabei, daß ich Ioanna mehrfach besessen habe, während Otto nur an Zukunftsplänen bastelte. Doch warum sollte ich nicht von den Früchten naschen, die mein Freund in so hohen Ehren hielt? Weiß Gott, wie lange es dauern würde, dachte ich mir, bis er sich entschließen würde, selber hineinzubeißen. Diese Ioanna sprach jeglicher Konvention Hohn, sie spielte keineswegs die Rolle der naiven Unschuldigen; deswegen konnte kaum die Rede davon sein, daß ich sie erobert hätte. Sie duldete, daß man sich mit ihr amüsierte, zog sich aber im entscheidenden Augenblick noch mehr als sonst in sich selbst zurück, als wäre sie sich nicht bewußt, in den Armen eines Mannes zu liegen. Nein, frigide war sie nicht, aber ganz unweiblich. Sie ging einfach ihren eigenen Weg, und es war gar nicht daran zu denken, daß sie sich von jemandem leiten ließ. Das hätte sie nie geduldet. Ich habe meine Besuche bei ihr letztlich eingestellt, weil ich mir überflüssig vorkam, als Statist bei einer Zirkusnummer, die ihren eigenen Gesetzen folgt.

BARNER: Ich habe nicht an das Privatleben dieser Ioanna gedacht, als ich Sie bat, ausführlicher von ihr zu berichten.

GERBER: Auf alle Fälle bin ich mir sicher, daß Otto, der sie vermutlich nie besessen hat — er legte im Frühjahr, nachdem er das Manuskript zu seinem Buch beendet hatte, ein Keuschheitsgelübde ab, um sich nicht gegen den Geist seines Werkes zu versündigen —, ihr gegenüber ähnliche Gefühle hegte. Wer sie näher kannte, den gelüstete es, ihr seinen Stempel aufzudrücken, gerade weil sie so widerspenstig war. Möglicherweise richteten sich Ottos mörderische Impulse gar nicht gegen diesen Chaim, sondern gegen Ioanna. Ich bitte Sie freilich, das nicht allzu wörtlich zu nehmen. Ich will damit nur sagen, daß man sich einer so eigenwilligen Frau nicht auf die gewöhnliche Art und Weise bemächtigen kann.

BARNER: Könnten Sie, wenn ich bitten darf, das Reich der Vermutungen verlassen?

GERBER: Ottos Persönlichkeit fesselte jeden, dem es gelang, die Barrikade zu überwinden, die er durch seine Schroffheit und sein beharrliches Schweigen errichtete. Ich möchte behaupten, daß seine Introvertiertheit auf die Strenge seines autoritären Vaters zurückzuführen ist. Der alte Weininger war ein steinharter Vater. Zwar war seine Liebe zu Otto außergewöhnlich, sie war aber auch ebenso pervers wie die Hoffnung, ein in den Sand gesteckter Ölzweig möge nicht verdorren. Es liegt mir fern, diesen rechtschaffenen, arbeitsamen alten Herrn zu tadeln oder ihn gar für den Selbstmord seines Sohnes verantwortlich zu machen. Schließlich kann keiner etwas für seinen

Charakter, höchstens für die Handlungen, die sich daraus ergeben. Otto aber hätte wissen müssen, daß er zum Scheitern verurteilt war, sobald er versuchte, sich gegen seinen Vater aufzulehnen. Auch ich habe mich gegen meinen Vater gestellt, als er mir die weitere Freundschaft mit Otto untersagte. Allerdings hat Herr Weininger seinem Sohn immer freie Hand gelassen. Doch eben dies war schlecht für ihn, denn so war Otto keine Möglichkeit gegeben, den Aufstand auch nur zu proben, geschweige denn über seinen Vater triumphieren zu können. Statt dessen schrieb er sein Buch *Geschlecht und Charakter,* erhob sich damit gegen sein Geschlecht und gegen sein Judentum und wurde zum Selbstmörder. Auf diese Weise begehrte er sowohl gegen den Vater als auch gegen Ioanna auf, von denen keiner es zugelassen hätte, daß er ihnen seinen Stempel aufdrückte.

BARNER: Ich kehre die Dinge einmal um und frage: Hätte diese Ioanna ein Motiv gehabt, Otto Weininger zu ermorden?

GERBER: Ich habe geglaubt, ich spreche mit einem Polizeioffizier und nicht mit einem Phantasten. Jede Liebesbeziehung weckt auch extreme Impulse, doch soviel ich weiß, empfand Ioanna für ihn eher Verehrung und Mitgefühl als Leidenschaft.

BARNER: Lag es an Otto, daß es zu keiner intimen, körperlichen Beziehung zwischen den beiden gekommen ist?

GERBER: Bisher war ich der Meinung, Ottos moralische Bedenken hätten dabei den Ausschlag gegeben. Doch jetzt halte ich es für durchaus möglich, daß Ioanna es nicht soweit kommen ließ. Schließlich kannte sie seine Ansichten über das weibliche Geschlecht, Grund genug für sie, anzunehmen, daß sie durch ihre Hingabe alle Macht über ihn verloren hätte. Fragen Sie mich nicht, warum sie überhaupt Macht über Otto gewinnen wollte. Das entzieht sich meiner Kenntnis.

BARNER: Wann haben Sie Ioanna das letzte Mal gesehen?

GERBER: Das ist schon einige Zeit her. Ich bin ihr auf dem Südbahnhof begegnet. Ich wartete dort auf Robert Musil, der aus Klagenfurt anreiste. Ich habe ein Gedicht von ihm veröffentlicht und wollte ihn, soweit es in meinen Kräften stand, in das Wiener literarische Leben einführen. Das war an einem Samstag vor einigen Wochen.

BARNER: Am 3. Oktober, am späten Nachmittag, beziehungsweise am frühen Abend?

GERBER: Ja, es muß der 3. Oktober gewesen sein. Ich erinnere mich, der Zug kam mit großer Verspätung an, da der Sonderzug mit dem Kaiser und dem Zaren den Fahrplan durcheinander gebracht hatte. Auch Ioanna wartete dort auf jemanden. Sie fragte mich, ob Otto ihren Brief aus Bern erhalten habe. Ich konnte ihre Frage nicht beantworten und verließ sie, da ich ihr anmerkte, daß sie allein sein wollte. Ich hatte Otto seit Wochen nicht gesehen, obwohl er in Wien war. Einmal suchte er mich auf, aber da war ich nicht zu Hause. Das Dienstmädchen führte ihn in den Salon, wo er stundenlang auf mich wartete. Als er ging, hinterließ er, ich möge am nächsten Tag nicht auf ihn warten, da er nicht käme. Ich habe auch nicht auf ihn gewartet. Er kam trotzdem wieder, ohne daß er mich angetroffen hätte. Das ging so noch mehrere Tage lang, bis ich an jenem Sonntag die schreckliche Nachricht erhielt, man habe ihn ins *Allgemeine Krankenhaus* gebracht, wo er im Sterben liege. Ich habe sofort dafür gesorgt, daß ein Photograph, ein Freund von mir, mitkam und eine Aufnahme von Otto machte.

BARNER: Das war am 4. Oktober.

GERBER: Richtig. Am 6. Oktober, bei der Beerdigung, fiel mir auf, daß Ioanna nicht anwesend war.
Ihre und Ottos Beziehung war nur wenigen bekannt;
seine Familie hat sicherlich nichts davon gewußt.

BARNER: Wen erwartete Ioanna auf dem Bahnhof?

GERBER: Als ich mit Robert Musil den Bahnhof
verließ, sah ich sie, eingehakt bei einem jungen stattlichen Mann in Gamaschenstiefeln, der offensichtlich
mit demselben überfüllten Zug angekommen war, den
auch Musil benutzt hatte.

BARNER: Um wieviel Uhr war das?

GERBER: Halb sieben, vielleicht schon sieben Uhr.
Ich bitte Sie — sagte er hastig, als er sah, daß sich Dr.
Swoboda wieder unserem Tisch näherte —, nichts über
meine Liaison zu Ioanna verlauten zu lassen, vor allem
Swoboda gegenüber.

»Herr Oberinspektor, hätten Sie nicht Lust, heute
abend in die Hofoper zu gehen?« fragte Dr. Swoboda
und beugte sich über den Tisch. »Die Damen dort
hinten haben noch zwei Freikarten übrig. Die Vorstellung beginnt um 18 Uhr. Es erwartet Sie ein tränen-
reicher *Tristan,* mit der Mildenburg als Isolde.«

»Sie bringen mich mit Ihrem freundlichen Angebot
in Verlegenheit, doch ich fürchte, keinen Gebrauch
davon machen zu können. Es kommt für mich zu
plötzlich; auch habe ich kein Textbuch bei mir. Doch
bevor ich es vergesse, hier sind die beiden Gedichte von
Otto Weininger, die ich Ihnen mit Dank zurückgeben
möchte.«

Artur Gerber quittierte mit sichtlichem Mißfallen,
daß ihn Hermann Swoboda auch auf diesem Gebiet
überrundet hatte, denn er besaß kein handgeschriebe-
nes Gedicht von Otto Weininger. Vielleicht, sagte er
sich, weil Otto ihn, den Dichter, nicht in seine dilet-
tantischen Versuche einweihen wollte.

230

»Ihnen, Herr Gerber«, verabschiedete sich Oberinspektor Barner, »danke ich für Ihre freimütige Aufklärung.«

Kurz nach seiner Heimkehr erhielt Barner Besuch, was höchst selten vorkam. Es war der hochaufgeschossene, strubbelige Richard Weininger, der keuchend vor der Tür stand und den Frau Elisabeth erst gar nicht in die Diele bitten wollte.

»Ich kenne Ihre Adresse aus dem Brief, den Sie Rosa geschrieben haben«, erklärte er dem Oberinspektor, während er vor Verlegenheit seine Ohrenklappenmütze zerknautschte. »Ich habe ihn aufgemacht, aber wieder gut zugeklebt. Und dann muß ich Ihnen noch etwas gestehen. Ich habe, als Sie sich das letzte Mal mit meinem Vater unterhielten, gelauscht. Ich kann Ihnen nur sagen, ich stehe ganz auf Ihrer Seite.« Er gab dem Oberinspektor ein Blatt Papier, das offenbar von einem Rechnungsblock stammte. »Dieser Zettel lag unter Ottos Leiche auf dem Fußboden. Ich habe ihn entdeckt, als die Männer vom Rettungsdienst meinen Bruder auf die Trage hoben.«

Oberinspektor Barner führte Richard in den Salon und bot ihm Platz an. Im Lichtkegel der fransenverzierten Tischlampe untersuchte er das Papier, dessen Vorderseite die Reklame eines Wiener Damenbekleidungshauses trug. Auf der Rückseite stand, mit Bleistift geschrieben:

»Alt-Aussee, Villa Gabelsberg
Mürzzuschlag, Bahnstation
Meidling, Bahnstation
Währing, Haizingerstraße«

Oberinspektor Barner war sicher, daß er ein Schriftstück von Ioanna Lubanska vor sich hatte. Er erriet auch sofort, daß es sich um die vermuteten Aufenthaltsorte von Dr. Theodor Herzl am 3. Oktober von den Morgen- bis in die Nachtstunden handeln mußte.

In seiner Freude bot er Richard zwei Geschenke zur Auswahl an, eine Mundharmonika und ein Teleskop mittlerer Leistung. Richard griff, ohne zu zögern, zum Fernrohr und legte damit schon ein frühes Zeugnis seines späteren, beträchtlichen Geschäftssinnes ab. *

* Nach zwei schnell verflossenen Jahren machte er, achtzehnjährig, einen Millionen-Dollar-Gewinn bei einer New Yorker Börsentransaktion. 1940 kaufte er, kurz bevor die deutschen Truppen Belgien überrollten, an die 400000 Mauser-Gewehre für die britische Armee. Vergl.: Richard Weininger, *Exciting Years*. New York 1978.

XIV

MAXIMILIAN BARNER zählte mit seinen siebenunddreißig Jahren noch nicht zu den Hagestolzen, obwohl er es sich schon zweimal überlegte, ob er sich auf der Kärntenerstraße, im Stadtpark oder im Volksgarten nach dem einen oder anderen hübschen Fräulein umblicken sollte, wenn ihn sein Weg gerade dorthin führte. Bisher hatten, abgesehen von dem Fall Ioanna Lubanska, bei den Nationalitätenunruhen, mit denen er *ex officio* befaßt war, Frauen keine Rolle gespielt. Die Umtriebe der Feministinnen konnten bei einem gestandenen Mann wie ihm höchstens ein nachsichtiges Lächeln hervorrufen. Feminismus war in seinen Augen nichts anderes als die Fortsetzung des Flirts mit anderen Mitteln.

An ein ernsthafteres Werben konnte er nicht denken, da er für eine Heirat, die seiner gesellschaftlichen Stellung entsprochen hätte, nicht den erforderlichen finanziellen Rückhalt besaß. Er schätzte die Auslagen, die dazu nötig wären, auf mindestens fünftausend Gulden. Und bei irgendwelchen Choristinnen ein vorübergehendes, aber kostspieliges Abenteuer zu suchen, wäre ihm nie in den Sinn gekommen. Im übrigen würde er einen schlechten Handel eingehen, tauschte er die fürsorgliche Frau Elisabeth gegen ein junges, verschwenderisches und anspruchsvolles Geschöpf ein. Entweder würde seine Zukünftige nach wenigen Wochen Frau Elisabeth aus dem Haus werfen, oder diese würde sich unter vier Augen über die himmelschreienden Fehler der frischgebackenen Hausfrau beschweren. Damit hätte er nicht nur die stille Freiheit seines ruhig dahinfließenden Lebens eingebüßt, sondern auch die gebackenen Rippchen mit Meerrettich und das hausgemachte Leobener Brot auf dem Frühstückstisch; ganz zu schweigen von den sorgsam bereitgestellten Gamaschen — es hatte in der Nacht geschneit — und der frisch ausgepackten Rasierseife auf dem Badezimmerregal.

Alle zwei bis drei Wochen verschaffte er sich, immer auf Fräulein Blanka bestehend, in einem nicht allzu teuren Bordell Erleichterung, das im Schatten des Theresianums betrieben wurde. Die Anspielungen seiner Mutter, sie möchte so gerne dem Lachen der Enkel lauschen, überhörte er geflissentlich.

Energiegeladen und zufrieden mit der Welt stieg er die Treppe des Mietshauses in der Gußhausstraße hinunter. Spucknäpfe und das Betteln verbietende Schilder deuteten an, daß es sich um ein herrschaftliches Haus handelte, obwohl der Hausmeister vor Speicher- und Kellertreppe regelmäßig in Sauerteig untergemischte Glasscherben auslegte als erprobtes Mittel gegen die Ratten. Kurz und gut, Oberinspektor Barner zog es aus dem IV., dem Wiedener, Bezirk nicht fort. Das traf auch für sein Büro zu. Er war vollkommen zufrieden, wenn er sich, die schilfrohrgerahmte Lesestütze in der Hand, eingehüllt in Zigarrenrauch, den Porzellanaschenbecher zur Rechten, in das Studium der Zeitungen vertiefen konnte. Diese Harmonie konnten selbst die verworrensten Nachrichten nicht stören; es war ja gerade seine Aufgabe, Ordnung in diesen Wirrwarr zu bringen, was ihm im allgemeinen auch gelang.

Als er das Dossier mit der Ottakringer Personalakte der Ioanna Lubanska öffnete, dachte er daran, was ihm Artur Gerber am Vortag über diese eigenartige Frau anvertraut hatte. Er lehnte die Karteikarte mit ihrer vorläufigen Aufenthaltsgenehmigung, auf der die gleiche Photographie nachdunkelte, die ihm Dr. Wilhelm Stekel gezeigt hatte, gegen das Tintenfaß.

Ioanna Lubanska hatte tatsächlich für einige Wochen im Haus Schwarzspanierstraße 15 gelebt, sich dann aber wieder an ihrem alten Ottakringer Wohnsitz, Hüttenstraße 66, angemeldet.

Oberinspektor Barner erhob sich und sah auf dem neben dem Metternich-Portrait hängenden Stadtplan nach. In der Tat, diese und die umliegenden Straßen bildeten den heruntergekommensten Teil des ohnehin schon schlecht beleumundeten XVI. Bezirks. Tag und Nacht waren ihre Anwohner dem Lärm der Züge vom Heiligenstädter Bahnhof und dem Rauch der Arbeiter-Lokalbahn ausgesetzt. Traurig — konstatierte Oberinspektor Barner, während er sich wieder in seinen Sessel setzte —, äußerst traurig, daß Menschen in solchen Vierteln wohnen und dafür auch noch Miete zahlen mußten.

Ioannas Aufenthaltsgenehmigung war immer ordnungsgemäß erneuert worden, zuletzt am 13. September 1903, davor am 19. März. Und hier war auch ihre Abmeldung. Wann war sie ausgezogen? Das war ja vorgestern! Am Sonntag! Am 1. November! Dieses Mal ohne Angabe einer neuen Wiener Adresse. Sie war also verschwunden. Ihm wäre es allerdings gar nicht mehr in den Sinn gekommen, sie in der Hüttengasse oder unter einer anderen Wiener Adresse zu suchen, denn er wußte, daß sie sich bereits am 4. Oktober ins Ausland abgesetzt hatte. Den vergangenen Monat hatte sie ohne Zweifel in Bern bei Chaim verbracht. Erst am Monatsende war sie zurückgekommen. Wer mit einer Aufenthaltsgenehmigung in Wien lebte, mußte, bevor er ins Ausland reiste, eine polizeiliche Genehmigung einholen.

Oberinspektor Barner fand allerdings keine Eintragung über ihre Reise zu Ostern nach Rußland und ihren dortigen, monatelangen Aufenthalt, was die Schlußfolgerung zuließ, daß sie irgendwo in Galizien illegal die österreichisch-russische Grenze überschritten hatte und ebenso illegal mit dem Schiff nach Italien zurückgekehrt war.

Er betrachtete die Photographie, und in seine Mißbilligung mischte sich unwillkürlich eine gewisse Hochachtung. Nein, es war kein Zufall, daß dieses Mädchen selbst den Frauenfeind Otto Weininger zu faszinieren vermochte.

Doch er konnte sich seinen Grübeleien nicht länger hingeben, denn gerade als die Uhr zehn schlug, meldete der Amtsdiener Arthur Trebitsch. Barner steckte die Ottakringer Unterlagen rasch in das Dossier mit den Buchstaben O. W. Der elegant gekleidete, schlanke junge Mann mit den gewinnenden Gesichtszügen stolperte hastig ins Zimmer.

»Herr Leutnant«, sagte er ganz außer Atem, »ich bringe Ihnen die Nachricht von einer grandiosen Verschwörung!« Er kauerte, jederzeit sprungbereit, auf dem Rand des Ledersessels gegenüber dem Fenster. »Wen, mein Herr, sehen Sie um Arthur Schopenhauer herumscharwenzeln? Julius Frauenstädt und Adolf Asher. Und um Richard Wagner? Heinrich Porges und Hermann Levi! Um Friedrich Nietzsche? Paul Rée und Siegfried Lipiner! Alles Juden! Bis auf den letzten Mann! Sie ergehen sich in Oden auf die deutschen Meister, und diese Meister merken nicht, daß sie ihnen bereits ins Netz gegangen sind. Der großartige Eugen Dühring erbt ausgerechnet das Vermögen des jüdischen Selbstmörders Benedikt Friedländer, und

236

dabei hat kaum jemand so klar wie Dühring gesehen, welche Gefahr sich hinter der Expansion der Juden verbirgt.«

»Soviel ich weiß«, unterbrach ihn Oberinspektor Barner, als er erkannte, daß da ein Wortschwall über ihn hereinbrach, der mit Otto Weininger wenig zu tun hatte, »schätzte Friedrich Nietzsche die Leistungen der Juden hoch, so daß es kein Wunder ist, wenn er sich mit ihnen umgab.«

»Mein Herr, verstehen Sie denn nicht?« ereiferte sich Arthur Trebitsch mit erhobener Stimme und gestikulierte wie ein Kolporteur, der um jeden Preis seine Broschüren loswerden will. »Wer hat ihn denn in die unglückliche Affaire mit Fräulein Lou getrieben? Kein anderer als Paul Rée! Nietzsche, dieser glücklose, grunddeutsche Denker hätte beinahe vor Leidenschaft den Verstand verloren.«

»Wenn ich mich nicht täusche, war es Paul Rée, der seiner eigenen Zuneigung entsagend abgereist ist und damit Nietzsche und Lou Andreas-Salomé zu ihrem gemeinsamen Glück verhelfen konnte.«

»Das gerade ist ja das Teuflische! Er hätte Nietzsche warnen müssen, statt dessen gab er ihn erst der Verführung preis und ließ ihn dann im Stich. Herr Leutnant, begreifen Sie nicht? Die sind überall! Die wissen alles! Die Rothschilds erfuhren das Ende von Waterloo früher als der englische König. Sie hören jedes Telefongespräch ab. Sie drücken sich in den Hinterzimmern der Postämter herum und spionieren alle Telegramme aus.«

»Herr Trebitsch, gestatten Sie mir, Sie zu fragen, was das für eine Narbe auf Ihrer linken Stirnseite ist?«

»Die stammt von einem Ehrenhandel, in den ich mit einem niederträchtigen Anatomiestudenten verwickelt war. Er besaß die Dreistigkeit, sich als geistigen Nachkommen von Josef Hyrtl zu bezeichnen. Er weigerte sich, meinen Schädel zu messen, und lehnte auch eine Blutuntersuchung ab. Dabei trage ich einen urständigen, dolichokephalen Gotenschädel.«[*]

»Da fällt mir die Diskussion ein, die Sie mit Houston Stewart Chamberlain führten. Ist Ihr Name identisch mit dem einer mährischen Kleinstadt? Würden Sie mir die Wahrheit über Ihre Abstammung verraten?«

»Herr Leutnant, wenn Sie den Traktat des jungen, leider verstorbenen Maximilian Ernst Gumplowicz gelesen hätten, würden Sie alles über den Ursprung eines Teils — ich betone: eines Teils — der Ostjudenschaft wissen. Im 8. Jahrhundert ist der Fürst der Chasaren mit einem Teil seines Volkes, das noch heidnisch war, zum jüdischen Glauben übergetreten. Wahrscheinlich wollten die Chasaren ihre Eigenständigkeit gegenüber dem byzantinischen Christentum und dem Islam auf diese Weise bewahren. So wurde ein Teil der durch und durch arischen Chasaren zu Juden, und nur so ist es zu verstehen, daß ein Teil der heutigen Juden, darunter auch ich, in Wirklichkeit ganz und gar arischen Blutes ist.[**] Meine Ahnen waren nämlich im Chasarenreich verbliebene Goten, sogenannte Krimgoten, die mit einigen Jahrhunderten Verspätung ihre Wanderschaft westwärts antraten, um sich dort mit ihren germanischen Brüdern zu vereinen. Bereits in meinem Großvater erwachte die ange-

---

[*] Einige spätere Ehrenhändel Trebitschs: Er ohrfeigte einen Jugendfreund, als dieser in Zweifel zog, daß er im Namen der Deutschen sprechen dürfte; er forderte einen Herrn heraus, der ihn als Juden bezeichnet und sein Deutschtum verhöhnt hatte; seinen Parteigenossen stellte er die Vertrauensfrage, und denen, die ihm ihr Vertrauen nicht aussprachen, schickte er seinen Sekundanten. Vergl.: Theodor Lessing, *Der jüdische Selbsthaß*. Berlin 1930. S. 119.

[**] Vergl.: Arthur Koestler, *The Thirteenth Tribe*. London 1976.

238

stammte germanische Seele. Deshalb hat er sich vom Ballast des jüdischen Glaubens befreit.«

Oberinspektor Barner war es unbegreiflich, wieso es vorteilhafter sein sollte, sich auf eine chasarische statt auf eine jüdische Urheimat zu berufen. Das eine war genauso östlich und verdächtig wie das andere. Wenn er hätte wählen müssen, hätte er sich eher für das mit Wundern angefüllte Palästina entschieden, wo der HERR seinem Volk erschienen war. Doch eines mußte man Trebitsch lassen, er hatte gründliche Arbeit geleistet, denn kaum waren einige Wochen vergangen, seit ihm Chamberlain eine seelische Ohrfeige versetzt hatte, da wartete er bereits mit einer wissenschaftlich fundierten arischen Abstammung auf.

»Herr Leutnant, kennen Sie die Schrift, die der Lehrer Sergej Nibusch aus dem Hebräischen ins Russische übersetzt und in einer Klosterdruckerei bei Sankt Petersburg 1902 publiziert hat?«

Oberinspektor Barner schüttelte den Kopf, während er darüber staunte, wie bewandert Trebitsch in der einschlägigen Literatur war.

»Von der deutschen Zentrale meiner Partei, deren Standort ich nicht enthüllen darf, haben wir eine Abschrift großer Teile dieser Arbeit erhalten, an deren Übersetzung Hauptmann a. D. Müller von Hauser arbeitet. Der Titel dieser Schrift lautet: *Protokolle der Weisen von Zion.* Sie wurde 1897 auf dem ersten Baseler Zionistenkongreß verabschiedet, aber nicht in öffentlicher Sitzung, sondern von einigen auserwählten Weisen hinter verschlossener Tür.«

Der Oberinspektor konnte sein Interesse an dieser Mitteilung nicht leugnen, obwohl es ihm ein wenig verdächtig erschien, daß über eine derart geheime Beratung überhaupt ein Protokoll existieren sollte; und wie, in drei Teufels Namen, konnte sein Inhalt in alle Welt gelangen?

»Diese Schrift wird Ihnen, sobald sie auf deutsch zugänglich ist, ein für allemal zeigen, auf welche Art und Weise die kapitalstarke Judenschaft die Macht über die ganze Welt zu übernehmen gedenkt. Dieses Protokoll ist von hemmungslosem Machiavellismus und spitzfindiger Berechnung durchdrungen und zieht alle arischen Werte in den Schmutz. Sie gestatten, daß ich Ihnen einige Ausschnitte zitiere.«

Er erhob sich, entnahm seiner Manteltasche einige flugblattähnliche Papiere, blinzelte zur Stuckdecke und las mit lauter Stimme und erhobenem Zeigefinger vor:

»Gott hat uns, seinem auserwählten Volk, das Geschenk der Zerstreuung in alle Welt gegeben, was ein jeder für unsere Schwäche hält. Doch gerade das hat sich als unsere größte Kraft erwiesen, die uns jetzt an die Schwelle der Macht über die Welt geführt hat.

Wir treten in Gestalt von Rettern in Erscheinung, wenn wir den unterdrückten Arbeitern vorschlagen: Schließt euch unseren Kampftruppen an, stellt euch in die Reihen der Sozialisten, Kommunisten, Anarchisten, denen wir jederzeit Unterstützung zukommen lassen im Zeichen der Brüderlichkeit unseres Freimaurertums und der Solidarität mit der gesamten Menschheit.

Das nichtjüdische Freimaurertum dient uns und unseren Zielen als bloße Kulisse. Das Aktionsfeld unserer Macht indessen bleibt, ebenso wie unser Zentralsitz, vor der Welt geheim.

Unser Interesse gilt der Dezimierung und der Schwächung der Gojim. Wir müssen ihren Seelen den Begriff und den Geist der Gottheit entreißen und ihn durch arithmetische Rechnungen und materielle Bedürfnisse ersetzen.

Damit den Gojim keine Zeit zum Überlegen und Beobachten bleibt, müssen wir ihre Gedanken auf Industrie und Handel lenken. So werden alle Nationen in die Spekulation und in den Konkurrenzkampf getrieben und gegeneinander gehetzt, damit sie ihren gemeinsamen Feind nicht erkennen.«

»Herr Leutnant, begreifen Sie nun endlich? Oder muß ich noch mehr aus diesem empörenden Pamphlet vorlesen? Dem kann doch nur noch ein Kampf auf Leben und Tod folgen. Die jüdische Bestie schickt ihre Schnüffler und zu gegebener Zeit auch noch ihre Henkersknechte überallhin. Unter dem Decknamen Weltchawrusse* existiert eine weltweite Terrororganisation, die erbarmungslos auf jeden eindrischt, der Wind von einer ihrer schmutzigen Verschwörungen bekommt und versucht, etwas dagegen zu unternehmen.«

Auf Oberinspektor Barners Kopfhaut zeigten sich Schweißperlen. Niemals war er auch nur zwei Juden begegnet, die sich zu einem Einvernehmen hätten durchringen können. Es war für ihn nur sehr schwer vorstellbar, daß die galizischen, die litauischen, besonders aber die wolhynischen und bessarabischen Juden, von denen jährlich Zehntausende Hungers starben, jemals Einlaß in die angebliche jüdische Weltverschwörung fänden.

»Herr Trebitsch, was halten Sie von den Bemühungen Dr. Theodor Herzls, die Judenschaft des Ostens in eine neue Heimat zu führen?«

»Das ist nichts weiter als eine Irreführung, ein Ablenkungsmanöver. Herzl will den Anschein erwecken, als suche er einen Ausweg für die Juden, doch das dient lediglich dazu, die arische Wachsamkeit einzuschläfern. Unterdessen bohren die Juden ihre Saugrüssel nur noch tiefer in das entkräftete Europa.«

---

* *Chawrusse (chawruta)*, ein jiddisches Wort. Es bedeutet nach Salcia Landmann, *Abenteuer einer Sprache,* »Gesellschaft, Kompanie«. (Anmerkung der Übersetzerin)

Arthur Trebitsch fiel ermattet zurück in den Sessel, als wäre er ein von der Begegnung mit überirdischen Kräften erschöpftes spiritistisches Medium. Seine Augenbrauen begannen zu zucken, er schnappte nach Luft. Oberinspektor Barner vermutete, daß sich ein so bodenloser Verfolgungswahn nur in einem Menschen entfalten konnte, der versuchte, vor sich selber zu

Arthur Trebitsch (1903)

fliehen. Aber hier handelte es sich um eine Geistes-
störung, die Anlaß zur Beunruhigung gab. Trebitsch stand mit seiner Paranoia nicht allein, und es
war nicht auszuschließen, daß die Anhänger der
deutschnationalen Partei gefährliche Aktionen planten.

Da alle Nationalitätenfragen in seinen Kompetenz-
bereich gehörten, erbat sich Oberinspektor Barner —
zum gründlichen Studium, wie er sagte — von Arthur
Trebitsch das fragliche Pamphlet. Er mußte *ex officio*
die Organisation der Gesinnungsfreunde von Trebitsch
kennen. Was Barner nicht ahnen konnte: In Wien
hielt sich bereits ein gewisser Hauptmann Warnke auf,
ein als Händler für photographische Apparate getarn-
ter Offizier des preußischen Geheimdienstes, der den
jungen aufrührerischen Mann bereits umgarnte. Trebitsch würde sofort die Gelegenheit nutzen, um sich
endlich als Vertreter reinsten Reichsdeutschtums zu
profilieren und dem Preußen das Gespräch mit Barner
Wort für Wort hinterbringen.

Hauptmann Warnke wollte vor allem erkunden, wie
weit die deutschnationale Gesinnung bei den Behörden
des Kaiserreichs, über die Deklaration von Kaiser und
Außenminister hinaus, gediehen war.* Für einen zu-

* Agenor Graf Goluchowski, Minister des Auswärtigen, wurde
1906 von dem deutschfreundlichen Grafen Aerenthal abgelöst,
der mit dafür verantwortlich war, daß Österreich in den Ersten
Weltkrieg hineingezogen wurde. Das Ausscheiden Goluchow-
skis, der für seine Ungarnfeindlichkeit bekannt war, wurde in
Budapest allgemein begrüßt. Man ahnte nicht, daß die großdeutschen Neigungen Aerenthals für Ungarn höchst gefährlich
werden sollten. Zu Warnkes Aufgaben gehörte es auch, auszukundschaften, wie weit die österreichische Presse beeinflußbar
war und welche Zeitungen, abgesehen vom pangermanischen
Deutschen Volksblatt des Oberbürgermeisters Lueger, man dafür
gewinnen konnte, großdeutsches Gedankengut zu popularisie-
ren. Für diese Aufgabe nahm Warnke jedoch Trebitschs Hilfe
nicht mehr in Anspruch.

künftigen »Anschluß« — auch ein Kaiser lebt nicht ewig — war diese Frage von größter Bedeutung.

»Herr Trebitsch, wer kann Ihrer Meinung nach Otto Weiningers Mörder gewesen sein?« fragte Oberinspektor Barner, nachdem er eine Weile überlegt hatte, ob er dem Amtsdiener läuten und für seinen mit Übelkeit ringenden Besucher ein Glas Wasser bestellen sollte.

»Natürlich haben die Agenten der Weltchawrusse ihn zur Strecke gebracht, kaltblütig und gnadenlos, aus Rache für das keineswegs schmeichelhafte Charakterbild, das er in seinem unsterblichen Buch vom Judentum entworfen hat.«

Oberinspektor Barner hielt es für nötig, Trebitschs Theorie auch in diesem Punkt auf die Probe zu stellen.

»Denken Sie nicht, daß die innere Spaltung der jüdischen Organisationen, insbesondere die der Herzl-Bewegung, Ihren Vorstellungen, Herr Trebitsch, durchaus zuwiderläuft?«

»Das sind doch bloße Wortgefechte, inszenierte Schauspiele«, sagte Trebitsch, der solchen Einwänden nicht zum ersten Male begegnete.

Oberinspektor Barner begriff, daß er von diesem Wirrkopf im Fall Weininger nichts zu erwarten hatte. Er bat ihn jedoch um erneute Besuche und um weiteres Propagandamaterial; er befasse sich gern mit solchem Lesestoff; ganz besonders würde ihn das vollständige, ins Deutsche übertragene *Protokoll der Weisen von Zion* interessieren.

Arthur Trebitsch, der wieder zu Atem gekommen war, nickte und fuhr mit neuem Elan fort, seine Sprüche zu klopfen.

»Ich selber bin, was meine Sicherheit angeht, bedroht. Die Weltchawrusse ist nämlich dank ihrer jüdischen Skribenten ausgezeichnet informiert. Sie wissen sehr wohl, wer ihre Intrigen aufdecken kann. Deshalb lassen sie mich nicht aus den Augen, und, glauben Sie mir, Herr Leutnant, sie setzen nie dagewesene Waffen gegen die Deutschen ein. Sie überfluten zum Beispiel die Wohnzimmer mit gefährlichen Strahlen, sie schmuggeln Bakterienkulturen in die Speisen und Getränke ihrer Gegner. Ich selber war von einer Infektion mit syphilitischen Symptomen betroffen. Wie raffiniert ihre Kampfmethoden sind, ersieht man daraus, daß sie es nicht nur auf körperliche Zerstörung, sondern auch auf moralische Zersetzung abgesehen haben.«

»Hat Sie die Niederlage, die Ihnen Houston Stewart Chamberlain im Oktober im Leseverein bereitete, nicht abgeschreckt?«

»Nein. Ich suchte einige Tage später ein Präsidiumsmitglied der Vereinigung auf, und man bat mich um Verzeihung. Auch einer Größe wie Chamberlain können Fehler unterlaufen. Man riet mir, den mißlichen Abend zu vergessen, da man auf meine Beziehungen und auf meine Talente nicht verzichten könne. Diese gefahrenträchtigen Zeiten erfordern unsere ganze Solidarität.«

Oberinspektor Barner, 1866 im Jahr der österreichischen Niederlage von Königgrätz geboren, fürchtete das allmählich auf über fünfzig Millionen Einwohner anschwellende Deutsche Reich mehr als jene anderen Mächte, die es offen auf die Vernichtung Österreichs abgesehen hatten. In der Existenz einer arbeitsamen, gesetzestreuen Judenschaft konnte er allerdings nicht die mindeste Gefahr erkennen. Die Juden der k.u.k. Monarchie, die überwiegend die östlichen Provinzen bewohnten, waren für das ferne Wien ein fester Rückhalt, schon wegen ihrer Bedrohung durch die Russen.

Er mochte seine Stirn ungläubig gerunzelt haben, denn Arthur Trebitsch fuhr in seiner Predigt fort:

»Herr Leutnant, lassen Sie sich bitte nicht in Sicherheit wiegen! Die Juden bereiten sich auf das letzte Gefecht vor. Anstelle der blinzelnden, triefnasigen, krummbeinigen, senkbrüstigen Juden treten neuerdings zu Tausenden muskulöse Israeliten auf, ohne daß die Öffentlichkeit davon Notiz nimmt. Ich begegne ihnen immer öfter bei meinen Sport- und Turnwettkämpfen. Das kann nur zur Vorbereitung der Machtübernahme dienen.«

»Herr Trebitsch, die Judenschaft in Österreich macht vier bis fünf Prozent der Gesamtbevölkerung aus, und auch diese hohe Zahl kommt aufgrund der hierher verschlagenen galizischen Massen zustande. Im Deutschen Reich hingegen überschreitet ihr Anteil kaum wesentlich die Einprozentmarke. Wie sollte eine so verschwindend kleine Minderheit fähig sein, das Deutsche Reich zu unterjochen?«

»Ein gerstenkorngroßer Schmarotzer kann einen ganzen Ochsen umbringen. Der Erreger dringt in die Blutbahn ein.«

»Warten wir's ab. Mehr kann ich dazu nicht sagen. Und nun, Gott zum Gruß, Herr Trebitsch. Ich wünsche Ihnen, daß Sie auf Ihrem Lebensweg bald zu einem Ruhepunkt gelangen. Eine hübsche, fleißige Frau könnte zum Beispiel viel zu Ihrer seelischen Gesundheit beitragen.«

»Herr Leutnant! Sie nehmen doch wohl nicht an, irgend etwas könnte mich in dieser gefahrenträchtigen Zeit von der Hauptsache ablenken?« Mit einem Fingerschnipsen wies er Barners durchaus irdischen Ratschlag von sich. *

Der besonnene Oberinspektor war wie vor den Kopf geschlagen durch die Begegnung mit diesem gutaussehenden, aber wie ein Rabe krächzenden jungen

---

* Bald darauf wurde Trebitsch von seinem steinreichen Vater auf Weltreise geschickt. Im zweiten Jahr dieser Reise besuchte er in New York gemeinsam mit Richard Weininger eine Vorstellung der Metropolitan Opera, deren Gastdirigent Gustav Mahler war.

Mann. Mußte er sich nun auch noch mit den Emotionen eines Fanatikers herumschlagen? Warum hatte Otto Weininger sterben müssen? Warum konnten die Untertanen des Kaisers nicht in Frieden leben? In Turas hatte er einmal auf dem winzigen Bauernhof seiner Großmutter beobachtet — er verbrachte dort als Kind seine Sommerferien —, wie die gesprenkelten Hühner die schwarzen oder weißen zu Tode pickten, die sich unter sie verirrt hatten. Das Umgekehrte wäre wohl der Fall gewesen, hätten sich die Gesprenkelten in der Minderheit befunden. Erst kürzlich hatte Oberbürgermeister Lueger zur Zufriedenheit der christlich sozialen Partei acht jüdische Beamte des Dienstes enthoben. Vielleicht bereitete sich die Judenschaft auf einen Staat in Palästina vor, um dort aufs Haar genau dieselben Schikanen, nur in umgekehrter Richtung, zu üben? Seine Aufgabe war hoffnungslos. Barner entnahm seiner Schreibtischschublade die aus glänzendem Baumwollstoff gefertigten Ärmelschoner und begann seinen Oleander, den er vor Jahren aus Spalato mitgebracht hatte, zu entstauben. Wie weise sind doch die Pflanzen, dachte er, wie wenig Sorge bereiten sie dem, der sie pflegt!

Er fand, daß es auch in den anderen Sektionen wenig Grund zur Zuversicht gab. Streiks, Hitzköpfigkeit, engstirnige Staatsfeindlichkeit waren gang und gäbe. Einer stand dem anderen im Weg. Wenn möglich, bissen die Leute einander die Kehle durch und schwächten damit die Stabilität des Ganzen, statt die Apostolische Staatsmacht zu unterstützen. Das Traurigste jedoch war, daß die Menschen nur zu zügeln waren, solange sie die Peitsche über ihren Köpfen fühlten.

Er sah noch flüchtig in einige Tageszeitungen. In Innsbruck hatten Unbekannte die Fenster des italienischsprachigen Gymnasiums eingeworfen. Bei der herrschenden beißenden Kälte war der Unterricht ausgefallen. Seine Kaiserliche Hoheit hatte schon anläßlich der Gründung dem Widerstand deutscher Kräfte trotzen müssen. Dieser Vandalismus zeigte, daß sich die germanisierenden Kräfte nicht beruhigt hatten. Oberinspektor Barner konnte sich jedoch nicht, wie gewohnt, in die Probleme der großen Politik vertiefen, da er noch vor dem Mittagessen sein Memorandum an Oberstleutnant von Huber-Heißmödl zu Ende bringen wollte. Er nahm sich also das Konzept vor, setzte die fehlenden Daten ein, brachte einige Verbesserungen an — er hatte schon immer sehr auf seinen Stil geachtet —, schrieb dann alles mit geübter, schneller Hand ins reine, faltete das Schriftstück der Länge nach, umwand es mit einer Schnur und gab es persönlich im Sekretariat des Sektionschefs ab.

Er kehrte nur in sein Büro zurück, um noch vor der Mittagspause aufzuräumen. Als er die Karteikarte der Ioanna Lubanska in der Hand hatte, betrachtete er noch einmal ihr Gesicht. Er mußte diese Frau ins Gefängnis bringen, obwohl er mit ihr am liebsten ins Schauspielhaus oder in die Oper gegangen wäre oder lange Spaziergänge unternommen hätte, um ihre Geheimnisse zu ergründen. Er fürchtete, daß der Oberstleutnant sein Anliegen auf die lange Bank schieben würde, obwohl er dringend um Stellungnahme gebeten hatte, denn er konnte es kaum erwarten, den mutmaßlichen Hauptdarsteller einzuvernehmen.

Es bestand durchaus die Möglichkeit, daß von Huber-Heißmödl ihn wegen seines eigenmächtigen Handelns rügen würde, vor allem, wenn er dahinterkäme, wieviel von Barners Dienstzeit darauf verwandt worden war.

Beim Mittagessen sagte ihm Unterleutnant Bartuschek, daß seine Kameraden auf eine Erklärung warteten, warum er sich neuerdings nicht mehr im Casino des Innenministeriums blicken ließe, wo sie wie eh und je bei Zigarre und Bier jeden Mittwochabend ihre Tarockschlachten schlügen. Ob eine Frau der Anlaß seines Fernbleibens sei? Barner machte nicht einmal den Versuch zu nicken. Er berief sich darauf, daß **er** anderweitig in Anspruch genommen war, und bat, die Teilnehmer der Tischgesellschaft zu grüßen. Diese nichtssagende Antwort quittierte Bartuschek mit Achselzucken. Oberinspektor Barner ließ sich davon nicht beirren. Das unterschied ihn ja gerade von den meisten seiner Kollegen, daß ihn die Wahrheit leidenschaftlicher interessierte als der Justizapparat.

Am Nachmittag fuhr er, um seinen Kopf auszulüften, mit dem Fiaker zu den an jedem Monatsbeginn stattfindenden Schießübungen nach Simmering. Er traf mit seiner halbautomatischen Mannlicher Repetierpistole dreimal hintereinander den Kreis achtundfünfzig, was ihn gut gelaunt stimmte.

Nach dem Abendessen zog es ihn zu Fräulein Blanka, der er — vielleicht ein wenig leichtsinnig, vielleicht aber auch aus Dankbarkeit — einen gemeinsamen Besuch des Hofburgtheaters versprach, jedoch erst nach dem Abschluß seiner Ermittlungen. Die traurig blickende Blanka — unehelicher Sproß eines ungarischen Zirkusartisten und einer Grazer Bauerntochter — hatte ihm schon öfter zu verstehen gegeben, daß sie sich keineswegs höheren Genüssen verschlösse, und wenn sie sich schon gemeinsam im Abstand von zwei bis drei Wochen gegen Gottes Gebote versündigten, warum sollten sie das nicht wiedergutmachen, indem sie sich gemeinsam auch an den Wundern des Burgtheaters erfreuten und an *Othello,* mit Josef Kainz in der Titelrolle.

Kurz vor dem Einschlafen zauberte ihm sein Gehirn seine Personalakte vor Augen, erweitert um folgenden Zusatz: »Mit dem Nachweis, daß die bisherige geographische Einteilung der Sektion durch eine auf Nationalitäten abgestimmte ersetzt werden müsse und daß damit auch die Angelegenheiten der Judenschaft in die Kompetenz der Sektion fallen, hat Barner sich ewige Verdienste erworben. Mit der Lösung des sensationellen Falles Weininger hat er den Beweis erbracht, daß er als Leiter der zu gründenden Unterabteilung für Judenangelegenheiten, vorerst im Rang eines Oberleutnants, nach drei Jahren Beförderung zum Hauptmann, befähigt ist.«

XV

NOCH GRÜNDLICHER als gewohnt rasierte sich Oberinspektor Barner am nächsten Morgen. Nicht weniger als zwanzigmal fuhr er mit dem perlmuttverzierten Rasiermesser über den Streichriemen aus Büffelleder und behandelte Wangen und Kinn zweimal mit Alaun. Nachdem er eine Ausgabe des *Fremdenblattes* sorgfältig über die Waschschüssel gebreitet hatte, stutzte er gewissenhaft seinen rötlichen Schnurrbart. Es war nämlich durchaus möglich, daß ihn Herr von Huber-Heißmödl am heutigen Tag zu sich beordern würde und daß seine vielversprechenden Ermittlungen endlich in einen höheren Zusammenhang gerückt würden. Doch fand er, in seinem Büro angekommen, auf dem Schreibtisch einen Zettel mit folgender Anweisung:

»Sie reisen innerhalb von zwölf Stunden nach Innsbruck zwecks Untersuchung des Anschlages auf das italienische Gymnasium.

Dort haben Sie in Verbindung mit der Städtischen Polizeidirektion und dem Provinzstatthalteramt die in Frage kommenden Verdächtigen ausfindig zu machen und zu verhören. Sie führen Ihre Arbeit mit Rücksicht auf eventuelle großdeutsche Gegenmaßnahmen mit dem geringstmöglichen Aufsehen durch. Jeden Abend erstatten Sie mir über die erreichten Ergebnisse telegraphisch Bericht. Sie bleiben bis zu Ihrer Abberufung in Innsbruck. Tagegelder für einen Monat, die später abzurechnen sind, nehmen Sie bei der Zahlmeisterei entgegen. Ihr Gesuch geht für unbestimmte Zeit in das Archiv.

4. Nov. 1903. 07.30   H-H.«

Ausgerechnet ihn hatte sich Herr von Huber-Heißmödl für diese uninteressante, einer Strafversetzung gleichkommende Dienstreise auserkoren. Und zwar ausgerechnet zur Zeit der Beförderungen! Weder an Lepeschinsky noch an den versoffenen Stingel, und schon gar nicht an seinen Favoriten, den gewandten Hirt, hatte der Oberstleutnant gedacht. Die warteten ihm ja auch nicht mit so unangenehmen Fakten auf wie er mit seinem Memorandum!

Er konnte nicht wissen, daß Innenminister Koerber am gestrigen Nachmittag Herrn von Huber-Heißmödl zu sich beordert und ihm ohne Umschweife ein abgefangenes Telegramm folgenden Inhalts unter die Nase gehalten hatte:

»Das Exekutivkomitee der russischen Sektion der Bewegung tagte in Sondersitzung in Charkow. Unter dem Vorsitz von Uszicskin waren tonangebend: Rosenbaum, Belkowski, Temkin, Lewin, Tschlenow und Bernstein-Kohen. Es wurde beschlossen, daß sich Benjamin [»Herzls Deckname«, hatte Koerber erklärt] schriftlich zur endgültigen Ablehnung des Uganda-Planes verpflichtet, auf künftigen Kongressen ausschließlich Pläne in bezug auf Palästina verfolgt und sofort mit der technischen Vorbereitung der Auswanderung beginnt. Sollte Benjamin dem nicht zustimmen, gründen wir unverzüglich eine neue Zionistische Organisation Rußlands.   Katzenelsohn.«

»Dr. Theodor Herzl hat diesen Katzenelsohn in mehreren Briefen, die wir abgefangen haben, als seinen einzigen dortigen Vertreter bezeichnet, den er auch zu Verhandlungen mit der russischen Regierung ermächtigt hat, wohingegen er in keiner Weise für Worte und Handlungen anderer die Verantwortung übernimmt. Und wie man sieht, erweist sich dieser Katzenelsohn dankbar für das Vertrauen seines Vorsitzenden. Wissen Euer Hochgeboren, was dieses Telegramm für uns bedeutet?« fragte der ein wenig hochnäsige, aber scharfsinnige Innenminister den Sektionschef.

»Exzellenz, wir sollten, offen gestanden, Verbindung mit der Ochrana aufnehmen«, antwortete von Huber-Heißmödl, der rot angelaufen war und mit seinem Speichelfluß kämpfte.

»Um Gottes willen! Nein!« rief der Innenminister. »Wir werden uns von nun an aus dieser Sache gänzlich heraushalten. Ich habe Dr. Herzl geheimen Schutz in Bad Aussee gewährt, wo er seine leidende Frau behandeln ließ, und als er wieder in Wien war, ließ ich seine Wohnung in der Haizingerstraße überwachen, ebenso die Redaktion der *Welt* in der Türkenstraße, selbstverständlich ohne jegliches Aufsehen zu erregen. Seit einer Woche liegt Dr. Herzl zur Behandlung in einem Privatsanatorium in Edlach, übrigens in schlechter Verfassung, wie man hört. Auch dieses Sanatorium lasse ich beobachten. Doch von nun an wird damit Schluß sein. Ab heute gibt es für uns keine Zionistische Bewegung mehr. Sollen sie sich spalten und miteinander machen, was sie wollen! Wir mischen uns in diese Kämpfe keinesfalls ein. Keinesfalls! Verstanden? Haben Sie mich verstanden?« schrie er Herrn von Huber-Heißmödl an, der versuchte, sich einzukapseln, um nicht antworten zu müssen. »Jede Einmischung von unserer Seite könnte die Pläne seiner Hoheit und die des Ministers des Auswärtigen, Graf Goluchowski, durchkreuzen. Jetzt, wo die russisch-österreichischen Beziehungen endlich aufs rechte Gleis gebracht worden sind, gibt es nur eines: absolute Zurückhaltung! Dr. Theodor Herzl ist ab heute nicht mehr der Volksführer der bei den gekrönten Häuptern Europas antichambrieren darf. Dr. Theodor Herzl ist ab heute kein Faktor der großen Politik mehr. Dr. Theodor Herzl ist ab heute nur noch eine Privatperson, und Katzenelsohn und die Wunderrabbis von Charkow, Odessa, Dubno oder Berditschew sind für die russischen Behörden ebenfalls Privatpersonen. In diesem Sinn hat Graf Goluchowski heute morgen ein Telegramm des Grafen Lambsdorff, Außenminister des Zaren, erhalten. Solange die Zionisten ihre inneren Streitigkeiten nicht beigelegt haben, sind sie für uns nicht existent. In dieser Sache besteht also Übereinstimmung auf höchster Ebene, obwohl erst kürzlich der Gedanke aufgetaucht war, daß Zar Nikolaus bei der Hohen Pforte in Sachen Palästina vermitteln könnte. Doch inzwischen ist in Konstantinopel der russische Botschafter ermordet worden. Die Herzl-Anhänger hatten damit freilich nichts zu tun.«

Herr von Huber-Heißmödl war außerstande, den sich verästelnden Instruktionen und Informationen seines Ministers zu folgen. Er wartete auf klare Befehle.

»Herr Oberstleutnant, Ihnen all das unverzüglich zu unterbreiten, hielt ich deswegen für unumgänglich, weil ich davon in Kenntnis gesetzt worden bin, daß einer Ihrer Offiziere es sich in den Kopf gesetzt hat, daß irgendwann im Herbst und ausgerechnet in Wien Dr. Theodor Herzl von seinen Gegenspielern liquidiert werden sollte. Ich brauche Ihnen nicht zu sagen, daß wir, falls sich das bewahrheiten sollte, gezwungen wären, russische Staatsbürger vor ein k. u. k. Gericht zu stellen. Das aber würde bei der augenblicklichen Konstellation zu unabsehbaren außenpolitischen Komplikationen führen. Wenn ich mich richtig erinnere, han-

254

delt es sich bei diesem Offizier um den Leutnant Barner.«

»Geht in Ordnung, Exzellenz, ich werde Barner sofort aus dem Verkehr ziehen.«

»Sie schicken Barner irgendwohin, möglichst weit weg von Wien. Besorgen Sie sich alles, was er bis dato an Ermittlungen zusammengetragen hat, und lassen Sie es mir zukommen, damit ich einen Blick hineinwerfen kann. Ich muß wissen, in welcher Richtung er ermittelt hat und wie weit er damit gediehen ist. War Leutnant Barner für eine diesjährige Beförderung vorgesehen?«

»Für dieses Jahr nicht. Doch darf ich mir erlauben, Exzellenz davon in Kenntnis zu setzen, daß er im allgemeinen eine zuverlässige, ordentlich arbeitende Kraft ist.«

»Alles schön und gut. Und wenn er sich klug und diplomatisch verhält, soll er getrost vorwärtskommen. Nehmen Sie ihn in Ihre Beförderungsliste auf, ich werde im Januar meine Entscheidung treffen. Eine Konfrontation mit gewissen russischen Kräften muß jedenfalls im Augenblick um jeden Preis vermieden werden. Gott zum Gruß . . .«

Oberinspektor Barner kochte vor Wut, als er den Zettel mit der Anweisung, nach Innsbruck zu reisen, aus der Hand legte und in die Zahlmeisterei ging, um sich »Tagegelder für einen Monat, die später abgerechnet werden«, abzuholen.

Dann schloß er seine Sachen im Büro weg. Er war davon überzeugt, daß die Referendare sein Arbeitszimmer in ein Casino verwandeln, vielleicht sogar seine Ledergarnitur für ihre galanten Abenteuer mißbrauchen würden. Er nahm lediglich die Anweisung von Oberstleutnant von Huber-Heißmödl und das Dossier mit der Aufschrift O. W. mit.

Das Aktenstück unter den Arm geklemmt eilte er hinunter zur Fremdenpolizei. Er wollte sich bei Oberleutnant Ludassy erkundigen, ob es auf verwandtschaftliche Beziehungen schließen lasse, wenn zwei Russen verschiedenen Geschlechts den Namen Lubanska trügen. Ludassy, dessen Eltern Gutsbesitzer in Ruthenien waren, sprach sehr gut Russisch.

»Jeder Russe«, erklärte er bereitwillig, »hat drei Namen: Vornamen, Vatersnamen und Nachnamen. Bekannte Personen redet der Russe mit Vor- und Vatersnamen an. Das Patronym legen die Russen, sobald sie ihre Heimat verlassen haben, meistens ab und nennen sich nach westlicher Manier nur noch mit Vor- und Nachnamen. Dafür sind unsere Polizeistationen mit verantwortlich, denn wenn man dort Anmeldeformulare ausfüllt, überträgt man nur Vor- und Zunamen, da in den offiziellen österreichischen Formularen die dritte Spalte fehlt.

Ein Mann und eine Frau gleichen Namens können im übrigen Eheleute, Geschwister, Cousin und Cousine sein oder einfach nur Namensvettern. Unter den fast fünfundneunzig Millionen europäischer Russen gibt es keine zehntausend, bei denen alle drei Namen übereinstimmen. Ohne den Vatersnamen geht die Übereinstimmung in die Millionen. Es ist auch schon vorgekommen, daß Russen, die sich bei uns um eine Aufenthaltsgenehmigung bemühten, einen anderen Namen, einen mit gutem Leumund, angaben, um die Staatsbürgerschaft leichter zu erlangen.«

»Man kann also kein Licht in dieses Dunkel bringen?«

»Kaum. Auf die Hilfe der Ochrana können wir nicht rechnen, denn deren Personenregister sind — wie soll ich sagen? — reichlich ungenau, da man für ein paar Rubel leicht sowohl eine Aufnahme als auch eine Streichung erwirken kann. Und vergessen Sie nicht die illegalen Grenzgänger. Gott allein weiß, aus welcher

Quelle deren Papiere stammen. Immerhin, bis morgen könnte ich noch einiges nachsehen. Kommen Sie doch wieder.«

Oberinspektor Barner wäre es peinlich gewesen, einzugestehen, daß er wegen seiner bevorstehenden Verbannung nicht mehr kommen konnte. Deshalb tat er so, als hätte ihn die Auskunft zufriedengestellt.

Er kochte immer noch vor Empörung, als er zu Hause seine Reiseutensilien zusammenpackte. Nur noch einige Tage, und er hätte den Fall Weininger abschließen können. Wenn er jetzt nicht nach Innsbruck reisen müßte, wo ihn die verfluchten täglichen Telegramme festnagelten, sondern nach Bern fahren könnte, hätte er sicherlich Handschellen mitgenommen, vorausgesetzt natürlich, Oberstleutnant von Huber-Heißmödl wäre geneigt gewesen, Kontakt mit dem Polizeipräsidenten des Kantons Bern aufzunehmen. So aber mußte er sich vielleicht wochenlang in Innsbruck aufhalten. Inzwischen würden wer weiß wie viele wertvolle Spuren verlorengehen oder gar bewußt verwischt werden.

Frau Elisabeth packte auch ein paar Leckereien zu der Zivilkleidung, der Wäsche, dem Rasierzeug, dem Dossier mit den Buchstaben O.W. und dem in sandfarbenem Leinen gebundenen Band *Geschlecht und Charakter*. Sie band dem Oberinspektor auf die Seele — Uniform hin, Uniform her —, in Erinnerung an den Blasenkatarrh, mit dem er sich im letzten Winter herumgequält hatte, keinesfalls den Wollschal und die warme Unterwäsche zu vergessen. Doch er hörte nur mit halbem Ohr zu, denn er hatte eine plötzliche Eingebung. Er packte Frau Elisabeth, die Gute, am Arm und führte sie in den Salon, wo er sie bat, ihm gegenüber Platz zu nehmen. Umständlich beauftragte er sie — da man beschlossen hatte, ihn in die Wüste zu schicken, und er deshalb nicht mehr dazu käme —, auszukundschaften, wo sich Dr. Theodor Herzl am dritten Oktober überall aufgehalten hatte. Dessen Haushälterin würde sich bestimmt daran erinnern, denn der dritte Oktober war wegen der Durchreise des Zaren ein denkwürdiger Tag im Leben der Wiener. Frau Elisabeth erklärte sich mit hochrotem Gesicht bereit, während seiner Abwesenheit bei sorgsamster Geheimhaltung die Haushälterin von Dr. Herzl beim Kaufmann oder in der Wäscherei, gleichgültig, wo und mit welchen Mitteln, in ein Gespräch zu verwickeln und ihr zu entlocken, wo sich ihr Brötchengeber am besagten Tag aufgehalten hatte. Was auch immer sie in Erfahrung brächte, sollte sie ihm unverzüglich *poste restante* Innsbruck mitteilen. Den Namen Dr. Theodor Herzl allerdings dürfe sie in ihrem Brief keinesfalls erwähnen.

Dank seines rettenden Einfalls war Oberinspektor Barner in besserer Stimmung, als er seinen Reisepaß einsteckte. Einen Brief, den ihm Frau Elisabeth vor der Abreise noch übergeben konnte, öffnete er erst, als er bereits im Zug saß. Buchstabe für Buchstabe entzifferte er die spitzwinkelige, liegende Schrift seiner Mutter.

»Herrn Leutnant
Maximilian Barner
Wien IV.
Gußhausstraße 8
Hinterhaus, Tür 17   Brünn, den 3. November 1903

Mein geliebter Sohn.
In Eile schreibe ich diese Zeilen, um Dir mitzuteilen, daß Frau Katona — mit der ich vorgestern in Deinem Beisein Grüße austauschte — mir heute morgen die Ehre erwies und mir bedeutete, wie glücklich sie sich schätzte, wenn Du und ich ihr und ihrer Familie bei

nächster Gelegenheit einen Besuch abstatten würden. Ihr Gatte ist, wie Du Dich erinnern wirst, Lehrer an der Technischen Hochschule. Ihre vierundzwanzigjährige Tochter Therese — sie spielt ausgezeichnet Klavier — hat anscheinend ein Auge auf Dich geworfen. Nicht wahr, Du ziehst daraus Deine Schlußfolgerungen und suchst erneut, noch vor Advent, in Brünn auf

Deine Dich liebende Mutter.

Ps. Ich bitte Dich, Frau Elisabeth zu grüßen und sie zu bitten, mir bei dem Kurzwarenhändler Lederer und Lederer in den Tuchlauben von dem einen halben Zoll breiten bordeauxroten Samtband zwei Ellen zu besorgen. Diese Länge dürfte zwei Kronen vierzig kosten. Bring mir das Band mit. Es küßt Dich Deine Mutter.«

Während Oberinspektor Barner im Speisewagen saß, brach der Amtsdiener auf Anweisung und in Gegenwart des Sektionschefs mit einer Nagelfeile sämtliche Schubladen seines Schreibtisches auf. Da aber die gesuchten Papiere nicht zu finden waren, erbat sich Herr von Huber-Heißmödl aus dem Archiv Barners Memorandum, das er Innenminister Koerber schickte.

Unterdessen hatten Ioanna und Chaim etwa ein halbes Dutzend Einladungen zu ihrer Hochzeit am Freitag, nachmittags halb fünf, mit anschließendem Abendessen, verschickt. Diese Heirat würde zwar nicht durch die vom Gesetz vorgeschriebene bürgerliche Trauung auf dem Standesamt des Kantons Bern besiegelt, und das Abendessen fände ungeachtet des anbrechenden Sabbats statt; doch daran würde sich der Freundeskreis der beiden keineswegs stören, sondern bis in die Nacht hinein die Sektkorken knallen lassen, um die Verbindung der beiden zu feiern.

Etwa zur gleichen Stunde hielt Professor Freud einen zum großen Teil improvisierten Vortrag zu dem Thema

Sigmund Freud
um die Jahrhundertwende

»Einige Hintergrundcharakteristika der weiblichen Seele«, und zwar vor dem Mittwochszirkel der Psychoanalytiker. Isidor Löwenkopf wagte, nachdem der Professor geendet hatte, zu bemerken, daß einige Thesen Freuds, wie zum Beispiel die folgenden, stark an Gedankengänge Otto Weiningers erinnerten:

»Die Wissenschaft sagt Ihnen etwas, was Ihren Erwartungen zuwiderläuft und wahrscheinlich geeignet ist, Ihre Gefühle zu verwirren. Sie macht Sie darauf aufmerksam, daß Teile des männlichen Geschlechtsapparats sich auch am Körper des Weibes finden, wenngleich in verkümmertem Zustand, und das gleiche im anderen Falle. Sie sieht in diesem Vorkommen das Anzeichen einer Zwiegeschlechtlichkeit, *Bisexualität,* als ob das Individuum nicht Mann oder Weib wäre, sondern jedesmal beides, nur von dem einen soviel mehr als vom andern. Sie werden dann aufgefordert, sich mit der Idee vertraut zu machen, daß das Verhältnis, nach dem sich Männliches und Weibliches im Einzelwesen vermengt, ganz erheblichen Schwankungen unterliegt.

Wir sprechen davon, daß ein Mensch, ob Männchen oder Weibchen, sich in diesem Punkt männlich, in jenem weiblich benehme. Aber Sie werden bald einsehen, das ist bloß Gefügigkeit gegen die Anatomie und gegen die Konvention. Sie können den Begriffen männlich und weiblich *keinen* neuen Inhalt geben. Ein Stück dessen, was wir Männer das ›Rätsel des Weibes‹ nennen, leitet sich vielleicht von diesem Ausdruck der Bisexualität im weiblichen Leben ab.

Mit dem Wegfall der Kastrationsangst entfällt das Hauptmotiv, das den Knaben gedrängt hatte, den Ödipuskomplex zu überwinden. Das Mädchen verbleibt in ihm unbestimmt lange, baut ihn nur spät und dann unvollkommen ab. Die Bildung des Über-Ichs muß unter diesen Verhältnissen leiden, es kann nicht die Stärke und die Unabhängigkeit erreichen, die ihm seine kulturelle Bedeutung verleihen, und — Feministen hören es nicht gern, wenn man auf die Auswirkungen dieses Moments für den durchschnittlichen weiblichen Charakter hinweist.

Daß man dem Weib wenig Sinn für Gerechtigkeit zuerkennen muß, hängt wohl mit dem Überwiegen des Neids in ihrem Seelenleben zusammen, denn die Gerechtigkeitsforderung ist eine Verarbeitung des Neids, gibt die Bedingung an, unter der man ihn fahrenlassen kann. Wir sagen auch von den Frauen aus, daß ihre sozialen Interessen schwächer und ihre Fähigkeit zur Triebsublimierung geringer sind als die der Männer. Ein Mann um die Dreißig erscheint als ein jugendliches, eher unfertiges Individuum, von dem wir erwarten, daß es die Möglichkeiten der Entwicklung, die ihm die Analyse eröffnet, kräftig ausnützen wird. Eine Frau um die gleiche Lebenszeit aber erschreckt uns häufig durch ihre psychische Starrheit und Unveränderlichkeit. Ihre Libido hat endgültige Positionen eingenommen und scheint unfähig, sie gegen andere zu verlassen. Wege zu weiterer Entwicklung ergeben sich nicht; es ist, als wäre der ganze Prozeß bereits abgelaufen, bliebe von nun an unbeeinflußbar, ja als hätte die schwierige Entwicklung zur Weiblichkeit die Möglichkeiten der Person erschöpft.«

Die Kritik, die Isidor Löwenkopf zu üben wagte, wurde von den Anhängern Freuds einmütig als absurd und dreist zurückgewiesen. Damit fand die Laufbahn des scharfsinnigen, mutigen Psychoanalytikers Isidor Löwenkopf ein Ende, noch ehe sie sich hätte entfalten können. Isidor Löwenkopf erschien auch nicht mehr zum Mittwochszirkel. Einige Jahre später sichtete man ihn auf der Rennbahn, wo er versuchte, sich durch verbotene Privatwetten über Wasser zu halten. Da aber seine überdurchschnittliche Menschenkenntnis nicht gepaart war mit fachkundigem Pferdeverstand, kam er bald auf den Hund. Er mußte sich sogar noch den Revolver ausleihen, mit dem er sich an einem kalten Märzmorgen unter einer kahlen Kastanie am Rande des Exerzierplatzes »Die Schmelz« endgültig aus der Geschichte der Wissenschaft verabschiedete.

Oberinspektor Barner konnte von all dem, was in Wien an diesem Tag geschah, nichts ahnen, als er *Geschlecht und Charakter* aufschlug und sich im Licht der Gasglühlampe folgende Passagen zu Gemüte führte:

»Es ist kein anderes als das Phänomen der Kuppelei, welches zum tiefsten, zum eigentlichen Einblick in die Natur des Weibes zu führen vermag ... Dieses Bestreben, zwischen zwei Menschen etwas zustande bringen zu wollen, hat jede Frau ausnahmslos schon in frühester Kindheit. Ganz kleine Mädchen leisten bereits, und zwar selbst dem Liebhaber ihrer älteren Schwester, Mittlerdienste ... und die Frauen erst in der Ehe mit vollem Eifer darangehen, die Töchter und Söhne ihrer Bekanntschaft unter die Haube zu bringen.

Ganz ohne Rücksicht auf die individuelle Eigenart des Sohnes, ist es der Wunsch und die Sehnsucht einer jeden Mutter, ihren Sohn verheiratet zu sehen: Ein Bedürfnis, in dem man geblendet genug war, etwas Höheres ... zu erblicken ... Hat man denn nie darüber nachgedacht, warum die Frauen so gerne, so ›selbstlos‹ andere Frauen mit Männern zusammenbringen? Das Vergnügen, welches ihnen hiermit bereitet wird, beruht auf einer eigentümlichen Erregung durch den Gedanken auch des fremden Koitus ... Der Koitus ist der höchste Wert der Frau, ihn sucht sie immer und überall zu verwirklichen. Ihre eigene Sexualität bildet von diesem unbegrenzten Wollen nur einen begrenzten Teil.«

Es berührte Oberinspektor Barner eher unangenehm, daß sich der verstorbene Otto Weininger auf so direkte Weise in die vagen Ehepläne, die seine Mutter für ihn hegte, einmischte. Wer hätte gedacht, daß ihn seine Ermittlungen so weit führen würden? Er gewahrte zum ersten Mal in seinem Leben, daß er zum Spielball unbekannter Kräfte geworden war. Was waren das nur für Kräfte? Gut oder Böse? Da er sich nicht entscheiden konnte, schluckte er, klappte das sandfarbene Buch zu und richtete mit seinem Taschenkamm das schüttere Blondhaar, bevor er schweren Herzens in den Tunnel seiner Zukunft eintrat.

Vierter Teil

XVI

SELBST WIR, die wir mehr als Oberinspektor Barner
über diese verwickelte Angelegenheit wissen, ihm aber
aus naheliegenden Gründen bei seinen Ermittlungen
nicht unter die Arme greifen können; selbst wir, die wir
sein unsicheres Tasten nicht ohne Mitgefühl verfolgen,
ja, selbst wir sind gezwungen, unsere Schritte den seinen
anzupassen, obwohl nicht wir dort wandeln, sondern
er. Die Tatsache, daß sich der Ertrag seiner Nachforschungen nur mäßig in der Otto-Weininger-Literatur
widerspiegelt, sollte uns nicht abschrecken.

Sich in diesen Tagen an ihn zu heften ist durchaus
nicht nötig; denn er mußte sich den lieben langen Tag
mit irgendwelchen pickeligen Gymnasiasten und kropf-
halsigen Handwerkern beschäftigen, in dem schlecht
geheizten Büro des Bezirksamtes, und mit einem lun-
genleidenden, schwerhörigen Schreiber, dem er mit
erhobener Stimme, sich mehrfach wiederholend, seine
Notizen diktierte.

Trotz aller Vorsichtsmaßnahmen hatte er sich einen
Schnupfen geholt. Auch blieb der Brief aus, den ihm
Frau Elisabeth zugesagt hatte und nach dem er sich
jeden Abend erkundigte, wenn er pflichtbewußt das
tägliche Telegramm an seine Wiener Behörde aufgab.

Zum Glück hatte er in der Schaufensterauslage einer
Buchhandlung den postum herausgegebenen Band

Über die letzten Dinge von Otto Weininger entdeckt, dem er es zu danken hatte, daß er wenigstens abends seiner Obsession frönen konnte.

Übrigens konnte er nicht einmal ausschließen, daß die von ihm verhörten Personen vorbereitet, »präpariert«, worden waren. Ihre Aussagen waren zu glatt, die Alibis unanfechtbar und aufeinander abgestimmt. Niemand wollte beim Einwerfen der Fensterscheiben dabei gewesen sein. Doch was hätte es geändert, wenn er die Täter beim Schlafittchen zu packen bekommen hätte? Die Fenster waren inzwischen wieder verglast, die Unterrichtsstunden wieder aufgenommen. Er vertrat ohnehin die Ansicht, daß mit einem strengen Erlaß mehr erreicht worden wäre als mit seiner Entsendung.

Abends also schloß er die Tür seines Pensionszimmers hinter sich zu und vertiefte sich in den gerade herausgekommenen Weininger-Band. Ihm fiel auf, wie lebhaft den jungen Philosophen Schuld und Mord beschäftigt haben mußten. Daß diese gewichtigen Worte weder verantwortungslos noch frivol seiner Feder entströmt waren, zeigte sich an dem unverkennbar tiefen Ernst, am kühnen, nicht auf Konvention bedachten Tonfall seiner Ibsen, Wagner und Schiller abhandelnden Gedankenläufe. Oberinspektor Barner erinnerte sich beim Durchblättern der galligen, vernichtenden Schrift über Friedrich Schiller an die Langeweile seiner Gymnasialstunden und empfand immer mehr Achtung vor der Zentralfigur seiner Ermittlungen, der er zu Anfang so ahnungslos auf den Fersen gewesen war.

Moriz Rappaport, der das Vorwort zu diesem Band geschrieben hatte, ließ keinen Zweifel daran aufkommen, daß ein großer Teil des Buches während Weiningers Italienreise entstanden war, also im Juli und August dieses Jahres. Barners Jagdleidenschaft lebte auf. Er hätte gerne auf den Seiten dieses Buches einen

Hinweis auf die Übergabe des Revolvers gefunden. Womit hätte er sich in Innsbruck auch sonst die Zeit vertreiben sollen?

Gerade als er es sich, befreit von Gamaschen, Allzweckschuhen, Uniformrock und Uniformhose, geborgen in seinem Bademantel, in einem Sessel bequem gemacht hatte, um sich in sein Buch zu vertiefen, da klopfte es. Das Zimmermädchen reichte ihm durch den Türspalt eine Visitenkarte. Im Lichtkegel der fransenbehangenen Lampe entzifferte er auf der Rückseite folgende Mitteilung:

> Vielleicht interessiert Sie die Broschüre von Dr. Paul Moebius über Otto Weininger, die ich Ihnen in der Bierstube gerne zeige.
>
> bitte wenden!

Auf der Vorderseite las er:

> ### CARL DALLAGO
> Doctor Philosophiae
> Buchhändler
> Innsbruck, Carolinergasse 14

Oberinspektor Barner schlüpfte in seine Kleider und stieg nach wenigen Minuten die Holztreppe der Pension hinab. Da es Sonntag war, saß außer zwei Herren, die an einem der Tische auf ihn warteten, niemand in der Bierstube.

»Herr Dr. Dallago?« fragte Oberinspektor Barner, der in dem Herrn mit dem bohèmehaften Wollschal den Buchhändler wiedererkannte, der ihm am Donnerstag nachmittag das druckfrische Buch *Über die letzten Dinge* in die Hand gedrückt hatte. Begleitet wurde Dr. Dallago von Ludwig von Ficker, seinem Adlatus, der dem Oberinspektor sogleich die Broschüre zeigte, die auf der grob gezimmerten Tannenholzplatte lag.*

»Ich leihe sie Ihnen gerne für ein paar Tage aus«, sagte Ludwig von Ficker. »Die ganze Stadt, Herr Leutnant, verfolgt mit Interesse Ihre Tätigkeit. Wir aber, die es uns in die Provinz verschlagen hat, wir verehren in Ihnen in erster Linie den Abgesandten der hauptstädtischen Kultur«, erklärte Dr. Dallago. Er formulierte gewählt, sprach mit italienischem Akzent und garnierte seine Sätze am Ende mit einem leichten Lächeln.

Oberinspektor Barner begriff immer noch nicht, worum es hier ging.

»Sie beehren mich mit Ihrem Interesse, meine Herren«, sagte er, »aber mein Arbeitsbereich liegt, was ich bedaure, weit entfernt von der Kultur.«

»Einige von uns beschäftigt der tragische frühe Tod von Otto Weininger.« Ludwig von Ficker kam sogleich zur Sache. »Deshalb haben wir uns erlaubt, Ihre Zeit in Anspruch zu nehmen. Weshalb mußte er sterben? Hat er sich mit seiner unerbittlichen Philosophie selber in den Tod getrieben? Waren andere Motive im Spiel? Wir sind ratlos und möchten uns Klarheit verschaffen. Unsere Zeitungen schweigen sich über die Umstände dieses Todes aus.«

»Wir haben eine kleine Diskussionsrunde«, nahm Dr. Dallago wieder das Wort, »die sich bei ihrem mor-

* Carl Dallago war Gründungsmitglied und Ludwig von Ficker Redakteur der Innsbrucker Zeitschrift *Der Brenner,* die das Andenken Otto Weiningers hoch in Ehren hielt und die Georg Trakl und Rainer Maria Rilke jeweils 20000 Kronen aus Ludwig Wittgensteins Spende zukommen ließ.

gigen Abendtreffen mit diesem Fall beschäftigen will, und wir hoffen, daß Sie sich dazu entschließen können, daran teilzunehmen.«

»Es ist wahr, meine Herren, daß ich über den Tod des jungen Philosophen besser als andere informiert bin. Doch wurde ich keineswegs in dieser Sache in Ihre Stadt geschickt. Übrigens sind meine Nachforschungen nicht im entferntesten offizieller Natur. Ich beschäftige mich, wenn ich so sagen darf, aus reiner Liebhaberei mit diesem erschütternden Fall.«

»Und was halten Sie davon, daß irgendein Herr Moebius den größten Denker unseres Jahrhunderts des Plagiats verdächtigt?« Ludwig von Ficker hieb auf die auf dem Tisch liegende Broschüre.

»Geht es in dieser Schrift um einen solchen Vorwurf?« fragte Oberinspektor Barner.

»Eben das behauptet Dr. Moebius in seiner Replik auf Otto Weiningers Brief vom 17. August.«

»Herr von Ficker«, unterbrach ihn Oberinspektor Barner, »haben Sie tatsächlich vom 17. August gesagt?«

»Warum fragen Sie?«

»Und der Brief ist in Syrakus geschrieben?«

»Sie sagen es, Herr Leutnant.« Ludwig von Ficker war nun endgültig davon überzeugt, daß Oberinspektor Barner einfach alles über Otto Weininger wußte. »In diesem Brief fordert er Dr. Moebius auf, innerhalb von drei Wochen die im Schmidtschen Ärztejahrbuch veröffentlichten Plagiatsvorwürfe entweder unter Beweis zu stellen oder sie bis auf das letzte Komma zurückzunehmen, andernfalls er gedenke, den Rechtsweg gegen diese Verleumdung einzuschlagen. Ich kann mir keine gebührendere Reaktion in der gegebenen Situation denken.«

»So ist es. Ohne Zweifel, so ist es«, murmelte Oberinspektor Barner. Fickers Mitteilungen warfen ein neues Licht auf das am 21. August in Kalabrien verfaßte Testament. Auch die häufigen Hinweise auf Schuld und Mord in dem postumen Werk *Über die letzten Dinge* gewannen jetzt eine tiefere Bedeutung, und seine eigene Theorie, daß Weininger ermordet worden war, wurde immer plausibler; denn ein Selbstmörder konnte sich gegen den tödlichen Plagiatsvorwurf nicht mehr wehren.

»Kommen Sie morgen abend«, bat Dr. Dallago den Oberinspektor, »und lassen Sie uns an Ihrem Wissen teilhaben. Außer Ludwig von Ficker und mir werden mindestens zwei Dutzend Hörer anwesend sein, die Elite der hiesigen Intellektuellen.«

»Leider muß ich Ihre schmeichelhafte Einladung zurückweisen. Doch würde ich gerne noch einen Teil des heutigen Abends mit Ihnen verbringen«, lenkte Barner ein, als er die Enttäuschung der beiden bemerkte. »Meine Dienstvorschriften«, fügte er halb scherzhaft hinzu, »verbieten mir nämlich solche abendlichen Gespräche nicht.«

Oberinspektor Barner bestellte sich Bier und eine Zigarre, während Dr. Dallago Rotwein trank und Ludwig von Ficker einen Gespritzten. Nun gingen die Herren einige mögliche Motive für Otto Weiningers Freitod durch. Oberinspektor Barner, der seine Mordtheorie wohlweislich für sich behielt, erkannte, daß die beiden Herren ihn als Schiedsrichter einsetzen wollten, um auf diese Weise etwas von ihm zu erfahren. Ludwig von Ficker zitierte den Anfang von Otto Weiningers Schrift *Zum Parsifal:* »Der Mensch empfindet allem Unmoralischen der ganzen Natur, der ganzen Geschichte gegenüber eine tiefe Schuld; denn Welt und Mensch sind Wechselbegriffe, alles Übel in der Welt ist nur durch den Menschen, mit dem Menschen da. Dieses Gefühl ist das Gefühl, das in Jesus Christus am lebendigsten war, so lebendig, daß er diese Schuld mit seinem Tode büßen und die Welt entsühnen wollte, indem er für alle diese Schuld, seine Schuld, auch die Strafe erleiden wollte. In ihm ist das Gefühl der universellen Verantwortlichkeit, das Gefühl, welches die ganze Welt tragen will, die Genialität, der Wille, am größten gewesen.« — »Kann man annehmen, daß Weininger seine Diagnose mit seinem freiwilligen Tod besiegeln wollte?«

»Sie meinen, er konnte keinen Wein mehr trinken, nachdem er bewiesen hatte, daß das ein Laster war?« Oberinspektor Barner zwinkerte dem weinschlürfenden Dr. Dallago zu.

»Ja, das meine ich«, bestätigte Ludwig von Ficker. »Was er von der Welt geschrieben hat, verpflichtete ihn sozusagen, mit diesem schmutzigen, irdischen Dasein zu brechen.* Er konnte mit der Welt nicht mehr eines Sinnes werden, nachdem er gelernt hatte, sie in ihrer ganzen Wirklichkeit zu erfassen.«**

Dr. Dallago schien ähnlich zu denken. »Hätte Weininger, indem er weiterlebte, nicht seine eigene Theorie widerlegt?*** Er stellte mit seinem Werk einen Wechsel aus, den er nur mit seinem Tod begleichen konnte.****

* Vergl.: Oskar Ewald, *Nachruf auf Weininger*. In: *Der Neue Merkur* 4. 1920–21. S. 329. Ewald bedient sich der Kategorie der universalen Verantwortung. »Es ist sicher, daß der Mensch *irgendwie* für alles verantwortlich ist — für sein ganzes Leben, sogar für die ganze Welt … ›Alles oder nichts‹, der Gedanke ist heroisch, weil er das Unmögliche *auf sich nimmt,* tödlich, weil er das *Unmögliche* auf sich nimmt. Wer, wie Weininger, verlangt. daß ›jeder Moment unseres Lebens unsere *gesamte* Individualität gleichermaßen in sich birgt‹, der lehnt sich gegen sein Menschsein auf, der will Gott sein.« Aus: Pál Bíró, *Szintézis I.* Budapest 1926. S. 45.

** Vergl.: Karl Polanyi, *Hamlet.* In: *Yale Review* 1954. S. 340.

*** Vergl.: Carl Dallago, *Otto Weininger und sein Werk.* In: *Der Brenner.* Innsbruck 1912. S. 7.

**** Vergl.: Theodor Lessing, *Der jüdische Selbsthaß.* Berlin 1930. S. 96.

Der Ethiker muß sich an den Forderungen messen, die er selber aufgestellt hat. Je unerbittlicher er ist, desto strenger muß er leben. Und wenn er seiner Lehre nicht gewachsen ist, muß er sein leibliches Dasein tilgen.«*

Oberinspektor Barner beobachtete, erfrischt vom Bier, mit heimlichem Vergnügen, wie sich die beiden Intellektuellen in ihrer moralischen Ernsthaftigkeit und Unbeugsamkeit zu überbieten suchten, wie zwei Geistliche, die sich von einer bischöflichen Kontrolle überrumpelt sahen. Darin glichen sie Karl Kraus und Otto Weininger, den beiden urwienerischen Widersachern des genußsüchtigen, experimentierenden, amoralischen Wien.

Ludwig von Ficker fragte in die eingetretene Stille hinein: »Aber warum apostrophieren wir diesen großen Denker als Schuldigen und Sünder? Ich halte es für wahrscheinlicher, daß Weininger nicht in sich, sondern in seiner Umgebung dieses Meer an Schlechtigkeit diagnostizierte, angesichts dessen er sich das Leben nahm. Er hat gewiß viele Enttäuschungen erfahren, doch ich denke, sein Glaube an seine eigene Wahrhaftigkeit wurde kein einziges Mal erschüttert. Er schreibt an einer Stelle: ›Ich glaube, meine Geisteskräfte befähigen mich dazu, in gewissem Sinn alle Probleme zu lösen. Ich glaube nicht, daß ich irgendwo lange im Irrtum hätte bleiben können.‹«**

* Vergl.: Emil Lucka, *Otto Weininger. Sein Werk und seine Persönlichkeit.* Wien/Leipzig 1905. S. 143. Siehe auch: Artur Gerber *Ecce Homo!* In: Otto Weininger, *Taschenbuch und Briefe an einen Freund,* Wien/Leipzig 1921. S. 23.

** Probst zitiert folgende (nicht nachweisbare) Äußerung Weiningers: »Meine Rückkehr nach Wien (im September) hätte eine zweite Inkarnation sein sollen.« Er erwähnt auch den folgenden Gefühlsausbruch: »Alles, was ich geschaffen habe, wird zugrunde gehen müssen. Vielleicht ist alles verflucht, was je mit

Da brach Oberinspektor Barner mit seinem Vorsatz, sich auszuschweigen.

»Ihnen, meine Herren, ist wohl nie der Gedanke gekommen, daß Otto Weininger auch manchen Schwankungen ausgesetzt war? Haben Sie selber nie an einem Tag bodenlosen Kleinmut und am darauffolgenden beschwingte Freude empfunden? Glauben Sie wirklich, ein Mensch könnte von Anfang bis Ende identisch mit sich selber sein?«

»Sie haben recht«, antwortete Dr. Dallago. »Ich halte es für sehr wahrscheinlich, daß der Strom seiner Gedanken ihn schon zu der Zeit, als er an seinem Buch schrieb, zu unversöhnlichen Extremen fortriß. Denken Sie doch nur an seine These, der Koitus sei gleichbedeutend mit der Sünde. Was wäre verständlicher, als daß ihm die Kraft fehlte, seinen eigenen Geboten gemäß zu leben.«

»Nun«, schaltete sich Ludwig von Ficker ein, der bei dieser Diskussion nicht hintanstehen wollte. »Vielleicht war ein übertriebener Stolz die Ursache seines Todes, der ihm verbot, frühere Äußerungen, obwohl er die Dinge bereits anders sah, kurzerhand für nichtig zu erklären. Das führte zu einer Spannung, die nur durch den Freitod zu lösen war.«[*]

»Wir dürfen nicht vergessen«, ereiferte sich Dr. Dallago, »daß Weininger keinen leichten Roman, keine amüsante Romanze vom menschlichen Dasein verfaßt

mir in Berührung gekommen ist.« Ferdinand Probst, *Der Fall Otto Weininger*. Wiesbaden 1904. S. 13. Siehe: Oswald Spengler, *Der Untergang des Abendlandes*. München 1922. S. 397. ». . . Otto Weiningers moralischer Dualismus« ist »eine rein magische Konzeption und dessen Tod in einem magisch durchlebten Seelenkampf zwischen Gut und Böse einer der erhabensten Augenblicke spätester Religiosität.«

[*] Vergl.: Hermann Swoboda, *Otto Weiningers Tod*. Wien/Leipzig 1923. S. 74.

hat. Dem Leser eines Romans oder eines Gedichtes kommt es nicht in den Sinn, Rechenschaft über den Tatbestand zu verlangen. In einer wissenschaftlichen Abhandlung aber muß jede einzelne Behauptung an ihrem Platz sein. Der Autor muß für jeden seiner niedergeschriebenen Sätze geradestehen.« Dr. Dallago faßte sich an die Stirn. »Aber wäre es nicht möglich, daß sich Weininger darüber klar wurde, daß er die Welt und vor allem das weibliche Geschlecht und das Judentum ungerecht charakterisiert hatte? Ich begreife nur nicht, warum er diesen Irrtum mit seinem Selbstmord sühnen mußte. Wohin kämen wir, wenn sich jeder wissenschaftlich Arbeitende das Leben nähme, wenn er zu dem Schluß kommt, daß er sich geirrt hat?«

»Gesetzesbücher«, ließ sich Ludwig von Ficker vernehmen, »sind ideale Gebilde im Gegensatz zu den niedrigen Leidenschaften des Lebens. Eben darum sind Bücher notwendig, reine, erhabene, wegweisende Bücher, denn im Leben ist es nicht möglich, klar und nüchtern zu handeln.* Otto Weininger sah sich nicht als Schriftsteller, sondern als Religionsstifter, er sah sich als Held. Er schrieb kein Buch, er meißelte Gesetztafeln.«**

»Ich hätte es nicht treffender formulieren können«, sagte Dr. Dallago. »Goethe hat in seinem Buch den Werther und nicht sich zerstört. Er war kein Held, er war nur ein Dichter. Er lebte weiter, bei bester Gesundheit und bester Laune. Otto Weininger hingegen — und nun, meine Herren, trinken wir einen Schluck ihm zu Ehren —, Weininger hat sich an das gehalten,

---

* Ebenda: S. 79–80.
** Vergl.: Hermann Swoboda «Gedenkrede für Otto Weininger.« 4. Oktober 1958. Wiener Stadt- und Landesbibliothek, Handschriftensammlung. H. I. N. 138, 369, S. 6.

was er schrieb.* Darin besteht seine außergewöhnliche Größe.«

»Bitte, meine Herren, lassen Sie sich nicht in Ihrer Diskussion stören«, sagte Oberinspektor Barner, von leichter Ungeduld befallen, leerte seinen Bierkrug und stand auf. »Aber mich ruft die Pflicht. Ich muß ein Telegramm aufgeben und habe noch einige Akten durchzusehen. Herr Bausinger«, wandte er sich an den gerade eintretenden Pensionsinhaber, »schreiben Sie bitte die Getränke der beiden Herren auf meine Rechnung.«

»Das kommt überhaupt nicht in Frage, verehrter Herr Barner«, wehrte Dr. Dallago ab. »Doch nehmen Sie bitte das Pamphlet des Herrn Moebius mit.** Wenn Sie morgen in mein Geschäft kommen, möchte ich Sie mit einigen weiteren Publikationen bekannt machen.«

»Das ist sehr nett, Dr. Dallago, doch ich kann Ihnen keine feste Zusage machen, da mich meine Dienststelle jederzeit von hier abberufen kann. Aber bitte versagen

* »Als die Ursache des Selbstmordes sieht der Vater vor allem falschen Stolz an; Weininger habe nach Wiener Kaffeehausmanier Selbstmordgedanken geäußert, von seinen Freunden Abschied genommen und dann den lediglich unüberlegten, mehr renommistischen, induzierten Äußerungen die Tat folgen lassen, weil er sich geschämt habe, sich wieder den Freunden zu zeigen.« Ferdinand Probst, *Der Fall Otto Weininger.* Wiesbaden 1904. S. 9. Leopold Weininger wies die plumpe Interpretation von Probst empört zurück: »Wie um Himmels willen kann Dr. Probst so etwas über jenen Otto Weininger annehmen, über dessen höhere Fähigkeit keinerlei Zweifel besteht? Eine Selbstmordphilosophie mit Wiener Schmäh? ›Verkauft meine Siebensachen, ich habe im Höheren zu tun!‹ Denkt Dr. Probst in München allen Ernstes, daß ein Otto Weininger in so frivoler Weise ins Himmelreich eingehen könnte?« *Die Fackel,* 23. Nov. 1904, S. 11–12.
** Zu dieser Zeit waren nur wenige Exemplare der Moebiusbroschüre im Umlauf. Das Erscheinen der endgültigen Fassung fällt in das Jahr 1904.

Sie mir nicht die kleine Freude, Ihr Gastgeber gewesen zu sein.«

»Die Freude ist ganz unsererseits.«

Als Oberinspektor Barner, gehüllt in seinen Offiziersmantel, die Pension verließ, nahmen ihn die beiden Herren in ihre Mitte und begleiteten ihn zur Hauptpost. Dort verabschiedete er sich rasch, sogar ohne Händedruck, lediglich durch ein Salutieren, von seinen Gesprächspartnern.

In dem Expreßbrief, den ihm der schlafmützige Postbeamte gab, stand folgendes:

»Hwgeb. Herrn Oberinspektor
Maximilian Barner
Innsbruck, Hauptpost
Postlagernd   7. November 1903

Verehrter gnädiger Herr.
Am gestrigen Tag gelang es mir, in Erfahrung zu bringen, daß betreffende Person am 3. Oktober bei Tagesanbruch in Alt-Aussee abgefahren und in Wien angekommen ist, und zwar am Abend um ein Viertel vor sechs Uhr, doch nächtigte er nicht in seiner Wohnung, da dort ein Telegramm auf ihn wartete, wonach es seiner Gattin, der gnädigen Frau, schlechter ging. Er telephonierte hierhin und dorthin, empfing den Sekretär vom Aktionskomitee der Zionistischen Bewegung und reiste anschließend, das war noch vor acht Uhr, wieder zurück nach Alt-Aussee.

Weitere Anweisungen erwartend,
Ihre getreue Haushälterin
Elisabeth Engl.«

Barner ging in die Haupthalle der Post und schrieb dieses Mal auf das Telegrammformular:

»Hochwohlgeboren Herrn Sektionschef
Ferdinand von Huber-Heißmödl
Staatspolizei, XVI. Abteilung
Wien I
Wipplingerstraße 7

Die Fäden führen nach Bern. Melde mich in Kürze
wieder.

Barner.«

Er reichte das ausgefüllte Telegrammformular durch
das Schalterfenster, und sogleich überfiel ihn ein Gefühl, das er nicht einmal vom Hörensagen kannte: der
Rausch der Insubordination, und zugleich eine zeh-
rende Beklemmung.

XVII

IN DER NACHT zum Montag schlief er wenig. Immer wieder sprang er aus dem Bett, um sich Notizen zu machen. Draußen leuchteten die Sterne hell und klar, und über die im geschützten Flußtal liegende Stadt raste einer jener eiskalten Stürme, die den Himmel blankfegen, bevor der zornige Winter seinen Einzug hält.

Er hielt seine bisherige Materialsammlung für lückenlos. Dr. Theodor Herzl war durch Zufall den Schüssen der ihn jagenden Attentäter entkommen. Wer auch immer ihm vor der Redaktion und später vor seinem Haus aufgelauert haben mochte, hatte vergebens auf ihn gewartet. In der Türkenstraße, weil er sein Erscheinen auf der abendlichen Redaktionsbesprechung telephonisch absagen mußte, in der Haizingerstraße, weil er um acht Uhr bereits nicht mehr dort war, sondern auf dem Weg nach Alt-Aussee. Otto Weiningers Tod mochte ihn gleichwohl vor dem Schlimmsten bewahrt haben, denn ohne diesen Zwischenfall hätten sich die Attentäter noch tagelang auf österreichischem Gebiet aufhalten können, um ihren Auftrag durchzuführen.

Am nächsten Morgen gab Oberinspektor Barner um acht Uhr im Provinziallandhausamt die Einstellung seiner Ermittlungen auf unbegrenzte Zeit zu Protokoll.

Auf Hofrat Löckers Frage, ob er auf höhere Anweisung handle, antwortete er ausweichend: »Ich habe diese Entscheidung innerhalb meines Kompetenzbereiches getroffen, da ich von meinen Vorgesetzten mit dem Innsbrucker Vorfall in seiner Gänze betraut wurde.«

Um neun Uhr zwanzig betrat er die Innsbrucker Zweigstelle der Österreichischen Kredit-Anstalt, wo er zu Lasten seines Wiener Bankkontos einhundertzwanzig Gulden abhob, von denen er sich achtzig in Schweizer Franken auszahlen ließ.

Kurz vor zehn Uhr ließ er den Fiaker vor einem Herrenmodesalon halten. Dort opferte er zwölf Gulden für einen schwarzen taillierten Paletot mit Pelzkragen und weitere vier Gulden für einen dazu passenden Hut mit Seidenband. Vom Modesalon aus brachte ihn der Fiaker über eine mit Holzasche bestreute Straße zu einem Antiquitätenhändler. Hier erstand er zum Preis von sechs Gulden und fünfzig Hellern einen aus den sechziger Jahren stammenden Trommelrevolver der Firma Skoda, dazu vierundzwanzig Patronen. Auf einen Probeschuß bestand er nicht, da die Waffe schon auf den ersten Blick einen tadellosen Eindruck machte.

Um zehn Uhr vierzig ließ er den Fiaker vor der Brigitten-Kirche warten, während er in der Zwiesprache mit Gott seine Insubordination, aber auch den Waffenkauf zu rechtfertigen suchte. Mit seinem Telegramm hatte er seinen Vorgesetzten, Herrn von Huber-Heißmödl hinters Licht geführt. So etwas hatte er sich noch nie erlaubt. Doch er würde mit seinen sensationellen Enthüllungen nur dem Interesse seines Landes dienen. Auch Gott wollte gewiß, daß die k. u. k. Monarchie erhalten bliebe.

Um elf Uhr fünf kaufte er in der Apotheke »Zum guten Samariter« Bayer's Nasentropfen, um seinen Schnupfen auszukurieren. Er wollte seinem Gegner

Maximilian Barner in Zivil vor der Karlskirche ▲

sowohl seelisch als auch körperlich intakt gegenübertreten, den er nicht mit Waffengewalt, sondern mit der unbezwingbaren Macht der Wahrheit zum reuigen Geständnis bewegen wollte.

Im Zug nach Bern teilte er das Coupé mit einer netten, etwas geschwätzigen, schon ein wenig verblühten Dame aus Ulm. Frau Löwe reiste, wie sie bereitwillig erzählte, nach Bern, um ihren Neffen Albert zu besuchen, der dort beim Eidgenössischen Patentamt beschäftigt war.

»Wissen Sie, mein Bruder mußte seinerzeit seinen Akkumulatorenbetrieb in München aufgeben«, erzählte sie. Sie sprach in einem eigenartig klingenden Stakkato. »Er versuchte sein Glück in Italien zu machen. Seinen Sohn Albert ließ er in München zurück.

283

Er sollte dort am Maximiliansgymnasium sein Abitur machen. Der Junge aber überwarf sich mit seinen Lehrern. Was genau geschehen ist, habe ich nie erfahren, doch er soll sich über sie lustig gemacht haben. Jedenfalls mußte er die Schule ohne Abitur verlassen. Er hat sogar seine deutsche Staatsbürgerschaft aufgegeben. Im letzten Jahr wurde er Schweizer. Ich muß ihn im Auge behalten, denn er ist ein völlig unbeholfener Mensch. Ich mache mir ernstliche Sorgen um seine Zukunft. Wissen Sie, warum? Er hat viel zu früh geheiratet. Mileva, das ist seine Frau, paßt überhaupt nicht zu ihm. Sie hat nicht genügend Entschlußkraft. Wenigstens einer von den beiden sollte sie haben. Zwei Kinder sind auch schon da. Ich denke, Albert hätte in Deutschland größere Aufstiegschancen gehabt. In Bern hat er es nur bis zum dritten technischen Inspektor gebracht.«

»Was hat ihn denn dazu bewogen, seiner Heimat den Rücken zu kehren?« fragte Oberinspektor Barner, der ein solches Verhalten unbegreiflich fand.

»Ich weiß nur, daß er eine schwärmerische Seele hat. Als Junge schloß er sich oft in sein Zimmer ein und spielte stundenlang Geige. Apropos, Herr Barner, haben Sie schon vernommen, unter welch empörenden Umständen vorgestern das Konzert, das der Geiger Kubelik und sein Begleiter in der Musikschule des Mozarteums gaben, abgebrochen werden mußte?«

»Nein, gnädige Frau.«

»Bewahrt die deutsche Musik vor den Tschandalas!* Tschechen ab in den Affenkäfig! Gibt es nicht genug

---

* In Anlehnung an Nietzsche verwendet Adolf Josef Lanz (1874–1954) die Bezeichnung einer Menschenklasse in Indien (Candala/Sanskrit), die für unrein gilt und gemieden wird, für jene Nationen, die von den heldenhaften, blonden Germanen zu beseitigen sind. Seine Zeitschrift *Ostara* hatte auch der junge Adolf Hitler abonniert.

284

deutsche Künstler? — Mit solchen **Transparenten** zogen Vertreter der Deutschnationalen Partei durch den Konzertsaal. Und das mitten in der Kreutzer-Sonate von Beethoven. Den Wagen des Provinzialvizepräsidenten, der zugegen war, haben sie auf der Straße umgeworfen. Schlägerei, Blut und Schreie. In der Nacht spielten sie vor dem Quartier der beiden Künstler Katzenmusik und warfen ihnen die Fenster ein. Die beiden mußten gestern unter Polizeischutz abreisen. Das Organisationskomitee nahm selbstverständlich die Eintrittskarten zurück, wird aber die Deutschnationale Partei auf Schadenersatz verklagen. Ist das nicht eine entsetzliche Geschichte?«

»Sind gegen die Randalierer polizeiliche Schritte eingeleitet worden?«

»Nein! Das ist eben das Erschreckende. In der heutigen Morgenzeitung steht, die Randalierer hätten nur die Meinung der meisten Salzburger zum Ausdruck gebracht, und das könne ihnen keiner verbieten. Der dortige Parteisekretär der Deutschnationalen meinte: ›Nicht wir haben den Skandal verursacht, sondern das Organisationskomitee. Wer nicht hören will, muß fühlen.‹ Das klingt in Verbindung mit einem Konzert zugleich komisch und drohend, finden Sie nicht auch?«

»Ob so etwas auch in der Schweiz möglich wäre?« fragte Oberinspektor Barner und schaute hinaus auf die fast schwarz erscheinenden Fichtenwälder.

»Das glaube ich kaum.«

»Bitte nehmen Sie mir meine Frage nicht übel, aber sind Sie Jüdin?« fragte Oberinspektor Barner und fuhr auf ihr Kopfnicken hin fort: »Was halten Sie von der Zionistischen Bewegung?«

»Mein Herr, bei uns in Deutschland spielt die Konfession meiner Meinung nach eine ebenso geringe Rolle wie in Ihrer Monarchie. Das sind alles nur Symbole zum Feiertagsgebrauch. Deutschland ist ein moderner

Staat, in dem zwei Dinge entscheidend sind: Leistung und Wissen. In Österreich ist das ein wenig anders. Bitte nehmen Sie es mir nicht übel, wenn ich Ihnen sage, daß meiner Meinung nach Ihre Monarchie in der Entwicklung stehengeblieben ist. Sie zehrt noch immer von der Vergangenheit. Was sehen Sie mich so verwundert an? Ihr berühmtes Wien wäre nicht so rückständig, wenn sich Oberbürgermeister Lueger endlich um die Entwicklung der Stadt kümmern würde statt um die Juden. Budapest zum Beispiel hat heute schon eine Untergrundbahn. Aber Sie wollten ja meine Meinung über die Zionistische Bewegung hören. Ich denke, und damit stehe ich nicht allein, daß alle Probleme des Judentums mit der Assimilation gelöst sind. Ich will nicht leugnen, daß es auch in Deutschland Schwierigkeiten gibt, doch die werden bald ausgestanden sein. Auch die Rothschilds fördern die Assimilation. Sie sind bereit, Gelder zur Unterstützung der galizischen Juden zu geben, aber für ihre Auswanderung nach Palästina geben sie keinen Pfennig. Mein Mann hat sich immer auf die Hugenotten berufen, die die Sprache ihrer neuen Heimat schnell erlernt haben und im deutschen Volk aufgegangen sind, nachdem anfängliche Differenzen beigelegt waren. Und dann gibt es noch einen Grund dafür, daß ich von den zionistischen Plänen nichts halte. Wir Juden würden eine Riesengefahr auf uns herabbeschwören, wenn wir alle nach Kanaan aufbrächen. Es ist nämlich leichter, eine große Zahl jüdischer Menschen, die sich auf einem Raum zusammengefunden haben, zu liquidieren, als wenn sie verstreut in den verschiedensten Gegenden der Welt leben. Sie brauchen dabei nur an die heutige Kriegsmaschinerie zu denken.«

»Sie halten also Dr. Theodor Herzl für einen Unruhestifter, der mit seinen Plänen die endgültige Integration der Juden durchkreuzt?«

»Das leugne ich nicht, und viele sind einer Meinung mit mir.«

»Wenn ihn nun jemand umbrächte, würden Sie dann aufatmen?«

»Ganz und gar nicht. Dr. Herzl mag ein gefährlicher Mann sein, doch ein Attentat kann ich als Frau niemals gutheißen.«

»Kennt sich Ihr Neffe an der Berner Universität aus?« Oberinspektor Barner wechselte abrupt das Thema.

»Das glaube ich kaum. Er hat nämlich sein Diplom an der Eidgenössischen Polytechnischen Schule in Zürich erworben.«

»Sie sagten, wenn ich mich nicht irre, daß die Frau Ihres Neffen Mileva heißt. Ein fremd klingender Name. Ist die junge Frau Russin?«

»Nein, sie stammt aus Serbien. Sie hat ihre Familie schon in jungen Jahren verlassen, weil sich in der Schweiz auch Frauen an Hochschulen einschreiben können. Manchmal wünsche ich mir, die beiden wären sich niemals begegnet. Keiner von beiden taugt zu so einer frühzeitigen Familiengründung. Albert wäre in diesem Sommer beinahe von der Straßenbahn überfahren worden. Und wissen Sie, warum? Er war mitten auf der Straße mit dem Kinderwagen, den er vor sich herschob, stehengeblieben, um hinter ein mathematisches Problem zu kommen. Stellen Sie sich das vor! Man muß ja noch auf ihn aufpassen! Und so einer will kleine Kinder hüten!«

Oberinspektor Barner entschuldigte sich und ging auf den Gang hinaus, um eine Zigarre zu rauchen. Traurige Gedanken überfielen ihn, und er grübelte über die Juden nach. Wäre es möglich, dachte er, daß sie die Verfolgung so nötig haben wie andere Menschen die Luft zum Atmen? Da melden sie immer wieder neue Rechte an und gelangen dabei zu vollkommen gegensätzlichen Schlußfolgerungen. Warum lasse ich sie nicht einfach aufeinander schießen? Warum bin ich um Theodor Herzls Sicherheit besorgt? Warum will ich ausgerechnet ihn schützen? Warum nicht diesen Chaim, der auf seine Art genauso einen »höheren Standpunkt« vertritt? Wäre es nicht konsequenter, sie alle miteinander hinter Gitter zu bringen? Denn jeder hat sich ein wenig schuldig gemacht. Dann könnten sie einander zumindest keinen Schaden mehr zufügen. Auch Otto Weininger wollte nicht sterben. Aber hat er seinen Tod nicht selber heraufbeschworen? Die Tatsache, daß sich Chaim und Ioanna aus Wien abgesetzt haben, macht sie verdächtig. Doch warum will ich um jeden Preis mit ihnen reden?

Oberinspektor Barner hatte sich zweifelsohne einen sonderbaren Beruf erwählt. In ganz Europa, von Karlsbad bis Biarritz, von Abbazia bis Ostende lebte man in Wohlstand und Frieden. Nur er hatte es vor allem mit der dunklen Seite dieser Welt zu tun.

Während Barner heftig qualmend seine Zigarre rauchte, lag Theodor Herzl mit einem Prießnitz-Umschlag auf der Brust im Edlacher Privatsanatorium. Er hatte sich für das Ostjudentum aufgeopfert, doch sein Weg hatte ihm keine Genugtuung gebracht. Wieviel Zeit hatte er in den letzten sieben Jahren in muffigen Eisenbahncoupés vergeudet! Sein dichter schwarzer Vollbart war schon fast ergraut, und das verbrauchte Herz in seiner Brust konnte ihn jederzeit unter die Erde bringen. Bei wie vielen gekrönten Häuptern hatte er antichambriert! Immer wieder hatte er Nackenschläge einstecken müssen, und zwar nicht nur von Antisemiten. In seinen Grabstein müßte man meißeln: Hier ruht ein Jude, den es ins Grab brachte, daß er zuviel von den Juden erwartet hat.

Er war immer von dem erhabenen Glauben erfüllt gewesen, daß er sein Volk gleich Moses aus den Plagen

Ägyptens hinausführen könnte. »Eine hervorragende Idee, dieser Zionismus« — so witzelte man in Wien — »nur mit den Juden nicht zu machen.« Was hatte er in Basel nicht alles von Jakobson, Belkowski, Tschlenow zu hören bekommen, als er dem Vollzugsausschuß von seinen Verhandlungen in England und in Sankt Petersburg berichtete? Kein einziges anerkennendes Wort, immer nur Rechthaberei, Tadel, Vorwürfe, Verleumdungen, ganz zu schweigen von der Unterstellung, er hätte den Gedanken der Selbstemanzipation von dem Russen Leon Pinsker übernommen. *Der Judenstaat* war 1896 bereits erschienen, als er zum ersten Mal von dem 1882 herausgebrachten Flugblatt dieses Odessaer Doktors hörte. Doch das Fürchterlichste war, daß seine Gegner ihr Ziel, ihn zu verunsichern, allmählich erreichten. Nun erst erkannte er, daß er sich im Oktober, bei der Verabschiedung des Zaren in Meidling, nicht hätte zeigen dürfen; denn nun glaubten die Juden, er hätte dem Zaren, der für die Kischinjewer und für all die anderen Bluttaten verantwortlich war, huldigen wollen.

Doch er wußte auch, daß es nun, nach Mogilew und Gomelj, an der Zeit war, nicht mehr zu bitten, sondern zu fordern. Den Zaren würde es in der Tat nur ein Fingerschnippen kosten, und das unter türkischer Verwaltung stehende Palästina wäre als neue Heimat für die Juden gesichert. Aber die Benedikts und die Bachers interessierte es auf einmal nicht mehr, was er in London, Potsdam oder Istanbul erreicht hatte. Nur immer neue populärwissenschaftliche, im Plauderton geschriebene Aufsätze wollten sie von ihm drucken. Über die Bewegung brachten sie keine einzige Zeile. Das Wort Zionismus war für die *Neue Freie Presse* tabu. Doch damit schloß sich Benedikt nur der zögernden Haltung der k. u. k. Monarchie an. Im Ausland hatte Dr. Theodor Herzl von jeder diplomatischen

Vertretung mehr Unterstützung zu erwarten als von der Vertretung Österreichs. Diese ehrenwerten Beamten nahmen sich sehr wichtig, doch würde sich niemand mehr an sie erinnern, wenn sein Name in ferner Zukunft gleich einem Stern leuchtete. Daran mußte er trotz aller Mißerfolge glauben.

Und was sollten diese niedrigen, gemeinen Verleumdungen, er hätte eine märchenhafte Summe aus der Schatzkammer des türkischen Sultans in seiner eigenen Tasche verschwinden lassen? War dieser zweihundertpfündige Geldsack, den er zu seinem türkischen Verdienstorden erhalten hatte, nicht sofort in die Kassen der Armen gewandert? Bedachte denn keiner, daß er all den vielen Türhütern Trinkgelder in die Hände drücken mußte, um überhaupt vorgelassen zu werden? Und hatte er nicht unter großen privaten Opfern als erster Aktionär die Kolonialbank gegründet?

Auch das Fortbestehen der *Welt* hing von ihm ab, von seinen rasch schwindenden, aber immer noch übermenschlichen Kräften. Nein, er durfte den Kampf nicht aufgeben! Er ließ sich eine Lampe, sein Schreibbrett und Papier und Feder ans Bett bringen.

Auch Oberinspektor Barner, gehüllt in den Rauch seiner Zigarre, gewann allmählich seine alte Kampfbereitschaft zurück, als die wie Perlen sich reihenden Gaslampen im Gang entzündet wurden. Die Reise nach Bern dauerte jedoch noch weitere sechs Stunden, bis er auf dem fast menschenleeren Bahnhof Frau Löwe aus dem Zug helfen konnte und den mit Frieden und Wohlstand gesegneten Schweizer Boden betrat.

XVIII

OBERINSPEKTOR BARNER nahm sich gleich in Bahn-
hofsnähe, im Schweizerhof, ein Zimmer. Als er am nächsten Morgen durch das weit geöffnete Fenster zum
Himmel blickte, grüßten ihn leichte, friedlich dahin-
ziehende Wolken. Das Wetter war freundlicher geworden. Drei Möglichkeiten boten sich ihm, Ioanna und
Chaim in der ihm fremden Stadt zu finden. Er könnte
den beiden bei der Hauptpost auflauern, denn der an
Otto Weininger geschickte Brief gab das dortige Post-
fach als Absender an. Er könnte dort warten, bis
Ioanna käme, um die Post abzuholen. Chaim würde
er nicht erkennen, da er über keine Photographie von
ihm verfügte.

Die zweite Möglichkeit war, zum Polizeipräsidium
der Stadt zu gehen und sich dort unter Berufung auf
seine Innsbrucker Ermittlungen Chaims Anschrift geben zu lassen. Doch vor einem solchen Verfahren
warnte ihn sein Polizisteninstinkt, denn es war nicht
frei von möglichen Komplikationen. Seine Berner
Kollegen würden sofort Kontakt mit Wien aufnehmen,
um seine Identität und seinen Auftrag zu überprüfen.
Aus dem gleichen Grund verwarf er den Gedanken, die
österreichische Vertretung in Bern um Zusammenar-
beit zu bitten.

Zum erstenmal seit Wochen durfte er einen vollen Arbeitstag dem Fall Otto Weininger widmen. Er fühlte sich seiner Sache sicher.

Er entschied sich für eine dritte Möglichkeit und spazierte zur nahen, auf einer parkähnlichen Anhöhe, der Großen Schanze, gelegenen Universität. Im Büro des Dekanats der naturwissenschaftlichen Fakultät erhielt er ohne Schwierigkeiten die vom Archivar in Fadenschrift auf eine Karte notierten Angaben:

»Chaim Selig Louban; 3. Studienjahr;
geboren am 3. September 1876;
Geburtsort: Berditschew;
wohnhaft: Bern, Waldheimstraße 13.«

Es hatte noch nicht Mittag geläutet, als Oberinspektor Barner, vom leichten Aufstieg ein wenig außer Atem, das Haus Waldheimstraße 13, einen typisch alpenländischen Bauernhof, erreichte, dessen Rundumbalkon wie die dachtragenden Holzpfeiler mit hübschen Schnitzereien verziert war. Hühner scharrten im Gras, aus dem Stall war ein Wiehern zu hören. Er erinnerte sich nicht, wann er das letzte Mal in einer so ländlichen Gegend gewesen war, und das nur einen Steinwurf weit entfernt von Ämtern und Banken, vom lebhaften Geschäftreiben einer Hauptstadt, mitten im zivilisierten Europa.

Als er die Haustür öffnete, schepperte eine kleine Viehglocke, doch niemand kam, um ihn zu begrüßen. Er schaute sich um und erkannte an den langen, gezimmerten Holztischen und Holzbänken, daß er sich in einem Gasthof befand. Sicherlich konnten hier Studenten der Universität gegen ein geringes monatliches Entgelt wohnen.

Erst nach einer geraumen Zeit ließ sich eine etwa sechzigjährige Frau, die Bäuerin, Isabella Stämpfli mit Namen, blicken. Sie trug ein Kopftuch und wischte sich die Hände an ihrer Schürze ab, bevor sie Oberinspektor Barner begrüßte. Auf seine Frage, ob im Haus ein Herr Louban wohne, antwortete sie in ihrem schwer zu verstehenden Berner Deutsch:

»Gescheit wäre es, käme der Herr am Abend wieder, denn die Studiosi sind nicht daheim.«

»Sie führen aber ein Gästebuch?« wollte Oberinspektor Barner wissen. Frau Stämpfli verstand nicht, was er meinte.

»Sie haben doch sicherlich ein Buch, in das Sie die Namen Ihrer Gäste eintragen.«

»Das soll wohl so sein«, meinte Frau Stämpfli. »Aber da schreibe ich nichts hinein. Das machen die Studiosi selber.«

»Kann ich das Buch einmal sehen?«

Sie wischte sich noch einmal die Hände an der Schürze ab, bevor sie Oberinspektor Barner ein blau eingebundenes Heft reichte. Sofort fiel sein Blick auf den gesuchten Namen. Den von Ioanna allerdings fand er nicht.

»Ach, Sie meinen Herrn Chaim! Nichts für ungut, aber ich muß in die Küche, sonst brennt mir noch mein Essen an.« Frau Stämpfli ließ Oberinspektor Barner allein, der an einem der Tische Platz nahm, ihr aber nach einer Weile in die Küche folgte.

»Wenn es keine Schwierigkeiten macht, möchte ich gerne hier zu Mittag essen.«

»Gern. Nur ein wenig Geduld müssen Sie haben, dann deck' ich auf.«

Er bestellte sich eine Berner Platte, bestehend aus Wurst, Speck, Schinken und Pökelfleisch auf einer Unterlage von Sauerkraut, dazu einen halben Liter vom hausgemachten Wein, denn das Ehepaar Stämpfli besaß einen kleinen Weingarten.

Nach dem Essen verlangte Oberinspektor Barner bei Herrn Stämpfli, der sich zu ihm gesellt hatte, einen weiteren halben Liter Wein. Er wollte sich eine Weile im Gasthof aufhalten. Einer plötzlichen Eingebung folgend, fragte er Herrn Stämpfli, ob er ihm nicht etwas zum Lesen besorgen könnte.

»Damit kann ich nicht aufwarten«, meinte der Alte mit aufrichtigem Bedauern. »Wann käme unsereins wohl zum Lesen? Es gibt zu viel zum Schaffen.«

»Aber die Studenten haben in ihren Zimmern doch bestimmt Zeitungen und Bücher.«

»Das schon.« Nach anfänglichem Zögern willigte Herr Stämpfli ein. »Wenn man beizeiten alles retourniert, soll das wohl gehen. Die Buchstaben können Sie ja nicht vom Papier nehmen.«

»Dann suche ich mir oben etwas zum Lesen aus«, sagte Oberinspektor Barner und stieg auch schon, gefolgt von Herrn Stämpfli, die Holztreppe zum ersten Stock hinauf. Gleich im ersten Zimmer, er betrat es mit Herzklopfen, entdeckte er auf dem Tisch, inmitten vieler Zeitungen, darunter auch einige Exemplare der *Welt,* ausgerechnet Otto Weiningers sandfarben gebundenes Buch *Geschlecht und Charakter.* Lässig, so, als würde er sich mit jedweder Lektüre begnügen, klemmte er es sich unter den Arm und verwickelte den alten Bauern in ein Gespräch, während er seine Blicke durch das Zimmer schweifen ließ. Drei Betten befanden sich im Raum, doch waren nur zwei davon überzogen. Auf dem Tisch stand ein Samowar, daneben ein irdener Milchtopf, vollgepackt mit Federkielen und Bleistiften. Unter dem Fenster lagen bündelweise Zeitungen, die meisten in kyrillischer Schrift.

»Herr Stämpfli, wer wohnt in diesem Zimmer?«

»Nun, der Herr Chaim. Er wohnt von allen am längsten bei uns.«

»Und wem gehört das zweite Bett?«

»Mal dem, mal dem. Das geht kreuz und quer durcheinander. Es sind gute Freunde, sagt der Herr

294

Chaim. Alles nette junge Leute. Nichts als Spaß und Balaleikaspielen haben die im Kopf. Aber wenn sie sprechen, verstehen wir sie nicht. Uns stört das nicht, solange der Herr Chaim seine Miete pünktlich zahlt.«

»Wer hat denn zuletzt in dem zweiten Bett geschlafen?«

»Seine Braut. Die war in letzter Zeit viel bei ihm. Geheiratet haben sie am Freitag voriger Woche, und nun sind sie auf Hochzeitsreise.«

Oberinspektor Barner ließ sich seine Überraschung nicht anmerken. Ioanna war jetzt also Chaims Frau.

»Mir scheint, ich bin zur verkehrten Zeit gekommen. Wann werden die beiden wieder hier sein?«

»Wer soll das wissen? Wir haben Herrn Chaim schon öfter monatelang nicht zu Gesicht bekommen.«

»Aber vielleicht wissen Sie, wo die beiden ihre Flitterwochen verbringen?«

»Das haben mir die beiden nicht auf die Nase gebunden«, sagte der Alte und zwirbelte das eine Ende seines Schnauzbartes.

Oberinspektor Barner suchte nach einem Vorwand, um noch länger in diesem Zimmer zu bleiben — und zwar allein. Herr Stämpfli wollte gerade seine erkaltete Pfeife ausklopfen, als seine Frau rief: »Jakob, der Postbote!«

Oberinspektor Barners gute Erziehung besiegte seine Neugierde; deshalb folgte er Herrn Stämpfli hinunter in den Speiseraum. Sogar das sandfarben gebundene Buch hatte er an seinen Platz zurückgelegt. Der Postbote brachte einen Expreßbrief von Chaim Louban und eine Geldanweisung. Barner nahm Herrn Stämpfli, der seine Brille nicht fand, hilfsbereit den Brief aus der Hand, riß ihn hastig auf und las ihn vor.

»An den
löblichen Herrn Jakob Stämpfli
Bern
Waldheimstraße 13   8. November 1903

Lieber Onkel Jakob!
Die Hälfte der an Sie mit gleicher Post abgehenden
zwanzig Franken betrachten Sie bitte als Kündigungs-
geld. Die restlichen zehn Franken verwenden Sie bitte
dazu, folgende Sachen in unserem Zimmer in den
Koffer zu packen und an uns abzuschicken. (Die Aufzählung der Sachen übersprang Barner.) Alles Ver-
bleibende, auch den Samowar, teilen Sie unter unseren
Freunden auf, denen wir hiermit viel Glück wünschen.
Tante Isabella bitten wir, uns nicht böse zu sein,
wenn wir uns manchmal wie ungezogene Kinder be-
nommen haben. Unsere Adresse lautet: Chaim Louban, Caux sur Montreux, Grand Hotel de Caux, Zimmer 17.
                        Viele Grüße,
                    Chaim und Ioanna

Ps. Wir haben die Bretter nicht umsonst mitgenommen. Der Schnee reicht uns schon bis an die Knie, und
wir rutschen, wie Onkel Jakob sagen würde, viel mit
ihnen herum. Aber außer Rutschen machen wir auch
noch etwas anderes.
                    Chaim und Ioanna«

Der Brief hatte auf Herrn Stämpfli keinen tieferen
Eindruck gemacht. Seine einzige Reaktion war, daß
er, eine Hand im Nacken, mit der anderen auf den
Tisch schlagend, murrend fragte, wo er nun, zur Mitte
des Semesters, neue Mieter für sein Zimmer auftreiben
sollte.
»Ich schlage Ihnen Folgendes vor«, wandte sich
Oberinspektor Barner an ihn. »Sie behalten die rest-

lichen Franken, und ich bringe dem jungen Paar den Koffer. Ich fahre nämlich morgen nach Montreux. Gleich nach meiner Ankunft werde ich Chaim Louban aufsuchen, mit dem ich mich ohnehin dringend unterhalten muß. Was halten Sie davon?«

Dem alten Stämpfli fiel ein Stein vom Herzen. Er brauchte den Koffer nun nicht mehr zur Post zu karren, und dabei sprang auch noch ein wenig Geld für ihn heraus. Er streckte Oberinspektor Barner die Hand entgegen, und die beiden bekräftigten nach Art der Viehhändler mit dreimaligem Klatschen ihre Abmachung.

»Und wissen Sie was, Herr Stämpfli, jetzt helfe ich Ihnen auch noch beim Packen. Ich habe nämlich Zeit.«

Herr Stämpfli gab seiner Pfeife Feuer, ließ sich auf dem nicht bezogenen Bett nieder und sah, zufrieden vor sich hinsummend, Oberinspektor Barner zu, der mit aufgekrempelten Hemdsärmeln die gewünschten Sachen zusammensuchte. Er fand dabei auch allerhand Dinge, die er ebenfalls in den Koffer packte, obwohl in Chaims Brief nicht von ihnen die Rede war.

»Herr Stämpfli, Sie haben sicherlich nichts dagegen, daß ich den Brief wegen der Adresse an mich nehme.« Oberinspektor Barner faltete den Brief zusammen und steckte ihn in die Tasche, ohne die Antwort des alten Bauern abzuwarten.

»Frau, häng das Schild raus«, forderte Stämpfli, als sie wieder unten waren, seine Frau auf, die noch einmal in den Speiseraum gekommen war, um sich von Oberinspektor Barner zu verabschieden, der leichten Schrittes zur Innenstadt hinunterging, als wäre er ein Student, der eine gefürchtete Prüfung erfolgreich hinter sich gebracht hatte.

Im Schnellzug nach Montreux hatte er ein ganzes Abteil für sich. Er ordnete den Inhalt des Koffers und

entnahm ihm einige vielversprechende Funde, die sein
Interesse bereits beim eiligen Zusammenpacken geweckt hatten, zum Beispiel die deutschsprachigen
Bücher *Das Jahrhundert des Kindes* von Ellen Key,
Was tun? von Wladimir Uljanow und *Altneuland* von
Theodor Herzl. Dazu ein zehn Jahre altes Exemplar
der Zeitschrift *Gesellschaft,* deren aufgeschlagene Erzählung *Der operierte Jude* von Oskar Panizza mit
grammatikalischen Randbemerkungen versehen war.
Die kyrillisch gedruckten Zeitungen konnte er nicht
entziffern. Auch ein mit Samt ausgeschlagenes, Federn
und Radiergummis bewahrendes Metalletui nahm er
zu sich, in dem womöglich einst ein Putilow-Revolver
gesteckt hatte. Doch er würde noch reichlich Gelegenheit haben, sich mit all diesen Dingen zu beschäftigen.
Dringender war es im Augenblick, jene Gegenstände
zu sichten, die er Ioanna und Chaim am nächsten
Morgen übergeben mußte.

Chaim Lubanski

298

Zuerst nahm er sich Chaims und Ioannas Briefe vor. In einem davon fand er eine Photographie, die ihn endlich mit Chaims Gesicht bekannt machte, seinem schwarzen gelockten Haupthaar, dem starken Vollbart, der hohen, gewölbten Stirn, der kühn geschwungenen Adlernase und den stark aufgeworfenen Lippen. Dann wandte er sich den Briefen zu.

»An Fräulein Ioanna Lubanska
Athen, Hauptpost,
postlagernd   London, den 10. August 1903

Liebe, allerliebste Ioanna!
Hiermit Dir das Wichtigste, und zwar in Deutsch, Dir als Sprachübung.

Das, worüber wir uns in Kischinjew unterhielten, ist eingetroffen. Der Bund* hat sich wegen der unannehmbaren Bedingungen Lenins von der SDAPR** abgespalten. Gleichzeitig sah sich auch Martow, das Vorstandsmitglied unserer Verbündeten, gezwungen zurückzutreten. Der Umschwung, der bereits in der Brüsseler Phase des Kongresses heranreifte, hat die Auslandsabteilung der Aktionsgruppe des Bundes vor völlig neue Aufgaben gestellt. Nicht umsonst ließ ich das Päckchen bei Dir in Kischinjew. Setz alles daran, damit es in der besprochenen Weise nach Wien gelangt, denn jetzt kommt alles darauf an, daß die Angelegenheit in Basel, spätestens in Wien zu Ende gebracht wird. Otto darf nichts davon erfahren! Er ist nur unser Kurier.

Liber hat uns in eine Kneipe bestellt und uns erklärt, daß Lenin nichts von der Autonomie des Bundes hält.

* Jüdisch-sozialistische Arbeiterorganisation Polens, Litauens und Rußlands, gegründet 1897.
** Sozialdemokratische Arbeiterpartei Rußlands, auf dem II. Parteitag 1903 gegründet.

Lenin argumentierte folgendermaßen: Der Bund sei selbstverständlich frei von ›kleinen Einmischungen‹ der Zentrale, doch sei er auch weiterhin verpflichtet, sich der Zentrale unterzuordnen. Liber bat ihn am 20. Juli auf der Sitzung um Garantien hinsichtlich der Autonomie des Bundes. Lenins Antwort lautete: ›Marschieren Sie mit uns zu den bekannten Bedingungen, und Sie werden sehen, daß Sie mindestens soviel Freiheit haben wie Ihre russischen Parteifreunde.‹

Leider stehen auch die Anhänger von Kautsky auf Lenins Seite. Sie sind der Ansicht, der Bund vertrete keine Nation, weil eine Nation über Territorien verfügen müßte. Wir könnten der SDAPR nur als russische Organisation angehören. Liber erklärte uns, die zionistischen Tendenzen könnten die Diskussion zwischen ihm und Lenin nur erschweren. Wünschten die im Bund zusammengeschlossenen zehntausend jüdischen Proletarier tatsächlich nach Palästina zu gehen, dann wäre der Bund letztlich kein Bündnispartner für die SDAPR, da es *de facto* nicht Ziel des Bundes sei, die örtlichen Lebensbedingungen zu bessern oder die Ergreifung der Macht in Rußland anzustreben, wie das neue Programm der Bolschewiki es vorsieht. Kannst Du mir folgen? Die Tragik bei all dem ist, daß wir die SDAPR ebenso brauchen wie sie den Bund.

Lenin verschloß sich einem abermaligen Anschluß des Bundes nicht, betonte aber, dazu seien nicht Worte, sondern Taten nötig. Liber zufolge müßten wir auf irgendeine Art beweisen, daß wir uns auch deshalb vom Zionismus trennen, weil dieser eine bürgerliche Bewegung sei und keine proletarische. Im übrigen könnten, nach Lenins Worten, nur Juden, die in ihrem Herzen Russen seien, Verbündete im Kampf gegen die Zarenherrschaft sein.

Ja, bitte informieren Sie mich über die ANDERE BIBLIOTHEK, unverbindlich und kostenfrei. Meine Adresse:

Name _____

Straße/Nr. _____

PLZ/Ort _____

Hinweis:
Es gibt die Möglichkeit, die Andere Bibliothek zu abonnieren:
Bei Ihrer Buchhändlerin oder Ihrem Buchhändler.

Eichborn Verlag

DIE ANDERE
BIBLIOTHEK
Herausgegeben von Hans Magnus Enzensberger

Kaiserstraße 66
D-6000 Frankfurt 1

60 DPf

Die Andere Bibliothek

Herausgegeben von Hans Magnus Enzensberger

Die ANDERE BIBLIOTHEK ist, wie die Frankfurter Allgemeine Zeitung schrieb, »eine Buchreihe, die in der Tat ihresgleichen sucht«. In ihr erscheinen »ebenso gute wie schöne Bücher«. Jeden Monat ein neuer Band. Herausgegeben von Hans Magnus Enzensberger und unter seiner Aufsicht sorgfältig lektoriert. Kunstvoll ausgestattet von Franz Greno. In der handwerklichen Tradition Gutenbergs nach den Regeln der »Schwarzen Kunst« hergestellt in der Buchdruck-Werkstatt von Franz Greno, Nördlingen. Gedruckt auf eigens gefertigtem holz- und säurefreiem Papier. Und mit individuell gestalteten Bucheinbänden versehen durch die Buchbinderei Lachenmaier, Reutlingen.

Die ANDERE BIBLIOTHEK – das ist eine Geschichte für sich.

Lassen Sie sich von uns
kostenlos und unverbindlich
informieren.

1

Das, liebste Ioanna, kann der Bund nicht akzeptieren, denn der hat die jüdischen Interessen ohne Rücksicht auf Landesgrenzen zu verteidigen. Was aber folgt daraus für unseren Plan? Die Abspaltung von der SDAPR treibt das jüdische Proletariat logischerweise Herzl in die Arme. Das müssen wir verhindern. Es geht nicht an, daß die Tschlenows und Belkowkis und ihre der Bourgeoisie angehörenden Genossen das wankelmütige russisch-jüdische Proletariat zum Kauf von Palästina-Aktien verleiten! Wenn der Palästina-Wahn die Oberhand behält, wird man uns entgegenhalten: Jetzt habt ihr eine neue Heimat, sagt nie wieder, daß ihr Russen seid!

Begreifst Du nun, wie unerhört wichtig unser Plan ist?

Ich erwarte Dich am 23. morgens neun Uhr in Basel im *Deux Confrères*. Von dort gehen wir mit meinem Päckchen zum Kongreß, der im Nebensaal des städtischen Casinos stattfindet. Das andere Päckchen bleibt in Reserve für den günstigsten Augenblick in den Wochen nach dem Kongreß.

Bis zum Wiedersehen möge Dich der gute alte Allmächtige schützen. Es umarmt Dich

Chaim

Ps. Liber hat mir unter vier Augen auch Ersatz für unsere Auslagen in Aussicht gestellt und mir jeglichen Rechtsbeistand zugesichert, sollte etwas schiefgehen.

Chaim«

»Herrn
Chaim Louban
Bern
Waldheimstraße 13   Wien, den 24. Sep. 1903

Lieber, über alles geliebter Chaim,
Ich schreibe Dir in deutscher Sprache, denn ob Du es

glaubst oder nicht, es ist für mich einfacher. Am 3. Oktober hält Herzl abends eine Redaktionskonferenz ab.

Die Zeitungen bringen schon den ›Ablauf des Hohen Treffens‹. Herzl wird wahrscheinlich in Mürzsteg (Steiermark) noch einmal versuchen, unserem Väterchen Zar die Hand zu küssen. Es wäre ratsam, wenn Du Dich zwischen dem 1. und dem 3. Oktober in der Gegend des Mürzzuschlager Bahnhofes in Bereitschaft hieltest.

Ottos Rückkehr nach Wien ist in diesen Tagen zu erwarten. Ich habe ihm wegen des Zimmers geschrieben. Ich lege den Brief bei, gib ihn bitte sofort in Bern auf die Post, damit er glaubt, ich wäre dort, und bis zum 3. Oktober nichts unternimmt, um mich in Wien zu finden.

Der arme Otto war in R. d. Cal. in schlechter Verfassung, als ich ihm das Päckchen anvertraute, und noch jämmerlicher ging es ihm in Basel, bis Du ihn weggeschickt hast. Ich denke, er hat Herzenskummer. Glaub mir, Teurer, ich kann nichts dafür. Er hat das alles nur zu seinem Zeitvertreib ausgebrütet. Ich würde ihm gerne helfen, kann aber aus mehreren Gründen nicht. Der wichtigste Grund bist Du.

Wir dürfen jetzt an nichts anderes als an die Sache denken. Es ist schwer für mich, tagtäglich die selbstzufriedenen Spießbürger und Skribenten in der Redaktion um mich zu haben. Aber es sind ja nur noch zwei bis drei Wochen. Dann brechen wir zu unserem großen Vorhaben auf. Du freust Dich doch auch darauf, nicht wahr?

Es ist möglich, daß ich in den letzten Tagen des Monats zu Dir komme. Nicht wahr, Du schimpfst dann nicht mit mir?

Deine Ioanna«

Als der Zug aus dem Veveyer Bahnhof Richtung Montreux rollte, entnahm Oberinspektor Barner dem geordneten Stapel einen letzten, in deutscher Sprache geschriebenen, sehr umfangreichen Brief. Er war an Ioanna gerichtet und trug die unverkennbaren Schriftzüge Otto Weiningers. Der äußeren Form nach handelte es sich um einen Essay. Der Titel lautete: *Entwurf einer neuen Phänomenologie des Weibes.* Er war im September 1903 geschrieben und Ioanna Lubanska gewidmet.

XIX

NEUER ABRISS der Phänomenologie des Weibes
I. L. gewidmet
von Otto Weininger

1903

Also, liebe I. L., so weit ist es nun gekommen, daß der als eingeschworene Frauenfeind verschriene O. W. seine neuen Gedankenläufe über das weibliche Geschlecht an eine Frau richtet, an *die* Frau. Alle Werte klärten sich während des Wartens auf sie, der Wert der Speisen, da es Menschen gibt, die ihrer begehren, der Wert des Hauses, da es Obdachlose gibt, die eines Daches bedürfen.
Muß ich noch mehr sagen?

Schopenhauers Feststellung, das Weib bleibe zeit seines Lebens ein kindliches Wesen, kann nur dem selbstgefälligen Urteil des Mannes imponieren, denn sie übersieht, daß der *Mensch,* gleich welchen Geschlechtes, niemals mit den Fähigkeiten eines Erwachsenen zur Welt kommt. Der Mensch ist Fortsetzung des Kindes, gleichwie im Kind das Erwachsensein schlummert, als allumfassendes Versprechen, das in jedem Fall vom reinen Voranschreiten des Lebens

305

eingelöst wird. Dem Weib indessen vorzuwerfen, in ihm seien noch viele Attribute des Kindes lebendig, ist ebenso verkehrt, als hielte man dem Manne vor, er habe gleich dem Kinde zwei Arme und zwei Beine. Die Eigenart des Mannes besteht nicht darin, daß er über das Kind hinausgewachsen ist. Im Gegenteil — es ist leicht nachzuweisen, daß in seinen Rivalitäten, seinen Zornesausbrüchen ein kindliches Selbstgefühl gleichsam das Gitter erklirren läßt, hinter das die Zivilisation ihn eingesperrt hat. Wäre aber der Mann gleichzusetzen mit dem Weib, dann wäre keiner von beiden im metaphysischen Sinn des Wortes existent.

Physiologische Überlegungen werden unserem Gedankengang wohl kaum von Nutzen sein. Die durch Moebius vorgebrachte dumm-arrogante, scheinbar unanfechtbare These von der relativen Unterentwicklung der Stirnlappen des weiblichen Gehirns* besagt kaum mehr als die Tatsache, daß die Milchdrüsen des Mannes verkümmert sind. Jeder Hinweis auf die Physiologie führt in die Irre, mag er sich noch so minutiös geben. Der Maß- und Funktionsunterschied des Genitalgewebes besagt nichts und führt nur zu vorschnellen, törichten Urteilen. Die Physiologie ist vieles, aber nicht alles und in vielen Fällen beinahe nichts.

Das idealtypische Weib tut nichts anderes, als anderes zu tun. Es trifft auf Schritt und Tritt Unterschiede zwischen sich und dem idealtypischen Mann. Diese Unterschiede indessen sind nicht physiologischer Natur. Sie sind nicht einmal dem Substrat der Physiologie entsprungen. Wie Reisende ihre Koffer, so tragen wir die Physiologie mit uns herum, was nicht bedeutet, daß sie uns definiert.

* *Über den physiologischen Schwachsinn des Weibes.* Halle 1902. (Notiz von O.W.)

Die Gefallsucht der Frau, ihr Sichverschönen, ihre Koketterie, ihr oftmals sinnloser Eifer*, das alles ist nur Ausdruck der empirischen Tatsache, daß der Mensch nur über den Eros mit jenem gewaltigen Imperativ, der ihn zur Erhaltung seiner Art anspornt, in Berührung kommen kann. Daß sie diesem Imperativ unterworfen ist, kann man kaum der Frau allein zum Vorwurf machen, auch wenn sie noch so sehr, in tausend und abertausend Fällen, Quelle der Schwäche, der Verstöße, der Verfehlungen ist. Ginevra macht sich den lieben langen Tag vor dem Spiegel schön, aber auch Lancelot paradiert zu Pferde in seiner nagelneuen, polierten Rüstung.

Daß dem Weib über Spiegel, Kamm und Schnürleibchen hinaus im Laufe der bisherigen Geschichte kaum andere Hilfsmittel gegeben waren, mit denen es sein Privileg hätte demonstrieren können, hat nicht viel zu bedeuten. Auch der Mann will gefallen.

Auch wenn wir an dem, was wir in unserem früheren Versuch festlegten, festhalten**, nämlich daß »die Frau *nur* sexuell, der Mann aber *auch* sexuell ist«, so ist damit doch nur die halbe Wahrheit gesagt, und wir müssen nunmehr auch das Pendant zu der zitierten Äußerung niederschreiben. Also: »Das Weib ist, *wenn* es ethisch ist, nur ethisch, der Mann ist auch ethisch.« Um dafür nur ein Beispiel aufzuzeigen: Ein Mann kann nie so endgültig einer Frau ein Nein entgegensetzen wie eine Frau dem Manne, wenn sie sich von ethischen Motiven leiten läßt. Der empirische Mann sucht und findet immer einen Vorwand, um das Gebot der Ethik (Nein!) durch die Forderung des Eros (Trotzdem!) zu unterlaufen. Das Weib hingegen kann auch noch dann unverbrüchlich ethisch sein, wenn es auf den Eros

---

* Siehe die Ausführungen über »Die Kuppelei«, doch nur im vorbereitenden Sinn: *G. und Ch.,* Kap. XII. (Notiz von O. W.)
** *G. und Ch.,* Kap. II. (Notiz von O. W.)

ausgerichtet ist. Es wird sich dann zwar dem ethischen Gebot, dem auf die Arterhaltung ausgerichteten Verlangen des Mannes, unterwerfen, aber im erotischen Sinn unansprechbar bleiben. Es scheint, als hätte das weibliche Geschlecht mit der Prostitution dem ethisch indifferenten Eros auf ewige Zeiten seinen Tribut gezollt.

So und nur so gewinnt Richard Wagners Tagebucheintragung aus dem Jahr 1872 einen höheren Sinn*, mit der er die geliebte Frau anspricht:»Ich bin nichts anderes als Liebe zu Dir, Du aber bist auch noch anderes.«

Ein gewisser Grad an Kühle, an Nüchternheit, an Pragmatik, ja sogar an Berechnung weist nur darauf hin, daß das Weib mit einer Zähigkeit sondergleichen auf seinem einzigen ethischen Gesichtspunkt beharrt. Nur die Frau ist fähig, mit erbarmungsloser Konsequenz zu strafen, eben weil sie ein klares ethisches Ziel vor Augen hat, während sich der Mann bezeichnenderweise mit dem Kind solidarisiert, weil er daran glaubt, das verübte Vergehen ließe sich korrigieren. Er meint, er könne gewissermaßen »mit einem blauen Auge davonkommen.« Das erklärt die Fülle der von Männern verübten Verbrechen.

Meine Leserin wird sich an mein Argument erinnern, »daß die Mutterliebe ganz gleich fortfährt, ob der Sohn ein Heiliger oder ein Verbrecher, ein König oder ein Bettler werde, ein Engel bleibe oder zum Scheusal entarte«.** Das indessen gehört nicht ins Reich der reinen, sondern nur der angewandten Ethik; denn es stimmt zwar, daß die Arterhaltung an sich noch kein ethisches Ziel ist und daß der Mann scheinbar tatsächlich ethisch handelt, wenn er sein mißratenes Kind enterbt (wozu

---

* Vergl.: Cosima Wagner, *Beim Öffnen des braunen Buches.* In: *Die Neue Zeit.* August 1903. (Notiz von O.W.)
** *G. und Ch.,* Kap. X. (Notiz von O.W.)

selbstverständlich die Rechtsinstitution der väterlichen Verfügung über den Besitz erforderlich ist). Doch in Wirklichkeit folgt das Weib der reinen Ethik, denn ihre unabwandelbare Mutterliebe teilt der Welt mit: »Mein Kind, so es zum Sünder wurde, bekam auch die Sünde von mir. Wie könnte ich es verurteilen, da ich nicht die Kraft hatte, mich selber zu verurteilen?« In diesem Fall steht das Weib auf dem höheren Standpunkt: Wer unter euch ohne Sünde ist, der werfe den ersten Stein.

Als wir Parsifals tiefste Bedeutung darin erkannten *, daß sich ihm das Heil als letztes Ziel in der Keuschheit, im Verzicht auf den Koitus erschließt und daß er Kundry eben dadurch erlöst, daß er ihrer Umarmung widersteht, haben wir ein Extrem berührt. Der Koitus, der unserer theoretischen Rehabilitierung nicht bedarf, erscheint aber in einem anderen, weniger übermenschlichen Sinn, als Vorschule des Heils. So wie Jesus einsah, daß Judas ihn verraten mußte, damit das Heil der Menschen durch seine Kreuzigung überhaupt erst ermöglicht werde, so kann jeder einzelne Mensch begreifen, daß der Plan der göttlichen Vorsehung nicht nur das reine Gute, sondern auch das Böse in sich trägt, das vielleicht zum Guten führen kann.

Nun ist aber das maßlose oder gierige Verlangen nach dem Heil, wie das des Parsifal, im Getriebe des alltäglichen Lebens etwas sehr Seltenes. Vielleicht wäre es gut, wenn es mehr davon gäbe. Doch die Ausnahme entwertet nicht die Regel, die seltene Suche nach dem Vollkommenen macht das unvollkommene Streben der andern durchaus nicht überflüssig. Denn selbst der niederträchtigste Mensch steht höher als die

* Vergl.: Unveröffentlichte Studie *Bruchstücke über Richard Wagner und den Parsifal.* (Notiz von O. W., aufgenommen in *Über die letzten Dinge*)

Schlange. Gott hat selbst dem Schlechtesten eine Aufgabe zugedacht, und wäre es nur die, darzutun: »Ich bin, was Gott nicht ist.« Auch das kann ein wertvoller Dienst sein, so wie es Dummheit wäre, wollte man in den Schulen das Studium der Giftpilze oder der Untaten Caligulas unterbinden, weil sie etwas Schlechtes sind.

Ich glaube auch heute nicht daran*, daß der Mann in seiner Liebe zu einer Frau Erlösung finden könnte. Diese Vorstellung macht die Frau zu einem Götzenbild, und davor sollen wir uns hüten. Nein, die Frau ist kein Idol. Aber Gott hat ihr die Gabe verliehen, Leben zu spenden, und in diesem Sinne ist sie auserwählt. Dies mag auch ein Licht werfen auf das Auserwähltsein des »femininen« Judentums.

Ebenso wie man es als Hauptsünde der Frau betrachten muß, wenn sie sich der Verantwortung ihres Weibseins entzieht, kann auch die Judenschaft keine größere Schuld auf sich laden als dadurch, daß sie ihr Judentum preisgibt.** Auserwähltsein bedeutet keineswegs Begünstigung, im Gegenteil! Es bringt eine Vielzahl von qualvollen Prüfungen mit sich.

Es ist nicht Sache des Weibes, Mann zu sein, und es ist nicht Sache des Juden, Christ zu sein.

Dort, wo wir sind, müssen wir Gott ähnlich werden. Das ist die wahre Lektion, die zu ahnende, höhere Mahnung des Weibes, auf die der Mann nur mit dem Beugen seines Hauptes antworten kann.

(Wäre dieser Essay erhalten geblieben, er hätte das einseitige Urteil über Otto Weiningers Frauenbild von Grund auf geändert.)

* Vergl.: *G. und Ch.* Kap., XI. (Notiz von O. W.)
** Siehe *G. und Ch.* Kap., XIII. (Notiz von O. W.)

XX

DER GROSSE TAG war gekommen. Oberinspektor Barner widerstand trotz seines nervös rumorenden Magens dem reichhaltigen Frühstücksangebot des *Grand Hotel Continental.* Er mußte Zeit gewinnen, also bestellte er sich eine Kraftdroschke — sein Gepäck, auch der Sperrholzkoffer, blieb im Hotel — und ließ sich nach Territet, der Ausgangsstation der Drahtseilbahn fahren, die ihn nach Glion brachte, von wo er mit der Zahnradbahn zu den Rochers de Naye bis Caux fuhr.

Schon auf der Straße zum Hôtel du Caux, erkannte er in einem jungen Paar, das seine Skier geschultert trug, die Personen, die er suchte. Er eilte auf sie zu, lüftete trotz der schneidenden Kälte den Hut und stellte sich als Maximilian Barner, österreichischer Industrieller aus Linz vor, der etwas Wichtiges mit Herrn Louban zu besprechen habe und ihm deshalb aus Bern nachgereist sei. Er bitte deshalb um ein Gespräch an einem ruhigen Ort, gerne in Gesellschaft der verehrten Frau Gemahlin.

»Legen wir also eine Ruhepause ein, Ioanna«, sagte Chaim Louban und legte den Arm um die Schulter seiner Frau. »Begleite Herrn Barner ins Restaurant; ich kümmere mich inzwischen um die Bretter.«

Im Restaurant setzte sich Ioanna Louban und nahm sofort, die Hände hinter dem Kopf verschränkt, eine überaus ungezwungene Haltung ein. Sie hatte ihre Strickmütze aufbehalten, unter der ihre kastanienbraunen Locken hervorschauten. Während Oberinspektor Barner sich bemühte, ein Gespräch in Gang zu bringen — er redete über das Wetter, über die Schweizer Eisenbahn und schließlich in seiner Not sogar über die Schweizer Kochkunst —, schwieg Ioanna Louban beharrlich und sah ihn nur unverwandt mit ihren grünen Augen an. Ab und zu zuckten ihre ein wenig zu vollen, aber anziehenden Lippen, als wolle sie etwas sagen oder als wiederhole sie ein von ihm gesagtes Wort. Erst als der Kellner an den Tisch trat, brach sie ihr Schweigen und bestellte Tee für sich und ihren Mann, der gerade in seinen kniehohen, nagelbeschlagenen Stiefeln hereinkam, sich zu ihnen setzte, ein Bein über das andere schlug und sich eine Zigarette anzündete.

»Auch mir bringen Sie bitte Tee«, bat Oberinspektor Barner den Kellner. Dann wandte er sich an Chaim Louban:

»Ich habe Erkundigungen über Sie an der Berner Universität eingezogen und möchte nun von Ihnen wissen, ob Sie nach Beendigung Ihres Studiums daran interessiert wären, eine Stelle in meinem Linzer Betrieb anzutreten.«

»Das ist leider nicht möglich. Wir beide«, er sah seine Frau an, und seine hart blickenden Augen wurden sanfter, »werden sobald wie möglich nach Rußland zurückkehren und uns dort eine Existenz aufbauen. Aber ich danke Ihnen für das Vertrauen, das Sie in mich gesetzt haben.«

Der Kellner brachte den Tee. Oberinspektor Barner überlegte, wie er dem Gespräch eine neue Richtung geben könnte.

»Herr Louban, ich danke Ihnen für Ihre klare Antwort. Doch nun habe ich noch eine Frage an Ihre charmante junge Gattin.«

Ioanna, die nach russischer Sitte ihren Tee durch den mit den Zähnen gehaltenen Würfelzucker aus der Schale schlürfte, blickte auf.

»Ich glaube«, wandte sich Oberinspektor Barner an sie, »ich hatte bereits das Vergnügen, Ihnen zu begegnen.«

Ioanna sah ihren Mann fragend an.

»Es war, wenn ich mich nicht irre, in Wien«, erklärte Oberinspektor Barner, »und zwar in der Lackierergasse 7. Ich wollte dort Doktor Otto Weininger, den Sohn meines Geschäftsfreundes Leopold Weininger, aufsuchen, um bei ihm eine Nachricht für seinen Vater zu hinterlassen, den ich in seiner Werkstatt nicht angetroffen hatte. Als ich die Treppe zu Weiningers Wohnung hinaufging, kamen Sie, gnädige Frau, mir entgegen, und ich hörte, daß Otto Ihnen etwas nachrief und Sie Ioanna nannte. Nicht wahr, das waren doch Sie?«

»Und was wünschen Sie von mir zu wissen?« fragte Ioanna Louban, die Barners Erklärung, ohne Erstaunen zu zeigen, über sich hatte ergehen lassen.

Oberinspektor Barner atmete auf und nahm einen Schluck Tee.

»Wie ich bereits sagte, ich stehe in geschäftlicher Beziehung zu Herrn Leopold Weininger und weiß demzufolge einiges über Sie. Ich möchte meinen Teil dazu beitragen, daß das Andenken an den allzu jung dahingegangenen Philosophen so makellos wie möglich erhalten bleibt. Dazu würde ich Ihnen, gnädige Frau, gerne ein paar Fragen stellen.«

Chaim Louban unterbrach ihn, und seine Blicke verrieten, daß er anfing, mißtrauisch zu werden. »Herr Barner, Sie wissen wohl, daß meine Frau mit dem Verstorbenen eng befreundet war.«

»Gewiß. Und wenn es nur von mir abhinge, würde ich das Thema sofort fallenlassen. Doch bat mich

Herr Leopold Weininger ausdrücklich, Sie zu befragen. Ihn beunruhigen einige nicht geklärte Umstände in Verbindung mit dem Tod seines Sohnes.«

Chaim Louban und seine Frau wechselten einige russisch gesprochene Worte; dann erklärten sie sich zu Oberinspektor Barners Erleichterung bereit, Rede und Antwort zu stehen.

»Meine erste Frage lautet: Warum glaubte Otto Weininger, Sie wären Bruder und Schwester?«

»Das lag an meinen schlechten Deutschkenntnissen. Ich stellte ihm Chaim als meinen Bruder vor, meinte damit aber nur, daß wir Gesinnungsgenossen sind.«

»Otto Weininger hat das Zimmer in der Schwarzspanierstraße nicht unter seinem Namen, sondern unter dem Ihren gemietet, gnädige Frau. Haben Sie dafür eine Erklärung?«

Ioanna Louban sah ihren Mann fragend an, und als dieser lächelnd nickte, sagte sie:

»Herr Barner, Ihre Frage bringt mich ein wenig in Verlegenheit, da sie einen allzu persönlichen Bereich berührt. Aber gut. Ich bat Otto, das Zimmer für mich zu mieten, weil Chaim und ich uns dort zum ersten Mal geliebt haben. Ich erwartete ihn an diesem Abend in Wien und wollte ihn an diese Begegnung erinnern.«

Oberinspektor Barner nahm dieses Geständnis höflich zur Kenntnis. Er kam gleich zum nächsten Punkt.

»Mir ist aufgefallen, daß diese Unterkunft genau auf halbem Weg zwischen der Redaktion und der Wohnung des bekannten Zionistenführers Dr. Theodor Herzl liegt, Herr Louban.«

»Und gleich weit entfernt von der Votiv-Kirche, dem Allgemeinen Krankenhaus und der Roßauerkaserne.« Chaim Louban verbiß sich ein Lachen. »Ich könnte noch weitere Objekte aufzählen, denn das Haus in der Schwarzspanierstraße 15 liegt fast im Zentrum von Wien. Sie sollten uns lieber verraten, worauf Sie hinauswollen. Ich bezweifle nämlich mittlerweile, daß Sie Fabrikant sind und aus Linz stammen.«

»Bleiben wir vorerst bei unserem Thema!« Oberinspektor Barner schlug jetzt einen etwas energischeren Ton an. »In meinem Besitz befindet sich eine Aufstellung sämtlicher Aufenthaltsorte von Dr. Theodor Herzl für den dritten Oktober dieses Jahres, und zwar in Ihrer Handschrift, Frau Louban. Ich erhielt diese Aufstellung von Weiningers Bruder Richard.«

Oberinspektor Barner war sich sicher, daß dieser überraschende Schlag die beiden halsstarrigen, um keine Antwort verlegenen Menschen zur Raison bringen würde. Statt dessen konnte Ioanna Louban kaum ihr Lachen unterdrücken; sie sagte:

»Ich war als Übersetzerin bei der *Welt* tätig und mußte deshalb immer wissen, wo Dr. Herzl, der Herausgeber, telephonisch zu erreichen war. Unsere Stellungnahme zu den Ereignissen von Mogilew und Gomelj mußte noch vor dem Abend in Satz gehen, was ohne die ausdrückliche Billigung durch Dr. Herzl nicht geschehen durfte.«

»Sind Sie an diesem Tag überhaupt in der Redaktion gewesen?«

»Ja, obwohl ich eigentlich schon beurlaubt war, weil ich am nächsten Tag verreisen wollte. Ich glaube, Dr. Herzl hat mir damals, wie gewöhnlich, telephonisch sein Einverständnis gegeben.«

»Wenn Sie und Ihr Mann das Zimmer zu einem Stelldichein gemietet haben, wie kommt es dann, daß man am nächsten Morgen nicht Sie beide dort antraf, sondern Otto Weininger?«

»Er war als ungebetener Gast erschienen, das heißt, er hatte aus eigenen Stücken die Rolle des Gastgebers übernommen und erwartete uns. Über seine Beweggründe kann ich nichts sagen. Als wir fortgingen, ist er dageblieben.« Ioanna Louban sprach in einem auffallend sachlichen Ton.

Oberinspektor Barner begann, sich in seinem Element zu fühlen. »Und warum hat Weininger seine Anverwandten gebeten, ihm seinen Reisepaß in die Schwarzspanierstraße zu schicken? Haben Sie beide ihn vielleicht zu einer gemeinsamen Reise aufgefordert?«

Nun übernahm Chaim Louban es zu antworten. »Otto Weininger hat meine Frau um weitere Begegnungen gebeten. Daraufhin erklärte ihm meine Frau, daß sie am nächsten Tag verreisen würde, und zwar mit mir. Vielleicht war es ein Fehler, daß sie ihm ihre Beziehung zu mir nicht schon viel früher gestanden hat. Was aber unseren Aufbruch vor Tagesanbruch betrifft, so frage ich Sie: Was hätten Sie getan, wenn Sie eine dritte Person bei einem Tête-à-tête gestört hätte?« Er drückte seine Zigarette in dem winzigen Kristallaschenbecher aus. »Nachdem Otto von unseren Reiseplänen erfahren hatte, ging er fort, kam aber nach einer Weile wieder. Möglicherweise hat er sich in dieser Zeit um seinen Reisepaß gekümmert. Davon ahnten wir nichts. Jetzt, da Sie uns das sagen, bin ich mir sicher, daß er fest entschlossen war, sich an unsere Fersen zu heften, auch ohne unsere Einwilligung und ganz gleich, wohin wir fahren würden. Dazu wäre es sicherlich gekommen, hätte er nicht in den frühen Morgenstunden Hand an sich gelegt. Herr Barner, wer immer Sie sein mögen, wir bedauern aufrichtig, daß es soweit gekommen ist. Ich muß Ihnen, um korrekt zu sein, noch Folgendes sagen. Weininger hatte bereits seinen Mantel angezogen, um uns zu begleiten, als wir in den frühen Morgenstunden aufbrachen. Ich hinderte ihn daran, indem ich — nennen Sie es, wie Sie wollen, Ulk oder Selbsthilfe — die Zimmertür von außen abschloß.«

Oberinspektor Barner wußte nun, wie er zum nächsten Schlag ausholen konnte.

»Ich habe einen Brief von Ihrer Hand, gnädige Frau, der beweist, daß sich Otto Weininger keineswegs ungebeten in Ihrem Zimmer aufhielt. Sie haben ihn aufgefordert, dorthin zu kommen. ›Ich erwarte Sie dort zu einem längst fälligen Freundschaftsgespräch.‹ Das ist ein wörtliches Zitat.«

Ioanna Louban zeigte keine Spur von Verlegenheit. »Dieses Gespräch hat auch stattgefunden, und zwar zwischen sieben und neun Uhr. Das heißt, wir unterhielten uns so lange, bis mein Mann zu uns stieß.«

»Und wo waren Sie, Herr Louban, an jenem Samstag zwischen sieben und neun Uhr, wenn ich fragen darf? Man hat Sie nämlich gegen sieben Uhr auf dem Südbahnhof gesehen, und Sie, Frau Louban, haben ihn dort erwartet. Was hat es also auf sich mit diesem ›längst fälligen Freundschaftsgespräch‹ zwischen sieben und neun Uhr?«

»Was geht Sie das an? Warum stochern Sie in unserem Privatleben herum? Wir sind nicht verpflichtet, Ihnen Auskunft zu geben. Lassen Sie uns endlich in Frieden!« Er war seiner Frau beim Aufstehen behilflich, die ihn aber mit ein paar geflüsterten Worten zum Bleiben überreden konnte.

»Bitte setzen Sie sich wieder. Ich werde Ihnen alles erklären.« Barners Ton duldete keinen Widerspruch. »Ich bin Oberinspektor im Leutnantsrang bei der Wiener Staatspolizei.« Er gab Chaim Louban seine Visitenkarte. »Sie sind in der Tat nicht verpflichtet, meine Fragen zu beantworten, doch rate ich Ihnen, in Ihrem eigenen Interesse, es zu tun. Ich hege den begründeten Verdacht, daß Sie beide sich an jenem Tag im Oktober trafen, um Dr. Theodor Herzl zu ermorden. Als Beweisstück dient mir ein Brief, den Sie aus London an Ihre Frau geschrieben haben, Herr

Louban. Sie legen darin die politischen Vorteile dar, die Sie sich von einem solchen Attentat erwarten. Und nun zu Ihnen, Frau Louban«, fuhr Oberinspektor Barner fort, der immer mehr in Schwung kam. »Ich wußte, schon bevor Sie es mir sagten, daß Sie an jenem verhängnisvollen Abend mit Otto Weininger zusammen waren. Er dedizierte Ihnen sein Buch. Es befindet sich in Ihrem Koffer, sicher verwahrt im *Grand Hotel Continental*. Muß ich noch mehr sagen? Muß ich auch noch die Handfeuerwaffe russischer Herkunft erwähnen? Oder Ihr geheimes Treffen mit Weininger in Kalabrien? Glauben Sie mir, ich weiß alles über Sie beide. Ich war eigentlich nur auf Ihre Ausreden gespannt, deshalb habe ich mich herbemüht.«

Chaim Louban zog die Stirn in Falten und dachte nach. Dann sagte er:

»Wir danken Ihnen, Herr Barner, für Ihre Offenheit. Doch nun muß ich Sie um etwas Geduld bitten. Wir möchten uns für einige Minuten zurückziehen. Ich glaube, das ist unser gutes Recht.« Er nahm den Arm seiner Frau und zog sie zu einem etwas entfernter stehenden Tisch.

Oberinspektor Barner bestellte sich beim herbeigerufenen Kellner Consommé mit zwei Eiern, dazu eine Scheibe Toast. Er mußte das Gleichgewicht seines Magens wiederherstellen. Während er aß, ließ er das heftig diskutierende junge Paar nicht aus den Augen. Im Restaurant befanden sich nur noch wenige Gäste. Die Kellner waren damit beschäftigt, die Tische für das Mittagessen zu richten. Barner war entschlossen, nicht von der Stelle zu weichen, bevor nicht zumindest einer der beiden gestanden hatte. Der Fall stand praktisch vor dem Abschluß. Nun kam es nur noch darauf an, wer von den beiden gestehen würde, die Waffe auf Otto Weininger gerichtet zu haben. Er mußte nur darauf achten, daß nicht aus reiner Selbstaufopferung der eine für den anderen die Schuld auf sich nahm. Entscheidend war, wer geschossen hatte.

Chaim Louban kam allein zurück.

»Herr Barner, bevor wir uns weiter unterhalten, muß ich Sie fragen, wie Sie zu unserem Koffer gekommen sind.«

»Ich war gerade bei der Familie Stämpfli, als der Postbote Ihren Expreßbrief brachte. Ich schlug Herrn Stämpfli vor, daß ich Ihnen den Koffer eigenhändig übergebe, da ich sowieso auf dem Weg zu Ihnen war.«

»Haben Sie die Absicht, uns unser rechtmäßiges Eigentum auszuhändigen?« fragte Chaim Louban, der seine Verärgerung nicht verbarg. »Es ist nicht nur ungebührlich, sondern schlichtweg dreist, in unseren Sachen herumzuschnüffeln.«

»Ich bestreite keineswegs, daß Ihnen der Koffer zusteht. Wenn Sie aber kein Geständnis ablegen, sehe ich mich gezwungen, das eine oder andere Beweisstück zu beschlagnahmen.«

»So?« Der energische junge Mann biß sich auf die Unterlippe. »Und was sollen wir Ihrer Meinung nach gestehen?«

»Das gegen Dr. Theodor Herzl geplante Attentat und im Zusammenhang damit den vorsätzlichen Mord an Dr. Otto Weininger. Außerdem verbotenen Waffenbesitz und Waffengebrauch. Ferner Ihre illegalen Grenzübertritte. Soll ich noch mehr Delikte aufzählen?«

»Ich kann Ihnen nur Folgendes sagen, und wenn Sie es für richtig halten, dann können Sie das in Ihr Protokoll aufnehmen: Ioanna und ich hatten tatsächlich, aus Liebe zu unserer Heimat und unserem Volk, einen Anschlag auf Dr. Theodor Herzl geplant. Sie haben auch recht mit Ihrer Vermutung, daß der Revolver, den Ioanna Otto Weininger gab, dabei eine Rolle spielen sollte. Aber wir haben unseren Plan aufgegeben. Ich bin der Meinung, daß Plänemachen nicht strafbar ist. Andernfalls müßte man den größten Teil der Staatsbürger hinter Gitter bringen. Ich drücke mich doch verständlich aus? Aber fahren wir fort. Sie vermuten völlig zu Unrecht, daß Otto Weininger durch mich oder durch meine Frau den Tod gefunden hat. Eine solche Beschuldigung weise ich entschieden zurück. Es stimmt, daß wir Ottos Ansichten nicht teilen konnten; doch es wäre uns niemals in den Sinn gekommen, die Hand gegen unseren Freund zu erheben. Hätten wir gewußt, daß er in Gefahr war, so wären wir ihm zu Hilfe geeilt. Wir verehrten ihn seiner hohen Moral wegen, aber wir waren uns auch über seine Irrtümer im klaren, über seinen Mangel an Erfahrung und die daraus resultierende Verletzbarkeit. Für diesen grausamen Mord, Herr Barner, suchen Sie bei uns vergeblich nach Beweisen.«

Oberinspektor Barner quittierte dies mit einem süffisanten Lächeln.

»Sei mir bitte nicht böse«, wandte sich Ioanna Louban an ihren Mann, »aber ich habe dir bis heute nicht gestanden, wie sehr ich mich zu ihm hingezogen fühlte. Das war nicht Liebe, es war eher das Verlangen nach den Worten eines Weisen, der mich mit seinem Vertrauen auszeichnete. Genau wie er, wäre ich nie auf die Idee gekommen, unsere rein geistige Verbindung mit sinnlichen Neigungen zu beflecken. Meine Zuneigung wurde geweckt und bestärkt durch meine Absicht, ihm zu beweisen, wozu wir Frauen in unserem eigenen Universum fähig sind. Otto, das kann ich mit Stolz sagen, neigte in den letzten Wochen dazu, seine Meinung über das weibliche Geschlecht zu revidieren. Und ausgerechnet die Frau, mit der er alle seine Gedanken teilte, soll Ihrer Meinung nach die Mordwaffe gegen ihn gerichtet haben?«

Oberinspektor Barner war der Ansicht, daß Ioanna Loubans Verklärtheit durchaus nicht zur Sache gehörte.

»Gnädige Frau, wir wollen hier keinen Nekrolog halten, sondern einen Mord aufklären.«

»Herr Barner«, fragte Chaim Louban, »welche Beweise haben Sie eigentlich für einen Mord? Das würde uns wirklich interessieren.«

»Im Zimmer wurden zwei Schüsse abgegeben und nicht, wie man zuerst angenommen hat, nur einer.«

»Sind Sie sicher, daß es zwei Schüsse waren?« fragte Ioanna Louban. Sie rückte ihren Sessel näher an den Tisch, stützte die Ellbogen auf und drückte ihr Gesicht gegen die gefalteten Hände.

»Bevor Sie beide versuchen, mich glauben zu machen, Otto Weininger hätte sich mit zwei Schüssen umgebracht, will ich Ihnen verraten, daß die beiden Schüsse aus zwei verschiedenen Waffen abgegeben wurden. Sie können nun wählen, ob Sie die Tat leugnen wollen oder ob Sie bereit sind, ein Geständnis abzulegen. Im ersteren Fall müßten Sie für den Rest Ihres Lebens davor zittern, daß die Polizei, gleichgültig, wohin Sie fliehen, Sie doch noch ergreifen könnte. Im zweiten Fall hingegen würden Sie klare Verhältnisse schaffen und könnten nach Verbüßung Ihrer Strafe ein aufrechtes Leben führen. Ich erwarte, nein, ich fordere von Ihnen Ihre Mitarbeit.«

Auf einen Wink Chaim Loubans hin stand seine Frau auf, nahm sich mit spitzen Fingern zwei Stücke Zucker und verließ den Raum.

»Ich könnte Theodor Herzl nicht umbringen«, nahm Chaim Louban das Gespräch wieder auf. »Meine Genossen und ich sind inzwischen dahintergekommen, daß sein Tod nur der russischen Sektion der Zionistischen Bewegung zugute käme. Uns jedoch liegt nichts ferner, als ausgerechnet diesen Leuten zu helfen. Doch

321

Theodor Herzl

sprechen wir lieber über den toten Otto Weininger.
Ihnen lassen offenbar zwei Umstände keine Ruhe.
Erstens«, er reckte den Daumen seiner linken Hand
nach oben, »die beiden Schüsse und zweitens«, sein
Zeigefinger schloß sich dem Daumen an, »die Frage,
wann wir das Zimmer verlassen haben. Nun«, fuhr er
fort, indem er geflissentlich das Kopfschütteln über-

322

sah, mit dem Oberinspektor Barner andeuten wollte, daß sich die ungeklärten Umstände jener Nacht durchaus nicht auf diese beiden Punkte beschränkten.

»Nun, bevor ich gegen zehn Uhr abends Ioanna und Otto verließ, gab ich aus meinem Revolver, den ich mit einem Kissen als Lärmschutz umwickelt hatte, einen Probeschuß ab, und zwar auf die Wand hinter dem Bett. Und jetzt wollen Sie sicher wissen, wohin ich ging. Ich habe tatsächlich eine Weile, etwa bis Mitternacht, vor Herzls Haus auf der Lauer gelegen. Aber in dem Haus rührte sich nichts. Offenbar erwartete man Herzl nicht mehr. Ich machte mich also zu Fuß auf den Weg nach Ottakring, um Ioannas Sachen zu holen. Danach ging ich zurück in die Schwarzspanierstraße, wo ich mit Ioannas Schlüssel ins Haus gelangte. Ich ging hinauf ins Zimmer, und nach wenigen Minuten brachen wir auf, wobei wir, wie bereits gesagt, die Tür hinter uns abschlossen. Das war gegen vier Uhr morgens. Otto Weininger lebte noch. Wünschen Sie sonst noch etwas zu wissen?«

»Hat Otto Weininger noch an diesem Abend erfahren, in welcher Beziehung Sie zu Ioanna standen?«

»Ja, an diesem Abend erfuhr er es. Doch wenn er nicht in allen Dingen des Lebens so hilflos gewesen wäre, hätte er viel früher dahinterkommen müssen. Ich gebe zu, daß ihn das erschüttert hat. Wie gehetzt lief er im Zimmer hin und her, während Ioanna und ich zu Abend aßen.«

»Was sagte Weininger zu dem Probeschuß? Es war ihm doch bewußt, daß Sie ein Attentat planten?«

»Keineswegs. Ich erklärte ihm, daß ich den Revolver zur Selbstverteidigung mitnähme, da ich nach Ottakring wollte, in eine bekanntermaßen unsichere Gegend, vor allem samstags abends.«

»Und das hat er Ihnen geglaubt?«

»Er nahm es ohne Kommentar hin.«

»Befand sich die Waffe, die Ihre Frau ihm in Kalabrien anvertraut hatte, noch immer in seinem Besitz, oder hatte er sie Ihnen bereits ausgehändigt?«

»Bevor ich die beiden gegen zehn Uhr verließ, nahm ich ihm den Revolver ab, allerdings unter Gewaltanwendung. Ich gab ihn Ioanna. Ich wollte verhindern, daß er sich zu einer Dummheit hinreißen ließ. Ich nahm ihm auch noch den Zimmerschlüssel und den Schlüssel zum Haustor ab. Beides gab ich Ioanna zur Aufbewahrung. Doch als wir ihn gegen vier Uhr verließen, gab ich ihm den Revolver zurück. Für uns war es schon schwierig genug, die andere Waffe über die Schweizer Grenze zu bringen.«

»Und was geschah mit den Schlüsseln?«

»Wir vergaßen, sie ihm wiederzugeben. Ich sagte Ihnen bereits, es war mehr ein Ulk, daß ich ihn eingeschlossen habe. Erst im Zug bemerkten wir, daß wir seine Schlüssel bei uns hatten. Doch wir trösteten uns mit dem Gedanken, daß sich Otto nur lautstark bemerkbar machen brauchte, und der Hausmeister hätte ihn befreit.«

»Herr Louban, neigen Sie zur Eifersucht?«

»Sie wollen darauf hinaus, daß ich Otto im Affekt umgebracht haben könnte, etwa, weil ich ihn und Ioanna nachts bei meiner Rückkehr *in flagranti* erwischte? Sie irren. Sie scheinen zu vergessen, daß man den Toten zugeknöpft bis zum Kinn und noch dazu in seinem Wintermantel aufgefunden hat.«

»Woher wissen Sie das?« rief Oberinspektor Barner. Er war aufgesprungen und stand wie ein Racheengel vor Chaim Louban, der durch diesen Einwand betroffen schien. Zum ersten Male drohte seine Überlegenheit ins Wanken zu geraten. Ob er tatsächlich über das bis zum Kinn zugeknöpfte, blutende Opfer hinweggestiegen war, bevor er das Zimmer verließ? Die Logik des Oberinspektors schien unanfechtbar.

»Das ist aber noch nicht alles«, fuhr dieser fort. »Ich weiß, Sie und Ihre Frau haben sich die Geschichte mit dem Anmieten des Zimmers nur ausgedacht, um den Verdacht der Polizei auf Otto Weininger zu lenken. Bei ihm würde man nämlich eine Waffe finden, die dem Typ und dem Kaliber nach zu der Kugel paßte, mit der Sie Herzl erschießen wollten. Sie wußten genau, daß Otto Weininger als Gegner des Zionismus galt. Sie wollten ihn zum Sündenbock machen. Er hatte eine Waffe, und er hätte auch ein Motiv gehabt. Doch brauchte er diese Rolle nicht mehr zu spielen, da es in dieser Nacht nicht mehr zu dem geplanten Attentat gekommen war. Damit Sie Ihren Plan aber an einem anderen Ort, zu einem anderen Zeitpunkt ausführen konnten, mußten Sie Weininger, der zuviel wußte, ein für allemal zum Schweigen bringen.«

»Herr Barner, die Umstände sprechen gegen mich; das bestreite ich nicht. Aber vielleicht hören Sie sich erst einmal an, was meine Frau Ihnen zu dem Fall zu sagen hat. Gehen wir zu ihr, wenn ich bitten darf.« Er erhob sich, zeigte auf die Drehtür und ließ Oberinspektor Barner den Vortritt.

XXI

IOANNA STAND VOR dem Spiegel und brachte ihre Frisur in Ordnung, als sie das mit einem französischen Bett eingerichtete Zimmer auf der ersten Etage betraten. Statt der Bundhosen trug sie nun einen Reiserock zu dem gestrickten Pullover. Chaim Louban stellte sich hinter sie, umfaßte ihre schmalen Schultern und schaute ihr im Spiegel, während sie ihren Kopf an seine Brust lehnte, als wollte er ihr etwas mitteilen, in die Augen.

»Das Verhör kann fortgesetzt werden«, sagte er im Hinausgehen und warf noch einen Blick zurück. Seine Frau forderte den Oberinspektor mit einer Handbewegung auf, in dem schweren Polstersessel vor dem Fenster Platz zu nehmen. Er kam, während sie beim Spiegel stehen blieb, ihrer Aufforderung nach und wartete ihren Bericht ab.

»Otto hat mir vor Chaims Eintreffen mehrere Beweise seiner Liebe gegeben«, begann sie schleppend. »Er hat mir an jenem Abend sein Buch gewidmet und das Manuskript seiner neuesten Arbeit überreicht, mit der Bemerkung, ich müßte die erste sein, die es läse, denn ich hätte ihn dazu inspiriert. Ich war gerührt. Ich war mir damals noch nicht ganz sicher, ob ich mein Leben mit Chaim verbringen wollte. Ottos Geständnis kam für mich völlig unerwartet. Die Anhänglichkeit und Verehrung, die ich ihm als Schülerin entgegenbrachte, hätte sich vielleicht in Liebe verwandelt, wären nicht all meine Gedanken durch unseren Plan dermaßen in Anspruch genommen worden, daß mir seine Schwärmereien eher unangenehm waren.

Als Chaim dann hereinplatzte, geriet Otto in Wut. Es wäre wohl besser gewesen, ich hätte ihn auf Chaims Kommen vorbereitet. Sein Zorn erreichte jedoch den Höhepunkt, als er erfuhr, daß wir bereits am nächsten Tag — wie soll ich es sagen? — über alle Berge sein wollten. Er rannte aus dem Zimmer und kam erst nach gut einer viertel Stunde wieder. Nach unserem Plan hätte ich mich gegen zehn Uhr, unter dem Vorwand, einiges von meinen Sachen in Ottakring zu holen, entfernen sollen. Doch mußten wir unseren Plan ändern, da Otto, als er zurückkam, kategorisch erklärte, er ließe mich nicht fortgehen, und wenn ich ginge, würde er mich überallhin begleiten. So beschlossen wir, daß Chaim allein gehen sollte, während ich bei Otto bliebe.«

Ioanna Louban verließ ihren Platz vor dem Spiegel und schritt im Zimmer auf und ab.

»Otto war nicht mehr aufzuhalten. Er kniete vor mir und begann, mich zärtlich zu entkleiden. ›Wir brauchen keine Worte‹, murmelte er, und ich, geschwächt durch die Ängste, die ich ausgestanden hatte, und im Bewußtsein bevorstehender Aufregungen, fand mich in seinen Armen wieder.«

»Ich danke Ihnen für Ihre Aufrichtigkeit.« Oberinspektor Barner nickte ihr zu und lehnte sich bequem in seinem Sessel zurück.

»Ich war ihm zu Willen, um das Gelingen unseres Planes nicht zu gefährden. Nur das zählte für mich. Er aber wiegte sich in dem Glauben, es sei ihm gelungen, mich für immer an sich zu binden. Mir fehlte die

Kraft, ihn zu ernüchtern. Ich werde wohl nie seine Leidenschaft vergessen.«

Sie setzte sich Oberinspektor Barner gegenüber auf den Rand des französischen Bettes und sah ihm in die Augen.

»Ich kleidete mich an und legte mich, um mich ein wenig auszuruhen, aufs Bett, schlief aber, ermattet von der Umarmung, ein. Das Knarren des Holzfuß-bodens weckte mich. Otto stand völlig angezogen in der Mitte des Zimmers und hielt den Revolver auf mich gerichtet. ›Das soll für uns die letzte, gemein-same Erfüllung sein‹, flüsterte er, den Blick auf die Zimmerdecke gerichtet. Ich sprang aus dem Bett. Das rettete mir das Leben; die Kugel verfehlte mich. Wäre Chaim in diesem Augenblick nicht ins Zimmer gekommen, hätte Otto in seiner Erregung noch ein-mal geschossen. Chaim entwand ihm den Revolver. Dann versuchte er die Spuren des Schusses zu besei-tigen. Otto hockte auf dem Fußboden. Er war völlig zusammengebrochen. Er weinte.« Sie machte eine Pause.

»Bitte berichten Sie weiter.«

»Dann erhob sich Otto, zog seinen Wintermantel an und erklärte, er wolle mit uns gehen. Als Chaim ihn anschrie, das sei völlig ausgeschlossen, er müsse in Wien bleiben, stellte er sich vor die Tür und rief kreide-bleich: ›Ioanna bleibt hier! Sie gehört mir! Sie darf mich nicht verlassen!‹ Chaim blieb keine andere Wahl, er mußte ihn außer Gefecht setzen. Wir mußten so schnell wie möglich abreisen. Chaim hatte zwar das Attentat auf Herzl nicht ausführen können, wir hatten also die Polizei nicht zu fürchten, aber um so mehr den unberechenbar gewordenen, zu allem fähigen Otto Weininger, der einfach zu viel wußte, was uns belasten konnte. Zumindest mußten wir einen Vorsprung ge-winnen. Chaim schlug ihn mit dem Revolvergriff nieder. Er sank lautlos in sich zusammen. Wir verließen das Zimmer und verschlossen die Tür hinter uns.«

»Sie behaupten also, daß Sie Weininger zu Boden streckten und bewußtlos zurückließen, als Sie sich aus dem Staub machten?«

»Ja, er war nur bewußtlos.«

»Dann hätte er sich also selber die Kugel ins Herz gejagt, als er erwachte und einsehen mußte, daß er Sie verloren hatte?«

»So und nicht anders muß es gewesen sein«, erwiderte Ioanna Louban.

In diesem Augenblick kehrte Chaim Louban wieder. Er trug Barners Mantel über dem Arm und seinen Hut in der Hand. Barner erhob sich und rief:

»Schluß mit der Schmierenkomödie! Sie haben nichts unversucht gelassen, um sich das vergossene Blut von den Händen zu waschen! Das wird Ihnen aber nichts nützen. Denn die Kugel, an der Otto Weininger starb, stammt nicht aus der Waffe, die man am nächsten Morgen am Tatort fand. Otto Weininger versperrte Ihnen den Weg. Das haben Sie selbst gesagt«, wandte er sich an die noch immer auf dem Bettrand sitzende Frau. »Er stand mit dem Rücken zur Tür und beschwor Sie, ihn nicht zu verlassen. Entweder Sie oder Ihr Mann haben dann kaltblütig auf ihn geschossen. Das war vorsätzlicher Mord. Bedauerlicherweise habe ich keinen Haftbefehl bei mir, aber ich werde alles zu Ihrer Ergreifung Erforderliche in die Wege leiten.«

»Tun Sie, was Sie nicht lassen können«, sagte Chaim Louban. »Bitte, hier ist Ihr Mantel.«

»Sie irren sich«, fuhr Oberinspektor Barner fort, während ihm Chaim Louban in den Mantel half, »wenn Sie glauben, unsere Waffenexperten —« Er stürzte zu Boden, niedergestreckt von Chaim Loubans hartem Kantenschlag.

330

Erst gegen Abend kam er, gefesselt an den Polstersessel, allmählich wieder zu sich. Seine linke Schläfen-
gegend brannte, sein Kopf dröhnte. Doch viel schlimmer war die Erkenntnis, daß ihm das Verbrecherpaar
entkommen war.

Er wußte später nicht mehr zu sagen, wie es ihm
gelungen war, sich zu befreien. Er taumelte zum
Waschbecken und erfrischte sein Gesicht mit kaltem
Wasser. Er fluchte vor sich hin. Seinen Hut suchte er
vergebens. Die Tür des Zimmers war abgeschlossen.
Er klopfte so lange, bis ihn ein Hoteldiener mit dem
Ersatzschlüssel befreite. Seine Waffe — Marke
Skoda — befand sich noch in der Jackentasche, was
aber seinen neuen Hut betraf, so hatte ihm wohl Chaim
Louban eine neue Rolle zugedacht und ihn deshalb an
sich genommen.

Als er im Restaurant seine Rechnung begleichen
wollte, bekam er zu hören, daß Herr Louban, ganz
nach Kavaliersart, mit dem Hinweis, sein Besuch habe
plötzlich aufbrechen müssen, bereits alles erledigt
hatte. Der Hoteldirektor begleitete ihn bis zum Haupt-
eingang und beruhigte sich erst, als seine Frage, ob er
mit einer Anzeige rechnen müsse, mit einem verärger-
ten Abwinken beantwortet wurde.

Auf der Fahrt nach Montreux hinunter wurde ihm
klar, daß er das verbrecherische Paar nicht einmal
steckbrieflich suchen lassen konnte, da seine Ermittlungen illegal waren. Die Dienstvorschrift verbot
klipp und klar polizeiliche Maßnahmen auf ausländi-
schem Gebiet. Nötigenfalls war zwar die Zusammen-
arbeit mit Kollegen der jeweiligen Landespolizei gestattet, jedoch nur unter der Voraussetzung, daß eine
zwischenstaatliche Vereinbarung die Rechtsgrundlage
dafür geschaffen hatte.

Der Droschkenfahrer hätte Oberinspektor Barner
sicherlich gern erzählt, daß er am frühen Nachmittag

ein junges Paar samt ihren Skiern zum *Grand Hotel Continental* gefahren hatte, wo nur der junge Mann ausgestiegen, nach geraumer Zeit aber mit einem Sperrholzkoffer zurückgekommen war und sich mit der Aufforderung, zum Bahnhof zu fahren, wieder auf den Rücksitz neben die junge Frau gesetzt hatte. Des weiteren hätte der Droschkenfahrer erzählen können, daß er gesehen hatte, wie die beiden samt ihrem Gepäck in den Zug nach Genf gestiegen waren. Doch Oberinspektor Barner fragte den Droschkenkutscher nicht, und so verharrte er in dem Glauben, daß sich Chaim und Ioanna Louban nach Italien abgesetzt hätten. Die beiden aber schnallten am nächsten Vormittag auf dem Salève* ihre Skier an und fuhren, den Rucksack mit all ihrer Habe auf dem Rücken, hinunter bis nach Savoyen, wo sie ihre Skier in einem Tintenbeergebüsch versteckten.

Sie hatten sich des Sperrholzkoffers und eines großen Teils seines Inhaltes entledigt. Die Papiere, darunter auch Otto Weiningers Essay *Neuer Abriß der Phänomenologie des Weibes,* hatten sie schon während ihrer Fahrt nach Genf im Toilettenbecken des Zuges verbrannt. Den geleerten Sperrholzkoffer warfen sie im Schutz der Dunkelheit aus dem Zugfenster.

Oberinspektor Barner erregte mit seiner angeschwollenen, veilchenfarbenen linken Schläfenpartie einiges Aufsehen, als er die Empfangshalle des *Grand Hotel Continental* betrat. Bereits vom Portier erfuhr er, daß ein stattlicher, schwarzgelockter junger Mann eine auf Oberinspektor Barners Visitenkarte geschrie-

---

* Einige Wochen später, am zweiten Weihnachtstag, kam Lenin, der ein leidenschaftlicher Bergsteiger war, in Begleitung von Krupskaja und Lengnik in diese Gegend und bereitete sich darauf vor, mit doppelter Kraft den Kampf gegen Martow und seine Gefährten aufzunehmen.

bene Vollmacht vorgezeigt hatte, die ihn berechtigte, den Sperrholzkoffer an sich zu nehmen.

In seinem Zimmer bestellte er sich über das Haustelephon etwas zu essen und einen Aufguß aus Kamillenblüten. Nachdem er seinen Hunger gestillt und seine malträtierte linke Gesichtshälfte mit Kamillenumschlägen behandelt hatte, verlief die Nacht für ihn, abgesehen von dem ohnmächtigen Zorn, der ihn immer wieder überkam, relativ ruhig.

XXII

AM ANDEREN MORGEN leistete sich Oberinspektor Barner noch einen neuen Hut und eine Schachtel Aspirin gegen seine wüsten Kopfschmerzen, bevor er den Zug in Richtung Österreich bestieg.

Gleich nach seiner Ankunft in Innsbruck gab er ein Telegramm nach Wien auf.

»An Hochwohlgeb. Herrn Sektionschef
Ferdinand von Huber-Heißmödl
Staatspolizei, XVI. Sektion
Wien 1, Wipplingerstraße 7   10. November 1903

Wieder in Innsbruck, bitte um Anweisung, ob ich Ermittlungen als ergebnislos beenden soll, da sich die Ergreifung des Fenstereinwerfers als unmöglich erweist. Barner.«

Als er sich am nächsten Morgen um zehn Uhr im Landesregierungssitz bei Hofrat Löcker meldete, erwartete ihn bereits das Antworttelegramm: »Sofort den Gymnasiasten Anton Imker vorladen. Von Huber-Heißmödl.«

Tatsächlich erwies sich der pickelige, hochaufgeschossene Lümmel — er war der Sohn eines ortsansässigen Uhrmachers —, den der Amtsdiener gegen

335

Mittag in das Büro stieß, nach einigen Anschnauzern als geständig. Er war, seiner Aussage zufolge, durch seinen Deutschlehrer, einen gewissen Emil Metzger, auf den Gedanken gebracht worden, die Fenster des Italienischen Gymnasiums einzuwerfen. Dieser Lehrer hatte seine Klasse in der Literaturstunde Berliner Broschüren lesen lassen, die zum entschlossenen patriotischen Handeln gegen eine fremde, das Deutschtum gefährdende Gewaltherrschaft aufriefen.

Damit war der Fall, zumindest was Oberinspektor Barner betraf, abgeschlossen. Der Lehrer Metzger und sein Schüler Imker waren der Agitation gegen die Staatsordnung überführt. Barner brachte seinen Untersuchungsbericht noch am Nachmittag zu Papier.

Zu seiner Überraschung erhielt er am folgenden Tag ein weiteres Telegramm aus Wien: »Sie bleiben bis zur Urteilsfällung in Innsbruck. Die täglichen Telegramme können eingestellt werden. Sie erhalten in Kürze weitere Tagesspesen zur Verrechnung.«

Seine Melancholie nahm extreme Formen an. So beobachtete Herr Bausinger, der Pensionsinhaber, wie er einmal eine volle Stunde, ohne den Blick abzuwenden, die viertelstündlich schlagende Wanduhr mit den Kupfergewichten anstarrte. Einmal setzte er sich morgens an den Frühstückstisch und bat um sein Abendessen. Herr Dr. Dallago, in der Tür seiner Buchhandlung stehend, erkannte ihn kaum wieder.

Seine Briefe an die Mutter und an Frau Elisabeth zeugten von solcher Lethargie, daß beide Damen anfingen, sich Sorgen zu machen. Seine Mutter forderte ihn auf, so bald wie möglich nach Brünn zu kommen, damit sie beide ihre Visite bei Familie Katona machen könnten.

Am Ende der dritten Woche, nachdem die Gerichtsverhandlung mehrere Male vertagt worden war, machte sich Barners Verbitterung endlich Luft. Er telegraphierte am dreißigsten November seinem Vorgesetzten, Herrn Oberstleutnant Ferdinand von Huber-Heiß-mödl: »Sensationelle Enthüllung gelungen. Plan zu einem gegen Dr. Theodor Herzl gerichteten Attentat in allen Einzelheiten aufgedeckt. Im Zusammenhang damit Mord an Dr. Otto Weininger aufgeklärt. Komme sofort zurück nach Wien, um Anklage gegen verdächtige Personen vorzubereiten. Barner.«

Eine Antwort aus Wien wartete er gar nicht erst ab, sondern fuhr, da es auf eine weitere Subordination nicht mehr ankam, am ersten Dezember in aller Frühe nach Hause.

Frau Elisabeth hatte inzwischen die Hoffnung, ihn noch vor den Feiertagen zu sehen, beinahe aufgegeben. Die Gute ahnte nicht, daß Oberinspektor Barner in Kürze gezwungen sein würde, ihr zu kündigen, ihr, die für ihn scheuerte, kochte, wusch, bügelte und stopfte in dem festen Glauben, daß es dabei für alle Zeiten bleiben werde.

Oberinspektor Barner vertraute seine Reisetasche Frau Elisabeths Obhut an und ließ sich stumm, aber mit heftig empfundener Freude in seinem vertrauten Sessel nieder. Frau Elisabeth hatte inzwischen den Badeofen mit Kleinholz eingeheizt und das dampfende Wasser mit viel Badesalz angereichert. Mit Rücksicht auf einen ruhigen Schlaf verzehrte er nur ein kleines, liebevoll bereitetes Abendbrot.

Ungefähr zur selben Zeit wurde Sektionschef Ferdinand von Huber-Heißmödl von Innenminister Ernst von Koerber ins Gebet genommen. Koerber, klein von Gestalt, das Gesicht voller Runzeln, hatte ihn im Abendanzug und Lackschuhen empfangen, da er noch einer Einladung ins Burgtheater Folge leisten mußte.

»Mein lieber Oberstleutnant. Setzen Sie sich, aber rasch, wenn ich bitten darf. Dieser Barner wird allmählich übermütig. Geht das auf Ihren Einfluß zurück? Und nun zeigen Sie mir einmal das ominöse Telegramm.«

Den Zwicker auf die Nase geklemmt las er Wort für Wort die letzte Nachricht von Oberinspektor Barner. Er warf sogar noch einen Blick auf die Vorderseite.

»Sind Ihnen die Attentäter, denen dieser Barner auf die Spur gekommen sein will, bekannt?«

Die Frage verwunderte Herrn von Huber-Heißmödl ein wenig, da er seinerzeit Oberinspektor Barners Gesuch — es war genau am ersten Tag von dessen Verbannung — an den Innenminister geschickt hatte, der es ihm aber nicht zurückerstattet hatte.

»Es handelt sich um russische Emigranten mit jüdisch-sozialistischem Hintergrund.«

»Ja, jetzt erinnere ich mich. Sie hatten mir seinerzeit ein Gesuch, diesen Fall betreffend, zukommen lassen. Könnte ich dieses Gesuch noch einmal sehen?«

»Ich habe es noch nicht zurückbekommen.«

»Zum Teufel! Vermutlich hat mein Sekretär es irrtümlicherweise der Ausländerbehörde übergeben, die bekanntlich in alles ihre Nase steckt.«

Innenminister von Koerber ging lebhaft hin und her, von den Blicken seines Sektionschefs, als verfolge er ein Tennismatch, begleitet.

»Wissen Sie, mein lieber Huber-Heißmödl, Seine Majestät«, er blickte zu dem Ölgemälde des Monarchen hoch, »verschließt sich seit einiger Zeit unseren Sorgen und schränkt auch seine höfischen Verpflichtungen ein. Ich konzediere, wir befinden uns gerade in der Adventszeit. Möglicherweise vertieft Majestät sich auch in die Fragen der großen Politik. Doch in Europa herrscht Ruhe. Worüber mag er sich den Kopf zerbrechen?«

Sektionschef von Huber-Heißmödl verstand weder, warum Innenminister von Koerber so weit ausholte, zumal er es eilig hatte, noch vermochte er die folgenden Überlegungen zu begreifen.

»Wie ich höre«, fuhr der Innenminister fort, »hat man die Innsbrucker Fenstereinwerfer gefaßt. Wir wissen natürlich, daß wir unsere Italiener wie rohe Eier zu behandeln haben. Doch mehr Sorgen als mit allen anderen Nationalitäten haben wir mit unserem eigenen Blut, mit den Deutschen. Dieser Wilhelm dort oben in Potsdam, der mit dem verkrüppelten Arm, macht uns das Leben ziemlich schwer. Finden Sie nicht auch?«

»Herr Minister, Sie beurteilen die Lage richtig, das steht außer Zweifel.«

Innenminister von Koerber blickte auf die Wanduhr. Offenbar stellte er fest, daß ihm noch einige Minuten zur Verfügung standen — es ist ein kapitaler Fehler, irgendwo zu früh zu erscheinen —, denn er fuhr fort:

»Uns geht es mit dem Deutschen Reich so wie dem kleinen mit dem großen Bruder. Seit Solferino und Königgrätz ist unsere weltpolitische Bedeutung — wie soll ich sagen? — nun ja, sie ist zusammengebrochen. Wir können nicht mehr als Großmacht agieren. Ich weiß, von Lemberg bis Laibach salutiert ein gedrilltes Heer vor der schwarz-gelben Fahne. Aber viele, allzu viele der in die Montur gesteckten Burschen radebrechen nur in der Staatssprache. Ein Malheur, daß wir seit Napoleon nicht mehr mit den Franzosen auskommen können. Ausgerechnet jetzt, da sich die österreichisch-russischen Differenzen um den Balkan geglättet haben, sind die Franzosen schlechter auf uns zu sprechen denn je zuvor. Vielleicht sind sie verärgert darüber, daß sie bei der Teilung nichts abbekommen haben. Eigentlich müßte sich ihr Zorn gegen die Russen richten. Sie verstehen doch, warum wir uns mit den Franzosen verständigen sollten?« examinierte er seinen Sektionschef, dessen Nase rot anlief. Doch ohne dessen Antwort abzuwarten, sprach er, obwohl ihm die Zeit davonlief, weiter.

»Die Franzosen sind die einzigen auf dem Kontinent, die das Deutsche Reich in Bedrängnis bringen könnten, das sich dann vielleicht etwas weniger zu uns ›hingezogen fühlte‹. Unsere verstockten Deutschnationalen würden sofort etwas niedriger pokern. Mein lieber von Huber-Heißmödl, wir müssen uns unter allen Umständen dieser brüderlichen Umarmung entziehen. Nun, wir werden noch Gelegenheit haben, uns über dies und jenes zu unterhalten.« Er läutete seinem Sekretär und bat, seinen Wagen vorfahren zu lassen.

»Und was ist mit Barner?« wollte Herr von Huber-Heißmödl wissen.

»Schicken Sie ihn in Urlaub. Wir können uns im Augenblick nicht mit den Juden befassen, noch dazu mit russischen. Verraten Sie ihm, daß er auf die Beförderungsliste kommt. Und wenn er im Januar wieder zum Dienst erscheint, vertrauen Sie ihm eine gröbere Arbeit an, eine, die seine allzu lebhafte Phantasie ein wenig bremst.«

»Mein lieber Barner«, empfing Sektionschef von Huber-Heißmödl am nächsten Morgen seinen frischrasierten Oberinspektor, »Sie haben eine allzu lebhafte Phantasie. Erklären Sie mir bitte, warum Sie sich nicht auf Ihre eigentlichen Aufgaben beschränken können.«

»Weil wir nicht dulden dürfen, daß mitten in der Hauptstadt auf unschuldige Menschen geschossen wird«, antwortete Oberinspektor Barner selbstbewußt.

»Aber unser Amt, lieber Barner, kann nur dann weiterbestehen«, Oberstleutnant von Huber-Heißmödl blickte zu dem goldgerahmten Portrait Metternichs auf, »wenn wir gewisse Regeln einhalten. Muß ich Ihnen, der fünfzehn Jahre Dienstzeit hinter sich hat, noch sagen, daß wir allem voran höheren Anweisungen Folge zu leisten haben, ohne Rücksicht auf das, was vor unserer Nase geschieht? Hat man Sie nicht mit irgend etwas betraut, dann ist es Ihnen keinesfalls erlaubt, sich damit zu befassen, selbst dann nicht, wenn Sie darüber stolpern sollten. Sie haben weiterzugehen auf dem Ihnen angewiesenen Pfad. Ist das klar?«

»Man kann doch nicht so tun, als wäre nichts vorgefallen. Es muß endlich Schluß gemacht werden mit der überholten Routine, und zwar auch hier, innerhalb des Hauses.«

»Mein lieber Barner«, der Sektionschef schnitt seinem Leutnant das Wort ab, »es ist nicht unsere Aufgabe, unser Amt, das auf eine große Vergangenheit zurückblicken kann, zu reformieren. Sie sehen müde und abgehetzt aus. Vielleicht war es nicht richtig, Sie nach Innsbruck zu schicken. Die Gebirgsluft ist Ihnen anscheinend schlecht bekommen. Machen Sie Urlaub. Vergnügen Sie sich am Wasser, fahren Sie nach Preßburg, nach Budapest oder wohin Sie wollen. Wenn Sie im Januar wieder im Amt sind, wartet auf Sie möglicherweise eine Überraschung. Im Rang eines Oberleutnants nimmt sich das Leben schon angenehmer aus.«

»Doch vorher geruhen Sie meinen Antrag auf Anzeigeerstattung zu lesen und gegenzuzeichnen. Wir dürfen keine weiteren Tage und Wochen verlieren. Die Sicherheit von Dr. Herzl ist nicht mehr garantiert.«

»Mein lieber Barner, seit wann sind Sie so außerordentlich um die Sicherheit eines Feuilletonisten besorgt?«

»Beunruhigt es Sie nicht, daß sich Mörder so ohne weiteres aus der Monarchie absetzen können? Und daß die Staatspolizei, ich betone, die Staatspolizei und nicht irgendwelche Landjäger, ihnen dabei behilflich ist?«

»Von was für Verbrechen reden Sie? Dr. Theodor Herzl lebt und ist hoffentlich munter und guter Dinge.«

»Ich denke an die Ermordung von Dr. Otto Weininger.«

»Hat außer Ihnen jemand, sei es ein Familienmitglied oder einer seiner Freunde, bezweifelt, daß es sich hier um Selbstmord handelte? Für die Familie wäre die Möglichkeit eines Fremdverschuldens allein schon aus Versicherungsgründen von elementarem Interesse gewesen. Doch niemand hat eine Anzeige gegen Unbekannt erstattet. Selbst die blutrünstige Journaille hat einen Mordverdacht nicht einmal angedeutet.«

»Geruhen Sie trotzdem, meinen Antrag durchzulesen und gegenzuzeichnen.«

»Barner, Schluß jetzt! Von einem Fall kann hier nicht die Rede sein! Und wenn es einer wäre, dann nicht der Ihre. Sie werden jetzt in Urlaub gehen und über die Ereignisse der letzten Wochen nachdenken. Sie haben Ihren angewiesenen Posten in Innsbruck eigenmächtig verlassen und sind ohne Erlaubnis Ihrer Behörde in die Schweiz gefahren. Eigenmächtig sind Sie auch nach Wien zurückgekehrt. Sind Sie sich eigentlich darüber im klaren, was das bedeutet? Ich schlage vor, wir alterieren einander nicht.«

Oberinspektor Barner war blaß geworden. Er ließ den Kopf hängen, als ihm sein Vorgesetzter, ihn zur Tür begleitend, den Antrag energisch aus der Hand nahm, ihn zu einem winzigen Etwas faltete und in seine Hosentasche steckte. Der Sekretär wurde beauftragt, einen Urlaubsschein auszufüllen. Damit war Oberinspektor Barner vom Dienst befreit. Er konnte bis Neujahr verreisen, wohin er wollte.

Gegen Abend ging er ins Kasino. Das war ein Fehler, denn obwohl es Donnerstag war, hatte sich die Mittwoch-Tarock-Runde im Spielzimmer versammelt. An seinem Platz saß Oberleutnant Hirt. Dagegen war nichts einzuwenden, denn er hatte sich, wenn auch gezwungenermaßen, wochenlang nicht blicken lassen. Er stellte sich hinter die Spieler, um zu kibitzen, möglicherweise würde auch einer der Herren früher aufbrechen, und er konnte in das Spiel einsteigen.

»Na, Barner, wie fühlt man sich, wenn man die Staatspolizei mit der Philosophischen Fakultät verwechselt hat?« fragte Hirt hämisch. Diese arrogante Art schmerzte ihn nicht. Weh tat jedoch, daß seine drei alten Tarockmitspieler ein höhnisches Lachen kaum unterdrücken konnten.

»Viel Spaß, meine Herren«, sagte Oberinspektor Barner, um einen kühlen Ton bemüht, und verließ das Spielzimmer. Dieser Vorfall hatte ihn so aufgebracht, daß er nicht mehr in der Lage war, wie geplant, Fräulein Blanka aufzusuchen. Er fühlte, daß ihm Wien nichts mehr bieten konnte.

Am nächsten Morgen kündete er beim Frühstück Frau Elisabeth an, daß er nach Brünn fahre, und zwar schon am folgenden Tag, und sie erst nach den Feiertagen wieder mit ihm rechnen sollte. Die Gute schlug die Hände über dem Kopf zusammen, doch taktvoll, wie sie war, erkundigte sie sich nicht nach dem Grund.

Als sie am nächsten Morgen Oberinspektor Barner in den Mantel half, hatte sie Tränen in den Augen, die er bemerkt hätte, wäre er nicht, ohne sich umzudrehen, hinausgegangen.

Nach einigen Stunden traf er in Brünn ein. Oberstleutnant von Huber-Heißmödl konnte nicht wissen, daß es nicht zuletzt seine Schuld war, wenn Barner sich dort auf den gefährlichen Weg zum Traualtar begab.

XXIII

Am Nachmittag des zehnten Dezember machte Oberinspektor Barner in Begleitung seiner Mutter der Familie Katona seine Aufwartung. Die Villa des Ingenieurs und Lehrers an der Brünner Realschule lag im vornehmen Franzensberger Viertel. Frau Barner, die sich sehr um ihren Sohn sorgte, hatte den Familienschmuck angelegt. Das halbe Täßchen Tee, um das sie gebeten hatte — dem Gebäck widerstand sie mit nobler Geste —, führte sie zierlich zu den Lippen.

Nachdem die Dame des Hauses den Gästen den Wintergarten gezeigt hatte, führte sie Frau Barner in den Musiksalon, wo die Mütter gemeinsam die Noten bereitlegten für das kleine Hauskonzert, mit dem das Fräulein Katona sie alle in Kürze erfreuen sollte. Therese jedoch war vorläufig noch damit beschäftigt, Oberinspektor Barner zu unterhalten.

»Waren Sie schon einmal verliebt? Ich meine so richtig verliebt?«

Der arme Barner.

Der zarte Spitzeneinsatz ihrer Seidenbluse verfehlte seinen Eindruck nicht, so daß Herr Katona, als er nach Hause kam, sozusagen ein bereits unter Beschuß genommenes Kampffeld betrat. Als er aber verriet, daß er demnächst mit seiner neuen Daimler-Limousine zu seinem Bruder Kálmán, einem angesehenen Richter der

Königlichen Kurie, nach Budapest fahren werde; als er Oberinspektor Barner fragte, ob er nicht Lust habe, seine ihn begleitende Tochter während der Fahrt zu unterhalten; und als Frau Barner mit unmißverständlichen Blicken ihrem Sohn zu verstehen gab, daß er diese Einladung nicht ausschlagen dürfe, willigte das Opfer kampflos ein.

So kam es, daß er am achtzehnten Dezember frühmorgens, die Burg Spielberg war noch in Nebel gehüllt, Ingenieur Katonas neues Auto bestieg. Herr Katona und er duzten sich schon auf der Höhe von Göding. Als Barner, sie fuhren gerade durch Preßburg, auf Theresens Frage, ob sie ihn Mikscha nennen dürfe, mit einem Ja antwortete, war sein Schicksal besiegelt.

Am nächsten Morgen saß er im Rauchersalon des Hotels *Bristol* und blätterte lustlos einige Zeitungen durch, während er auf Fräulein Therese und ihre Cousine wartete. Endlich nahmen ihn die beiden Damen in ihre Mitte und schleppten ihn bei leichtem Schneetreiben in einen Hutsalon in der berühmten Passage *Pariser Hof*. Dort wurde ihm die Aufgabe zuteil, zu entscheiden, welcher Hut Fräulein Therese am besten stünde. Er hatte Glück, denn sein Vorschlag traf mit ihrem Wunsch zusammen. Zur Belohnung bekam er einen zärtlichen Händedruck. Danach besichtigten sie das imponierende, wenn auch ein wenig hochmütige, fast beendete Parlamentsgebäude und genossen die vorweihnachtliche Stimmung in Pests ältester Konditorei am Gizellaplatz.

Die Aufführung von Giacomo Puccinis *Tosca* im Königlichen Opernhaus stand den strahlendsten Vorstellungen, die Oberinspektor Barner in Wien erlebt hatte, in keiner Weise nach.

Das anschließende Abendessen, zu dem Katonas Freund trotz der vorgerückten Stunde in seine Villa am Gellértberg geladen hatte, hob sich wohltuend ab von den sparsamen Wiener Einladungen. Oberinspektor Barners Schwermut begann sich am ovalen Eßzimmertisch der Katonavilla zu lockern. Er wurde geradezu gesprächig. Von Budapest war er geradezu begeistert.

Als er in der kalten Winternacht — Fräulein Therese hatte ihm fürsorglich den Wollschal gebunden — durch den knirschenden Schnee zu seinem Hotel zurückkehrte, löste sich die Spannung in seiner Seele vollends. Er blieb lange auf der Elisabeth-Brücke stehen und blickte auf die schwarz dahinfließende Donau.

Er sah ein, daß er Gott ins Handwerk gepfuscht hatte. Es ist nicht Sache des Händlers, seine Ware zu lieben oder zu hassen, es ist nicht Sache des Spediteurs, ein moralisches Urteil über seine Fracht zu fällen. Er hat sie lediglich zu transportieren. Er aber hatte sich voller Sympathie auf die Seite Otto Weiningers geschlagen, weil er einer falschen Deutung seines Todes entgegentreten wollte. Hätte er nicht besser daran getan, an seiner Rolle als unparteiischer Außenstehender festzuhalten, auch wenn er davon überzeugt war, daß bei diesem ein Verbrechen im Spiel war?

Die Nachricht, die er am nächsten Morgen im *Pester Lloyd* las, trieb ihm die Schweißperlen auf die Stirn.

»Am Freitag abend schoß in Paris während einer Veranstaltung der Nebessareth-Zion-Gesellschaft, mit der eine Ausstellung der Bildenden Künste eröffnet werden sollte, der siebenundzwanzigjährige Chaim Selig Louban, russischer Herkunft und Student der Chemie in Bern, auf den weltberühmten Schriftsteller Max Nordau. Er gab zwei Schüsse ab. Die erste Kugel streifte das Gesicht von Dr. Alexander Marmorek, der versuchte, in einem Handgemenge den Attentäter dingfest zu machen. Die zweite Kugel traf den Oberschenkel des Schauspielers Otto Welsky. Max Nor-

347

dau verließ die Veranstaltung unverletzt, stand aber unter Schock.

Das wahrscheinliche Motiv dieses Attentats ist darin zu suchen, daß die Führung der Zionisten an ihrem Plan, besitzlose Ostjuden in Uganda anzusiedeln, festhält. Denn der Attentäter rief: Nieder mit dem Afrikaplan! Wir dulden keine Diaspora!

Dies, obwohl Max Nordau in seinem Eingangsvortrag den Gästen mitgeteilt hatte, daß die Ugandafrage bereits seit Wochen von der Tagesordnung gestrichen sei. Er habe den Plan auf dem Baseler Zionistenkongreß nur aus Solidarität mit Dr. Theodor Herzl unterstützt.

Chaim Selig Louban wurde in Polizeigewahrsam genommen. In Anbetracht des großen internationalen Interesses findet das erste Verhör vor dem Untersuchungsrichter bereits am Samstag statt.«

Oberinspektor Barner faltete die Zeitung zusammen und steckte sie in seine Tasche. Nun erhob nicht mehr er, sondern die ganze Weltpresse Anklage gegen den halsstarrigen Chaim Selig Louban. Nach der Pariser Gerichtsverhandlung wäre es vielleicht möglich, auch Otto Weininger Gerechtigkeit widerfahren zu lassen. Natürlich wäre dazu die Amtshilfe der internationalen Polizei erforderlich.

Er eilte zum Telephon und teilte Herrn Katona mit, daß er dienstlicher Obliegenheiten wegen gezwungen sei abzureisen. Am Abend war er bereits wieder in Wien.

Die Wiener Sonntagsblätter veröffentlichten unter Berufung auf das *Illustrierte Wiener Extrablatt* einen Artikel von Dr. Theodor Herzl über den Vorfall.

»Es wäre niederträchtig, dem unglücklichsten Volk der Erde die helfende Hand zu verweigern, nur weil die Art der Hilfe, die ihm geboten wird, nicht unseren Wünschen und unseren Vorstellungen entspricht.

348

Die Ironie an diesem empörenden Attentat ist, daß sich der Ansiedlungsplan für Uganda bereits vor Wochen zerschlagen hat, während die russischen Juden weiter von Grausamkeiten und Massenpogromen bedroht werden.

Gerade jetzt werden wir nicht von unseren Bemühungen ablassen. Auch wenn Schüsse fallen, wir bleiben an unserem Platz. Wenn man auf Max Nordau schießt, dann ist auch für mich schon eine Kugel gegossen. Der auf Max Nordau gerichtete Revolver wurde in Rußland geladen. Wir müssen von nun an unsere ausländischen Gäste mit strengeren Blicken überprüfen. Mehr können wir zu unserer Sicherheit nicht tun. Die Gefahren, denen wir ausgesetzt sind, müssen wir auf uns nehmen.«

Am Montag kam Oberinspektor Barner beim Sekretär seines Sektionschefs, Herrn von Huber-Heißmödl, in einem Ton, der keinen Widerspruch duldete, um eine Anhörung nach. Er stürmte in das Amtszimmer seines Vorgesetzten, die Budapester und die Wiener Zeitungen unter dem Arm.

»Sie hier, lieber Barner? Wir hatten Sie erst nach Neujahr erwartet. Doch nehmen Sie Platz.« Er drückte den erregten Oberinspektor fast gewaltsam in den Ledersessel.

»Ich bitte Sie hiermit zum wiederholten Male, nein, ich fordere Sie hiermit auf, mein Gesuch auf Erstattung einer Anzeige weiterzuleiten! Andernfalls sehe ich mich gezwungen, um Unterstützung auf höherer Ebene nachzukommen«, forderte Oberinspektor Barner, der um Luft rang.

»Wohl wahnsinnig geworden? Barner, so beruhigen Sie sich doch endlich!«

»Mir ist es gelungen, das steht einwandfrei fest, dem Täter«, er schwenkte die beiden Zeitungen, »schon lange vor diesem Anschlag auf die Spur zu kommen.

Ich fordere Sie hiermit auf, Verbindung mit Paris aufzunehmen und das Belastungsmaterial, das ich zusammengestellt habe, dorthin zu schicken.«

»Sind Sie noch bei Trost, Barner? Wie könnten wir gerade jetzt dieses Aktenstück nach Paris senden? Man würde uns dort vorwerfen, wir hätten den Fall bis zum heutigen Tag absichtlich verzögert. Sie halten den Mund, jetzt rede ich! Ich will die Tatsache, daß Sie einem gefährlichen Terroristen auf die Spur gekommen sind, noch bevor er sein Vorhaben ausgeführt hat, durchaus nicht herunterspielen, obwohl Sie dabei Ihre Kompetenzen bei weitem überschritten haben. Doch denken Sie einmal ein wenig nach! Dieser Mensch ist bereits in polizeilichem Gewahrsam, und es hängt nur von denen, die ihn verhören, ab, ob er auch seine früheren Verbrechen und damit auch den Mord, den möglichen Mord an Otto Weininger gesteht.« Er richtete den Zeigefinger auf Oberinspektor Barner. »Wir dürfen uns keinesfalls in die Belange der französischen Justiz einmischen, dazu fehlt uns jegliche Befugnis. Selbst wenn es in diesem Jahr noch zu außenpolitischen Konsultationen käme — was ich nicht glaube —, würde Außenminister Goluchowski Ihre Forderung nicht vertreten. Das österreichisch-französische Verhältnis ist ohnehin angespannt genug. Und wie ich bereits sagte, wir kommen in der Sache entschieden zu spät.«

»Aber meine Schlußfolgerungen waren Ihnen bereits im November bekannt.«

»Um so schlimmer, lieber Barner. Um so schlimmer. Sie werden gut daran tun, das für sich zu behalten. Denn niemand könnte den Verdacht von uns nehmen, daß wir diesen Chaim Louban dazu aufgehetzt haben, statt hier bei uns in Frankreich Unruhe zu stiften. Wenn wir nicht achtgeben, hält man ihn am Ende noch für unseren Agenten!«

Oberinspektor Barner starrte verzweifelt auf den Teppich mit dem Doppeladlermuster. Er murmelte noch etwas, was nach Pflicht und Begünstigung klang, doch schließlich ging er, begleitet von Herrn von Huber-Heißmödl, der die Rechte teilnahmsvoll auf seine Schulter legte, mit hängendem Kopf aus dem Zimmer.

Bereits am folgenden Tag berichteten die Zeitungen, daß Max Nordau in Anwesenheit des zuständigen Haftrichters dem Attentäter verziehen hätte, der flehentlich und unter Tränen um Freispruch bat und seine Tat damit zu erklären suchte, daß er erst seit einigen Wochen verheiratet war und in einer weniger erregten Verfassung niemals einen Mordversuch unternommen hätte.

»So ein Mistkerl! So ein ausgekochter Mistkerl!« fluchte Oberinspektor Barner. Seine Hoffnung, daß bei der Pariser Verhandlung der Fall Otto Weininger doch noch zur Sprache käme, hatte sich mit dem Freispruch Chaims in nichts aufgelöst.

Nur der Gedanke an das bevorstehende Weihnachtsfest riß ihn aus seiner Niedergeschlagenheit. Dem Rat Frau Elisabeths folgend, besorgte er noch vor seiner Reise nach Brünn einige Geschenke. Beim Kurzwarenhändler Lederer und Lederer in den Tuchlauben kaufte er ein bordeauxrotes Samtband für seine Mutter, die sich mit Rücksicht auf ihr Alter wirklich kein korallrotes Band auf ihren Hut nähen konnte. Dafür mußte man Verständnis haben.

XXIV

AM ZWEITEN Weihnachtstag gestand Therese Katona
Oberinspektor Barner im Laufe der Teestunde, zu der
dieses Mal Frau Hedwig Barner Familie Katona geladen hatte — sie tischte sogar die sündhaft teuren Treib-
hauserdbeeren mit Schlagsahne auf—, daß er ihr in den
beiden verbliebenen Tagen ihrer gemeinsam begon-
nenen Budapester Spritztour sehr gefehlt habe. Ihre
Cousine Paula habe ihr, so erzählte sie weiter, den
jungen, höchstens achtzehnjährigen Maler Ernö Tibor
vorgestellt, dessen Ölbild »Mädchen aus Nagybánya
mit Krug« der Vater ihr auf langes Bitten hin gekauft
habe.

Der Nachmittag verlief harmonisch. Beim Ausein-
andergehen kam man überein, das alte Jahr gemeinsam im Damenkasino von Brünn zu verabschieden,
wo man auf die Anwesenheit der Herren Offiziere vom
Husarenregiment in ihren dekorativen roten Pelzen
und blauen Hosen zählen konnte.

Oberinspektor Barner fand in den letzten Tagen des
Jahres 1903 nicht den Weg, der ihn aus der Nebelland-
schaft seiner Gedanken hinausführte. Man konnte sein
Verhalten fast rücksichtslos nennen. Vor allem aber
wollte die träge Lustlosigkeit nicht von ihm weichen.
Sogar die in der *Fackel* vom dreiundzwanzigsten Dezember abgedruckte, zwar maßvolle, aber spürbar

verärgerte Replik Leopold Weiningers auf das Vorwort, das Moritz Rappaport zu Ottos postumem Werk *Über die letzten Dinge* verfaßt hatte, las er nur flüchtig durch. Er fühlte sich nicht mehr imstande, wie ein Spürhund jede Otto Weininger betreffende neue Spur zu verfolgen, so, wie er möglicherweise das Interesse am Fortgang seines eigenen Lebens eingebüßt hatte.

Die gedrückte Stimmung wich auch in den ersten Januartagen nicht von ihm. Weder die vertraute Umgebung seines Büros noch die taktvolle Fürsorge, die Frau Elisabeth wie eh und je walten ließ, konnte ihn trösten. Mit völliger Teilnahmslosigkeit nahm er die Notiz in der *Neuen Freien Presse* vom fünften Januar zur Kenntnis, der zufolge Fräulein Rosa Weininger und Herr Károly Boschán vor dem Magistrat der Stadt Wien im engsten Familienkreis die Ehe geschlossen hatten, sich aber nun bereits auf ihrer Hochzeitsreise nach Ägypten befanden, auf diesem Weg jedoch für die eingegangenen Glückwünsche von ganzem Herzen dankten.

Ein noch am selben Tag von einem hüstelnden Amtsdiener überbrachtes hausinternes Schreiben, datiert vom vierten Januar, bestätigte seine langgehegten unguten Ahnungen.

»Sie werden mit sofortiger Wirkung unter Beibehaltung Ihrer Gehaltsklasse in den Dienst der Staatlichen Verwaltungsbehörde Erster Instanz der Stadt Brünn als Presseinspektor übernommen. Dienstantritt: 1. Februar 1904.

Die Genehmigung zu Ihrer neuen Ernennung erfolgte nach meiner Intervention bei Hofe. Bis zu dem oben genannten Datum sind sowohl bei der Wirtschaftsverwaltung als auch in der Kanzlei alle administrativen Formalitäten, ihre Entlassung betreffend, zu erledigen.

Ihren bisherigen Arbeitsbereich übernimmt Leutnant Julius Stingl.

Hiermit entlasse ich Sie unter Anerkennung Ihrer Leistungen aus dem Dienst der Staatspolizei.

v. Koerber
Innenminister«

Dieser Faustschlag traf ihn schmerzlich, obwohl er damit insgeheim gerechnet hatte. Jedoch in Anbetracht seines Seelenzustandes, der, abgesehen von einigen lichten Momenten — jene Erleuchtung auf der Elisabeth-Brücke zählte dazu —, von Lethargie bestimmt war, kam ihm die Versetzung wie gerufen.

Seine Wohnung war bereits aufgelöst. Das, was er für mitnehmenswert hielt, wartete neben seinen in offenen Kisten untergebrachten geliebten Pflanzen, in zwei metallbeschlagenen Überseekoffern auf die Transportarbeiter mit ihrem Planwagen, die alles zur Bahn spedieren sollten, von wo es dann als Stückgut die Reise nach Brünn antrat. Frau Elisabeth versuchte unter Tränen, sich mit der Tatsache abzufinden, daß ihre Tätigkeit bei Oberinspektor Barner — nunmehr Presseinspektor Barner — endgültig zu Ende gegangen war. Auch Fräulein Blanka beweinte sein Scheiden und legte sein Abschiedsgeschenk, ein silbernes Medaillon an silbernem Kettchen zu zehn Kronen, für das sie sich mit einem langen Kuß bedankte, fast andächtig um ihren Hals. Maximilian Barner empfand es ebenfalls als schmerzlich, daß er mit seinem Scheiden aus Wien so viel Vertrautes, Gewohntes, für ihn nun Unwiederbringliches zurücklassen mußte.

Therese Katona indessen begrüßte es als eine glückliche Fügung, daß der Erwählte ihres Herzens nicht mehr aus Wien anreisen mußte, um mit ihr auf dem Brünner Korso zu flanieren. (Herr von Huber-Heiß-

mödl hatte in den letzten Dezembertagen aus wohl-
unterrichteten Budapester Kreisen die Nachricht erhalten, daß sein Oberinspektor dort mit einer Brünner
Schönen zu sehen war, was ihn dazu bewog, als Ab-

Wien, Lackierergasse 7

schiebungsort Brünn ins Gespräch zu bringen und nicht Przemyśl, Bregenz oder Ragusa.)

Nach Erledigung der administrativen Formalitäten, auch die Ernennung durch den Hof war inzwischen eingegangen, wollte Maximilian Barner Wien, den Schauplatz seiner Studienjahre und seiner fünfzehnjährigen Amtszeit, nicht verlassen, ohne Otto Weiningers Wohnorte noch ein letztes Mal aufgesucht zu haben.

Nachdem er das von Rosa Weininger so liebevoll betreute Studentenzimmer im Hinterhaus des mit Gipsfiguren und Brüstungen überladenen Hauses in der Nußdorferstraße betrachtet hatte, wanderte er nach Gersthof, um sich in der Dachmansarde umzusehen, die Otto Weininger im Herbst 1902 bewohnt hatte. Dann suchte er, nicht ohne ein beklommenes Gefühl, jenes Haus in der Lackierergasse auf, in dem Otto Weininger seinem Buch *Geschlecht und Charakter* den letzten Schliff verliehen hatte, und erst zuletzt pilgerte er in die Schwarzspanierstraße. Schon von weitem vernahm er die Spitzhacken der Abrißarbeiter. Betroffen sah er das von den Ziegeln entblößte Dachbalkenskelett. Sein Taschentuch vor die Nase haltend, betrat er das in eine Staubwolke gehüllte Haus und tastete sich hinauf in die zweite Etage. Das Ehepaar Eschl konnte ihm nicht mehr mit der Petroleumlampe leuchten, da es die Hausmeisterwohnung schon vor einiger Zeit geräumt hatte. Er winkte einen Abbrucharbeiter zu sich her, drückte ihm zwei Kronen in die Hand und wies ihn an, ein Stück von der Zimmerwand, das er genau markierte, herauszuhauen. Nach wenigen Schlägen fiel etwas metallisch Glänzendes zwischen die Trümmer auf den Holzfußboden. Er hob es auf, bedankte sich bei dem Arbeiter und eilte hinunter. So gut es ging, klopfte er, noch bevor er die Straße betrat, den Abbruchstaub von Hut und Mantel.

357

Wieder einmal, dieses Mal für viele Jahre, brachte ihn der Zug nach Brünn. Dort meldete er sich sogleich in der Statthalterei, die in dem ehemaligen Augustinerkloster untergebracht war. Sein winziges Büro, in dem ihm neben allen regionalen Zeitungen und Zeitschriften auch die in Wien erscheinenden Presseerzeugnisse zur Verfügung standen — auf Herzls *Welt,* die er anfänglich ebenfalls bestellen wollte, verzichtete er —, erlaubte ihm den Blick auf einen Park mit mächtigen Kastanienbäumen.

Doch in seiner Brust, daran konnte auch seine Einstufung als Presseinspektor nichts ändern, schlug nach wie vor ein Polizistenherz. Schon sehr bald schaltete er sich als unterstützendes Mitglied in die Arbeit der Mährischen Polizeivereinigung ein und gehörte zu denen, die es schließlich mit immer wieder vorgebrachten Petitionen doch noch erreichten, daß jeder mährische Polizist eine Taschenapotheke mit sich zu führen hatte und daß in den Gefängnissen Extrazellen eingerichtet wurden, zur Beobachtung von Häftlingen, bei denen sich Symptome einer Geisteskrankheit zeigten.

Er war in die beiden schon so lange auf ihn wartenden Zimmer in der großen Wohnung seiner Mutter eingezogen und konnte auch die Dienste der getreuen Zdenka, die zwar nicht so perfekt wie Frau Elisabeth, aber doch stets um ihn bemüht war, in Anspruch nehmen. Für Frau Elisabeth indessen übersandte er zu jedem größeren Fest zwanzig Kronen an ihre Leobener Adresse. Es freute ihn wenig, daß ihn das Schicksal in einen sicheren Hafen gebracht hatte. Im Gegenteil, seine Schwermut wollte nie mehr ganz von ihm weichen. Es kam vor, daß er in seinem Arbeitszimmer — er hatte den einen Raum als Schlaf-, den anderen als Arbeitszimmer eingerichtet — minutenlang drei völlig gleich aussehende, zu einem 7,5-mm-Revolver gehörende Kugeln anstarrte und sie auf der Glasplatte seines Schreibtisches oftmals miteinander vertauschte, was jedesmal ein klirrendes Geräusch zur Folge hatte. Augenscheinlich war er damit beschäftigt, zu ergründen, wann welche Kugel in seinen Besitz gekommen war. In den Augen seiner Vorgesetzten galt er als tüchtiger, schnell arbeitender Beamter, obwohl sein Tagespensum kaum vierzig Prozent seiner Wiener Leistungen erreichte. Die Menschen seiner Umgebung mochten ihn, er tat keiner Fliege etwas zuleide. Aus der Affaire um die Brünner Kanalisation hielt er sich heraus, und mit dem Seuchenskandal von 1906 hatte er nicht das geringste zu tun.

Sein Privatleben wurde nur einmal von einem Stolperer gekennzeichnet, als nämlich sein Schwiegervater Robert Katona zwei Wochen vor der für Pfingsten anberaumten Hochzeit beim Experimentieren einen Starkstromschlag erhielt und noch am Unfallort verstarb. Die Hochzeit wurde um einige Wochen verschoben.

Da die Familie Katona seinerzeit Barners Prestigeverlust taktvoll mit Schweigen übergangen hatte, ignorierte er nun im Gegenzug, daß sich die Franzensberger Villa lediglich als Dienstwohnung erwies, die von der Witwe und ihrer Tochter zum ersten September geräumt werden mußte, und daß Herr Katona es darüber hinaus versäumt hatte, die Raten für die Daimler-Limousine zu zahlen.

Nach der Hochzeitsreise, die das junge Paar nur bis Bad Teplitz in Mähren brachte, kam Frau Therese samt Klavier und Wintergartenbestand unter die Fittiche ihrer Schwiegermutter. Frau Katona, die sich von ihrer Witwenrente eine kleine Wohnung ganz in der Nähe leisten konnte, beteuerte, daß sie der Wechsel durchaus nicht reue. Seit der Geburt der Enkelin Olga im Sommer 1906 ging sie kaum mehr zu den jungen Leuten, und Therese nahm sich ein Kindermädchen, um ungebundener zu sein und ihre einsame Mutter jederzeit besuchen zu können. Das Angebot der Barner-Großmutter, das Kind zu hüten, lehnte sie ab.

1908, zur Fastenzeit, zu vormittäglicher Stunde, entschlief Frau Hedwig Barner in ihrem Lehnstuhl. Sie trug ihren Hut mit dem bordeauxroten Samtband, als hätte sie sich bereitgemacht auszugehen. Die jahrzehntelang gehütete Wahrheit über den Tod ihres Mannes, des Brückenbauingenieurs, nahm sie mit ins Grab. Den im Frühjahr 1909 geborenen Enkel Viktor konnte sie nicht mehr an ihr Herz drücken.

Doch was wurde aus dem Ermittlungsmaterial, das Maximilian Barner, als er noch Oberinspektor im Rang eines Leutnants war, in dem Dossier mit den Buchstaben O. W. gesammelt hatte?

Es wäre für die Nachwelt vielleicht besser gewesen, wenn er das nicht sehr umfangreiche Aktenbündel unter Verschluß gehalten hätte. Er aber wies ihm einen Platz auf seinem Schreibtisch an. Wenn er an manchen Tagen mit energischem Schritt sein Arbeitszimmer betrat, riß er jedesmal seine silberne Taschenuhr aus der Westentasche, als wollte er sie nicht nur aufklappen, sondern wegschleudern, und jedesmal behauptete er steif und fest, er müsse noch ein paar Akten ordnen. Dann wußte Frau Therese, daß er wieder einmal in dem aus Wien mitgebrachten Material blätterte. Der Inhalt der Mappe jedoch nahm ständig ab. Als erstes verschwand die Abschrift von Ioanna Lubanskas Personalbogen. Wie sich später herausstellte, hatte die daran geheftete Photographie, die er sich seinerzeit von Dr. Stekel ausgebeten hatte, Theresens Eifersucht geschürt. Ein anderes Mal stellte er fest — er wollte seinen Augen nicht trauen —, daß die Titelseite von Otto Weiningers Buch *Geschlecht und*

Charakter herausgerissen war. Als er den unerhörten Vorfall zur Sprache brachte, erfuhr er, daß Zdenka, als sie am Morgen den Kachelofen einheizen wollte, Papier gesucht hatte, und da war ihr die Seite aus dem sandfarben gebundenen Buch gerade recht gekommen. Die Gutachten des Handschriftenexperten Gräfl und des Waffenexperten Jüngl fielen der Wut des Hundes Bruno zum Opfer, den Maximilian Barner eines Tages — es war ein Geschenk seines Amtsdieners — mit nach Hause gebracht hatte. Der kleine semmelblonde Mischling eroberte sich rasch einen Platz im Herzen seines Herrn, und da Dr. Morgenstern, der Hausarzt, Maximilian Barner viel Bewegung an der frischen Luft verordnet hatte, sah man Herrn und Hund immer öfter im nahegelegenen Park. Brunos Lieblingsplatz war der Ledersessel vor dem Schreibtisch. Zuweilen kam es vor, daß er in gereizter Stimmung, möglicherweise, weil er das Warten leid war, dies oder jenes vom Schreibtisch stahl und zerfetzte. Zdenka kehrte die Reste zusammen, sie wanderten in den Mülleimer. Ein ähnliches Schicksal nahm Arthur Trebitschs Erinnerungsschrift *Jahrhundertwende,* ganz zu schweigen von irgendwelchen Zeitungsausschnitten, die beim morgendlichen Lüften auf den Fußboden flatterten und dann von Zdenka weggefegt wurden. Da Dr. Morgenstern Interesse für Otto Weininger gezeigt hatte, lieh ihm Barner die vielsagenden Briefe und Gesprächsauszüge, die er besaß. Später jedoch scheute er sich, das Material zurückzufordern. Das wäre auch vergeblich gewesen, denn Dr. Morgenstern hatte das Bündel noch am selben Tag versehentlich in eine Pfütze fallen lassen und keine Zeit mehr gehabt — er eilte wie immer zu einem Kranken —, die Blätter aufzuheben und zu trocknen. Sein Angebot, die Familie beim nächsten Mal umsonst zu behandeln, konnte den Verlust nicht wettmachen.

Im Frühjahr 1906 wollte die schwangere Therese noch einmal nach Budapest fahren, um von Professor István Thomán an der Musikakademie angehört zu werden, doch hielten sie alle möglichen Dinge davon ab. Das Klavier im Salon erklang immer seltener, Therese strickte lieber, häkelte oder träumte einfach nur vor sich hin. Und wegen der Kinder — im Frühjahr 1909 kam noch Viktor zur Welt — blieb die Familie auch den Konzerten in der Stadt fern. Ihr Interesse an der Kunst konzentrierte sich ganz auf die Bilder des jungen Malers Ernö Tibor, der die Künstlerkolonie in Nagybánya endgültig verlassen hatte und nach Brünn übergesiedelt war. Mit dem Auto, in das er seine Malutensilien packte, fuhr er zu den bekannten Ausflugsorten in der Umgebung von Brünn, und so manchem Wanderer fiel auf, daß er eine Muse bei sich hatte. Doch niemand erkannte in der tief verschleierten Dame Frau Therese Barner, geborene Katona.

Auch Maximilian Barner dachte an nichts Böses, als sich in seinem Eßzimmer die Werke von Ernö Tibor häuften. Nur der Rahmenmacher wunderte sich darüber, daß der Maler nur jene romantischen Plätze auf die Leinwand gebannt hatte, die ihm aus jungen Jahren in Erinnerung geblieben waren; freilich hatte er dort nicht der Kunst, sondern der Göttin der Liebe gehuldigt, gemeinsam mit einer hübschen Näherin.

Das Haus in der Schwarzspanierstraße lag damals längst in Trümmern. Einige Sommerfrischen in Teplitz, Héviz und Karlsbad standen noch bevor, bis das Staatsgebäude, in dem Maximilian Barner sich so häuslich eingerichtet hatte, ebenfalls einstürzte und jene Lebenswelt unter sich begrub, an deren Geheimnisse der Oberinspektor seinen ganzen Scharfsinn verschwendet hatte, ohne daß es ihm gelungen wäre, sie zu durchschauen.

Epilog

WER SICH IN DEN ANNALEN der ungarischen Malerei auskennt und weiß, daß bei Ernö Tibor auf die ultramarine Brünner Periode die grüngetönte Wiener folgte, der wird sich denken können, daß auch die Familie Barner früher oder später nach Wien zurückkehren mußte.

Das hatte niemand anderes bewerkstelligen können als Kálmán Katona, Richter bei der Königlichen Kurie, der als Anwärter auf den Titel des Vizepräsidenten galt. Im Herbst 1910 erschien Therese in seiner Villa am Gellértberg und teilte ihrem Onkel rundheraus mit, daß sie von nun an in Wien leben wollte.

Einige Wochen später erhielt Barner einen Brief aus dem Polizeipräsidium der Stadt Wien mit der Anfrage, ob er Lust hätte, seine wertvolle Polizeierfahrung in den Dienst der Hauptstadt zu stellen; dies sei besonders wünschenswert im Hinblick auf die besorgniserregende Häufung von Demonstrationen und Störungen der öffentlichen Ordnung. Im Falle einer erhofften positiven Antwort würde der Magistrat sofort die entsprechenden Maßnahmen ergreifen; Barner könnte dann unverzüglich seine Leutnantsuniform wieder anziehen. Diese schicksalhafte Wende übte eine positive Wirkung auf sein Gemüt, ja, sogar auf seine Verdauung aus. »Sieh da, man braucht den Alten doch noch zu Hause«, murmelte er zufrieden vor sich hin und warf sein Bitterwasser, sein Sodabikarbonat und seine säurebildenden Tropfen weg. Als er in Wien zum Dienst erschien, mußte er jedoch feststellen, daß dort niemand etwas von ihm wußte. Die Dinge klärten sich jedoch bald auf, die entsprechenden Abschriften und Anschreiben kamen ans Tageslicht, und am 1. Februar 1911, nach genau siebenjähriger Tätigkeit im öffentlichen Dienst der Stadt Brünn, trat Barner seinen Dienst in der Ermittlungsabteilung des Wiener Polizeipräsidiums an.

Seine eifrige Miene fiel besonders bei der Entlarvung des gefährlichen Spions Hauptmann Redl auf*, die ihm die längst fällige Beförderung zum Oberleutnant einbrachte.

Barner ahnte nicht, daß er seine Rückberufung nach Wien dem rotbraunen Gesicht, dem makellosen Gebiß und der unermüdlichen Liebesbereitschaft eines jungen ungarischen Malers zu verdanken hatte. Wären Therese und Ernö nicht so entschlossen vorgegangen, so wäre es nie zu dieser Versetzung gekommen. Kálmán Katona, der Richter bei der Königlichen Kurie, war nämlich Ende 1910 infolge eines Schlaganfalls verstorben.

Eines Tages erreichte Barner die Nachricht, daß der agile Hirt inzwischen anstelle des pensionierten Huber-Heißmödl die XVI. Sektion der Staatspolizei (Nationalitätenfragen) übernommen hatte. An einem Spätsommernachmittag traf Barner seinen früheren Vorgesetzten Huber-Heißmödl, oder wie seine Untergebenen ihn zu nennen pflegten, den »Ha-Ha«, in Gehrock und Lackschuhen, wie er vor dem Kaffeehaus

* Vergl.: Péter Dobai, *A birodalom ezredese*. Budapest 1985. S. 449 ff.

366

Sacher auf einen Mietwagen wartete. Unergründlich ist die menschliche Seele! Nach so vielen Jahren umarmten sich die beiden Männer; ihre bösen Konflikte waren vergessen. Doch löste sich Ha-Ha mit folgenden tadelnden Worten aus der Umarmung: »Barner, seien Sie auf der Hut, Sie wissen ja, Ihre Phantasie ist manchmal zu rege.«

Noch 1912, als die Sozialisten unter dem Zeichen der roten Nelke ihre Agitation verstärkten, wurde ihm ein Spitzel des Polizeipräsidiums, ein gewisser Adolf Schickelgruber-Hitler, zugeordnet, der ihm ebenso hitzköpfig und fanatisch vorkam wie seinerzeit Chaim Louban. Er verlor ihn aber bald aus dem Blick; als Lohn für seine brauchbaren Berichte durfte Schickelgruber seine montäglichen Berichte offenbar an höherer Stelle vorbringen. Zur selben Zeit wollte Barner auch einmal Fräulein Blanka im Bordell neben dem Theresianum aufsuchen, als er zufällig in der Nähe war. Natürlich hatte er nur vor, sich nach ihrem Befinden zu erkundigen. Einer dort angestellten, mit beachtenswerter Oberweite gesegneten Dame zufolge, hatte sich aber Fräulein Blanka schon vor Jahren zurückgezogen und ihr erspartes Geld in ein Lichtspieltheater in einer ungarischen Kleinstadt investiert.

Nach dem Zusammenbruch der Monarchie wurde Barner pensioniert. Dem Wunsch seiner angebeteten Therese entsprechend übersiedelte er samt Familie nach Budapest. Die Tochter Olga wurde Studentin an der Budapester Musikakademie im Fach Geige. Sie heiratete schließlich einen jüdischen Fahrradhändler, zu dem sie auch in schweren Zeiten hielt, bis zu seiner Deportation. Barners jüngster Sohn Viktor hatte sich für das technische Studium entschieden und fand nach der Weltwirtschaftskrise eine Anstellung in einem privaten Konstruktionsbüro. Seine Angst vor der Einberufung bewog ihn schließlich, in die illegale kommunistische Partei einzutreten. Das kam ihm nach dem Ende des Zweiten Weltkriegs zugute; im Stab von Ernö Gerö durfte er in leitender Position am Wiederaufbau des Landes teilhaben. Einige Tage vor dem Schauprozeß gegen László Rajk warf er, weitblickend, wie er — mehr noch als sein Vater — war, 1949 das Mitgliedsbuch der Partei in die Theiß und floh über die jugoslawische Grenze. Seine Schwester Olga, die allein lebte und deshalb leichter einen Reisepaß bekam, konnte er bereits 1962 wiedersehen, und zwar im *Grand Hotel Excelsior* in Montreux, wo er als erfolgreicher Bauunternehmer die unverändert hohen Preise ohne weiteres bezahlen konnte.

Frau Therese Barner, geborene Katona, war schon 1949 gestorben. Daraufhin verkauften die beiden Erben die aus acht Ernö-Tibor-Bildern bestehende Kollektion für 950 Forint an einen Professor der Medizin, der nebenbei einen Kunsthandel betrieb.*

Barners Hündchen Bruno überlebte das Attentat von Sarajewo nur um ein paar Tage: Infolge der Unachtsamkeit der gerade erst achtjährigen Olga, die ihn ausführte, wurde er von einem Bus überfahren. Noch bevor sie ihn an die Leine hätte nehmen können, hatte der gute Hund die Spur seines Herrn gewittert und raste mit aufgestelltem Schwanz genau dort über die Thaliastraße, wo sie Barner jeden Morgen, wenn er zum Polizeipräsidium der Kaiserstadt in Richtung Schottenring ging, zu überqueren pflegte. Dieser Unfall hatte den Oberleutnant erschüttert. Er vertiefte sich daraufhin noch mehr in seine Arbeit und tröstete sich am Anblick seiner vor Schönheit strahlenden Frau und der heranwachsenden Kinder. Er hatte wieder mit den Schießübungen begonnen, dieses Mal

---

* Das Gemälde *Mädchen aus Nagybánya mit Krug* ist inzwischen in den Besitz des Autors gelangt.

auf dem Schießplatz in der Schmelz, und bei einem Wettkampf 1916 einen beachtlichen 6. Platz belegt, wobei er sogar noch vor Hauptmann von Eggenbauer, einem seiner Vorgesetzten, lag.

Als Maximilian Barner acht Jahre später, 1924, auf dem Krankenlager die letzte Ölung empfing, nachdem die Familie der Pfarrkirche in Krisztinaváros 10000 Kronen hatte zukommen lassen — das war dieselbe Summe, die dem Sterbenden vor dem Krieg ausreichend erschienen war, um eine Familie zu gründen, doch nun konnte man ganze zwei Dutzend sechzig Zentimeter lange Kerzen dafür bekommen —, und als die Familie um die besudelte Schlafstatt herumstand, vernahm sie zu ihrem Erstaunen, daß der Sterbende nicht nur den Herrgott, sondern auch Otto Weininger um die Vergebung seiner Sünden bat.

Doch wir wollen in dieser Geschichte kein Chaos zurücklassen, sondern alles zu Ende führen, was zu Ende zu führen ist! Bevor wir uns endgültig von Dr. Theodor Herzl verabschieden — am 3. Juli 1904 tat seine verzagte Seele ihren letzten Atemzug —, wollen wir uns seine letzte politische Beratung in Erinnerung rufen, nach der er vor eine Ärztekommission gebracht wurde, die beschloß, daß er für mindestens sechs Wochen unbedingte Ruhe brauchte. Am 30. April 1904 war er von Graf Goluchowski, dem Außenminister der Monarchie mit dem ergrauten Backenbart und den tiefblauen Augen, empfangen worden. Herzl warnte vor einer möglichen politischen Radikalisierung der notleidenden galizischen Judenmassen, ließe man sie nicht nach Palästina ausreisen. Graf Goluchowski riet ihm, sich um die Unterstützung des ungarischen Ministerpräsidenten zu bemühen. Herzl gab zu bedenken, daß Tisza ihm wahrscheinlich nicht zur Seite stehen werde, denn damit würde er die Wählerstimmen der vermögenden ungarischen Juden verlieren. Danach sprachen sie über Benedikt, den Chefredakteur der *Neuen Freien Presse,* der die Sache des Zionismus »totschweige«. Herzl bezeichnete es als sonderbar, daß sich Benedikt als Angehöriger einer nicht existierenden Rasse, als Österreicher, bekenne. Goluchowski verabschiedete sich mit einem dreimaligen *»Au revoir«* und einem dreimaligen Händedruck. Nach der ungewöhnlich langen Besprechung verneigte sich der Türsteher mit tiefer Ehrfurcht vor dem Volksführer, der nun für immer die politische Bühne verließ.

Was Sigmund Freud betrifft, so bekannte er seinem Berliner Freund Wilhelm Fließ, der nach wie vor glaubte, Otto Weininger sei erst durch Freud auf seine Konzeption der Bisexualität gekommen, am 27. Juli 1904, was er bis dahin bestritten hatte, er habe Weiningers Buch vor dessen Erscheinen tatsächlich gelesen. Kurze Zeit später, im August, zog er zum Besuch der Akropolis sein bestes Hemd an. Braumüller schaffte es kaum, *Geschlecht und Charakter* nachzudrukken, so groß war die Nachfrage. Probsts *Krankengeschichte* Ottos (Wiesbaden 1904) löste bei Weininger senior wütenden, verbitterten Protest aus; seine Erwiderung erschien in den Spalten der *Fackel.* Zwischen Freud und Fließ kam es, Weiningers wegen, zu dem schmerzlichsten Bruch, den Freud in seiner wissenschaftlichen Karriere erfahren hat. In einer kämpferischen Broschüre nahm Swoboda 1906 Otto gegen den Vorwurf des Plagiats, den Fließ (auch gegen Freud und Swoboda) erhob, in Schutz.

Im selben Jahr 1906 entschied sich Richard Weininger zu konvertieren, ein Schritt, dem sich kurz darauf Rosa und Karoline anschlossen. Weininger senior dagegen blieb bis zu seinem Tode konfessionslos.

Houston Stewart Chamberlain trennte sich von seiner halbjüdischen Frau Anna Horst und heiratete 1908 Eva Wagner, die Tochter Richard Wagners und

370

Enkelin von Franz Liszt. 1909 verließ er Wien, wo er
zehn Jahre verbracht hatte, und übersiedelte nach
Bayreuth. Arthur Trebitsch unternahm auf Geheiß
des deutschen Geheimdienstes Vortragsreisen ins
Reich, um seinen Zuhörern angesichts der drohenden
jüdischen Gefahr die Augen zu öffnen und sie vor den
Machenschaften der Katholiken und der Freimaurer zu
warnen.

371

Im Dezember 1912 sah Maximilian Barner in der Wiener Gumpendorfstraße Leopold Weininger, den berühmten Kunstschmied, in tiefer Trauer, den Kopf in die Hände vergraben, in seinem Büro sitzen. (Adelheid Weininger war kurz zuvor an Tuberkulose gestorben.) Barner wollte ihm vorschlagen, Ottos Mörder nunmehr gemeinsam auf die Spur zu kommen; allerdings schien ihm der Augenblick nicht passend, um seine Initiative vorzubringen.

Ludwig Wittgenstein schlug 1913, nachdem er nicht geneigt gewesen war, zum Begräbnis seines Vaters nach Wien zu reisen, seine Zelte in der Nähe eines norwegischen Fjords auf. Dort begann er seinen *Tractatus* zu schreiben. Er hatte nur zwei Bücher mitgebracht: Weiningers Hauptwerk und ein Exemplar der *Fackel*.

Als Arthur Trebitsch von der Muskelschwund-Krankheit Chamberlains erfuhr, reiste er nach Bayreuth, um ihn darauf aufmerksam zu machen, daß auch diese Erkrankung das Werk der jüdischen Weltverschwörung sei. 1914 erwies er Kaiser Wilhelm einen großen Dienst; er verfaßte ein patriotisches Gedicht, in dem es hieß, das baltische Deutschtum müsse mit dem westlichen und östlichen Germanentum verschmelzen. Das Gedicht wurde auf Flugblätter gedruckt und aus dem Flugzeug über dem russischen Baltikum abgeworfen. Trebitsch zog nach Berlin, wo er mehrfach in eine Nervenheilanstalt eingewiesen werden mußte, da er selbst in den Wohnungen seiner vertrautesten Genossen vor jüdischen Agenten, die ihm angeblich nach dem Leben trachteten, zitterte. Am 15. April 1919 bat er im Reichswehrministerium um Asyl, das ihm jedoch nicht gewährt wurde.

Chaim und Ioanna waren schon vor dem Krieg nach Rußland gezogen. Sie waren die engsten Mitarbeiter Libers in der jüdisch-sozialistischen Bewegung geworden. Später fiel Chaim in den Gefechten des Bürgerkriegs. Ioanna wurde Libers Frau. Als Martow (ursprünglich Zederbaum) die Sowjetunion verließ, wurde auch die Position Libers unsicher: Ganz nach bolschewistischem Brauch schob man ihn auf das Gebiet der Wirtschaft ab. 1923 entschloß sich Freud zu der sogenannten Steinach-Therapie: Er ließ sich mit Geschlechtshormonen gegen seinen Halskrebs behandeln; sein Zustand besserte sich jedoch nicht. Steinach ging von Weiningers Lehren aus; er nahm an, daß die männliche oder weibliche Sexualität sämtliche Zellen des Protoplasmas durchdringe. Im selben Jahr starb in Paris Miksa Nordau, den Herzl zu seinem Nachfolger an der Spitze der zionistischen Bewegung machen wollte. Allerdings hat Nordau nie eine solche leitende Funktion übernommen. Seine Asche wurde 1926 nach Palästina überführt, wo inzwischen die Zuwanderung der Ostjuden eingesetzt hatte. 1924 war auch das Todesjahr Franz Kafkas, der bekanntlich ein Anhänger Weiningers und Maximilian Barners war. Sein Taschenthermometer hat er Barners Tochter Olga, seinen Kompaß und sein Barometer dem Sohn Viktor vermacht.*

Leopold Weininger verschloß sich, obwohl er noch kein Greis war, mehr und mehr vor der Welt; mit dem immer kleiner werdenden Kreis, der noch Umgang mit ihm hatte, ging er murrend und bissig um. Immer seltener war er in seiner Loge im vierten Rang der Oper zu sehen. Er erkrankte an Krebs, und im Frühjahr 1922 bestellte er einige Musiker der Wiener Philharmoniker an sein Sterbebett, die ihm ein Streichquartett von Mozart spielten. Am 1. April 1922 schloß er für immer die Augen. (Im Frühjahr 1920 hatte er

* Vergl.: Heinz Politzer, *Franz Kafka, Parable and Paradox.* Ithaka 1962. S. 190–200.

zur Genesung von seiner ersten Blasenoperation in einem Meraner Sanatorium gelegen, wo sich auch der lungenkranke Franz Kafka aufhielt, und zu seiner Freude hatte er gehört, wie der Prager Schriftsteller das rätselhafte Buch seines Sohnes Otto mit aufrichtiger Anerkennung erwähnte.)

In dem mörderisch kalten Winter 1931/32 schrieb Arthur Koestler — früher Zionist, nunmehr Kommunist — in einem Kiewer Hotelzimmer seine Erlebnisse nieder. Es gab kaum Strom, Hungersnot herrschte in der Stadt und der Umgebung, doch in keiner einzigen Regionalzeitung war davon die Rede. In Kiew lebte auch der beiseite geschobene Liber; er leitete das Städtische Wohnungsamt. Ioanna führte in Kiew ein Waisenhaus und versuchte im Gegensatz zu Makarenko, die Montessori-Methode anzuwenden. (Anfang 1904 hatte sie, als Chaim in Paris verhaftet worden war, ein Kind erwartet; sie entschloß sich damals zu einer Abtreibung; es war nicht ausgeschlossen, daß Otto Weininger der Vater war.) Auf Geheiß der Ortsleitung der GPU suchten Ioanna und Liber Koestler auf, der ihnen von seinen Erlebnissen in Palästina erzählte. Später schrieb er den beiden eine Ansichtskarte aus Budapest, die auch von Andor Németh und Attila József unterschrieben war. Als sich das Ehepaar 1937 im spanischen Bürgerkrieg der sogenannten Interbrigade anschließen wollte, die den Auftrag hatte, die trotzkistischen Elemente der Brigade, unter ihnen Koestler, zu eliminieren, fand die GPU heraus, daß sie Koestler in Kiew begegnet waren. Daraufhin wurden sie noch auf dem Kiewer Flughafen festgenommen, und das über den Paragraphen »Zionistische Verschwörungen« verfügende fortschrittlichste Strafgesetzbuch der Welt fand seine Anwendung. Sie wurden ohne Gerichtsverhandlung auf einem Lastkraftwagen nach Belorußland gebracht und an ihrem selbstge-

schaufelten Grab erschossen. Dadurch blieb es ihnen
erspart, vier Jahre später, unter noch erniedrigenderen
Umständen, das gleiche Schicksal von seiten einer
deutschen Einsatztruppe zu erleiden.

Da die Rechte von *Geschlecht und Charakter* 1933
abliefen, bat der Wiener Verleger Braunmüller den in
Berlin lebenden Richard Weininger telegraphisch um
sein Einverständnis zur Verramschung der eingelager-

ten 4000 Bände der letzten Auflage; ab Januar sei mit
billigen Massenausgaben zu rechnen. Richard gab,
auch im Namen seiner Schwestern, seine Erlaubnis zu
diesem Vorgehen.

1938 schrieb Freud auf das Protokoll über sein Aus-
wanderungsverfahren den folgenden Satz: »Die Ge-

stapo kann ich jedem empfehlen.« Ein Brief des norwegischen Forschers Abrahamsen erreichte ihn bereits in London. Der Norweger bat ihn um Informationen für sein Buch über Otto Weininger, das erst 1946 in New York erscheinen konnte. Auch von Frau Rosa erhielt Abrahamsen wertvolle Angaben über die Glanzzeit Ottos und der Familie Weininger.

Kurze Zeit nach dem deutschen Überfall auf Polen bereitete der Tod Freuds sechzehn Jahre während dem Leiden ein Ende. Stekel beging 1940 in London Selbstmord, Stefan Zweig zwei Jahre später in Südamerika. Noch im Juli 1939 verbrachte Rosa Weininger mit ihrer Schwester Karoline eine letzte Sommerfrische im Schweizer Zermatt. Daß sie nicht in der Schweiz blieben, erwies sich als ein schwerwiegender Fehler. Rosa wollte bei ihrer Tochter Ilona bleiben, die im besetzten Prag lebte. Der gründliche Abrahamsen konnte 1946 in seinem Buch weder von Rosa noch von Karolina berichten, ob sie noch am Leben waren. Auch über das weitere Schicksal Ilonas ist nichts bekannt.

Die am Leben gebliebenen Mitglieder der Familie Barner konnten sich in Budapest halten. Sie entgingen der Zwangsausweisung nach dem Krieg, da weder Viktor noch Olga und Frau Therese auf den Proskriptionslisten auftauchten. Viktor konnte als Parteimitglied seiner Schwester Olga einen gut zahlenden Schüler verschaffen; die verwitwete Olga Barner gab dem Pflegesohn des Innenministers Ernö Gerö Deutschunterricht, was zur Folge hatte, daß ihr Zögling zeit seines Lebens einen leichten Brünner Akzent behielt.

Und damit könnte es ein Bewenden haben, gäbe es da nicht einen mit der Ratio nicht zu erfassenden Vorfall, der am dreiundzwanzigsten Dezember 1947 im Krankenzimmer des Privatsanatoriums Siesta in der Kékgolyó utca in Budapest geschah. Therese Barner, geborene Katona, hatte dort, mit dem Tode ringend,

376

ein Erlebnis, das möglicherweise der Wirkung des Morphiums zuzuschreiben ist. Ein junger Mann von hagerer Gestalt mit markanten Gesichtszügen, wuchtiger Stirn und ernsten, großen Augen betrat das Krankenzimmer. Er war bekleidet mit einem bis an die Knöchel reichenden Totenhemd und Riemensandalen. Er sah sich um, als suchte er einen Bekannten, und musterte die drei Kranken, die in dem Vierbettzimmer lagen. Schließlich legte er sich in das vierte, Therese benachbarte, ungenutzte Bett. Er streifte seine Sandalen nicht ab, als wollte er sich nur für einen Augenblick ausruhen. Therese Barner freute sich über sein Erscheinen und hoffte, er möge, ausgeruht, ihr den Grund seines Kommens erklären. Doch sie fiel in einen Halbschlaf, aus dem sie ein lautes Stöhnen weckte. Sie erschrak, als sie die schroffe, entstellte Miene ihres Nachbarn und das deutlich vernehmbare Knirschen seiner Zähne bemerkte. Von draußen war Hundegeheul zu hören; das konnte nur der Hund des Pförtners sein. Der junge Mann röchelte. Stotternd brachte er die folgenden Worte in deutscher Sprache hervor; das hätte Therese beschwören können:

»Sie haben eine Seele, sie haben eine, ja! Sie heulen, weil sie das Nahen des Todes fühlen, so wie der Mensch, genauso.«

Eine kleine Weile später sprang der junge Mann aus dem Bett. Er zog nicht einmal sein Hemd zurecht, rannte zur Tür und warf sich, die Arme hoch erhoben, mit dem Rücken gegen die Füllung.

Aus der Ferne war Fred Astaires Schlager »I'm Bettin' All I Got On You« zu hören, undeutlich, denn das Fenster war geschlossen, und die Pförtnerloge war weit.

Die Augen des Besuchers blickten starr, als könnte er nicht fassen, was er sah. Er ließ seine Arme fallen, und auf seinem Totenhemd, genau über dem Herzen, zeigte sich ein Blutfleck, der mehr und mehr an Umfang gewann. Sein Kopf sank auf die Brust.

Therese Barner, starr vor Schreck, beobachtete, wie der junge Mann nach geraumer Zeit den Kopf hob, die Augen aufschlug und sich erneut im Zimmer umschaute. Plötzlich glitt er, als hätte er in dem sonnendurchfluteten Zimmer gefunden, was er suchte, mit lautlosen Schritten über den grünen Linoleumfußboden und setzte sich auf Therese Barners Bettkante. Er nahm ihre mit Ringen überladenen, mit Leberflecken bedeckten Finger in seine kalten, trockenen Hände und führte sie zu dem roten Fleck über seinem Herzen. Dann zeigte er, während ihre Finger noch behutsam auf dem Blutfleck ruhten, mit dem ausgestreckten Zeigefinger auf eine Puppe auf dem Tisch unter dem Weihnachtsbaum, die mit einem winzigen Norwegerpullover und mit Bundhose bekleidet war.* Therese Barner war diese Figur bis dahin gar nicht aufgefallen. Die Puppe hielt den Kopf zur Seite gewandt, und es sah aus, als fröre sie, wie sie auf dem wattig mit Schnee bedeckten Tannenzweig hockte.

Der Finger des Besuchers ruhte mit dem gelblichen, krummen Fingernagel auf der Frauengestalt. Und erst jetzt erkannte Therese in der Puppe jene junge Frau, deren Photo sie vor sehr langer Zeit, vor Jahrzehnten, noch in Brünn, aus der Mappe ihres Mannes Maximilian Barner genommen und in einem Anfall von Eifersucht verbrannt hatte.

Selbst als der Tod Therese Barner schon bei der Hand nahm, versuchte sie noch immer, mit ihrem sich verengenden Bewußtsein zu ergründen, ob der junge Mann im knöchellangen Totenhemd mit dem Blutflecken über dem Herzen seinen Finger erhoben hatte zum Zeichen der Anklage, oder des Erbarmens.

* Den Pullover hatte Otto noch für Ioanna 1902 in Christiana gekauft.

Über den Autor

MIKLÓS HERNÁDI ist 1944 in Budapest als Sohn einer
Pianisten-Familie geboren. Er hat in seiner Heimat-
stadt an der Universität und an der Akademie der
Wissenschaften Anglistik und Soziologie studiert; nach
seiner Promotion setzte er seine Forschungen in Ox-
ford, Nijmegen, Wien und Santa Barbara fort. Heute
lebt Hernádi wieder in Budapest.

Publikationen: *A közhely természetrajza (Die Physio-
gnomie des Gemeinplatzes)* 1973; *Esettanulmány (Eine
Fallstudie.* Roman*)* 1974; *Közhelyszótár (Wörterbuch
der Gemeinplätze)* 1976; *Tárgyak a társadalomban (Die
Karriere der Gegenstände in der Gesellschaft)* 1982;
Átkelés (Die Überfahrt. Roman*)* 1983; *Olyan, amilyen?
(So wie es ist? Kritik der Alltagskultur)* 1984; *A feno-
menológia a társadalom-tudományban (Die Phänomenologie in den Sozialwissenschaften)* 1984; *Ünneplö társa-
dalom (Das Fest in der Gesellschaft)* 1985; *Nemek és
igenek (Ja und nein. Krieg und Frieden der Geschlechter)* 1988; *Válni veszélyes! (Scheiden ist lebensgefähr-
lich!)* 1989.

Inhalt

WEININGERS ENDE. Ein Kriminalroman von Miklós Hernádi ist im Januar 1993 als siebenundneunzigster Band der ANDEREN BIBLIOTHEK im Eichborn Verlag, Frankfurt am Main, erschienen.

Das ungarische Original wurde 1990 unter dem Titel *Otto* bei Magvetö Könyvkiadó in Budapest veröffentlicht. Für die deutsche Ausgabe wurde der Text im Einvernehmen mit dem Autor leicht verändert. Die deutsche Übersetzung stammt von Erika Bollweg.

✫⟨

Dieses Buch wurde in der Buchdruckerei Greno in Nördlingen aus der Korpus French Old Style Monotype gesetzt und auf einer Condor-Schnellpresse gedruckt. Das holz- und säurefreie mattgeglättete 100g/qm Bücherpapier stammt aus der Papierfabrik Niefern. Den Einband besorgte die Buchbinderei G. Lachenmaier in Reutlingen.

1. bis 7. Tausend, Januar 1993. Einmalige, limitierte Ausgabe im Buchdruck vom Bleisatz.

ISBN 3-8218-4097-8. Printed in Germany.

✫⟨

Von jedem Band der ANDEREN BIBLIOTHEK gibt es eine Vorzugsausgabe mit den Nummern 1–999.